LE MYSTÈRE DE
LA CHAMBRE FROIDE

DU MÊME AUTEUR

Mourir à New York, avec la collaboration d'Elie Vannier (Fayard, 1980).

JEAN-PIERRE LAHARY
avec la collaboration de Richard V. Capellan

LE MYSTÈRE DE LA CHAMBRE FROIDE

traduit de l'américain par
Philippe Marlade

Fayard

Ce livre est la traduction intégrale, publiée pour la première fois en France, de l'ouvrage de langue américaine intitulé IDENTITY.

Jean-Pierre Lahary dédie ce livre à Emma Lahary, sa mère, et à Jane de Chantal Furcillo, sa compagne.

Richard V. Capellan dédie ce livre à Lillian, et remercie de leur aide Susan Robinson, Duffy Sherman, Peggy Moss, Dennis Hensley et Mary Clark.

Toute ressemblance avec des personnages ou événements réels serait fortuite, sauf en ce qui concerne le personnage principal, Jean-Pierre Lahary, dont le travail et la technique, dans le domaine médico-légal, sont décrits avec exactitude ; sa compagne, Jane de Chantal Furcillo, et le collaborateur de cet ouvrage, Richard V. Capellan.

Prologue

Le Français cessa de siffler en voyant l'homme pleurer. Penché au-dessus du cadavre de la jeune fille, l'homme lui étreignait la main, peut-être pour la dernière fois. Jean-Pierre se détourna de la scène trop familière et, au bord de la falaise, s'absorba dans la contemplation de l'horizon, par-delà l'East River, de Manhattan.

« Elle était si jeune, expliqua le lieutenant Dawson à Jean-Pierre. Lui, c'est son père. Lorsqu'elle a quitté sa famille au printemps dernier, il est venu de Minneapolis pour essayer de la retrouver. C'est fait : il vient de l'identifier formellement.

— Dans ce cas, vous n'avez plus besoin de moi », fit remarquer Jean-Pierre avec son fort accent français. Il jeta un bref coup d'œil vers le père effondré. « Comment ça s'est passé ?

— Tout l'air d'un meurtre. Deux balles dans la tête. Un boulot de professionnel. Avant qu'on l'ait identifiée, les Mœurs savaient qu'elle travaillait pour Vito Constantine. Dans un club privé, si vous voyez ce que je veux dire. Je vais bien finir par épingler ce salopard un de ces jours.

— Peut-être que nous allons trouver quelque chose au labo cette fois-ci.

— J'en doute, mais je suis sûr qu'ils vont faire leur possible. N'est-ce pas, Frenchy ? »

Jean-Pierre sourit. Son sourire devint grimace quand il entendit les sanglots désespérés de l'homme. Les employés de la morgue étaient en train de disposer le corps de sa fille dans un sac en plastique noir. Une expression de dégoût surgit soudain dans les yeux embués de Jean-Pierre.

« Quelque chose ne va pas, Frenchy ? demanda Dawson. On devient délicat en vieillissant ?

— Du calme, je ne pleure que pour les vivants qui pleurent les morts, répliqua le Français. C'est eux qui souffrent. »

Tandis que le corps de la jeune fille était hissé dans le fourgon, Jean-Pierre se dirigea vers sa voiture de fonction. Il allait bientôt devoir étudier la dépouille, ainsi que celles de dizaines d'autres victimes de tragédies semblables. Nettement plus facile, pensa-t-il, que de voir les parents s'effondrer.

« On retourne à la morgue ? demanda le chauffeur.

— Pas encore, Johnny, répondit le Français.

— Mais on devait pas...

— Les morts peuvent attendre. J'ai vu assez de sang pour le moment. La journée est belle. Je veux en profiter un peu. »

1

Jim Constantine jouait avec une capsule de sang qu'il lançait en l'air et rattrapait délicatement au vol. Son frère aîné, qui avait décroché un petit rôle dans un feuilleton mélo de la télévision, la lui avait donnée. Dans l'histoire, il mourait, tué d'une balle dans la tête. Tony s'était écrasé la capsule sur le front, et le sang de cinéma lui avait dégouliné dans les yeux, sur le nez et la bouche. C'était dégoûtant, lui avait raconté Tony, et ça avait collé une belle frousse à plus d'une des figurantes présentes.

« Hé ! c'est aujourd'hui Halloween [1] », lança triomphalement Jim à ses copains. Costaud pour ses dix-huit ans, brun, plutôt laid, il paradait fièrement, un sourire diabolique aux lèvres, sur le bord d'un chemin de terre. Les adolescents se retrouvaient souvent là, dans ces bois de Staten Island, près de chez eux. C'était un bon coin pour siffler quelques canettes de bière, vider deux ou trois bouteilles de vin ou, plus souvent, pour fumer une généreuse poignée de marijuana.

Jim toisait de toute sa taille ses six copains qui, assis tranquillement sur un arbre tombé, attendaient qu'il tienne sa promesse.

« Envoie la came, proposa Tommy.

1. Veille de la Toussaint que les enfants américains (et anglais) fêtent en se déguisant et en faisant la tournée des voisins qui leur donnent bonbons et gâteaux. (N.d.T.)

— T'as pas pigé ce que j'ai dit ? » Jim sortit de sa poche quelque chose qu'il garda dans sa main serrée. « C'est Halloween, et on va en faire flipper dur ce soir.

— Qui, les voisins ? s'exclaffa Frankie. C'est ça ton truc, on va leur quémander des gâteaux ?

— Ta gueule ! coupa-t-il en brandissant son poing sous le nez de son ami. Je vais te foutre une tarte dans la gueule. » Puis, agitant la main pour les narguer, il demanda : « Alors, vous voulez pas l'ouvrir ?

— Vas-y, Frankie, fit Tommy. J' te parie que c'est un joint. »

Avec hésitation, Frankie tenta d'ouvrir la main de Jim. Tommy avait raison. « Super ! » s'écria-t-il en lui donnant une tape dans le dos.

Jim sourit :

« Comme je disais, on va foutre une sacrée trouille à quelqu'un ce soir. Et je sais à qui.

— Moi aussi, dit Joey. La gonzesse qui a raconté au prof que t'avais pissé sur sa lourde. C'est ça, non ? »

Tout le monde rit. Jim était ravi.

« A quoi penses-tu ? demanda Frankie en passant le joint à son voisin.

— On va la choper juste devant chez elle, proposa Jim.

— T'es barjot. C'est du kidnapping.

— Arrête. On va pas vraiment la kidnapper. Écoute, on va l'embarquer ici, dans le bois. J'ai gardé mon masque de l'an dernier, vous savez, la tête de monstre, toute verte. Et avec cette capsule que mon frangin m'a filée, je pisserai le sang de partout. J' me foutrai le masque sanglant, j' me flanquerai derrière un arbre et quand elle me verra... Il éclata d'un rire diabolique à cette évocation. Les mecs, elle va se tirer comme une fusée.

— T'as oublié un truc. Comment tu vas l'amener ici ?

— C'est fastoche, Frankie. Tu t'en charges, mon pote.

— Des clous, je...

— Écoute, t'es un pote à Ralphie, pas vrai ? Bon, ce conard la branche. Donc tu vas lui raconter que Ralphie veut y causer. Je parie tout ce que tu veux qu'elle va rappliquer. »

L'idée de Jim ne plaisait pas trop à Frankie, mais, comme ses amis, il n'osait pas discuter avec lui. Tant de rumeurs circulaient à propos de sa famille : son oncle Vito, un ponte de la Mafia ; ses frères aînés, Johnny et Bob, des hommes de main de l'Organisation ; et Jim, lui-même, qui en ferait partie un jour ou l'autre. Voilà sans doute pourquoi il pouvait fournir à ses copains drogue et alcool, voire, à l'occasion, une ou deux prostituées mineures. Non, se disait Frankie, il serait trop dangereux de se dérober. Tant qu'il n'avait pas à faire quelque chose d'illégal, quelle importance...

« Voilà son numéro, va lui bigophoner », ordonna Jim.

La petite brune de quinze ans attendait cette occasion depuis longtemps. « Mais je peux pas sortir comme ça, expliqua-t-elle à Frankie. Mes parents vont me tuer.

— Écoute, ça prendra pas plus de deux minutes. Il t'attend en bas de la rue.

— Comment ça se fait que Ralphie ne me parle pas directement au téléphone ?

— Ah, ben, tu sais, il est un peu coincé, tu piges ? Il veut te causer en tête à tête, quoi.

— Je te comprends pas. Il est pourtant pas timide avec les filles, en général.

— Ça va, oublie-le. Je vais y dire que tu veux pas le voir.

— Non, attends. » Elle réfléchit un instant et reprit, nerveusement. « O.K., je vais essayer de sortir, mais pas longtemps. Je raconte à mes parents que je vais chercher un bouquin chez Betty. »

Les garçons attendaient dans la Cutlass Supreme modèle 78 de Jim, en buvant une boîte de bière. Cette plaisanterie ne leur disait rien qui vaille. Jim, en revanche, assis derrière, surveillait intensément le coin de la rue d'où devait déboucher la fille.

« Hé, Jim, c'est peut-être pas si cool que ça ton truc, suggéra Joey. Je veux dire, et si ses vieux appellent les flics quand ils verront qu'elle tarde à venir ? Les flics vont la chercher, nous trouver avec elle et on est bons. Kidnapping, la taule, etc.

— Dis, Joey, coupa Jim, tu mates trop la téloche, Ducon.

— Je veux pas avoir d'emmerdes, j' me casse.

— Fais gaffe, Joey. Si tu te tires maintenant, je te casse la gueule. T'as intérêt à m'aider. »

Tommy les interrompit. « La ferme, elle rapplique. »

Joey en profita pour descendre. « Planquez-vous, tous, gueula Jim. Et toi, Frankie, ramène-la-moi.

— Salut, Stéphanie.

— Où est Ralphie ?

— Euh, dans la caisse.

— Je, j' peux pas rester trop longtemps », bredouilla-t-elle.

Frankie lui ouvrit la portière. Elle hésitait à monter. « A qui est cette voiture ? Où est Ralphie ? »

Une main l'empoigna par le bras.

« Attendez, que se passe-t-il ? Ho ! Laissez-moi. Laissez... »

Jim la bâillonna de sa main tout en l'attirant sur le siège arrière. Elle résista, se débattit.

« Démarre, merde, DÉMARRE, hurla Jim.

— Et Joey, qu'est-ce qu'on en fout ? demanda Frankie qui avait pris le volant.

— Roule, putain, ROULE, puis il murmura entre ses dents : Joey, on le butera, ce p'tit salaud. »

La fille continuait à se débattre en poussant des cris hystériques.

Ils roulèrent une dizaine de minutes sur un chemin de terre et parvinrent à un endroit isolé, près de l'extrémité de l'île.

« Ça va, arrête-toi là, ordonna Jim. On la laisse sortir.

— T'es dingue ! Pourquoi ici ?

— TA GUEULE et arrête la bagnole ! » Il la poussa dehors. Elle s'enfuit en titubant.

Jim empoigna son masque. « J'y vais, fit-il. Restez dans la caisse.

— Ah, laisse tomber cette connasse, hasarda Frankie.

— Hein ? Quoi ? Tu veux p' têtre m'en empêcher ? »

Personne ne répondit.

« Bon, bande de p'tits cons. Je vais vous dire un truc : si cette galère vous plaît pas, vous n'avez qu'à foutre le camp de ma bagnole. Rentrez à pinces, j'en ai rien à glander. »

Les garçons s'empressèrent de sortir de la voiture de Jim et partirent en courant vers la route principale tandis que Jim coiffait son masque et se mettait à la recherche de sa victime. Il repéra Stéphanie qui chancelait dans l'ombre en pleurant.

Elle vit une silhouette ramper vers elle. On allait la violer, se dit-elle, terrifiée. C'est Jim Constantine qui veut prendre sa revanche. Mais pourquoi l'avait-elle dénoncé ? Pourquoi n'avait-elle pas écouté les mises en garde de son amie contre la famille « bizarre » de Jim ?

« HAARH, HAARH », hurla-t-il soudain, en surgissant de l'obscurité.

Elle s'enfuit avec l'énergie du désespoir.

Il la poursuivit et, comme l'aurait fait un chien de berger rabattant une bête égarée, il la poussa vers un petit érable où un rayon de lune jetait une lueur sinistre. Il bondit sur elle, la saisit à deux mains et la força à regarder le visage vert tout barbouillé de sang.

Elle poussa un cri strident. Ses yeux s'emplirent de larmes et elle fut saisie d'un tremblement frénétique. Le sang cognait à ses tempes. Elle s'effondra sur le sol, évanouie.

Il tira le corps flasque en riant : « Hé, j'ai un p'tit truc à te montrer. »

Un bruit de moteur lui fit tourner la tête. Des phares, dans le lointain, se dirigeaient vers lui.

« Joey ! s'écria-t-il. Ah, l'ordure ! »

A la hâte, il laissa retomber Stéphanie sur le sol et se précipita en courant vers sa voiture. En arrivant, il jeta le masque sanglant sur les feuilles mortes, près de la roue arrière de la Cutlass.

« Et merde, s'exclama-t-il en faisant démarrer le moteur. Tony va me buter s'ils le trouvent. J'ai intérêt à me tirer vite fait. »

Stéphanie revint à elle à quelques pas de l'érable. Elle se souvint soudain du visage verdâtre couvert de sang. Ce n'était qu'un cauchemar, se dit-elle, ou une plaisanterie atroce. Ce devait être Jim Constantine, il est assez détraqué pour faire quelque chose comme ça. « Mais c'est fini maintenant. Tout va s'arranger », dit-elle à haute voix.

Elle se leva et se dirigea vers l'érable pour se reposer quelques instants au pied de l'arbre. Elle trébucha sur quelque chose dissimulé sous les feuilles mortes et tomba. Lentement elle leva la tête et se tourna pour voir ce que c'était. Ça ressemblait à de la viande brûlée, se dit-elle. L'odeur était horrible. Elle s'approcha davantage. Elle comprit soudain qu'il s'agissait d'une jambe humaine, carbonisée, sans pied. Ses yeux s'écarquillèrent de terreur. Puis elle vit le corps : un torse mutilé, un crâne horriblement calciné.

Ce n'était pas un cauchemar après tout. Elle poussa un hurlement, secoua frénétiquement la tête, et s'effondra en suffoquant.

Jim avait disparu depuis longtemps lorsque la voiture s'arrêta dans un grincement de freins.

Le père de Stéphanie Brown se précipita vers sa fille, en l'appelant par son nom. Comme elle ne bougeait pas, désespérément, torturé par la peur, la colère et l'inquiétude, horrifié par le répugnant cadavre qui gisait à côté d'elle, il tomba à genoux et lui saisit le poignet en priant de toute son âme que son cœur batte.

2

« Je... je suis désolé, monsieur Brown, bredouilla le policier. Ils n'ont pas pu la sauver. Elle a dû être vraiment... vraiment terrifiée. Nous aimerions vous poser quelques questions si ça ne vous ennuie pas. »
Harold Brown resta silencieux pendant quelques secondes ; sa femme sanglotait sur son épaule. « J'aurai la peau de cette ordure, dit-il lentement, même si c'est la dernière chose que je fais. »

« La Brigade Criminelle est partie pour Staten Island, indiqua par téléphone le directeur de l'Institut médico-légal au lieutenant de police. Qu'est-il arrivé à cette gamine ?
— Nous pensons qu'elle a dû tomber accidentellement. Ce qu'elle a vu l'a tellement effrayée qu'elle en est morte. Nous ne savons pas encore pourquoi elle était venue là, mais nous sommes sûrs qu'elle ignorait la présence du cadavre. J'ai confié l'enquête au lieutenant Dawson. Il suggère que vous demandiez à ce dingue de Français d'examiner le mort. Il dit que le corps est tellement carbonisé qu'il sera presque impossible à identifier. Le Français va avoir du boulot pour le “ reconstruire ”.
— Je suis sûr que notre Merlin de la Morgue se fera un plaisir de vous rendre ce service. Dites à Dawson que

Jean-Pierre sera là dans le courant de la matinée. Il lui faut une ou deux heures pour venir du Connecticut. »

Le Français jaillit du train et gravit l'escalier en courant. Les banlieusards les plus matinaux se frayaient déjà un chemin à coups de coudes dans la gare de Grand Central de New York ; les uns dormaient encore à moitié, d'autres parlaient tout seuls. Le Français zigzaguait dans la foule ; il voulait arriver un des premiers à l'arrêt de taxi.

Il parvint dans le vaste tunnel sous le hall principal de la gare et passa rapidement devant l'Oyster Bar où il avait rencontré... comment s'appelait-elle déjà ! Il ne pouvait jamais se rappeler leur nom. Il était content de s'être débarrassé d'elle : elle parlait trop au lit. D'ailleurs, ils n'avaient rien en commun sinon qu'ils aimaient tous deux la soupe aux palourdes et les bains moussants ; mais elle parlait trop dans la baignoire aussi.

Le claquement pressé des talons dans le tunnel lui résonnait dans les oreilles ; il était très sensible au bruit.

Il sentait aussi l'odeur d'urine qui montait des murs près de la correspondance avec le métro. Mais ça ne le gênait pas. Seule l'odeur du chewing-gum irritait son odorat subtil. C'était une des rares choses qui le dérangeait dans son travail : cette constante odeur de chewing-gum.

Son gros sac vert et jaune en bandoulière, il grimpait au petit trot la rampe qui débouchait sur la 42e Rue. Une grosse dame surgit qu'il vit trop tard pour l'éviter.

« Faites attention, voyons ! » grogna la femme non sans admirer la carrure avantageuse du Français.

« Pardon, madame », répartit Jean-Pierre sur le même ton furieux. Mais il avait plutôt envie de lui dire : « Vous êtes si horrible que vous devriez vous estimer contente d'avoir pu frotter votre graisse contre moi. »

C'est ce que ses amis auraient attendu de lui avec, en prime, quelques-uns de ces mots orduriers dont il avait le secret. Dans la bouche d'un autre, de telles grossièretés auraient semblé le comble de la vulgarité, mais pas dans celle de Jean-Pierre Lahary. Bien qu'il proférât volontiers des obscénités bien senties, la plupart des gens l'excusaient, trouvant délicieuse sa manière de parler, surtout les femmes qui raffolaient de son accent français qu'elles trouvaient adorablement sexy. Curieusement, la brutalité de ses mots était adoucie par sa manière de parler et elles y voyaient une invitation musicale à partager son lit quelques heures. Les femmes le trouvaient irrésistiblement romanesque, quoi qu'il éructât. C'était la manière dont il parlait qui les excitait tant.

Pourtant, Jean-Pierre restait toujours poli, ou presque, lorsqu'il avait affaire à des inconnus. Il n'insultait jamais personne délibérément. Et avant de se laisser aller devant des gens, il s'assurait d'abord qu'on ne se méprendrait pas sur le sens de ses paroles. D'autant que les Français ont une réputation de courtoisie et qu'il aimait être pris pour un gentleman.

Voilà pourquoi il se reprit et répéta, en souriant cette fois-ci : « Pardon, madame. » La femme était taillée comme une catcheuse. Il frissonna soudain à la pensée de se retrouver cloué au sol par cette énorme amazone. Il se retourna lentement pour lui sourire : la femme avait toujours son air maussade, pas plus il est vrai que la plupart des gens qui se ruaient en tous sens autour de lui.

Son sourire s'élargit : ce flot de visages trop sérieux ou renfrognés semblait encore plus inhumain que les *clowns* qui échouaient sur la table de dissection, privés de vie, de sentiments, détruits. Les vivants ne se rendent pas compte de leur bonheur, se dit-il. Ils sont bien trop occupés à se plaindre de leur travail, de leurs absurdes beaux-parents, ou de devoir reprendre le collier après leur week-end de dessins animés, de feuilletons télé et de matchs de football. La vie ne se réduisait quand même pas à cela, pensait Jean-Pierre, bien que l'ironie voulût que sa vie à lui fût consacrée entièrement aux morts.

La démarche souple et joyeuse de Jean-Pierre détonnait parmi les automates du petit matin. Sa veste vert pomme rehaussait l'impression de fraîcheur et de bonne santé qui illuminait son visage. Ses joues colorées, son torse puissant et ses larges épaules témoignaient de sa passion pour le grand air. Si ses cheveux bruns et drus n'avaient pas commencé à blanchir sur les tempes, on lui aurait donné une trentaine d'années et non ses quarante et un ans. Enfin et surtout, le Français était un des très rares passants à arborer un sourire, narquois qui plus est.

Plus Jean-Pierre pensait à son travail, plus il se réjouissait d'être en vie. Et plus il pensait aux cas de ce matin-là, plus son sourire s'élargissait. On aurait dit un voyeur invité à rôder librement dans un camp de nudistes, tant il semblait impatient de commencer sa journée.

Mais tous ces gens qui se bousculaient sur la rampe, presque immobiles malgré leur hâte, n'étaient pas ses *clowns :* ils sentaient trop bon.

Jean-Pierre n'aimait ni ne détestait ses *clowns ;* après tout, il n'en connaissait aucun personnellement, mais il adorait les problèmes qu'ils lui posaient. Et aucun problème ne lui plaisait davantage que la découverte des éléments qui pourraient contribuer à identifier la victime d'une tragédie ou d'un meurtre abominable. Plus satisfaisant encore était de savoir que son travail aiderait à condamner quelque forcené assoiffé de sang. Ce genre de maniaques ne manquait pas à New York — il était payé pour le savoir — et il avait plus de travail ici que n'importe où ailleurs dans le monde, bien plus que dans sa ville natale, Paris.

Le *Sunday News Magazine* de New York venait de publier un long article sur le « magicien », comme il l'appelait. Le journal mentionnait les nombreuses réalisations de Jean-Pierre : la technique qu'il avait mise au point pour reconstruire les visages très mutilés ; ses multiples identifications de victimes de catastrophes aériennes ; et la manière dont il avait résolu l'affaire de Deveron le Grand qui avait coupé en morceaux deux sœurs, des adolescentes, avant de briser leurs os et de les brûler.

C'est donc par une fraîche matinée d'automne, le jour de la Toussaint, que Jean-Pierre s'apprêtait à tenter de résoudre encore un de ces cas bizarres pour lequel la ville de New York avait besoin de ses talents de magicien.

« Nous en avons deux bien gratinés pour vous ce matin, lui avait dit son patron au téléphone. L'un à

Staten Island, je vous en parlerai plus tard, mais le meurtre vaudou est vraiment superbe.

— Ça s'annonce bien, patron.

— Ah, à propos, un prof du College John Jay de Criminologie va venir étudier vos techniques ce matin.

— Pour quoi faire, patron ?

— Comment voulez-vous que je le sache ? Occupez-vous de lui, c'est tout. Oui, j'ai son nom sous les yeux... voilà, Chantal Furcillo. Soyez sympa avec lui, d'accord ?

— Ouais, ouais, patron. J'espère seulement que cet idiot ne va pas s'évanouir en voyant ce *clown*.

— Je vois que vous n'avez toujours pas avalé l'histoire du reporter que je vous avais envoyé.

— Dites donc, patron, cet abruti m'a vomi dessus, j'en ai eu partout. Vous ne voudriez pas que je lui dise merci, en plus.

— Ce sont les risques du métier. Mais ça ne devrait pourtant pas vous gêner. Avec toutes les cochonneries auxquelles vous êtes exposé quotidiennement... »

Jean-Pierre ne répondit pas. Au fond, il était d'accord.

« J'ai aussi besoin de vous à Staten Island, reprit Davenport. Des jeunes qui faisaient les cons dans les bois le jour de Halloween ont trouvé un corps complètement cramé. Deux de nos hommes sont allés voir sur place mais ils vont attendre que vous y ayez jeté un œil vous-même avant de le ramener ici.

— Et pourquoi je n'y vais pas d'abord, patron ?

— Parce que je veux que vous vous occupiez de ce De machin, et que vous examiniez ce *clown* vaudou avant que nous ne le mettions au frais.

— Comme vous voulez, patron. » Jean-Pierre savait qu'un cas comme celui dont parlait Davenport ne se voit qu'une seule fois dans sa vie. Il prévoyait donc une matinée pleine de révélations bouleversantes et instructives. Pour rien au monde il n'aurait renoncé à examiner ce *clown* vaudou.

« Un tournevis planté dans la langue ? » s'exclama-t-il en passant rapidement devant un groupe de femmes qui bloquaient une des issues de la gare de Grand Central.

Voilà qui expliquait l'engorgement de la rampe, pensa-t-il.

« Que dites-vous ? » demanda l'une d'entre elles.

Il l'ignora. La plupart des femmes passent leur temps à jacasser, à ne raconter que des stupidités insignifiantes, se dit-il. Il aimerait bien rencontrer une fois une femme avec quelque chose dans la tête, qui puisse parler, mais pas pour ne rien dire.

Tandis que les femmes poursuivaient leurs interminables au revoir, Jean-Pierre tenta d'ouvrir d'une poussée une porte qui donnait sur la rue. La porte résista. Il donna un coup d'épaule, sans plus de succès, et sentit une légère douleur dans le bras gauche. « Oh merde alors ! » grogna-t-il. Il laissa tomber son sac pour se frotter le bras.

Une grande rousse d'environ vingt-cinq ans se dirigea vers lui. « Vous êtes censé tirer, pas pousser », expliqua-t-elle.

Sans la remercier, Jean-Pierre lui ouvrit la porte, après, néanmoins, une légère hésitation. Superbe, se dit-il, mais un peu trop élégante. Elle parle probablement trop. Mais son regard s'attarda pesamment sur elle pendant qu'elle avançait sur le trottoir encombré.

Elle mesurait environ un mètre soixante-dix, trois ou quatre centimètres de plus que lui, mais c'est comme cela qu'il aimait les femmes, grandes, avec de longues jambes et une taille fine. Ses longs cheveux cascadaient sur ses épaules et il voyait sa croupe onduler sous son manteau de lapin.

« Taxi ! » cria Jean-Pierre. Le chauffeur se rangea brutalement le long du trottoir, lui projetant au visage l'eau sale du caniveau. Furieux, il s'essuya le visage et parvint, difficilement, à ne pas insulter le conducteur. Il ouvrit la portière.

« Dites donc, vous vous en faites pas, protesta l'homme avec un fort accent espagnol. La rousse est avant vous.

— Un instant, gronda Jean-Pierre. C'est moi qui vous ai fait signe le premier.

— Ho, madame, vous voulez un taxi ou quoi ? cria le chauffeur.

— Oui, mais...

— Eh ben, montez avant que ce type ne vous fauche la place.

— Non mais, attendez, s'indigna Jean-Pierre.

— *Vajate! Dehalo, Cabron!* Trouvez-vous un autre taxi.

— Salauds d'étrangers! Pour qui se prennent-ils? Va falloir que je mette une jupe pour prendre le taxi maintenant? »

La jeune femme rousse plissa le front avec un sourire bizarre, comme si le Français lui évoquait quelqu'un de très familier qu'elle ne parvenait pas à situer exactement. Lorsque son taxi s'éloigna, elle lui sourit à nouveau, avec gentillesse cette fois.

Jean-Pierre était trop exaspéré pour lui rendre son sourire. Mieux valait oublier cette mésaventure, se dit-il. Il avait des préoccupations bien plus importantes, comme ce *clown* vaudou qui l'attendait sur la table de dissection. Il n'arrivait pas à comprendre comment on avait pu lui immobiliser la langue pendant qu'on la lui perçait avec le tournevis.

« Taxi! » essaya-t-il derechef. Cette fois personne ne le lui disputa.

« Trente et unième rue », lança-t-il.

Son taxi fit le tour du bloc et s'immobilisa à côté de celui de la rousse. Elle avait voulu lui piquer son taxi et maintenant elle était bloquée dans l'embouteillage, se dit-il avec une satisfaction amusée.

Lorsque les feux de la 2e Avenue passèrent au vert, les deux voitures avancèrent lentement, bord à bord. Ni l'une ni l'autre ne passèrent le feu. Les deux taxis se retrouvèrent en première ligne, devant la longue queue de voitures qui attendaient que le feu passe à nouveau au vert. Le taxi de Jean-Pierre, dans la file de gauche, avait mis son clignotant à droite et entendait bien démarrer en trombe pour tourner le premier. Mais le chauffeur de la rousse n'avait aucune intention de le laisser passer, ni lui ni personne. A New York, c'est chacun pour soi et que le plus rapide — et le plus vicieux — gagne.

Le Français était trop pressé pour songer à calmer son chauffeur; d'ailleurs il en avait vu d'autres à Paris : les taxis parisiens n'ont de leçon à recevoir de personne...

Il jeta un coup d'œil à la jeune rouquine. Il aurait peut-être dû lui parler lorsqu'il en avait eu l'occasion. Après tout, là où il travaillait, les jolies femmes étaient rares. Parfois il en arrive parmi les *clowns,* mais elles ont tendance à se montrer un peu froides.

« A quelle hauteur de la 31ᵉ Rue allez-vous, monsieur ?

— A la morgue.

— Oh pardon. Je ne savais pas. Sale coup. Je vais vous y amener aussi vite que possible.

— Attendez ! inutile de... » Jean-Pierre se tut. Il s'était juré de ne jamais préciser aux chauffeurs de taxi sa destination exacte. Sinon, il lui fallait expliquer pourquoi il se rendait à la morgue. Faute d'explications, ses chauffeurs se croyaient obligés de foncer comme s'il y avait urgence, de forcer leur chemin parmi les immenses embouteillages new-yorkais. Ces taxis étaient déjà bien assez dangereux pour qu'il soit nécessaire de multiplier absurdement les risques.

Le chauffeur de la rousse emballa son moteur. Le feu passa au vert. On aurait pu croire qu'il donnait le départ du Grand Prix de Monte-Carlo. Un grand coup de volant à droite et les deux taxis se ruèrent vers la 2ᵉ Avenue. Un violent coup de frein et dans un crissement strident de pneus, Jean-Pierre se retrouva projeté contre la portière. Puis le déchirement du verre sécurit qui se brise : ils avaient percuté quelque chose. Lentement, il se redressa et regarda par la vitre cassée. Le Portoricain avait fait une embardée en tournant et son chauffeur n'avait pu éviter la collision.

« Ah ! merde, s'écria Jean-Pierre. Cette rousse me porte la poisse. »

Son chauffeur, un Noir d'une vingtaine d'années, baraqué comme un arrière de football américain, ouvrit sa portière d'une poussée sauvage. Il jaillit de son taxi aussi furieusement que s'il allait plaquer un avant adverse sur le point de marquer, et écrasa le petit Latino contre le pare-chocs gauche de son taxi.

« Abruti, conard, hurla le Noir.

— Conard toi-même. Tu me voyais pas peut-être ?

— Vous êtes tous les deux aussi bête l'un que l'autre,

murmura Jean-Pierre dans sa barbe. Je vais être en retard à mon boulot à cause de vos conneries. »

En l'espace de quelques secondes un gigantesque embouteillage s'était formé et un monstrueux concert d'avertisseurs se déchaîna, à faire pâlir de jalousie le plus bruyant des groupes de hard rock. Les hurlements des automobilistes évoquaient, en plus furieux, le Madison Square Garden pendant un mauvais match de boxe. Mais, pour le Français, le plus inquiétant c'était le silence indifférent des piétons qui se hâtaient sans rien voir vers leur travail.

Tandis que les deux chauffeurs continuaient à s'insulter au milieu de la rue, Jean-Pierre tenta d'ouvrir la portière. Elle était bloquée, manifestement hors d'usage. « C'est bien ma chance », se dit-il. Mais enfin ça aurait pu être pire. Il soupira, se rappelant certains de ses *clowns,* victimes d'horribles accidents de la circulation. Puis il se souvint de la rousse dans l'autre taxi. Était-elle blessée ? Il tendit le cou, mais ne parvint pas à la voir dans le taxi. Il se précipita vers l'autre portière, l'ouvrit et fit le tour de sa voiture en courant. « J'espère que cette fille n'a rien. Peut-être est-elle tombée sur le plancher du taxi, évanouie... Peut-être que... »

La rousse était debout auprès du pare-chocs droit. Elle souriait en regardant l'échauffourée, comme s'il s'agissait d'un combat entre Leonard et Duran. Jean-Pierre se sentit soudain gêné.

Les deux chauffeurs continuaient à s'engueuler. De temps en temps, le Portoricain décochait un swing vers l'énorme noir.

« Sale nègre, je vais t'écrabouiller.

— Me traite pas de nègre, con de spic [1]. »

Le Noir esquivait, sachant parfaitement que s'il ripostait, il se retrouverait sans doute inculpé de meurtre. Mais le petit Portoricain insistait, comme si son honneur en dépendait.

Cette scène était typique de New York, se dit Jean-Pierre. Finalement, les gens se supportent assez bien jusqu'à ce que quelque chose de ce genre arrive, et alors

1. Portoricain, épithète insultante. (N.d.T.)

ils se déchaînent. C'est ainsi que certains de ces *clowns* ont fini sur sa table de dissection : bel exemple de sottise.

Lorsque les policiers arrivèrent, la bagarre s'était réduite à une altercation. Tout en essayant de héler un autre taxi, Jean-Pierre vit la voiture de police s'arrêter devant le taxi de la rousse. Curieusement, au lieu de s'adresser aux chauffeurs qui s'abreuvaient d'insultes, les policiers parlaient à la jeune femme. Ils échangèrent quelques mots, puis elle prit son sac et monta dans la voiture de police.

« Un peu de calme, les gars, finit par lancer un des flics. Rangez vos taxis le long du trottoir, vous bloquez la circulation.

— Une minute, répliqua le Noir. Cet abruti m'a frappé. Je vais porter plainte. »

Le policier passa la tête par la portière entrebâillée de sa voiture, dit quelques mots à la jeune femme et se tourna vers les pugilistes. « On va vous envoyer quelqu'un. On doit partir. En attendant, dégagez-moi vos voitures. »

Jean-Pierre n'en revenait pas. Qui est cette fille ? Et où les flics l'emmènent-ils ?

3

Pendant ce temps, à Staten Island, Jim Constantine était affalé sur un divan, attendant avec quelque inquiétude que ses frères sortent du bureau de l'oncle Vito. Il redoutait le moment où il se retrouverait devant eux. Qu'allait-il leur raconter ? Qu'il voulait seulement faire peur à une fille en lui montrant la scène d'horreur sous l'érable. Il croyait qu'elle crierait un peu, pas plus. C'était un simple avertissement : qu'elle ne se mêle plus de ses affaires, sinon elle finirait carbonisée comme ce répugnant cadavre. Il l'aurait convaincue de se taire, de ne pas raconter ce qu'elle avait vu. Il comprenait maintenant à quel point il avait été stupide. Mais, évidemment, il était trop tard. L'oncle Vito, famille ou pas, le ferait probablement « punir ».

« A ton tour, Jimbo », fit Tony en sortant du bureau.

Jim répondit avec nervosité : « Il faut que tu me sortes de là, Tony.

— T'as fait une connerie, petit frère.

— S'il te plaît, Tony, tu es le seul qui puisse arranger ça. »

Jim s'était toujours adressé à Tony dans les moments difficiles. C'était Tony qui l'avait tiré d'embarras l'année dernière, dans cette sale histoire avec l'oncle Vito. Jim avait été arrêté pour possession de cocaïne, mais au grand regret de l'oncle Vito, il n'avait été condamné qu'avec sursis.

« Ce crétin aurait dû passer deux ans au trou, avait dit Vito. Ça lui aurait fait les pieds.

— Oncle Vito, c'est un gosse. Il n'a pas réfléchi.

— Il est con comme un manche, c'est tout. Maintenant toute la famille a les flics au cul à cause de ce crétin.

— Oncle Vito, je vais le surveiller un peu, je te promets. Il ne va plus nous faire d'ennuis. »

Et Tony avait aussi arrangé les choses avec le professeur d'anglais de Jim. Il avait demandé à la divorcée de trente-six ans : « Puis-je vous inviter à dîner un de ces soirs que nous parlions des problèmes scolaires de Jim ? » Une heure après le dîner, dans sa chambre à elle, il avait expliqué : « C'est un brave gosse, au fond. Il ne sait peut-être pas très bien où il en est mais, tu sais, depuis que nos parents sont morts, j'ai dû m'occuper de lui. Je sais qu'il n'est pas, comment dire... que ce n'est pas un élève brillant, mais il fait de son mieux, je t'assure. Écoute, Kathy, tu ne peux pas le laisser redoubler encore une fois. Si tu lui donnes sa chance, il s'en sortira. Je le garantis. Qu'en penses-tu ?... Parfait. Maintenant ma belle, passons aux choses sérieuses. »

Jim avait toujours été impressionné par le succès de son grand frère auprès des femmes. Tony, le plus beau, et de loin, des quatre fils d'Arturo et de Silvana, avait une vie mondaine très remplie : soirées avec des mannequins, des actrices et autres célébrités. Tony pouvait séduire n'importe quelle fille, pensait Jim — ce qu'il était bien le seul de la famille à pouvoir faire. Lorsqu'ils étaient gosses, ils en plaisantaient, disaient que Tony avait dû être adopté tant il était différent de ses frères. Grand et gauche, Johnny avait un visage de boxeur qui n'aurait jamais su esquiver. Quant à Bob, s'il avait un corps athlétique, à voir sa tête on avait l'impression que sa mère l'avait nourri avec un lance-pierres quand il était petit. Jim savait qu'il n'était pas particulièrement réussi non plus, mais il se rendait bien compte que son frère Tony était un très bel homme. « Comment peut-il être notre frère ? »

Jim avait accroché au mur de sa chambre une des photos que Tony envoyait aux impresarios. Il lui arrivait parfois d'admirer avec envie le visage presque angélique de son frère, son sourire parfait sous une fine moustache élégamment frisée, sa chevelure noire qui étincelait sous les projecteurs du photographe. Jim était sûr que Tony serait une star un jour. Il dégageait une telle sensualité qu'il ne manquerait pas d'attirer l'attention d'un grand metteur en scène. Toutefois, Tony ne décrochait pas autant de rôles qu'il l'aurait souhaité. Il demandait trop, trop vite. Les responsables de la distribution et les agents en étaient venus à le détester. Pourtant, lorsque son oncle Vito faisait marcher son piston, non seulement Tony obtenait le rôle, mais il jouait comme il l'entendait.

Mais cela ne lui suffisait pas. Tony voulait produire, mettre en scène et interpréter — dans le rôle principal, bien entendu — sa propre série télévisée : un jeune voyou devenu détective privé. Ça rapporterait des millions, il en était convaincu. Mais l'oncle Vito n'était pas d'accord.

« Allons, Jimbo, il faut y aller.

— Tony, j'ai la trouille. Pourquoi faut-il que j'y aille ?

— Du calme. On est en famille. Personne ne va te faire de mal. Mais il faut que tu dises la vérité. » Il ajouta dans un murmure : « A part notre petit secret, il faut que tu dises tout. Pigé ?

— Ouais, Tony, mais... t'éloigne pas, d'accord ? »

Tony approuva de la tête, tristement. Ses frères aînés ne le laissaient pas indifférent, mais il n'avait pas avec eux les mêmes rapports qu'avec Tony. Il était resté très proche de lui depuis que leur père, Arturo Constantine, avait tué leur mère Silvana, avant de se suicider de deux balles dans la tête.

Depuis ce jour-là, l'oncle Vito était devenu le chef de famille. Bob avait fini par jouer un rôle très important dans les affaires de l'oncle Vito : il s'occupait de trafic de drogue, de proxénétisme, et se chargeait de « liquider les indésirables ». Il avait, cependant, essayé de ne pas y mêler Tony en lui payant des études de comédien, comme l'aurait voulu Silvana.

Maintenant c'était au tour de Tony d'aider le cadet. Mais Jim ne s'intéressait pas à grand-chose dans la vie hormis aux affaires de l'oncle Vito. Tony le raisonnait souvent dans l'espoir de le faire renoncer à une vie de gangster, tentait désespérément de l'orienter vers quelque projet digne d'intérêt. Et voilà qu'il avait mêlé son petit frère à une affaire qui pouvait leur valoir à tous deux la prison à vie. « Comment les choses avaient-elles pu dérailler à ce point ? Ça n'aurait jamais dû se terminer ainsi. »

Partagé entre son inquiétude pour Jim et sa crainte de l'oncle Vito, Tony escorta son jeune frère dans le bureau mal éclairé.

« Assieds-toi ! » ordonna Vito Constantine à Jim. L'oncle Vito, comme l'appelaient ses quatre neveux, était un quinquagénaire corpulent, coiffé d'une perruque grise qui ne faisait que souligner la dureté de son visage, fendu d'une bouche large. « Détends-toi, mon garçon, lança-t-il de sa voix stridente. T'as peur de quoi ? Qu'on te colle une fessée ? C'est ce que ton père, dans sa faiblesse, aurait fait, mais j'ai d'autres projets.

— Ecoute, oncle Vito, intervint Tony.

— Qu'est-ce qu'il y a, beau gosse ? » coupa Vito, et pointant l'index vers Tony, il dit à Jim : « Regarde ton frère, abruti. Il a une belle gueule, pas vrai ? Eh bien, hier soir tu as failli le brûler une fois pour toutes. Qu'est-ce que tu dis de ça, hein ? Antony Kane, ajouta-t-il d'un ton sarcastique, l'acteur, la grande star de demain — terminé. »

Vito arpentait lentement la pièce en fixant Tony. « Je lui ai trouvé quelques rôles à la télé, et comment qu'il me remercie ? » Il se tourna vers Jim. « En te demandant de l'aider à saloper le boulot.

— Tout se serait bien passé, si... hasarda Tony.

— Si ? Si, mon cul. Tu viens me voir avec ton fameux plan. « Oncle Vito, j'ai un problème. Je suis tombé amoureux d'une femme mariée et elle veut se débarrasser de son mari qui ne veut pas lui accorder le divorce. Le bon docteur, que me raconte Tony, est riche à crever. En plus de l'argent qu'il lui laissera à sa mort, il a une assurance-vie d'un million de dollars. » Et puis il me demande : « Comment je me débarrasse de lui, oncle Vito ? La jolie femme du docteur m'a promis la moitié de l'argent pour que je produise ma série télévisée. Si tu pouvais me donner un tuyau. » Donc je lui explique l'affaire. Et voilà que ce petit conard joue à ses jeux de gamin et met les flics sur le coup.

— Oncle Vito, je n'ai pas pensé... »

Vito cogna du poing sur le bureau : « Petite merde, on t'a surtout pas demandé de penser. Tu vois où ça t'a mené. Exactement comme ton père. C'est comme ça qu'il s'est fait flinguer. C'est comme ça que tu finiras par te faire descendre. Tu peux pas faire un peu comme Johnny ? Il est un peu bizarre, aime les macchabs et tout, mais au moins il ne pense jamais.

— Oncle Vito, intervint Bob. Tout cela ne nous mène nulle part.

— Ta gueule ! C'est à moi d'en décider », répliqua Vito en levant la main. Un silence pesant emplit la pièce. Ils avaient tous bien entendu : leur père s'était fait flinguer, pourtant on leur avait toujours dit qu'il s'était flingué. La langue avait dû fourcher à l'oncle Vito. Il avait sans doute voulu dire : « Voilà comment votre père s'est flingué », mais quel rapport avec le fait de penser ?

« Bon, reprit Vito d'une voix calme. Écoutons cette histoire. Depuis le début. Raconte-la moi lentement. Et je veux tous les détails.

— Eh ben, je... je sais pas...

— T'as intérêt à savoir, et vite. »

Tony posa les mains sur les épaules de Jim. « Vas-y, ça va bien se passer, fit-il d'un ton rassurant.

— On essayait seulement de se marrer un peu, c'est tout. »

Bob hurla : « Les faits, bon Dieu ! Arrête de tourner autour du pot !

— Je... j' vais essayer. » Jim s'arrêta pour réfléchir. « Voyons. Mes potes et moi, on fumait quelques joints dans les bois. Puis ce type, Frankie, a dit qu'on devrait s'amuser à faire peur à quelqu'un, histoire de fêter Halloween, et tout. Alors, j'y ai dit ouais, pourquoi pas ? Pas de problème. Un autre mec, Joey, a dit qu'on devrait faire peur à cette gonzesse, Stéphanie, une vraie conne. Ben, alors j'ai dit ouais, c'est bon. Ils se sont arrangés pour qu'elle sorte de chez elle. Frankie conduisait ma voiture et j'étais assis derrière. Je ne sais pas pourquoi il nous a emmenés à cet endroit, mais quand je m'en suis aperçu, on était arrivés. Elle s'est enfuie. Elle a ouvert la portière et elle s'est mise à courir. Ah ouais, j'avais ce masque avec moi, donc je l'ai mis et j'ai essayé de lui faire peur pour qu'elle aille pas vers les arbres, mais quand elle a vu le masque elle a filé comme une fusée. J' te jure, oncle Vito, je l'aurais ramenée à la voiture, mais ces salauds m'ont laissé tomber. Puis Joey a dû moucharder au père de la nana, parce que j'ai vu une voiture arriver et je me suis barré. Mais quand je suis parti, elle était loin du macchab. Je pige pas comment elle l'a trouvé, mais...

— Résumons-nous, l'interrompit Vito, avec une grimace incrédule. Par hasard, ce Frankie amène ta voiture exactement à l'endroit où, bande d'abrutis, vous aviez balancé le cadavre. Puis tu as essayé de faire peur à la môme avec un masque pour qu'elle s'éloigne du corps. Tu te fous de moi ?

— Non, non, c'est comme ça...

— Une minute, fit Vito, soupçonneux. Où est ce masque ?

— Je... Je me souviens pas où... »

Vito gifla Jim et cria : « Comment ça, tu te souviens pas ?

— Je crois l'avoir laissé tomber.

— Où ? Près du corps ?

— Non, sur la route.

— Les flics vont le trouver, commenta Bob.

— C'est une bonne chose, fit remarquer Vito. Donc, tu dis que la fille s'est évanouie, puis tu as vu une voiture arriver et alors tu t'es enfui. Comment savais-tu que c'était le père de la fille ?

— Je ne le savais pas.

— Tu as dit que ce gars, Joey, avait dû prévenir le père de la fille. Qu'est-ce qui t'as fait croire ça ?

— Euh, ben, Joey était le seul resté en arrière.

— Pourquoi ?

— Je ne sais pas.

— Attends un peu. N'as-tu pas dit que c'est lui qui avait eu l'idée de faire peur à cette fille ?

— Ouais, mais j'imagine qu'il s'est dégonflé à la dernière minute.

— Mon cul ! Tu ferais mieux de dire la vérité, abruti.

— Jim, est-ce que quelqu'un t'a vu en train d'essayer d'éloigner la fille de l'arbre, intervint Tony.

— Non, Tony. Les autres se sont tirés. J'étais seul avec elle.

— Donc tout ce que les gens peuvent savoir, c'est que tes copains et toi vous avez emmené cette fille dans les bois pour lui faire peur et qu'elle est tombée par hasard sur le corps ?

— Exactement.

— Oncle Vito, s'écria joyeusement Tony, le plan marche toujours. Comment les flics vont-ils faire le rapport entre Tony et le cadavre, puis remonter jusqu'à moi ? Tout ce qu'ils ont, c'est une fille qui s'est évanouie en voyant le corps. Comment pourraient-ils relier les deux choses ?

— Tout simplement parce que la radio a dit qu'une gamine avait été kidnappée...

— Mais elle a pas été kidnappée, protesta Jim, en bondissant de son siège. Frankie l'a appelée, lui a demandé si elle voulait de la came. Elle savait ce que nous allions faire dès le début.

— Assis ! Tu nous racontes des conneries. Je suis sûr que tu nous bourres le mou. Vito se tut un instant et reprit : d'abord tu me dis qu'un de tes potes a eu l'idée géniale de foutre la trouille à cette fille. Maintenant tu me racontes qu'elle est allée dans les bois avec vous pour fumer de la came. Puis, par accident, cet autre pote à toi vous conduit directement à l'endroit où Tony et toi aviez balancé le macchab. Ensuite, la môme se tire. Qu'est-ce que c'est que ce tas de conneries ? Tu lui as pas filé assez de défonce ou quoi ? » La colère de Vito grandissait à mesure qu'il parlait en arpentant furieusement la pièce. « Et le type qui a eu l'idée ? Tu dis que ce conard a dégoisé au vieux de la nana que tu avais embarqué sa fille dans les bois. Et c'est par hasard aussi qu'il s'est retrouvé à cet endroit précis, hein ? »

Un silence pesant s'installa dans la pièce. Jim ne s'expliquait pas cette coïncidence. Il se souvenait d'être passé en voiture auprès de l'érable avec les copains la semaine dernière. Il leur avait dit que l'endroit était hanté, que c'était un bon coin où amener une fille à qui l'on voulait faire peur. Voilà, cela expliquait comment M. Brown avait trouvé si vite... Mais comment allait-il présenter ça à son oncle ?

Vito reprit : « Je n'ai pas le temps de jouer à ces jeux de cons avec toi, abruti, je vais donc aller droit au but. Les flics disent qu'elle a été enlevée. Dans ce cas, les fédés interviennent. Je me casse le cul à me tenir à carreau de ces mecs, et voilà le travail. »

Jim haussa les épaules d'un air navré.

« Ah, t'es vraiment trop con pour piger ça, gronda Vito.

— Écoute, oncle Vito, intervint Tony. Comme je le disais, on n'est toujours pas mouillés. Les fédés vont pas mettre leur nez dans nos affaires. Il faut qu'on dise un mot à Frankie et Joey. Je connais ces types, et je te garantis qu'ils vont s'écraser.

— T'as un peu intérêt, beau gosse. Si la moindre chose vient foutre en l'air mes petites affaires, j'oublierai que vous faites partie de la famille. C'est bien pigé ?

— Ouais, j'ai compris, mais j'ai confiance en Jim. Il dit la vérité.

— Ça m'étonne pas. Vous êtes de la même farine. Explique-moi un peu, s'il essayait vraiment d'éloigner la môme de l'arbre, et pas de l'y pousser, comment ça se fait qu'on l'ait retrouvée couchée auprès de ton pote le docteur ?

— Euh, j'imagine... elle... elle a dû se relever après l'évanouissement et tomber dessus...

— Par accident, tout simplement, non ?

— Oui, oncle Vito. Elle a dû faire ça juste après que je m'en aille. »

Le téléphone sonna. Vito décrocha le combiné : « Ouais ? » Il écouta pendant quelques instants et dit : « Pas de problème. Je vous ai couverts... Hé, vous inquiétez pas, j'ai le fric, débrouillez-vous pour avoir la came. Je vous vois dans une heure. » Il raccrocha et se tourna vers Bob. « Ça marche », annonça-t-il.

Jim eut un sourire satisfait.

La sérénité béate de Vito disparut soudain quand il vit l'excitation se peindre sur le visage de Jim. Il fut un temps où Vito se réjouissait de constater combien Jim s'intéressait aux affaires, mais maintenant le gamin se révélait plus gênant qu'autre chose. « Écoutez, j'ai pas le temps de m'occuper de ça maintenant. Arrangez votre histoire. Allez voir ce Frankie et son pote. Et souvenez-vous que la radio dit que la fille a été découverte à côté du corps carbonisé. Les flics racontent qu'elle a juste trébuché sur le cadavre. Mais je connais leurs magouilles. La première chose qu'ils vont faire, ça va être de coller le meurtre sur le dos de Jim.

— Quoi ?

— T'as bien entendu. Ils vont essayer de prouver que le type qui l'a kidnappée savait parfaitement que le cadavre se trouvait là.

— Comment vont-ils... ? »

Vito leva la main pour ne pas être interrompu et réfléchit quelques instants en silence. « Les flics vont probablement interroger tous ceux qui étaient avec Jim hier soir. Comme c'est un Constantine, ils vont tout faire pour nous coller quelque chose sur le râble. » Il s'assit à son bureau. « Okay, voilà ce que je veux que vous fassiez. Mettez la main sur ces mecs, voyez s'ils ont déjà parlé aux flics et sachez ce qu'ils ont raconté. Sinon, dites-leur de la fermer tant que vous ne leur aurez pas fait la leçon. » Vito continua de leur donner ses instructions et conclut par ces mots : « Dites bien à ces conards que, quoi qu'il arrive, ils sont mouillés dans cette affaire jusqu'au cou. La moindre erreur, rideau. » Puis il regarda Jim droit dans les yeux : « Si par malheur tu as oublié de me dire quelque chose, je te...

— Non, oncle Vito, répondit Jim nerveusement, terrifié par le regard glacé de ce dernier. Je... je t'ai tout raconté, je le jure. »

4

Les piétons se hâtaient, col relevé, dans l'air glacé du petit matin, tandis que Jean-Pierre, affalé au fond de son nouveau taxi, tête en arrière, contemplait le ciel bleu et limpide. Il s'était résolu à oublier les événements frénétiques qui avaient inauguré sa journée — la rousse, l'accident, l'altercation entre les chauffeurs de taxi — et réfléchissait au *clown* vaudou dont lui avait parlé Davenport.

Ça ressemblait au travail d'un forcené qui prend son temps, torture sa victime et exécute son plan méthodiquement sans craindre de se faire prendre. Mais comment diable avait-il pu lui bloquer la langue pendant qu'il y perçait des trous ? Ce détail le turlupinait. Il avait tellement envie de s'atteler à ce cas qu'il avait quitté sa maison de Greenwich dans le Connecticut une heure plus tôt que d'habitude. Et malgré cela, il lui avait fallu deux fois plus longtemps que de coutume pour parvenir à sa destination : l'Institut médico-légal de la ville de New York, que l'on appelle ici Office of the Chief Medical Examiner.

Depuis 1918, médecins-légistes et chercheurs ont travaillé par centaines à l'Institut médico-légal, étudiant toutes les morts suspectes — suicides, accidents, homicides — mais aucun n'eut jamais la réputation d'un expert ès « reconstruction » de cadavres. Dans le domaine de la médecine légale, Jean-Pierre était le seul homme à pouvoir se targuer d'un tel talent.

Comme l'Institut médico-légal de New York étudie entre 30000 et 40000 cas par an, Jean-Pierre avait traversé l'Atlantique pour poursuivre dans la capitale de la mort violente la carrière qu'il avait commencée jeune homme à Paris. La plupart des gens viennent à New York conquérir la célébrité et la fortune, au pire une certaine aisance ; Jean-Pierre, lui, était venu y traquer la mort.

Pendant que son taxi se rangeait le long du trottoir, le Parisien leva les yeux vers l'immeuble de huit étages qui abrite la morgue de la ville. Il se rappela soudain le jour où il avait amené une de ses petites amies pour la présenter à ses collègues. Elle lui avait raconté que la simple vue de ce bâtiment lui donnait le frisson. Elle pouvait imaginer, prétendait-elle, les scènes macabres qui devaient se dérouler derrière les stores noirs dissimulant les fenêtres. Elle ne se doutait guère que les horreurs de son imagination n'étaient qu'enfantillages bénins comparées à ce qui se passait vraiment dans le sous-sol où son amant travaillait.

L'ancienne infirmière, en état de choc, s'était enfuie à toutes jambes de la morgue. Jean-Pierre n'en entendit plus jamais parler. Il sourit, content de s'être débarrassé de celle-là aussi. Elle n'aimait pas la soupe aux palourdes, les bains moussants, ni même le vin français. Mais elle était douée d'une langue agile, se souvint-il.

Lorsque le taxi s'immobilisa, Jean-Pierre s'étonnait encore une fois de la bizarre inspiration qui avait poussé les architectes de l'immeuble à recouvrir la façade de brique d'un aussi grotesque émaillage verdâtre. En se penchant en avant pour tendre l'argent de la course, il remarqua une voiture de police rangée devant l'immeuble. Rien d'inhabituel, se dit-il ; pourtant le conducteur avait quelque chose de vaguement familier. « Non, ce n'est pas possible », murmura-t-il.

Il escalada en courant les quelques marches conduisant aux portes vitrées.

« Hé, monsieur », lança une voix d'homme.

Jean-Pierre se retourna. Oh non, revoilà cette rousse

avec les flics. Que fait-elle donc ici ? Qu'est-ce que ça veut dire ?

« Vous ne connaissez pas ce type ? demanda un policier à la jeune femme.

— Euh, je ne suis pas sûre », l'entendit répondre Jean-Pierre. Ne voulant pas perdre davantage de temps, le Français recommença à gravir les marches. La lanière de son sac se dénoua sur son épaule et il dut s'arrêter pour la remettre en place. « Merde ! » s'écria-t-il, espérant que les policiers ne l'interrogeraient pas. Après tout, il était quelqu'un d'important ici. Personne n'allait lui créer des problèmes.

La rousse passa lentement près de lui. Il remit son sac sur l'épaule et constata, à sa stupéfaction, que la jeune femme lui tenait la porte. Il s'immobilisa un instant, interloqué, en se disant : « C'est trop étrange pour que je lui demande des explications. Elle n'est sûrement pas d'ici. Personne à New York ne ferait une chose pareille. » Il franchit la porte vitrée en lui jetant un long regard un peu éberlué.

Elle le dévisageait avec une curiosité vague, essayant de se rappeler où elle avait bien pu le voir auparavant. Quelle coïncidence qu'ils se retrouvent, et surtout en un pareil endroit. Elle faillit lui demander ce qu'il faisait ici, mais renonça en sentant que le Français était pressé. Puis la pensée la traversa soudain qu'il était sans doute venu identifier quelqu'un, peut-être sa femme.

Jean-Pierre aussi songea un instant à lui parler. Après tout, il avait déjà rencontré cette femme à Grand Central, lui avait ouvert une porte, lui avait abandonné un taxi — contre son gré, il est vrai —, avait eu un accident avec elle, et après l'avoir vue partir avec la police, voilà qu'il tombait encore sur elle à son lieu de travail. Elle ne le suivait tout de même pas. Peut-être était-elle venue identifier quelqu'un. Son mari ?

Ils gravirent encore quelques marches de conserve, puis une fois arrivés en haut de l'escalier, il descendit vers le sous-sol tandis qu'elle s'engageait dans le hall. Un panneau dans la vaste entrée pavée de marbre gris lui indiqua la réception. C'était la pièce où les familles des morts attendaient avant l'identification, l'endroit de la morgue que Jean-Pierre détestait le plus. Il préférait cent fois le sous-sol avec toute sa collection de *clowns* plutôt que d'entendre les cris et les lamentations de ceux qui reconnaissaient leurs chers disparus. Il eut soudain pitié de la jolie rousse.

Dans la queue qui attendait devant le policier de la réception assis à son bureau métallique, la rousse regardait autour d'elle, admirant les plantes vertes décorant la fenêtre du côté rue. Puis, près des divans tendus de vinyle rouge, vert et bleu foncé, elle vit une femme arpenter la pièce, la tête couverte d'un foulard noir, sans doute pour cacher ses yeux pleins de larmes.

« Oui, lui dit le policier. Puis-je vous être utile ?

— Euh, oui. Je m'appelle Jane de Chantal Furcillo, répondit la jeune femme, j'ai rendez-vous avec le Dr. Lahary.

— Encore une, je vois, fit le policier d'un ton acerbe. Allez dans ce bureau là-bas retirer un laissez-passer pour les visiteurs.

— Merci », dit-elle, un peu troublée.

Dans le bureau, Jane ôta son manteau de lapin avant de se diriger vers le sous-sol. Comme on le lui avait indiqué, le mur et le sol de l'escalier étaient tapissés de petits carreaux bleus et blancs. La température était parfaite, remarqua-t-elle : ni trop chaude ni trop froide. Elle s'attendait qu'il y fît froid, sans doute parce qu'il est naturel d'imaginer qu'une morgue est une sorte de chambre froide.

« Pardonnez-moi, fit-elle à un grand Noir en tunique blanche. Je cherche le Dr. Lahary.

— *Docteur ?* » L'homme éclata d'un rire hystérique. « Le docteur Lahary ? Qu'est-ce que vous lui voulez à ce soi-disant docteur Lahary. Ha ! Vous allez peut-être le trouver dans la nursery, fit-il en s'étouffant comme s'il avait fumé quelque chose qui lui avait irrité la gorge. A moins qu'il ne soit en train de nettoyer son propre bordel. Merde, j'en ai marre de laver ses cochonneries. Cet enfoiré n'a qu'à se démerder tout seul. » L'homme s'éloigna en rigolant et en grognant pour lui-même, mais assez fort pour que Jane l'entende : « Lahary, il est pas plus docteur que moi. Pour qui qu'il se prend, non mais ?

Et v'là maintenant qu'il y a son nom et sa face d'ahuri dans les journaux... comme si c'était un gros bonnet ici. »

Jane était choquée, à tout le moins. D'abord par l'attitude du policier en haut et surtout maintenant par le comportement de cet homme. Il devait faire allusion à l'article qu'elle avait lu dans le *Daily News*. A en croire le magazine, elle s'était imaginée un Français grand et musclé, adoré de tous ceux avec qui il travaillait, pas du tout un pauvre type ridiculisé de cette manière.

Cet article l'avait tellement fascinée qu'elle se réjouissait presque autant de rencontrer le Français qu'une groupie à l'idée de voir son idole chantante en chair et en os. Elle se le représentait moulé dans une tunique blanche faite sur mesure, avec son nom J.-P. Lahary brodé dessus, portant des pantalons en tissu coûteux, au pli impeccable. Le Dr. Lahary ne pouvait qu'avoir d'épais cheveux noirs et bouclés, et des yeux sombres et sensuels illuminant un visage rasé de près. En fait, se dit-elle, l'homme qu'elle ne cessait de rencontrer ce matin-là ressemblait un peu à la photo du magazine. Mais ce ne pouvait être lui, il était bien trop petit.

Jean-Pierre avait enfilé sa combinaison verte d'hôpital et se dirigeait d'un pas alerte vers la salle d'autopsie principale. Il entendit quelqu'un remonter l'escalier, mais comment aurait-il pu deviner que c'était la rousse qui battait en retraite vers le rez-de-chaussée. La jeune femme était le cadet de ses soucis lorsqu'il ouvrit la porte de la salle d'autopsie.

La pièce, gigantesque, était couverte de carreaux bleus et blancs qui lui donnaient un faux air de piscine vide. Les taches de sang de la veille souillaient le sol.

« Ce foutu Sutton. Quand va-t-il laver ces saloperies, s'écria le Français en entrant. Merde ! hurla-t-il en se cognant le pied contre l'évier d'acier placé sous une des huit tables de dissection. C'est vraiment pas mon jour.

— Lahary ?

— Oui, patron. » Davenport et Beaufils, médecin légiste haïtien, attendaient Jean-Pierre. Grand, les cheveux grisonnants, un long nez, des yeux verts profondément enfoncés dans l'orbite, une large cicatrice sur la joue droite, Davenport avait environ cinquante-cinq ans.

Un des meilleurs médecins légistes du pays, Beaufils était un Noir d'une quarantaine d'années aux épais cheveux noirs et aux pommettes saillantes ; son visage d'intellectuel respirait la détermination.

« Je croyais que vous deviez arriver en avance aujourd'hui, s'étonna Davenport.

— Je suis tombé sur une rousse complètement dingue et...

— Toujours à draguer, Lahary.

— Que voulez-vous que j'y fasse, patron. L'atavisme français. » Il éclata de son rire sarcastique pour la première fois de la journée. « Mais n'en parlons plus. Où est ce fameux *clown ?*

— Un instant », intervint Beaufils. Il s'exprimait avec un léger accent haïtien. « Avant de commencer, j'ai un message pour toi. Un homme a téléphoné, il a dit que c'était urgent.

— Qui était-ce ?

— J'en sais rien. Il a seulement dit que c'était urgent.

— Ah, Beaufils. Pourquoi n'as-tu pas noté son nom ?

— Pour qui tu me prends ? Pour la parfaite secrétaire ? »

Davenport plaisanta : « Okay, quand vous aurez fini vos papotages, vous pourrez attaquer notre hôte vaudou. N'oubliez pas, Lahary, que vous devez aller à Staten Island ce matin.

— Nous avons eu beaucoup d'homicides pour Halloween, fit Beaufils.

— Ni plus ni moins que n'importe quel autre jour dans notre bonne ville de New York, corrigea Davenport.

— Rien de neuf, patron ? »

Le téléphone sonnait constamment dans la salle d'autopsie. Il arrivait parfois que quelqu'un réponde. « Allô », fit Beaufils. Il se tourna vers les deux hommes. « Hé, patron, on vous demande en haut.

— Qui, moi ? demanda Jean-Pierre.

— Non, Davenport. Qui d'autre est patron ici ? Toi, parce que tu as ta photo dans les journaux ?

— Du calme, Beaufils, protesta Jean-Pierre. Nous sommes tous patrons, ici. Toi, moi, même ces *clowns.*

— Ouais, nous sommes tous patrons ici, c'est ça,

gouailla Davenport. Dites à la personne au téléphone que j'arrive. » Avant de sortir, Davenport se tourna vers Jean-Pierre. « Ah oui, Lahary, n'oubliez pas ce type, De... je ne sais comment.

— Qui ça, patron ? »

Le téléphone sonna de nouveau. « Allô, grogna Beaufils. Jean-Pierre. C'est pour toi, cette fois. Je crois que c'est le même type que tout à l'heure. Sans doute quelque reporter de la télé. Puis, sur un ton dramatique il ajouta : « Vas-tu lui raconter que tu as résolu aujourd'hui le cas du torse de la putain ?

— Qu'est-ce qui ne va pas, Beaufils ? Ils me posent des questions et j'y réponds, c'est tout. » Jean-Pierre arracha le téléphone à l'Haïtien. « Qui est-ce ? » demanda-t-il d'un ton rébarbatif. Il y eut une longue pause. « Qu'est-ce qui vous prend ? Je croyais vous avoir dit de me ficher la paix, cria le Français. Okay, vous voulez jouer au con... Alors écoutez-moi... Quoi ? Espèce d'enfoiré, je... »

La personne raccrocha.

« Que se passe-t-il ? demanda Beaufils.

— Un dingue. »

L'Haïtien hocha la tête, hésitant à le questionner davantage. Le Parisien était un peu dingue lui-même, pensait-il, mais un doux dingue, adorable. En outre, il comprenait qu'il ne pourrait jamais en obtenir une réponse nette et précise. Autant il était professionnel et efficace dans son travail autant il ne prenait rien au sérieux. Tout était plaisanterie pour Jean-Pierre ; du moins est-ce l'impression qu'il donnait.

Bien que le Français eût vu les pires exemples de la cruauté humaine, du meurtre et de l'abomination, et qu'il y eût touché de ses propres mains, il semblait imperturbable ; rien ne paraissait pouvoir l'affecter. Il restait stoïque, calme et solide, comme s'il ne pouvait être distrait de son but intérieur.

Certes, se disait Beaufils, l'homme parle beaucoup, jure volontiers, et agit avec une indifférence apparente, mais au fond c'est un homme tranquille qui souffre, comme le reste d'entre nous, devant les victimes de l'inhumanité de l'homme envers son semblable. Pas question qu'il montre ce côté de lui-même, quelles que soient les circonstances : son attitude muette sur la vie restait enfermée au fond de lui-même. Extérieurement, le Français se moquait de tout, surtout de la mort, et il allait jusqu'à plaisanter des menaces de mort qu'il lui arrivait de recevoir.

« Hé, Jean-Pierre, puis-je t'aider ? Je veux dire, quelque chose ne va pas ?

— Non, rien, pourquoi ?

— Ce coup de téléphone.

— Des conneries. Allons, occupons-nous de ce *clown.* »

Les deux hommes se dirigèrent vers la table la plus proche du mur du fond. Ils s'arrêtèrent pour enfiler des gants chirurgicaux.

« Cet article dans le journal c'était vraiment quelque chose, non ? » fit Jean-Pierre.

Beaufils ne répondit pas. Il était un peu agacé que l'article n'ait mentionné personne d'autre de la morgue. Mais il est vrai que tout le monde n'avait pas la personnalité de Jean-Pierre. Il savait que le Parisien n'avait qu'à entrer dans une pièce pleine de monde pour se retrouver le pôle d'attraction. Mais le Français n'aimait guère le bavardage inutile, il lui arrivait donc rarement de s'aventurer dans une pièce bourrée d'inconnus. C'était un des points communs entre tous ceux qui travaillaient à la morgue : le désir de fuir le verbiage. La vie était trop courte.

Mais, au contraire du Français, la plupart des gens qui travaillaient avec les morts, en particulier l'Haïtien, faisaient leur possible pour éviter la presse. Peut-être était-ce là la seule chose que Beaufils n'aimait pas en Jean-Pierre : ses relations avec les journalistes. Sinon, il éprouvait un grand respect pour l'homme et son travail, malgré son amour immodéré de la publicité. Mais enfin, si elle frappe à votre porte, pourquoi ne pas la laisser entrer ?

Les deux hommes approchèrent de la table du fond.

« J'y ai déjà jeté un coup d'œil, indiqua Beaufils. Ce n'est pas un cas si étrange que ça.

— Je te dirai ça quand je l'aurai vu », répondit le Français.

Un homicide par balle, couteau ou strangulation

n'avait rien d'unique, mais d'après la description de Davenport, ce crime était extraordinaire. Il y avait sept autres cadavres dans la salle d'autopsie ce matin-là, mais Jean-Pierre passa devant eux sans leur accorder un regard. Le *clown* que lui avait recommandé le patron était quand même autre chose.

La langue du Noir était percée d'un côté par un tournevis et de l'autre par un couteau à découper. La lame acérée du couteau et la pointe rouillée du tournevis se croisaient dans la langue.

« Regarde-moi cette cochonnerie, s'écria Jean-Pierre.

— Oui, ça me rappelle des choses que j'ai vues en Haïti, reconnut Beaufils. Rien de vraiment nouveau pour moi.

— Je me demande comment ce dingue a immobilisé la langue pendant qu'il la perçait.

— Il s'est servi de ses mains, parbleu.

— Comment aurait-il pu ? La langue aurait glissé. Ah ! voilà, fit Jean-Pierre avec enthousiasme. Il s'est servi d'un fil, oui, d'un fil d'étendage. On dirait un macaroni, plaisanta-t-il avec son ironie coutumière. Il a probablement étendu la langue comme il l'aurait fait avec son slip, puis il y a plongé le tournevis et le couteau. Une bonne manière de faire taire quelqu'un. Qu'en dis-tu, Beaufils ? »

L'Haïtien fronça les sourcils.

« Regarde ça, le corps est barbouillé de peinture rouge et bleue. Et le cou est tout couvert de signes cabalistiques rouges, dirait-on.

— Oui, convint Beaufils. Ce sont incontestablement des symboles vaudous... et regarde ça. On... on dirait des traces de régurgitation sur le cou.

— Oui, c'est sec maintenant. Du vomi. »

Les yeux de la victime avaient été arrachés et des fils tenaient les paupières ouvertes. Les orbites étaient roses, preuve que la victime était encore vivante lorsqu'on lui avait arraché les yeux, sinon elles auraient été sombres et jaunâtres.

Jean-Pierre disposa les yeux sur la poitrine de la victime en sifflotant. Ils semblaient le dévisager et c'était exactement l'impression qu'il voulait donner sur les photos. Il ôta ensuite le fil d'étendage qui retenait la langue et le plaça auprès des yeux. Il retira ses gants chirurgicaux et prépara rapidement son Canon F-1 à boîtier noir, du matériel de professionnel, pour prendre des diapositives de cette scène horrible ; autrement les gens ne le croiraient pas. Peut-être exposerait-il ce cas dans le musée de Criminologie et Médecine légale (dont il était le conservateur).

Il sifflotait toujours en prenant des photos de la victime sous tous les angles. Verdâtre, gonflée, elle était manifestement dans un état de décomposition avancée. Mais ceux qui verraient les photos échapperaient à l'odeur. Tout le monde devrait sentir un *clown* décomposé au moins une fois dans sa vie, pensait Jean-Pierre : voilà qui leur ferait davantage apprécier l'existence.

L'odeur ne le gênait plus du tout, il s'y était habitué depuis le temps ; elle faisait partie de sa vie.

Il cessa un instant de siffler. Ce pauvre type avait manifestement été battu avec sauvagerie : il avait le nez brisé, le visage horriblement tuméfié.

« Mais qui a bien pu faire une saloperie pareille ? demanda-t-il au médecin légiste, en enfilant une nouvelle paire de gants. Le savent-ils ?

— Oui. Ils pensent que c'est sa nièce.

— Quoi ?

— Sa nièce avec l'aide de son petit ami, selon la police. Cet homme avait, selon toute évidence, lancé une malédiction vaudou sur sa nièce, et elle a dû lui couper la langue pour conjurer ce sort.

— La sale conne. Elle n'y a pas été avec le dos de la cuiller.

— Non. Et elle lui a fait un sacré sort.

— Eh oui, opina le Français. Rien de neuf dans notre bonne ville de New York.

— Rien de neuf nulle part.

— Sinon qu'ici on voit ce genre de trucs plus souvent.

— Peut-être. »

Après cet assaut de banalités pour conjurer l'horreur, les deux hommes se remirent en silence à disséquer la victime. Au bout de quelques minutes, Beaufils brancha la machine à dicter pour enregistrer leurs découvertes.

« Nous enlevons la langue maintenant, dit-il à haute voix.

— Oui chef, renchérit Jean-Pierre. Et comme d'habitude, c'est moi qui vais devoir enlever la langue. » Il cligna de l'œil à Beaufils. « Mais ça ne m'ennuie pas, parce que cette fois elle ne sera pas donnée au chat, le procureur en aura besoin. » Allusion au fait que dans une autopsie réalisée par un médecin légiste, par opposition à une autopsie d'hôpital, la langue est toujours retirée pour subir des analyses chimiques mais qu'elle est rarement une pièce à conviction particulière. On prélève également avec une seringue l'humeur vitrée — l'espèce de gelée qui remplit les globes oculaires — mais le tueur avait déjà enlevé les yeux de ce *clown*-là.

En voyant les yeux, Jean-Pierre se rappela un cas de la semaine dernière, pas aussi abominable que celui-ci, mais qui l'avait ému davantage : un aveugle, volé et battu à mort par des ordures, sans doute complètement droguées. Ils avaient frappé le malheureux Noir à coups de bates de base-ball jusqu'à ce qu'il en meure. On l'avait retrouvé à Central Park. La police avait expliqué à Jean-Pierre que les assassins voulaient lui voler son chien d'aveugle, car une bête ainsi dressée vaut entre 3 000 et 5 000 dollars.

« A New York, il y a vraiment des gens qui se foutent de tout, pensa Jean-Pierre à haute voix.

— Ouais, je comprends ce que tu veux dire. Mais il n'y a pas qu'ici.

— Ah, la plupart des gens, d'où qu'ils viennent, sont inconscients. Ils ne voient pas ce qui se passe sous leurs yeux », insista Jean-Pierre. Le meurtre de l'aveugle l'avait écœuré et il ne parvenait pas à l'oublier. Cette histoire l'avait presque autant affligé que les bébés qui arrivaient couverts de bleus, torturés, assassinés par leurs parents.

Il se souvenait du petit garçon de deux ans à qui la manie de changer de chaîne de télévision pour regarder les dessins animés avait été fatale. Furieux d'être privé de son match, son père avait attrapé le gamin par les cheveux et l'avait jeté par la fenêtre, du cinquième étage.

Le jour même où l'aveugle avait été assassiné, on lui

avait amené un bébé de dix-huit mois, couvert de brûlures de cigarettes, de morsures et de fractures, anciennes et récentes, pour qu'il le photographie et fasse des radiographies. Les cas de ce genre s'étaient multipliés de manière inquiétante ces dernières années, et Jean-Pierre avait fini par s'habituer à ces affreuses tragédies, bien qu'en lui-même il souffrît douloureusement en examinant les petits cadavres. Ces gosses n'auront jamais eu la moindre chance, pensait-il. On les jette dans la chambre de torture dès leur naissance ; ils ne peuvent essayer d'ouvrir la porte et de crier à l'aide. Ils ne peuvent même pas parler. La plupart des adultes tués par balle, battus à mort, ou qui se suicident ont au moins un semblant de choix — le plus souvent — mais ces gosses, ou même l'aveugle, n'ont jamais eu le moindre choix. C'est pour eux que Jean-Pierre souffrait.

« Excusez-moi, monsieur. »

Le Français entendit derrière lui la douce voix féminine, mais il hésita à se retourner.

« Je crois que la dame te parle », lui dit Beaufils.

Jean-Pierre pivota lentement : « Oh, merde alors ! Que faites-vous ici ? Vous me suivez ?

— Euh, non. Je cherche le docteur Lahary.

— Il n'y a aucun docteur de ce nom ici. » Jean-Pierre l'examina de haut en bas tout en retirant ses gants de caoutchouc. « Mais je m'appelle Lahary », finit-il par ajouter.

Beaufils se mit à rire. « Où est votre appareil-photo ? demanda-t-il à la jeune femme rousse.

— Mon appareil-photo ? Mais je n'ai pas d'appareil-photo. » Elle se tourna vers Jean-Pierre. « C'est incroyable. Alors... vous êtes le docteur Lahary ?

— Non. » Il resta un instant silencieux, l'air courroucé. « Je suis Lahary tout court », reprit-il tout en se demandant in petto : « Que me veut donc cette femme ? »

« J'ai rendez-vous avec vous.

— Comment ça ? Qui vous envoie ?

— Le doyen du département de Criminologie du Collège John Jay. Il a pris ce rendez-vous par l'intermédiaire de votre patron.

— Je ne sais vraiment pas de quoi vous parlez. Je n'ai pas de rendez-vous maintenant, j'ai du boulot.

— Écoutez, si c'est à cause du taxi, je suis désolée, mais comment pouvais-je savoir qui vous étiez ?

— Je sais qui je suis, mais je ne sais pas qui vous êtes.

— Je m'appelle...

— Et je ne tiens pas à savoir qui vous êtes non plus.

— Vous êtes furieux à cause du taxi, n'est-ce pas ?

— Quel taxi ?

— *Le* taxi. Écoutez, je ne vous ai pas volé ce taxi, si c'est ce que vous pensez. J'aurais sans doute dû vous reconnaître immédiatement mais...

— Mais quoi ? Vous auriez surtout dû dire à votre chauffeur de me prendre, au lieu de monter. Ce type était dingue.

— Si seulement j'avais su qui vous étiez, nous aurions pu partager la voiture. Cela aurait évité cet accident stupide.

— Bien. J'ai du travail, alors que voulez-vous au juste ? »

Beaufils avait l'air intrigué. Soudain il fut saisi d'un fou rire, comme un gamin ; il s'écria : « La rousse dingue ! Alors c'est vous la rousse complètement dingue. »

Ce fut au tour de Jane d'avoir l'air intrigué. « Qu'y a-t-il de si drôle ?

— Rien, répondit Jean-Pierre, un peu embarrassé. Maintenant, expliquez-moi ce que vous êtes venu chercher ici ? Il faut que je me remette au travail. » Il se dit qu'il pourrait lui faire faire un petit tour, peut-être lui donner une leçon. Si elle regardait de plus près certains des *clowns,* elle lui ficherait sans doute la paix.

— Je vous l'ai dit, nous avons un rendez-vous. Si vous ne me croyez pas, téléphonez en haut. Je viens de parler avec le docteur Davenport.

— Ah bon ?

— Oui. C'est lui qui a dit à mon patron que vous me feriez visiter la morgue... pour que je me familiarise avec les techniques d'identification... et les examens médico-légaux. Les livres ne disent pas tout, vous savez.

— C'est vrai, reconnut Jean-Pierre. Surtout sur le sexe. »

Jane piqua un fard. La rougeur de ses pommettes s'harmonisait à ravir avec ses cheveux roux.

Quel dommage qu'elle parle trop, pensa le Français. Pourtant il la toisa de haut en bas comme lorsqu'il l'avait vue pour la première fois devant Grand Central. Et cette fois elle ne portait plus son manteau de lapin, mais seulement un corsage imprimé à fleurs dont les trois boutons du haut étaient défaits. Il ne put s'empêcher de remarquer son soutien-gorge noir. Sans doute pour aller avec ses bas noirs, pensa-t-il. Sa jupe bleue lui découvrait légèrement les genoux. Il suivit du regard la fine lanière de ses souliers à talons hauts qui enlaçait ses chevilles délicates. « Tournez-vous, lui ordonna-t-il.

— Comment ? »

Beaufils, embarrassé, se replongea dans l'examen du cadavre vaudou. Il s'étonnait de constater que la rousse n'avait pas encore remarqué les corps autour d'elle dans la pièce. La plupart des gens s'évanouissent, vomissent, ou ferment les yeux en entrant dans la salle d'autopsie. Ou cette fille était parfaitement insensible à ce genre de choses ou le charme du Français était suffisamment puissant pour lui voiler toutes ces horreurs.

« Tournez-vous, répéta Jean-Pierre.

— Pourquoi ?

— Tournez-vous, je vous expliquerai plus tard. »

Jane se tourna lentement. Ses cheveux roux étincelaient en vagues lourdes. Pas le moindre faux pli ne venait déparer son élégante tenue.

« Très joli, approuva le Français. Maintenant, asseyez-vous.

— A quoi rime tout cela ? »

Jean-Pierre lui indiqua une chaise de bureau à roulettes. Après quelques instants d'hésitation, elle s'assit. Il prit son appareil-photo et le pointa vers elle.

« Vous êtes vraiment bizarre », remarqua-t-elle. Beaufils se mit à rire sous cape.

« Je veux être sûr que vous vous souviendrez de cette journée, repartit Jean-Pierre. Maintenant souriez. Je n'ai pas souvent l'occasion de demander ça à quelqu'un ici. »

Elle s'exécuta. Puis il poussa la chaise contre le mur.

« Relevez un peu votre jupe.

— Qu'est-ce que ça veut dire ? Voudriez-vous, par hasard, m'engager comme mannequin ou êtes-vous seulement une sorte de...

— Euh... ne gâchez pas la photo », fit Jean-Pierre en hochant la tête.

Après tout, quelle importance ? se dit-elle. Elle croisa les jambes et releva légèrement sa jupe.

« Jolis genoux », admira Jean-Pierre. Beaufils leva la tête pour regarder. Jane lui lança un regard agacé et ce dernier se remit au travail.

« Maintenant que j'ai posé pour vous, passons à ce que je suis venue faire.

— C'est-à-dire ? » plaisanta-t-il, en cadrant son visage aux pommettes saillantes, aux innocents yeux bruns et aux lèvres sensuelles.

Elle fronça les sourcils. « Bien, à quoi jouez-vous au juste ? demanda-t-elle. Trop est trop. » Elle tira sa jupe sur ses genoux.

Jean-Pierre la releva immédiatement.

« Vous ne manquez pas de culot ! » cria-t-elle. Ce type est dingue, pensa-t-elle.

« Quel est votre nom, déjà ?

— Jane. Jane de Chantal Furcillo.

— Ah oui, de Furcillo. Mais vous n'étiez pas supposée porter une jupe.

— Il n'est pas question que j'enlève ma jupe ! » Elle eut presque envie d'ajouter « ici ». Tu n'as pas honte, Jane de Furcillo, se dit-elle.

Le Français posa son appareil-photo. « Vous deviez être un homme, expliqua-t-il.

— Ah, vraiment ?

— Je veux dire que le patron m'a dit que vous seriez un homme, précisa-t-il, troublé.

— Eh bien, je ne suis pas un homme. »

Il la contempla d'un air approbateur. « Quel est votre domaine ?

— La Criminologie générale. Je donne des cours à l'université. La plupart de mes étudiants font partie de la police.

— Voilà l'explication.

— L'explication de quoi ?

— Ça n'a pas d'importance. Maintenant, que puis-je faire pour vous ? » Je sais bien ce que j'aimerais lui faire, pensa-t-il.

« D'abord, pourquoi ne répondez-vous pas au téléphone ? Il sonne depuis cinq minutes.

— Pourquoi répondrais-je au téléphone ?

— C'est peut-être important.

— Vous voulez dire, une question de vie ou de mort ?

— Eh bien...

— Si vous voulez la mort, regardez autour de vous. Ce n'est pas ce qui manque ici. »

Elle se leva pour regarder autour d'elle. Voir tous ces morts ne sembla pas la perturber. Elle tourna son attention sur les instruments chirurgicaux. La pièce était remplie d'objets luisants en acier inoxydable. Sur la table auprès de la dalle où travaillait Beaufils, se trouvaient un scalpel, une paire de ciseaux et un couteau à découper. Beaufils tenait une paire de forceps brillants dont il se servait méticuleusement pour explorer son cadavre.

« Au fait, dit-elle à l'Haïtien, je m'appelle Jane de Chantal Furcillo. »

Machinalement, il lui tendit la main, puis il se souvint qu'il portait des gants chirurgicaux, couverts de sang, et selon toute vraisemblance pleins de microbes dangereux. Dans son embarras, il laissa tomber les forceps sur les yeux de la victime, toujours posés sur sa poitrine. Jean-Pierre éclata de rire.

Jane porta la main à sa bouche et regarda Beaufils d'un air navré. Son regard se posa sur le cadavre et découvrit les yeux, la langue et les signes cabalistiques. « Je n'ai jamais rien vu de pareil », s'écria-t-elle avec enthousiasme, à la surprise générale. Puis, accidentellement, elle heurta de la main gauche la scie électrique posée sur le bord de la dalle. En écartant la main, elle appuya par mégarde sur l'interrupteur. La scie se mit en marche avec un grondement frénétique.

« Oh, mon Dieu... »

Jean-Pierre fut saisi d'un fou rire. Beaufils, bien que

touché par l'embarras de Jane, céda à la contagion et éclata de rire à son tour. Il ferma l'interrupteur de la scie.

« Il n'y a pas de mal, fit-il à Jane. Au fait, je m'appelle Beaufils. »

Jean-Pierre riait toujours. « Beaufils est...

— Je sais, interrompit Jane. Un des plus grands spécialistes mondiaux de la médecine légale. » Elle était impressionnée.

Beaufils opina de la tête, modestement.

« A quoi sert exactement cette scie électrique ?

— Nous coupons les os humains avec », expliqua Jean-Pierre.

Cela n'eut pas l'air de beaucoup la troubler. Elle continua à parcourir la pièce du regard, méthodiquement. Elle avait vu des photos, fait des travaux pratiques dans des laboratoires de médecine légale et travaillé dans les services de recherches de divers hôpitaux, mais cet endroit était différent de tout ce qu'elle avait connu auparavant. Les hôpitaux étaient bruyants, pleins de gens qui criaient et pleuraient. Ça se passe peut-être comme ça aussi parfois, se dit-elle, mais le personnel des hôpitaux arbore toujours un air sérieux. Ici, les gens plaisantent, rient, semblent d'humeur joyeuse. Quel paradoxe, se dit-elle : dans les hôpitaux où l'on s'occupe des vivants, on ne trouve que morosité ; ici, au royaume des morts, tout est plein de vie.

Ça ne la gênerait pas de travailler dans cet univers, pensa-t-elle. Rien ne la troublait particulièrement, pas même l'odeur lourde du désinfectant ou le relent de viande humaine qui ne lui évoquait que l'arrière boutique d'un boucher. Sans doute la vapeur de l'eau où bouillaient des os humains la faisait-elle un peu tousser, mais elle était sûre qu'elle s'y habituerait.

« Excusez-moi, cria un policier. Hé, Frenchy ! Quand t'auras fini avec le macchab, préviens-moi. L'inspecteur me tanne pour avoir le rapport.

— Ouais, ouais, chef, on se dépêche. »

On entendit soudain un grand remue-ménage à la porte et les battants s'ouvrirent violemment. Une femme surgit dans la pièce. Deux policiers tentaient de la retenir. Jane réalisa que c'était la femme qu'elle avait vue en haut dans la salle d'attente.

« Oh, mon Dieu, gémit la jeune femme brune. C'est lui ! hurla-t-elle, les yeux fixés avec horreur sur une des tables près de la porte. Abruti de bon à rien. Je savais que ça arriverait. Pourquoi ne m'as-tu pas écoutée ? Pauvre conard. Que vais-je faire ? Je te disais... Je te disais que tu te ferais tuer. » Elle criait de plus en plus fort. Jane se boucha les oreilles. Elle ne pouvait supporter cette scène, et c'était bien la seule chose qui pût la troubler ici.

Jean-Pierre restait immobile et silencieux. Lorsque les policiers eurent entraîné la femme, il se tourna vers Beaufils : « Mais pourquoi diable l'ont-ils amenée ici ? »

Un flic passa la tête par la porte. « Vous devriez répondre au téléphone de temps à autre, essaya-t-il d'expliquer. Elle n'arrêtait pas de me demander quand elle pourrait voir son crevé. Elle est descendue en courant, sans rien dire. On n'a pas pu l'en empêcher.

— Vous feriez mieux de l'emmener à l'hôpital psychiatrique à côté, proposa Beaufils.

— C'est l'aspect le plus désagréable de ce boulot », expliqua Jean-Pierre à Jane. Puis il se mit à siffler. « A part ça, on est vraiment bien ici. Comme n'importe quel autre job, non ?

— Je suppose que vous ne pouvez pas écouter tout en sifflant.

— On ne doit pas se laisser aller, voilà tout. Mes yeux ont vu les choses les plus horribles qui soient, et mes mains ont touché tout cela. Mais il ne faut se pas laisser aller.

— Cela signifie-t-il que vous ne vous abandonnez jamais à vos émotions. Je veux dire, que se passe-t-il si quelqu'un a besoin de votre aide ?

— Je crois que les gens doivent se débrouiller. Tant de choses méritent d'être vécues : les arbres, l'herbe, le ciel. Il y a tant de beauté en ce monde. Les gens devraient apprendre à apprécier la nature, à aimer leur vie. Ils s'entre-détruisent par avidité, pour l'argent, les drogues. J'ai vu les pires choses ici.

— Vous n'avez pas l'air d'un homme fait pour vivre dans ce genre d'environnement, pourquoi donc...

— Il faut bien que quelqu'un le fasse. Peut-être que si nous attrapons assez de ces forcenés, nous parviendrons à faire cesser ces meurtres absurdes, à empêcher que des gosses, des aveugles, des handicapés soient affreusement tabassés. Peut-être qu'en montrant au public jusqu'où va la cruauté humaine, nous inciterons les gens à réagir, à élever convenablement leurs enfants. »

Beaufils ne pouvait en croire ses oreilles. La rousse devait l'avoir bouleversé d'une certaine manière. Ce Français cynique éprouvait donc de la compassion après tout ? Peut-être était-ce la raison pour laquelle Jean-Pierre recherchait la publicité, sa manière de transmettre son message au monde.

Jane regarda Jean-Pierre avec admiration. Son attitude au début l'avait quelque peu effrayée, mais elle commençait maintenant à le comprendre et à le respecter. « Vous êtes un homme très sensible.

— J'ai beaucoup de points sensibles, plaisanta-t-il en levant les sourcils avec un sourire lubrique.

— Vous êtes vraiment bizarre. Vous aimez beaucoup plaisanter, n'est-ce pas ?

— Hé, certains parlent de sport, d'autres disent des conneries. Moi, je sifflote et j'aime plaisanter. Vous voulez que je vous raconte une blague ?

— Euh...

— Parfait. Donc, ce sont deux copains, passionnés, dingues de football ; vous savez, il n'y a que ça pour eux. Alors ils font un pacte : le premier qui se retrouve devant saint Pierre devra revenir dire à l'autre s'il y a du foot là-haut. Ils en raffolent tellement qu'ils veulent continuer après... » Il joignit les mains, ferma les yeux et posa la tête sur le dos de sa main gauche.

Jane sourit de le voir tellement absorbé par son histoire, comme s'il commençait à révéler le petit garçon en lui.

« Bref, reprit-il, l'un d'entre eux casse sa pipe. Kaput ! Il se présente devant saint Pierre. L'autre est devant sa télé à regarder son sport favori quand voilà soudain son copain qui débarque. « Oh, comme je suis content de te voir, fait le survivant. Alors, il y a du foot là-haut ou quoi ? » Le fantôme lui répond : « Eh bien, j'ai deux nouvelles pour toi, une bonne et une mauvaise. La bonne d'abord : oui, il y a du foot là-haut. Et la mauvaise c'est que lundi prochain, tu joues arrière droit. »

Elle éclata de rire. C'est quand même autre chose que le service de recherche d'un hôpital. Personne n'imaginerait jamais y raconter des blagues. Il lui semblait que la morgue, toute macabre qu'elle fût, était probablement plus près de la réalité que la maussaderie que l'on trouve dans les hôpitaux.

« Je suis content qu'elle vous ait plu. Je vais vous en raconter une autre.

— Peut-être une autre fois. J'ai très envie de commencer. »

Le Français grommela.

Le téléphone sonna. Beaufils décrocha l'appareil : « Oui, patron... La police nous a expliqué... Oui, nous comprenons... Oh, oui, elle est ici, et comment... Surpris ? Ah, vous ne pouvez pas imaginer...

— Ça vous ennuie que je sois une femme ? demanda timidement Jane à Jean-Pierre.

— Et *vous*, ça vous ennuie ?

— Eh bien, continua Beaufils, je ne sais pas, patron. Ils ont l'air de bien s'entendre.

— Je suis seulement surpris, dit Jean-Pierre à Jane, qu'une femme s'intéresse à la criminologie.

— Pourquoi ?

— Ce n'est vraiment pas un monde féminin. Les femmes devraient rester chez elles à s'occuper de leur mari. Le vôtre sait-il que vous êtes ici ?

— Je ne suis pas mariée, s'empressa-t-elle de lui répondre. Et même si je l'étais, je serais quand même venue ici.

— Comme je vous l'ai dit, patron, je ne sais pas. Difficile de savoir s'ils s'entendent vraiment ou pas. » Il rit. « D'accord, patron, je vais le lui dire. » Il raccrocha le téléphone. « Jean-Pierre, le patron dit qu'ils t'attendent pour partir à Staten Island.

— Que se passe-t-il à Staten Island ? demanda Jane.

— Un meurtre, comme d'habitude. Je dois aller étudier un cas sur place.

— Puis-je vous accompagner ?

— Non.

— N'ayez crainte, je ne me mettrai pas dans vos jambes. Et je promets de ne pas toucher d'interrupteurs ni rien de ce genre, plaisanta-t-elle. Ça me donnera l'occasion...

— J'ai dit non...

— Je pourrais toujours le demander au docteur Davenport », fit-elle remarquer d'un ton assuré.

Jean-Pierre la regarda d'un air soupçonneux et lui répondit, un peu irrité : « Vous pourrez vous asseoir à côté de moi pendant le voyage. »

5

Ils roulaient rapidement sur la voie express de l'East River : la sirène leur ouvrait rageusement un passage dans la circulation. L'air du matin était encore transparent. Jean-Pierre contemplait les reflets du soleil qui scintillait sur la rivière ; il prit une grande inspiration, se gorgeant les poumons avec volupté de la fraîche brise d'automne. Une odeur fétide lui irrita soudain les narines, lui rappelant que l'East River était polluée.

« Les égouts », fit-il remarquer.

Jane le regarda ironiquement. Assise auprès de lui, comme il l'avait demandé, elle s'étonnait qu'il fût resté si longtemps silencieux.

Ils roulaient dans une voiture de fonction sur laquelle on lisait « Office of the Chief Medical Examiner », et suivaient une camionnette bleu foncé qui annonçait en grandes lettres jaunes CITY MORTUARY (morgue municipale).

« Pas beaucoup de circulation ce matin, fit remarquer le chauffeur.

— La ville est en pleurs, fit Jean-Pierre.

— En pleurs ?

— Un hydrolat lacrymal lave les cieux vert chou. »

Ce type est bizarre, se dit Jane, mais chouette.

« Regardez là-bas. » Le Français montrait la rivière. « Les détritus humains venus des égouts flottent dans cette rivière. Si vous trouvez que la morgue sent drôle, vous devriez essayer de dormir sur une des péniches amarrées là-bas.

— Vous avez une péniche ? demanda Jane.

— Vous êtes folle ou quoi ? Est-ce que j'ai l'air d'avoir du fric ?

— Eh bien, vous venez de dire...

— Écoutez, si vous voulez sortir avec moi parce que vous croyez que j'ai de l'argent, renoncez-y tout de suite !

— Qui a parlé de sortir avec vous ? protesta-t-elle d'un ton cassant.

— Navré, mais je sors déjà avec quelqu'un.

— Comment ?

— Vous savez ce qui flotte aussi dans la rivière ? Ces petits sacs blancs en caoutchouc dont les gamins se servent comme de ballons de baudruche lorsque leurs petites amies disent non. » Il rit d'un air menaçant.

Ce type est trop, se dit Jane. Il n'arrête jamais.

Quand ils arrivèrent à l'entrée du tunnel de Brooklyn, Jean-Pierre demanda au chauffeur : « Hé, Johnny, tu as une cigarette ? J'ai laissé les miennes dans mon sac et...

— Bien sûr.

— Au fait, dit Jane poliment, je m'appelle...

— Elle, c'est Jane, intervint Jean-Pierre. Jane, je vous présente Johnny Conti. Il était boxeur, mais n'arrivait pas à trouver d'adversaires, fit-il en riant. Quand ils le voyaient, ils s'enfuyaient à l'autre bout de la ville.

— Vous n'avez pas honte ? » Tout en réprimandant Jean-Pierre, Jane comprenait qu'on pût regretter de se retrouver face à Johnny. Son visage avait une expression brutale, à terrifier un mort, se dit-elle en évitant de le regarder.

« Y'a pas de mal, rétorqua le grand type. J'ai l'habitude.

— Johnny est un de nos employés les plus dévoués. Il aime la compagnie de ces *clowns*. N'est-ce pas, Johnny ?

— Ouais, approuva Johnny avec enthousiasme. A quoi il ressemble celui qu'on va voir maintenant ?

— Comment sais-tu que c'est un homme ?

— Euh, le patron l'a dit.

— J'en sais rien. Paraît qu'il en reste plus tripette. On

va probablement devoir ramasser les morceaux et reconstituer le puzzle.

— Pourrai-je aider ? demanda Johnny avec ardeur.

— On verra. »

Ils sortirent du tunnel et empruntèrent la voie express Brooklyn-Queens en direction du pont Verrazano-Narrows.

« Fantastique, non ? s'écria Jane.

— Evidemment, je suis toujours fantastique.

— Je veux dire, le pont.

— Pas mal non plus. »

Après avoir traversé le fleuve, la camionnette bleue les conduisit, via la voie express de Staten Island, jusqu'à Richmond Road qui devint ensuite Amboy Road. Ils ne tardèrent pas à parvenir au chemin de terre qui débouchait sur la scène du crime.

Jean-Pierre sortit en sifflotant de la voiture ; il ouvrit la portière à Jane en inclinant gracieusement la tête.

« Que vous êtes galant, dit poliment Jane.

— Je suis Français, vous savez.

— Oui, je sais.

— Frenchy ! lança quelqu'un.

— Lieutenant Dawson ! répondit Jean-Pierre. Content de vous revoir.

— Toujours l'air en pleine forme, Frenchy, mais qui est cette superbe créature avec vous ?

— Oh, c'est ma... ma petite amie. Nous avions rendez-vous aujourd'hui. Certains les invitent à dîner, ou les emmènent au cinéma, moi je les amène au boulot. »

Le lieutenant le prit manifestement au sérieux. « Eh bien, je... je vous souhaite... amusez-vous bien, bafouilla-t-il à Jane.

— Cela va sans dire, repartit Jean-Pierre, n'est-elle pas avec moi ?

— Je... je m'appelle Jane de Furcillo, dit-elle à Dawson. Je donne des cours de criminologie au collège John Jay.

— Ah, bien sûr. J'ai entendu parler de la rousse sexy de John Jay.

— Merci, lieutenant.

— Qu'est-ce que ça veut dire ? plaisanta Jean-Pierre. Vous essayez de me piquer ma petite amie ?

— En tout cas, vous avez beaucoup en commun tous les deux », ajouta le policier. Le lieutenant Dawson était un grand gaillard aux larges épaules et aux bras volumineux. Un grand nez, des yeux bruns, dans un visage rond couronné de cheveux bruns, taillés court. Il boitait légèrement, conséquence d'une blessure reçue au Viêtnam. « J'en ai déjà vu des sacrément amochés, Frenchy, mais celui-là est un des plus abîmés.

— Je vous dirai ça quand je l'aurai vu. »

Johnny Conti, brandissant son laissez-passer, avait déjà franchi le cordon de police lorsque le lieutenant escorta Jean-Pierre et Jane jusqu'à l'érable. Reporters, photographes et policiers se tenaient à l'extérieur du ruban d'où pendaient des panneaux de carton disant : STOP ! CRIME : ZONE DE RECHERCHES.

Un collègue de l'Institut médico-légal annonça : « On n'a presque rien touché. »

Jean-Pierre remarqua immédiatement que la police avait déjà enlevé toutes les feuilles mortes que la nature avait répandues en tapis uniforme au pied de l'érable. Sous les feuilles, le corps d'un homme partiellement démembré gisait sur le dos, les bras croisés sur la poitrine, des menottes aux poignets. Au premier coup d'œil, Lahary constata que la végétation avait brûlé dans un rayon d'environ trois mètres autour des restes carbonisés, preuve que le cadavre avait été calciné avant que les feuilles ne commencent à tomber.

Les branches basses de l'érable étaient noircies par le feu. Sur le sol, il trouva des tessons de bouteilles et des boîtes d'aluminium fondues. Il se tourna vers Jane. « Vous voyez ça ? Cela montre que ce corps a été brûlé intensément avec un accélérateur à cet endroit-même.

— Exactement ma conclusion, approuva-t-elle avec satisfaction.

— Ah, oui ? »

En l'espace de quelques secondes, Jean-Pierre avait déterminé deux faits très importants : la victime avait été incinérée à l'aide de quelque produit chimique inflammable sous l'érable, et cela quelque temps avant l'automne. Il se rendait compte également qu'il n'était pas le seul à être parvenu à cette conclusion.

Tous deux examinèrent avec curiosité la victime sans visage ; les poignets immobilisés par des menottes, les poings serrés, les bras croisés. Jean-Pierre se demandait : Pourquoi ne lui a-t-on pas mis les menottes derrière le dos ? C'est ce qu'on fait d'habitude. Pour sa part, Jane se disait : comment va-t-il réussir à identifier ce corps ? Je veux voir ça.

« Voyez-vous comment il tient ses mains ? demanda Jean-Pierre à Jane. On dirait qu'il prie. Avec son chapelet Smith & Wesson, fit-il avec un rire sarcastique.

— Comment ? » s'étonna Jane. Elle ne comprenait vraiment pas ce qu'il voulait dire.

— Vous ne voyez pas ? Les menottes lui servent de chapelet. »

Un gros rire jaillit derrière eux. C'était Johnny.

« Viens ici, Johnny. Voilà ce qui me plaît en toi, tu comprends mon sens de l'humour. »

Il doit falloir un certain temps pour apprécier ce genre de plaisanterie, se dit Jane en se demandant si c'était un humour dépravé ou simplement sa manière de conserver un minimum de santé mentale dans son travail. Sans doute la deuxième hypothèse, bien qu'il lui semblât de plus en plus évident que le Français ne saurait sans doute pas résister à la tentation de faire une plaisanterie sur les choses les plus macabres. Mais, après tout, il ne le faisait peut-être que pour alléger le tragique de tout cela.

Le lieutenant Dawson lut l'incertitude sur le visage de Jane, et, tandis que Jean-Pierre et Johnny regardaient de plus près le corps, il lui dit : « Il n'est pas toujours comme ça. Vous devriez le voir quand il se trouve avec la famille d'une victime. Il m'a dit une fois qu'il ne pleure que pour les vivants qui pleurent les morts. Ces paroles m'ont marqué.

— Je suppose que lorsqu'on fait ce qu'il fait, dit Jane avec admiration, il est difficile de pleurer pour les morts.

— C'est sûr. Frenchy est un type compliqué. Il n'est pas facile à cerner, mais une fois qu'on le connaît, c'est un homme avec un cœur d'or... nous sommes peu à le savoir.

— Je suppose qu'il faut arriver à le connaître, répondit Jane en se proposant de s'atteler à cette tâche.

— Johnny, ordonna Jean-Pierre. Ne touche pas aux morceaux. Je crois que c'est un cas compliqué. » Il rit et, tout en plaçant les morceaux fragiles dans le sac en plastique noir qu'il appelait le sac à désastre, il ajouta : « Je ne veux pas que la puanteur s'en aille.

— Frenchy est le meilleur dans son boulot, dit Dawson à Jane. Il se plante rarement. »

Jean-Pierre entendit cette dernière remarque et se dit in petto : « Cette nana, je ne vais pas oublier de la planter.

« Eh bien, qu'en pensez-vous ? Allez-vous pouvoir reconstituer celui-là », demanda le policier à Jean-Pierre.

Ce dernier ne répondit pas, comme s'il voulait laisser le lieutenant dans l'expectative. Il alluma une cigarette et s'adossa contre l'arbre. Il leva les yeux vers le ciel bleu et clair, puis parcourut du regard les champs avoisinants, admirant les couleurs de l'automne, en souhaitant que le temps suspende son vol et ne s'enfonce pas dans l'hiver glacial et déprimant qu'il détestait tant.

La mort, pour lui, rimait avec l'hiver, mais autant il pouvait supporter la mort, autant il était incapable d'accepter l'hiver.

L'hiver serait bientôt là, mais il allait profiter de cette journée d'octobre, se dit-il en souriant de plaisir et en inhalant l'air marin venant de l'Atlantique proche.

« Alors ? demanda impatiemment Dawson. Croyez-vous que nous allons pouvoir identifier ce type ?

— Pas de problème, chef, répondit-il. Pas de problème. »

Deux heures plus tard, les restes arrivèrent à l'Institut médico-légal. Beaufils, le médecin légiste qui réceptionna le corps, avait déterminé l'évident au premier coup d'œil : la victime avait apparemment été hachée à mort, puis carbonisée.

Jean-Pierre et Jane arrivèrent quelques minutes plus tard. Jean-Pierre se changea avant d'effectuer son propre examen et de commencer à reconstruire les morceaux tandis que Jane attendait patiemment à l'extérieur de la salle d'autopsie.

« Bien, mademoiselle la Criminologue, voyons si vous allez pouvoir digérer ce *clown.*

— Ça me rappelle, fit-elle, que je n'ai pas déjeuné.

— Je vous autoriserai à m'inviter plus tard, si nous avons le temps. »

Ils se dirigèrent directement vers la table où Johnny avait disposé les morceaux carbonisés. Jean-Pierre se pencha avec enthousiasme sur les membres noircis qui se détachaient sur une feuille de plastique blanc. Il remarqua immédiatement que les tissus des doigts formaient une croûte noirâtre et qu'il serait, par conséquent, impossible d'identifier la victime par ses empreintes digitales, au cas, bien entendu, où ces empreintes auraient figuré dans un dossier. Il s'aperçut rapidement que la tête avait été brûlée avec beaucoup plus de soin que le reste du corps, ce qui prouvait qu'on avait dû se servir de quelque carburant particulier, en plus de l'accélérateur ; pour éviter l'identification par les dents, sans aucun doute.

« Vous voyez ça ? demanda-t-il à Jane. On dirait que le tueur a essayé de dissimuler l'identité en s'assurant que les empreintes des doigts et des paumes étaient détruites. Celui qui l'a fait devait donc savoir que le FBI prend également les empreintes des paumes. En outre, les indices dentaires seront impossibles à exploiter tant la tête a été brûlée. Bien entendu, il se peut même qu'il n'y ait pas un seul dossier sur les dents de ce *clown.*

— Sans les deux plus importants éléments nécessaires à une identification, comment allez-vous...

— Ça ne vous rend pas malade de regarder ça ? » lui demanda-t-il tout en tripotant délicatement certains morceaux avec un crayon.

— Pourquoi cela ?

— Vous êtes différente de la plupart des femmes que je rencontre.

— Et vous, vous êtes différent de la plupart des hommes que je rencontre.

— Je ne ressemble à aucun des hommes que vous rencontrerez jamais.

— Aucun doute là-dessus », fit-elle en riant.

Que voulait dire ce rire ? Elle ne sait probablement

même pas ce qu'est un homme. A son âge, elle n'a dû rencontrer que des garçons, il en était convaincu. « Vous n'êtes pas mariée, avez-vous dit. Est-ce que vous avez un petit ami ?

— Plusieurs.

— Vraiment ? Je parie qu'ils sont tous — comment disent les adolescentes quand elles parlent de leurs petits amis ? Ah oui, mignons, super, c'est ça ?

— Comment ? Vous me prenez pour une gamine ou quoi ? Laissons donc tomber ces questions personnelles et au travail.

— Je travaille, mais vous ne faites pas attention. Et d'ailleurs, qu'êtes-vous venue voir ici ?

— Tout.

— Mais encore ? Le musée, les laboratoires, ou simplement les procédures générales d'autopsie ?

— Tout ça.

— Tout ça ? Je ne crois pas. J'aimerais qu'on finisse cette conversation. Je ne sais pas avec combien de *clowns* je vais devoir faire joujou aujourd'hui.

— Je vous entends dire tout le temps ce mot *clown*. Pourquoi ?

— Nous voyons souvent cet endroit comme un cirque. Mais ces *clowns* sont des gens dont le destin a jugé qu'ils avaient vécu assez longtemps. Point à la ligne. » Jean-Pierre enfila une paire de gants chirurgicaux pour continuer son examen du corps.

La victime avait été coupée à coups de hache dans la région pelvienne et dans la partie inférieure de la jambe droite, tranchée au-dessous du genou. Le pied droit manquait. Les vêtements avaient été brûlés, mais restait encore au pied gauche une chaussure en partie consumée, permettant de déterminer la pointure approximative du pied.

« Ce détail m'intrigue, dit-il à haute voix. Pourquoi le tueur n'a-t-il pas fini son travail en détruisant la chaussure ?

— Il ne s'est sans doute pas imaginé que vous pourriez vous en servir pour l'identification.

— Comment pouvez-vous dire ça ?

— Je suis un expert en criminologie. Vous vous souvenez ?

— Oh, pardon. Et moi qui vous prenais pour une femme ! ironisa-t-il.

— Vous n'êtes peut-être pas au courant, mais nous vivons au vingtième siècle. Les femmes sortent de leur cuisine aujourd'hui.

— D'accord. Voyons si vous pouvez me dire quelque chose de ce *clown* par l'examen des aisselles.

— Des aisselles ?

— Ils ne vous disent pas grand-chose à l'école sur les aisselles, on dirait. »

Elle réfléchit un instant : « Attendez. Je vois où vous voulez en venir. Mais il a les bras croisés.

— Regardez dessous. » Il leva doucement les bras en les prenant par le coude.

Elle se pencha pour observer les longs poils blancs et raides que le feu avait épargnés en raison de la position des bras de la victime. « D'accord. Je crois pouvoir vous dire ce que vous voulez savoir. D'abord, les poils n'ont pas brûlé et cela me fait penser que le tueur n'en savait pas assez pour songer à détruire cet indice, parce que, deuxième point, on peut écarter la possibilité que l'homme était négroïde. Il était probablement de race blanche, et certainement pas tout jeune. »

Le Français grommela : « Il faut que j'examine ce *clown* aux rayons X. Je ne peux pas vous emmener dans la salle de radio.

— Pourquoi ? Ça vous ennuie que j'aie quelques notions de criminologie ? » Elle voulait dire « expert » en criminologie, mais préféra s'en tenir à l'euphémisme. « Écoutez, je suis venue pour que vous m'enseigniez vos connaissances. On vous considère comme un expert dans ce domaine. Je promets de ne pas rester dans vos jambes si vous le voulez. Je ne dirai pas un mot. »

Il l'ignora, bien que la formule « un expert dans ce domaine » eût chatouillé sa vanité.

« J'ai été si fascinée par l'article du *Daily News* que...

— Vous l'avez donc lu, hein ?

— Oui.

— Il vous a plu ?

— Oui.

— Bien. Il la dévisagea en souriant. Donc, jusqu'à maintenant, quelle est votre première impression ? La réaction des gens m'intéresse toujours.

— C'est très propre, fit-elle. Mais quelle est cette odeur ? »

Il hocha la tête en se disant : imbécile de rousse, je ne parlais pas de la morgue.

Elle reprit. « Quelle est cette odeur douceâtre ; ça donne envie de vomir.

— Allez-vous être malade ?

— Je n'ai pas dit ça, protesta-t-elle, agacée.

— Allez-y. Ça ne me dérange pas, vous savez.

— Comment ?

— Regardez autour de vous. Vous allez comprendre. »

Elle comprit.

« Mais quelle est cette odeur ?

— C'est un mélange de sang, d'excrément et de chewing-gum.

— De chewing-gum ?

— Oui, pourquoi ?

— Je ne sais pas si je dois vous croire ou si...

— Vous ne me croyez pas, hein ? C'est le nom qu'on lui a donné ici parce que ça sent le chewing-gum. En fait, c'est un produit chimique parfumé qui sert de désodorisant. Il couvre les autres odeurs. C'est aussi un désinfectant. Voilà tout. Vous comprenez maintenant ? Quant à moi, je déteste ce truc, mais nous devons le supporter. Parfois je préfère les autres odeurs.

— Je vois, susurra-t-elle. Je suppose que l'on doit s'habituer à toutes les différentes odeurs, non ?

— En fait, ce n'est pas si désagréable ici. C'est dehors que ça sent drôle.

— Je suis d'accord, mais du moins le téléphone ne sonne-t-il pas dans la rue. Ils ne s'arrêtent jamais ?

— S'arrêtent quoi ?

— Les téléphones, ils n'arrêtent pas de sonner ? »

Jean-Pierre haussa les épaules. Il n'avait pas vraiment entendu sa question. Elle était soudain devenue la plus jolie fille qu'il eût jamais rencontrée. Il aimait la forme de sa bouche, sa sensualité, comme si elle était prête à l'embrasser. Il en eut envie.

Ses grands yeux bruns de gazelle le regardaient innocemment. Parfois, en parlant, elle rejetait la tête de côté, son teint de pêche rosissait, et ses longs cils cillaient. C'était sa manière d'essayer de le calmer, puis elle espérait que le Français s'intéresserait plus à la femme en elle qu'à la criminologue. Sans doute était-elle habituée à ce que les hommes la dévisagent, mais rares étaient ceux qui l'attiraient. En revanche, elle commençait à ressentir les vibrations de cet homme, sans savoir exactement ce que cela signifiait. Une chose du moins était certaine : elle avait un bourdonnement dans les oreilles.

« Vous êtes belle, lui dit-il.

— Oh... Euh... merci. Je, euh... » Elle ne savait pas quoi dire, stupéfaite qu'elle était par le compliment du Français.

« Qu'est-ce qu'il y a ? demanda-t-il. Votre langue est paralysée ?

— Euh, c'est juste... » Elle leva les yeux au plafond. « C'est juste le bruit que j'entends. On dirait un avion.

— C'est le climatiseur, expliqua-t-il. Les ventilateurs qui éliminent l'odeur de chewing-gum.

— Oh ! » Elle le considéra de plus près. Il avait plus l'air d'une star de cinéma que d'un spécialiste de l'autopsie, se dit-elle, en se rendant compte qu'il ressemblait exactement à la photo du journal. Comme elle avait été stupide de ne pas le reconnaître ce matin-là. « Je parie que vous n'imaginiez pas me revoir après la scène de ce matin.

— Je ne crois pas que j'en avais vraiment envie.

— Pourquoi ? Ce n'est pas ma faute si les chauffeurs de taxi ont eu cet accident.

— Si j'avais pris le premier taxi comme j'aurais dû...

— Dites, ce taxi m'a appelée et je...

— C'est moi qui parlais, la coupa-t-il. Toute cette matinée se serait mieux passée si ce type ne s'était pas excité pour une femme.

— Quoi ? » Jane ne put s'empêcher de rire. « Vous êtes dingue. »

Johnny Conti entra dans la salle, suivi de Davenport et de Beaufils.

« Eh bien, je vois que vous vous entendez à merveille, dit Davenport.

— Oh, bonjour docteur Davenport. Euh, nous étions justement... il me montrait comment... »

Jean-Pierre lui coupa la parole : « Je lui en aurai montré davantage quand j'en aurai fini avec elle, fit-il avec un sourire entendu.

— Je n'en doute pas, fit Davenport. Où en êtes-vous avec ce *clown ?*

— Nous allons l'emmener dans la salle de radiographie.

— Parfait. Faites vite. Beaufils en a la responsabilité, occupez-vous-en donc avec lui. »

Tandis que Johnny s'apprêtait à emmener les restes dans la salle de radiographie, Jane se tourna vers Jean-Pierre et lui murmura : « Écoutez, oublions ce qui s'est passé ce matin. C'est derrière nous maintenant.

— Non, demoiselle, dit le Français en regardant ostensiblement ses fesses. Je n'oublierai pas votre derrière.

— On joue les machos. Pour vous, une femme n'est qu'un objet sexuel. »

Ah ! sourit intérieurement Jean-Pierre. C'était trop beau pour être vrai. Encore ces conneries du MLF. S'il lui disait ce qu'il pensait vraiment — que les femmes ne sont bonnes qu'à faire l'amour et la lessive — il n'aurait droit qu'à une bordée d'injures. Elle est comme le chewing-gum, se dit-il en riant aux éclats, un mélange de déodorant et de désinfectant ; comme Jeanne d'Arc et Napoléon.

Jane comprenait bien ce que signifiait ce rire. Elle prit immédiatement la décision de ne plus rien dire évoquant de près ou de loin le MLF. De toute manière, elle ne croyait pas à la libération de la femme ; mais elle finirait peut-être par y venir si elle laissait ce Français l'agacer.

« Suivez-moi, lui dit-il. Voyons jusqu'où vous êtes bonne. »

Ils sortirent de la salle d'autopsie pour entrer directement dans la salle de radiographie.

« Peut-être devriez-vous me tenir la porte, ironisa-t-il.

— Maintenant que vous me le dites, c'est mon tour, n'est-ce pas ?

— Excusez-moi », fit Johnny en se glissant entre eux.

Le plafond bas de la salle de radiographie accentuait son atmosphère sinistre, comme si l'architecte avait su à l'avance que s'y dérouleraient certaines des scènes les plus horrifiantes de la ville, comme si, plus le plafond était bas, moins facilement l'abomination se répandrait dans les rues. La disposition des fenêtres n'avait rien pour égayer l'ambiance : en haut, près du plafond, et en verre dépoli pour empêcher de voir ce qui se passait à l'intérieur.

Lorsque Jane avisa le bouclier en plomb de deux mètres de haut, elle déduisit subtilement que l'appareil à rayons X devait se dissimuler derrière. A côté du bouclier se trouvait un grand classeur métallique pour ranger les radiographies. A gauche du classeur, il y avait six visionneuses pour étudier les radios. Deux grandes tables à autopsie occupaient le centre de la pièce. L'appareillage blanc servant à radiographier les corps surplombait une troisième table, immédiatement sur la droite.

Dès que Jean-Pierre aperçut l'employé de la morgue assis sur une table à côté d'un cadavre sanguinolent, il lui lança : « Hé, Sutton, tire-toi de là !

— Va te faire foutre, Frenchy ! » répliqua le grand Noir.

Jane s'adossa à un des placards blancs le long du mur, indifférente. Elle commençait à s'habituer aux manies du Français, à sa manière de s'exprimer et à ses plaisanteries. Elle comprenait maintenant que cet employé de la morgue qui lui avait donné l'impression de détester le Français lorsqu'elle l'avait rencontré pour la première fois ne faisait qu'illustrer la grossière jovialité habituelle à ceux qui travaillaient à la morgue.

« Nettoie ces saloperies si tu restes, rétorqua Jean-Pierre en lui montrant le sol taché de sang.

— Nettoie-les toi-même, Frenchy. A toi de nettoyer ta

merde, maintenant. » Sutton sauta de la table et sortit de la pièce en traînant les pieds, avec un grand sourire.

Jean-Pierre se tourna vers Jane : « Voilà nos installations de radiographie. C'est ici que nous passons les *clowns* aux rayons X pour toutes sortes de raisons.

— Oui. C'est effectivement l'endroit qui convient. »

Elle me cherche, pensa le Français. Mademoiselle Je-Sais-Tout. Elle ne perd rien pour attendre.

Tandis que Johnny disposait les morceaux du corps sous la radio, Jean-Pierre conduisit Jane à l'endroit où Sutton avait été assis. Le corps d'un jeune Blanc d'une vingtaine d'années gisait sur la table métallique, un des quelques *clowns* morts par balle que Jean-Pierre devait examiner ce matin-là. « Il vous plaît ? » demanda Jean-Pierre en montrant le cadavre sanglant à Jane.

Que veut-il dire par « il vous plaît », se demanda-t-elle. Comment une scène pareille peut-elle plaire à quelqu'un ? Même à lui ?

« Eh bien, qu'en dites-vous ?

— Magnifique, s'écria-t-elle d'un ton enthousiaste. Où l'avez-vous trouvé ? »

Il préféra ne pas répondre. En vérité, il n'en savait rien. Et elle commençait à l'agacer de nouveau, sans qu'il sache exactement pourquoi.

« Comment allez-vous l'identifier ? Par ses empreintes digitales ?

— Non, nous prenons d'abord l'empreinte de son phallus », répliqua-t-il en ricanant.

Ce qu'il peut être méchant quand il s'y met, se dit Jane. Elle le regarda droit dans les yeux : « Si vous avez fini avec vos bouffonneries, peut-être...

— Vous ne me croyez pas, hein ? Okay, coupons-le et...

— Non, non, ce ne sera pas nécessaire, merci. » Elle se mit à chercher une question pour le détourner de ce jeu stupide. « Ont-ils un suspect pour ce crime ?

— Ça regarde la police. Elle fait son enquête. Je n'ai rien à voir là-dedans.

— C'est bien ce que je me disais. » Elle posa son sac à main sur la table. « Ça ne vous ennuie pas que je prenne mon en-cas ici ? » Sous les yeux intrigués du Français, elle sortit un petit sac en papier. « Il doit être froid maintenant, mais je meurs de faim.

— Vous pensez à manger ? Devant ces *clowns ?*

— Bien sûr. Pourquoi pas ? »

Il était surpris, épaté même. « Tout à l'heure, je vais vous emmener dans la chambre noire. Nous y déjeunerons ensemble. »

Elle se demanda ce qu'il voulait dire par là.

« Tout est prêt, déclara Johnny. Puis-je rester dans les parages ? »

Beaufils entra dans la pièce. « Ils viennent d'arriver avec trois corps, les victimes d'un incendie à Bleeker Street. Johnny, ils ont besoin de toi dehors.

— Mais Frenchy a besoin de moi ici.

— Vas-y, Johnny, répéta Beaufils. Je crois que le " magicien de la morgue " pourra s'en tirer sans toi pendant quelques instants.

— Bien, chef.

— Je t'ai dit de ne pas m'appeler chef.

— Allons, Beaufils, intervint Jean-Pierre. Comme je l'ai dit, nous sommes tous chefs. Même cette rousse est chef.

— Ouais, ouais, j'aimerais seulement que tu n'encourages pas autant Johnny. Il t'imite déjà beaucoup trop. Je crois aussi que tu ne devrais pas lui en dire tant.

— Oh, allons, Beaufils, il pose des questions. Il est curieux, c'est tout...

— Un jour, je te dirai exactement ce qu'il est, mais en attendant, au boulot. »

Ils se dirigèrent lentement vers la table radio. Les bras de la victime non identifiée étaient toujours croisés rigidement sur la poitrine, les poignets dans les menottes. Le torse, les débris de la tête, et la jambe démembrée étaient installés sous la radio.

Quelques minutes plus tard, les rayons X révélaient de petites taches blanchâtres des deux côtés de la région temporale, sur le crâne carbonisé. « Vous voyez ces taches blanches ? demanda le Français à Jane. On dirait la Voie lactée, non ? Eh bien, ce sont des particules de métal, j'en jurerais.

— Que veux-tu dire ? demanda Beaufils, étonné.

— Oui, cet homme a dû recevoir une ou plusieurs balles dans la tête. » Il saisit le scalpel spécial et se mit à gratter les tissus brûlés. Il dégagea l'ossature à l'endroit où la radio révélait les taches blanches. Quelques secondes plus tard, il découvrit un trou dans le crâne qui indiquait que les dégâts avaient été provoqués par un projectile ayant pénétré par la tempe gauche. Ces indices ne lui permettaient pas d'évaluer le calibre de l'arme, ce qui l'agaça un tantinet, mais il était convaincu désormais que les particules blanches étaient du plomb. « Pour l'instant, nous savons que cet homme a peut-être été tué à coups de feu, un peu avant l'automne, éventuellement avant d'être amené où il a été trouvé, puis il a été tailladé à coups de hache, et brûlé à l'aide d'un accélérateur puissant pour dissimuler son identité.

— Vous savez aussi qu'il était sans doute de race blanche, ajouta Jane.

— Oui, j'oubliais votre brillante déduction, chef. » Il regarda de nouveau la radio. « Des indices précis — vieilles fractures, sutures chirurgicales et matériel d'arthroplastie — vont nous aider à identifier cette victime. Le rachis lombaire — les vertèbres inférieures — est atteint d'une ostéophytose marquée en becs de perroquet et d'un syndesmophyte des L4 et L5. Je sais maintenant qu'il s'agissait d'un homme assez âgé souffrant de troubles fonctionnels articulaires. Il s'aidait sans doute d'une canne ou de quelque autre appareil orthopédique.

— Tu veux dire qu'il avait peut-être un problème ambulatoire ? demanda Beaufils.

— C'est cela même, chef.

— Parfait. Que trouves-tu d'autre ? » Beaufils prit des notes qu'il dicterait ensuite au magnétophone.

« Nous avons donc un mâle, d'environ 65 ans ou plus. Sa chaussure, apparemment d'un cuir de la meilleure qualité, est de taille 43, ce qui correspond à entre 1,73 mètre et 1,77 mètre ; mais compte tenu de ses problèmes articulaires, il a probablement rétréci pas mal. » Jean-Pierre se courba en imitant Quasimodo.

Jane rit doucement.

« Pas besoin de faire le clown, nous avions compris,

s'impatienta l'Haïtien. Es-tu certain de la lésion vertébrale ?

— Nous en aurons confirmation lorsque nous trouverons le pied qui manque.

— Et le poids ?

— Il reste un morceau de ceinture — pas bon marché, me semble-t-il — sur laquelle on lit " taille 42 ", il ne doit donc pas peser plus de 75 kg environ. » Jean-Pierre leva le pied et observa l'extrémité, bien conservée, des orteils. « Regardez ce gros orteil. Il a un ongle incarné. Hé, hé, c'est qu'il s'offrait le pédicure. Je crois bien que ce *clown* n'était pas un clodo comme toi, Beaufils, ajouta-t-il en riant.

— Ça suffit. Cesse ces plaisanteries. »

Jane remarqua que Beaufils s'impatientait à chaque instant davantage. L'Haïtien aurait dû être habitué à la tournure d'esprit du Français, depuis le temps, se dit-elle. Il y avait moins de six heures qu'elle connaissait Jean-Pierre, mais elle avait déjà appris à s'attendre à ce genre de comportement de sa part. Et, en fait, elle commençait même à l'apprécier.

Beaufils reprit : « Qu'avons-nous d'autre, Jean-Pierre ?

— Je ne peux pas répondre pour toi, gloussa-t-il, mais je sors de chez le médecin et je peux t'assurer que je ne l'ai pas. »

Beaufils haussa les épaules d'un air renfrogné.

« Okay, chef, il me faut maintenant la clef de ce rosaire.

— Les menottes, expliqua Jane.

— Je l'ai apportée », répondit l'Haïtien en tendant la clef à Jean-Pierre.

— Où l'as-tu trouvée ?

— Avant que tu n'arrives, j'ai joué avec toutes les clefs dont nous disposons pour ce genre de cas. »

Jean-Pierre ouvrit avec précaution les menottes en sifflotant. Il n'eut pas trop de toutes ses forces pour séparer les bras de la victime. « C'est bien ce que je pensais », murmura-t-il. Il dut ensuite se servir d'un couteau pour couper les tendons attachant les muscles aux os. C'était la manière la plus rapide de détendre les muscles contractés.

Tandis qu'il écartait les bras du cadavre, Jane se pencha pour regarder de plus près. Beaufils, qui s'apprêtait à sortir, était en train d'ouvrir la porte. Les yeux du Français s'écarquillèrent soudain de surprise. Il cessa de siffler. A la saignée du bras gauche se trouvait un petit bout de coton blanc.

« Aha !, s'écria Jean-Pierre. Il y a quelque chose de louche dans cette histoire. Je m'en doutais. C'est aussi gros que Moby Dick, Beaufils. »

L'Haïtien revint à grands pas vers la table de radio. « Que se passe-t-il ?

— Ce tampon se trouve à un endroit où l'on fait des injections. Envoyons-le donc au service de sérologie pour analyse. Et envoyons un prélèvement du champ d'injection possible au service d'histologie. » Il se tut, hochant la tête d'un air soupçonneux, puis il ajouta lentement : « Je suis sûr que les types de la toxicologie vont découvrir la présence d'un médicament spécifique dans le sang. Un narcotique ou quelque autre substance de ce style douteux. » Tout excité, il tendit le coton à Beaufils qui le plaça immédiatement dans une éprouvette, inscrivit les références du cas sur une étiquette et se précipita avec à l'étage.

« Je ne comprends pas, s'étonna Jane. Vous voulez dire qu'on a peut-être injecté quelque poison à cet homme avant de lui tirer une balle dans la tête, de le couper en morceaux et de le brûler ?

— Quelqu'un voulait être vraiment sûr de l'avoir tué.

— Hé, Frenchy, cria Johnny en se précipitant dans la pièce. Regarde ce qu'on a trouvé pour toi.

— J'espère que tu as amené du vin pour boire avec, plaisanta Jean-Pierre.

— C'est le pied droit du *clown* que nous avons trouvé ce matin, dit-il avec enthousiasme.

— Magnifique ! Exactement ce que je voulais. » Jean-Pierre ne plaisantait plus tout à fait.

Johnny arbora son plus beau sourire, une sorte de grimace furieuse, et resta pour regarder travailler son idole.

Après avoir conclu qu'il s'agissait bien du pied droit qui manquait, Jean-Pierre s'aperçut que le talon, légèrement plus épais, de la chaussure était très usé et avait été ressemelé à plusieurs reprises. La victime boitait, il n'y avait plus aucun doute possible.

« Que se passe-t-il maintenant ? demanda Jane.

— Ils vont rechercher parmi les personnes disparues un homme blanc répondant — ou plutôt ne répondant plus — à cette description : plus de 65 ans, environ 1,73 mètre, 75 kg, boite, probablement aisé, ayant disparu un peu avant octobre, quelques autres détails mineurs — et voilà ! Nous allons peut-être parvenir à l'identifier.

« Mais je vous dis que c'est une affaire louche. D'abord, lorsque l'on met les menottes à quelqu'un, on le fait généralement dans le dos, n'est-ce pas ? S'ils n'ont pas procédé ainsi avec ce *clown* c'est que ses bras étaient bloqués par la *rigor mortis :* il était en effet probablement mort à ce moment-là, de l'injection je pense. C'est ce que pourrait prouver ce bout de coton que nous avons trouvé à la saignée du bras. Donc, si quelqu'un lui a d'abord fait une injection mortelle, pourquoi lui mettre les menottes *après* la piqûre ? Comme la *rigor mortis* s'était déjà installée, le ou les tueurs n'avaient d'autre choix que de lui mettre les menottes devant.

— Je ne vois pas très bien où vous voulez en venir, fit Jane, mais c'est vraiment fascinant.

— Bien sûr que je suis fascinant. Je suis Français, vous savez.

— Oui, je sais.

— Voilà ma théorie, mais souvenez-vous que ce n'est qu'une théorie. Cet homme avait beaucoup d'argent. Cela signifie qu'il avait peut-être une grosse assurance sur la vie. Que se passe-t-il s'il se suicide ? Sa femme...

— Pourquoi sa femme ?

— Qui d'autre ? Sa femme se rend compte qu'elle ne touchera pas un sou si la compagnie d'assurances découvre qu'il s'est suicidé. Elle trouve donc le cadavre de son mari. Alors, avec l'aide d'un voisin, de son amant ou Dieu sait qui, elle décide de maquiller le suicide en meurtre, au cas où le corps serait découvert. Elle espérait probablement que nous ne parviendrions pas à l'identifier, parce que de toute manière il finirait bien par être déclaré légalement mort. A moins qu'elle n'ait voulu que nous l'identifiions — la chaussure, la ceinture, le...

— Votre imagination vous entraîne un peu loin, vous ne croyez pas ?

— Ce n'est pas vraiment notre problème ici. La moitié des choses que je vois ici dépassent l'imagination d'une personne normale. Reprenons. Je crois que celui ou celle qui a fait le coup a trop bien brûlé ce *clown* pour avoir involontairement laissé tant d'indices. Elle a peut-être loué les services de quelqu'un, d'un professionnel.

— Comment savez-vous tout cela ?

— Je vous l'ai dit, ce n'est qu'une théorie. En plus, j'ai déjà vu ce genre de trucs. Posez-vous simplement cette question : si j'ai raison et que l'homme se soit bien suicidé, pourquoi quelqu'un se serait donné toute cette peine pour faire croire à un meurtre sauvage ? »

Elle réfléchit un moment.

« Vous voyez. Quelqu'un a essayé de dissimuler le fait que cet homme s'était suicidé. Vous vous souvenez de ce que je viens de dire. Nous verrons comment les choses tourneront. Maintenant, en ce qui nous concerne...

— En ce qui nous concerne ?

— Comment les choses vont-elles tourner ?

— Eh bien, pourquoi ne commencerions-nous pas par un dîner ? proposa-t-elle lentement.

— Vous m'invitez ?

— Que diriez-vous de chacun pour soi ?

— Que diriez-vous d'être ma chacune ? »

Jane rougit, tira machinalement sur sa jupe.

« Johnny, je reviens tout de suite. Je vais montrer la chambre noire à notre visiteuse. Je ne veux surtout pas être dérangé. C'est compris ?

— Okay, Frenchy. »

Jane regarda Jean-Pierre avec méfiance. « Au fait, êtes-vous marié ?

— Ne vous inquiétez pas, quand je sors avec une femme, je viens généralement seul. »

Quand Jean-Pierre et Jane eurent quitté la salle de radio, Johnny se précipita vers un téléphone. Il composa un numéro à Staten Island.

« Allô, répondit une voix dure.

— Oncle Vito ?

— Ouais. Que se passe-t-il, petit ?

— Ils ont reconstitué sa description, mais il y a un truc que je ne comprends pas. Est-ce que le type était mort quand Tony l'a flingué ?

— Qu'est-ce que tu racontes encore ?

— Le Français semble croire que le macchab s'est suicidé, puis qu'on l'a flingué et enfin cramé.

— Comment ça serait possible ?

— J'en sais rien, mais ils ont trouvé un bout de coton sur le bras du type, et puis y'a ce truc, qu'on lui a mis les menottes devant au lieu de derrière, parce que le bras était raide à cause d'une piqûre.

— Nom de...

— A part ça, tout se passe comme on l'avait prévu. Ils vont trouver comment s'appelle le mec d'ici un jour ou deux. Exactement comme je t'avais dit, oncle Vito, Frenchy va tout reconstituer. Seulement, j'ai peur qu'y fasse un trop bon boulot, ce coup-là. Il a déjà pigé que c'est une affaire d'assurances.

— Parfait, petit. Dès que vous trouvez quelque chose de nouveau, tu me préviens. Tu t'es très bien débrouillé, petit. En attendant, gronda-t-il lentement, je connais deux conards qui vont m'entendre. »

6

Depuis plus d'une heure, Vito Constantine attendait tranquillement dans son bureau que ses neveux viennent le retrouver pour une nouvelle « discussion familiale ». Ses yeux se posèrent sur une photo encadrée de son frère aîné Arturo et de lui-même, prise bien des années avant qu'ils ne s'installent à Staten Island. C'était le bon vieux temps, se dit-il, mais les meilleures choses ont une fin.

Abandonné par ses parents à l'âge de treize ans, Vito avait été recueilli par son frère. Mais pendant qu'Arturo s'échinait péniblement comme manœuvre pour tenter de rapporter à la maison assez d'argent pour assurer le gîte, le couvert et autres nécessités primaires, le jeune Vito écumait les rues de Buenos Aires en quête d'occupations plus lucratives. Il n'avait pas dix-huit ans qu'il était passé maître en l'art de l'escroquerie, du vol à la tire et du menu trafic de drogue. Le jour, il vivait dans un monde de rêve, à regarder des films de gangsters américains dans les cinémas de son quartier. La nuit, il la passait dans la rue, à gagner en une soirée plus que son frère aîné ne ramenait en une semaine.

Inutile de dire qu'Arturo était bien incapable de surveiller son intraitable frère cadet, d'autant qu'il était bien trop occupé à faire la cour, puis à épouser une Silvana Cortez de quinze ans, devenue très enceinte.

La jeune fille mourait d'envie de quitter ses parents

trop autoritaires et d'émigrer au royaume du dollar, au pays des stars du cinéma. Là elle finirait par devenir une vedette de la chanson, du théâtre, de la comédie musicale, et ses enfants grandiraient parmi les riches. Il ne lui fallut donc pas longtemps pour convaincre son passif de mari de devenir l'associé de Vito : certainement la meilleure manière de réaliser son rêve. Elle s'était mariée avec la certitude que l'amour inépuisable d'Arturo lui donnerait la force et le courage de combler le moindre de ses désirs. Par conséquent, bien qu'à regret, Arturo s'engagea dans une vie criminelle.

Non sans résultats. Un an après avoir donné le jour à son deuxième fils, Johnny, ainsi baptisé d'après un personnage que jouait Humphrey Bogart dans un film de gangsters, elle posait des yeux avides sur la Statue de la Liberté. Son mari, à ses côtés, tenait leur premier fils, Roberto, tandis que son beau-frère, seul à la proue du navire, caressait ses propres visions de grandeur.

Depuis toujours, Vito voulait devenir un des chefs du crime organisé, mettre la main sur le gros fric comme ses héros préférés de cinéma. Tout ce qu'il lui fallait, pensait-il, c'était une chance, une occasion de se faire un nom dans le syndicat. Il faudrait peut-être attendre, mais son jour viendrait.

Tandis que Silvana allait à l'école pour apprendre l'anglais, Vito et Arturo gagnaient très convenablement leur vie en exportant des films pornographiques américains vers l'Argentine. Leur contact payait bien et ce commerce ne présentait pas beaucoup de risques. Ce furent sûrement les meilleurs jours de leur vie, se dit Vito.

Ils habitaient dans le bas de Manhattan, du côté est. Roberto, que ses amis américains appelaient désormais Bob, et Johnny devenaient de robustes petits garçons, pleins de santé. Arturo s'émerveillait des progrès de sa femme en anglais. Elle rapportait ses livres de classe à la maison pour donner des cours à toute la famille : elle voulait qu'ils parlent un anglais parfait. Silvana eut du mal à accepter le fait qu'elle ne deviendrait jamais une star : mais elle n'avait tout simplement ni le talent ni la silhouette qu'exigeaient producteurs et metteurs en scène. Elle avait beau ne reculer devant aucune bassesse, les années passaient sans qu'auditions et rendez-vous donnent le moindre résultat. A une unique exception près. Après la naissance de son troisième fils, Tony, un de ses admirateurs lui confia un rôle dans un feuilleton télévisé, le premier et le dernier de sa maigre carrière.

Entre-temps, Vito avait fini par avoir son occasion de travailler pour la Mafia, au hasard de circonstances fortuites. Pourtant, la chance tant convoitée devait détruire tout ce que son frère et lui avaient mis sur pied. On leur avait fait une entourloupe, avait alors compris Vito, et il prendrait un jour sa revanche.

Les Constantine avaient apparemment été victimes d'un coup monté, peut-être mis au point par le syndicat. Pendant plusieurs mois, certains journaux new-yorkais avaient monté l'affaire en épingle, en partie à cause des curieux rebondissements de l'histoire — quatre morts vraisemblablement liées — et en partie pour des raisons politiques : un procureur controversé incapable de parvenir à inculper quelqu'un ; pas assez de preuves, avait estimé le juge. C'était la deuxième fois que Vito se frottait au système judiciaire américain et il en était venu à le considérer comme inadéquat et par conséquent facile à berner.

Cette série d'événements sordides commença peu après la naissance de Jim, alors que la famille venait de déménager à Todd Hill, quartier plus élégant, à Staten Island. Vito avait été accusé du viol d'une jeune Portoricaine de seize ans. Arturo eut recours aux services d'un avocat, Leonard Kranski, qui passait pour avoir des accointances avec le syndicat. Après avoir obtenu l'acquittement de Vito — en prouvant que le passé de son accusatrice n'était pas immaculé — Kranski demanda aux frères Constantine de négocier une affaire de drogue avec un groupe de Colombiens. Il leur proposa un plan qui devait, à terme, leur rapporter des millions de dollars ; et pour cela, il leur suffisait d'acheter un bateau. C'était l'occasion que Vito espérait.

Sur les instances de Silvana, Arturo accepta, non sans hésitations, d'investir l'ensemble de leurs économies dans l'achat d'une vedette de 50 000 dollars. Jusqu'alors, les deux frères avaient lentement fait prospérer leur affaire de films pornographiques qu'ils avaient rapidement enrichie d'un réseau de prostitution, en important des adolescentes latino-américaines. Leur affaire s'était ensuite étendue à l'exportation de jeunes prostituées américaines. Vito avait expliqué à son frère que le bateau leur servirait de toute façon, par exemple à faire venir aux États-Unis de jolies Cubaines, misérables et sans foyer. Leur investissement ne serait pas gaspillé, quoi qu'il advienne de leur entreprise avec Kranski.

L'avocat prendrait d'abord contact avec les Colombiens, puis il laisserait les frères trouver un moyen d'importer clandestinement la marchandise. Il demanda aux Constantine de lui confier leur argent : il achèterait le bateau en Floride pour leur compte et les ferait venir lorsque le moment serait venu pour eux de se rendre en Colombie.

Ce moment ne vint jamais. Pourtant, Kranski leur avait assuré qu'il avait acheté la vedette et l'avait laissée dans un port de Miami. Tout se passerait comme prévu, leur dit-il, mais il lui restait encore un dernier détail à régler : les Colombiens voulaient en effet une avance de 100 000 dollars. Kranski était disposé à mettre la moitié de la somme et comptait sur les frères pour réunir le reste. Lorsque les Constantine lui annoncèrent qu'ils en étaient incapables, Kranski leur suggéra une solution de remplacement.

Il leur fit savoir que ses « amis » voulaient se débarrasser de deux de leurs concurrents ; ce contrat leur serait payé 50 000 dollars s'il était exécuté avec toute la discrétion requise. Vito accepta. Arturo refusa. Mais Vito avait un plan qui devait détourner d'eux tout soupçon et, comme toujours, il parvint à convaincre son frère de participer à l'opération.

Le plan était simple, il consistait à louer les services d'un Noir appelé Turk, dont Vito se servait dans ses affaires de prostitution. Turk recevrait 100 000 dollars pour commettre l'assassinat tandis que les Constantine se chargeraient, tâche délicate, d'attirer les deux victimes à portée de leur tueur, Turk. De la sorte, sans grands risques, ils ramasseraient l'argent nécessaire à la poursuite de leur transaction colombienne.

Kranski proposa le moyen d'attirer les deux victimes dans le piège : Vito attendrait, dans un bar de Manhattan-Est, d'être approché par deux hommes assurant connaître un certain Strickland. « Ils chercheront à acheter de la coke », avait-il expliqué. Vito n'avait guère de raison de se méfier de Kranski ; ne venait-il pas de le sortir de prison ? Pourtant, Arturo continuait d'hésiter.

Pour la première fois depuis le début de leur association, les deux frères eurent une terrible altercation. Ensuite, au Fox's Place, bar connu pour être un rendez-vous de revendeurs de drogue, Vito, seul, avait suivi exactement les instructions de Kranski et attendu patiemment.

Personne ne put jamais identifier le correspondant anonyme qui, en déguisant manifestement sa voix, avait informé les inspecteurs Jensen et Brown que deux Sud-Américains venaient de débarquer avec une grosse quantité de cocaïne ; qu'ils cherchaient à la vendre ; qu'on les trouverait dans un bar de Manhattan-Est ; et que le mot de passe était qu'on venait de la part de Strickland. Jensen et Brown avaient décidé de tenter le coup.

Une heure passa avant que deux hommes s'asseyent au bar, à côté de Vito. Ils parlaient à voix plutôt haute et Vito entendit finalement le Noir dire à son compagnon blanc : « Écoute, mon vieux, il ne nous reste plus qu'à attendre Strickland. Il va nous présenter.

— Attendons encore un peu, répondit Jensen.

— Quand je pense qu'on est à New York. Je parie qu'ici même il y a des mecs qui... »

Vito intervint :

« Vous n'êtes pas d'ici, les gars ?

— Nous venons du New Jersey. Ça vous regarde ?

— Vous connaissez Strickland, les gars ? » La scène enchantait Vito. Dans ces cas-là, il était même parfois convaincu de parler comme Humphrey Bogart, jouant un Sud-Américain.

— Ouais. Qui êtes-vous ?

— Mon nom ne vous dirait rien. Vous voudriez acheter

quelque chose de vraiment bon ? » Kranski serait fier de lui, il jouait vraiment son rôle à la perfection.

« Qu'est-ce que vous vendez ? demanda Jensen. On veut de la pure, vous comprenez.

— Je peux vous brancher, mais c'est pas donné.

— Tu vois, fit Brown à Jensen, voilà New York, mon pote.

— Suivez-moi », leur dit Vito.

Les inspecteurs avaient trouvé que le scénario se déroulait un peu trop facilement, mais ils avaient également eu la certitude d'avoir affaire à un amateur. Jensen avait pu faire signe aux policiers qui les couvraient sans se faire remarquer tandis que Brown bavardait paisiblement avec leur pigeon. Il était clair, s'étaient dit les inspecteurs, que ses concurrents voulaient éliminer ce type. Peut-être que leur indicateur anonyme appartenait à ce même syndicat qu'ils avaient récemment failli coincer pour une affaire de cocaïne de plusieurs millions de dollars. Si seulement ils avaient eu un mandat de perquisition, ils auraient réussi la plus belle prise de leur vie. Mais peut-être que le coup de filet de ce soir leur vaudrait les éloges dont les flics ont tant besoin pour la réussite de leur carrière. Quelle ironie s'ils devaient ce succès à un tuyau de la Mafia !

Sous les yeux vigilants des quatre policiers dissimulés aux abords du bar, les trois hommes descendirent à pied l'Avenue A, puis prirent la 7ᵉ Rue vers l'East River. Soudain, Vito s'enfuit en courant. Stupéfaits, les deux inspecteurs lui donnèrent immédiatement la chasse. Les quatre policiers de soutien suivirent, arme à la main, trois à pied et le quatrième au volant d'une voiture banalisée. Tout arriva très vite. Jensen et Brown ne s'aperçurent de rien, mais un de leurs collègues hurla : « Couchez-vous. »

Il était trop tard. Un grand Noir avait surgi d'entre les voitures rangées le long du trottoir, il tira cinq coups de feu : deux atteignirent Jensen en pleine poitrine, un toucha Brown à la tempe. Les deux inspecteurs moururent sur le coup. Leur escorte ouvrit le feu et abattit un Turk abasourdi.

Une gigantesque chasse à l'homme fut lancée pour

retrouver le Latino-Américain qui avait attiré les deux inspecteurs dans ce fatal guêpier. Les journaux étaient pleins d'interrogations : qui avait informé les policiers ? Était-ce un coup monté ? Une vengeance du syndicat ? Mais alors, pourquoi un travail aussi peu professionnel ? Et qui avait engagé Turk ?

Lorsque Vito sut qui étaient ses deux victimes, il fut pris de panique. Il appela Kranski pour s'entendre répondre que l'avocat serait absent pendant quelques semaines. Il comprit soudain qu'il n'y avait peut-être jamais eu de bateau. Son frère et lui allaient tout perdre.

« Comment as-tu pu être aussi con ? hurla Arturo d'une voix hachée.

— Comment pouvais-je savoir que ça allait être des flics ?

— Ils t'ont manœuvré pour que tu les tues. Kranski t'a couillonné. Tu t'en rends pas compte, peut-être ?

— Et qu'est-ce que tu veux que je fasse, maintenant ? Il est trop tard...

— Si seulement tu m'avais écouté !

— Lâche-moi avec tes conneries. C'est bien le moment de jouer les grands frères. Si je t'avais écouté on en serait encore à merdouiller quelque part sur l'Avenida de Florida. »

Silvana entra discrètement dans la pièce.

« Sors d'ici ! ordonna Vito.

— Ne parle pas à ma femme sur ce ton.

— Je lui parle comme je le veux.

— Cessez de vous disputer, intervint Silvana. Ne comprends-tu pas, Vito, que la police te recherche. Il faut que tu quittes la ville. »

Vito regarda le sol pensivement. Peut-être avait-elle raison.

« Non. Il y a mieux à faire, il faut que tu te rendes à la police, exigea Arturo.

— T'es fou !

— Tu leur diras que t'as été manipulé.

— Non, mais tu rigoles ! Si c'est pas les flics, c'est le syndicat qui me fera la peau. »

A ce moment-là, Johnny — qui avait douze ans alors et

qui rentrait à la maison — entendit la discussion dans le salon. A pas de loup il s'approcha de la porte entrebâillée.

« Vito, j'insiste pour que tu ailles te dénoncer. Si tu ne le fais pas pour toi, pense à la famille.

— La famille ? Tu veux dire *ta* famille, non ?

— C'est aussi ta famille, protesta Silvana.

— Ta gueule, petite pute !

— Salaud ! Tu oses me dire ça après tout ce que j'ai fait pour toi.

— Oh, perdóna me Señora. J'avais presque oublié ces après-midi solitaires au cinéma. »

Arturo saisit son frère au collet : « Qu'est-ce que tu racontes ?

— Vito, implora Silvana, ne dis pas quelque chose que tu regretteras plus tard.

— Parle ! » hurla Arturo en le secouant.

Vito gifla son frère à la volée. Sous le coup, Arturo roula au sol.

Silvana empêcha Vito de frapper de nouveau son mari : « Vous êtes frères, arrêtez ça. »

Arturo écumait : « Parfait, mon petit frangin. Les flics vont t'avoir. Parce que je vais te balancer... »

Vito repoussa Silvana et plongea la main sous sa veste. Arturo s'immobilisa.

« Non ! hurla Silvana.

— Ta gueule ! lui lança Vito avant de braquer son revolver sur son frère. Tu vas rien dire aux flics. T'as bien trop la trouille. Et puis, t'es trop con. T'es même pas foutu de voir que ta femme est une...

— Vito, je t'en prie, supplia-t-elle.

— Laisse-le parler, intervint Arturo. Je veux entendre ce qu'il a à dire.

— Alors, je ne reste pas, fit-elle. Je ne veux pas écouter tous ses mensonges. »

Vito tourna l'arme vers elle : « Reste ici. Je veux que mon frère sache quelle bonne épouse tu es.

— Pourquoi fais-tu ça ?

— Parce que s'il va voir les flics, j'irai dire quelques mots à notre précieux petit Tony. »

Arturo se releva : « Qu'est-ce que Tony a à faire là-dedans ?

— Tu t'es jamais demandé pourquoi Tony était un si joli bébé et pas un affreux comme ses frères aînés ?

— Vito, s'il te plaît, gémit Silvana, les yeux écarquillés d'horreur, terrifiée par l'inéluctable.

— L'épouse modèle...

— *Parle !*

— Même quand tu regardais elle le faisait, sous ton nez, et tu voyais rien.

— Arturo, ne le laisse pas continuer, s'il te plaît. Je t'en supplie.

— Tais-toi, je veux savoir la suite.

— Ah, tu veux savoir la suite ? cria Vito. Très bien, la voilà. Ta femme est une pute du show-business. Elle a couché avec presque tous les producteurs et les metteurs en scène de New York. »

Silvana se mit à hurler.

« Ta gueule ! » lui lança Arturo, puis il se tourna vers son frère : « Continue. »

Vito eut un sourire sardonique : « Tu sais, le rôle qu'ils lui ont donné dans le feuilleton télé. Eh bien, le producteur était un de ses michetons préférés.

— Ne vois-tu pas qu'il ment ?

— J'ai dit, ta gueule !

— Comment crois-tu qu'elle ait décroché ce boulot, reprit Vito. T'imagines pas que c'est grâce à sa belle petite gueule, quand même ?

— Au fait.

— Tony est un cadeau de son petit ami producteur, voilà le fait. » Il hocha la tête avec mépris. « Tony n'est pas ton...

— *Nooon !* sanglota Silvana.

— C'est vrai ? interrogea Arturo.

— Comment peux-tu rester là à écouter ces ordures ? C'est un menteur et un voleur. Il t'a seulement raconté ça pour que tu ailles pas trouver la police. » Ses yeux lançaient des flammes. « Mais tu as raison de vouloir y aller. Il essaie de nous dresser les uns contre les autres. Les flics sauront quoi en faire. »

Vito braqua le canon sur son front.

« Vito, je t'en prie, plaida-t-elle.

— C'est ça, salope, supplie-moi. Supplie-moi comme

quand tu me demandais d'ouvrir ma braguette au cinéma et de te laisser me sucer jusqu'à ce que...

— Ordure. Allez, tue-moi. Vas-y... sinon c'est moi qui te tuerai... » Elle écarta le revolver de son front. Ils luttèrent violemment, Silvana se cramponnait des deux mains à son poignet armé.

Arturo hésita, puis il parvint à s'emparer de l'arme. Il resta planté, le revolver à la main, les mains moites, fixant haineusement Vito droit dans les yeux. Lentement, il commença à appuyer sur la gâchette, puis soudain il renonça, saisi par un sentiment de loyauté envers son frère unique. Ils avaient fait un long chemin ensemble. Toutes ces années à bouffer de la vache enragée, à partager les bons moments. Ensemble, ils avaient déménagé du bas de Manhattan pour s'installer dans leur maison, sur Staten Island. Ensemble, ils avaient gagné cet argent qui permettait à la famille de vivre confortablement — toute sa vie défila dans son esprit en un éclair, et il abaissa l'arme vers le sol. « J'ai honte », dit-il douloureusement, en haletant, soulagé de n'avoir pas appuyé sur la détente. « Tu es mon frère, mais je dois faire mon devoir. Je vais t'emmener moi-même au commissariat. »

Vito projeta brusquement Silvana contre Arturo. Le revolver tomba sur le divan. Ils se précipitèrent tous deux dessus, mais Vito fut le plus rapide. Sans hésiter, il tira deux balles dans la tête de son frère. Le deuxième coup de feu le tua sur le coup.

Silvana hurla de terreur, ses cris assourdissants vrillaient les oreilles de Vito. Il fallait la faire taire. Impulsivement il lui tira une balle dans la poitrine, en plein cœur. Machinalement, il essuya l'arme et la plaça sur le sofa auprès de son frère.

Johnny attendit, tremblant, en proie à une étrange envie de regarder dans la pièce. Quelque chose en lui comprenait ce qui avait dû se passer.

Vito sortit du salon. Stupéfait, il découvrit son neveu debout près de la porte.

« Depuis combien de temps es-tu là ? demanda sèchement Vito.

— J'ai entendu du bruit, oncle Vito.

— Qu'as-tu entendu ?

— Un pan, et puis un autre pan, et...

— C'est tout ce que t'as entendu ? »

Johnny empoigna la clenche. Vito lui saisit le bras. « N'entre pas, ordonna-t-il. Écoute, petit. J'ai de mauvaises nouvelles à t'annoncer. Courage, conduis-toi en homme, tu m'entends ? »

Johnny fixait la porte d'un regard vide.

« Il y a eu un accident. Ton père avait un revolver et... l'arme est partie. Ta mère a reçu la balle. »

Johnny écarquilla les yeux : « Est-ce qu'il l'a tuée ? »

Vito hésita. « Je n'ai pas pu l'en empêcher. Ça n'est pas tout, petit. Ton père s'est tué aussi. »

Johnny se précipita dans le salon.

« Je t'ai dit de ne pas y aller », cria Vito.

Mais il était trop tard pour arrêter l'enfant.

Il était resté des heures à regarder les corps avant d'appeler la police. Il avait bien suivi les instructions de l'oncle Vito : ne pas dire à la police que son oncle avait été présent au moment du meurtre/suicide ; il avait entendu ses parents se disputer, puis, quelques instants après, les trois détonations ; quand il s'était précipité dans le salon, il les avait trouvés morts tous les deux. La police n'avait aucune raison de ne pas le croire.

On avait toujours dit aux quatre frères que leur père avait accidentellement tué leur mère au cours d'une violente discussion, puis que, bourrelé de chagrin, il s'était suicidé. Si quelques questions restées sans réponse les avaient hantés, ils n'avaient pas trop insisté : l'oncle Vito était désormais leur seule famille.

Johnny avait menti pour protéger son oncle de la police. Mais Vito finit par se faire pincer, et il fut identifié par les policiers qui accompagnaient Jensen et Brown.

Kranski entra alors en scène une nouvelle fois. Bien que Vito n'eût pas confiance en lui, il n'avait guère le choix s'il voulait éviter la prison. L'avocat lui expliqua que les deux policiers n'étaient pas visés. Les cibles prévues avaient dû éventer le piège et avaient envoyé les inspecteurs à leur place. Vito voulait croire son histoire.

Kranski était parvenu à obtenir l'acquittement de Vito en prouvant qu'il n'y avait jamais eu auparavant de rapports entre les inspecteurs, l'homme nommé Turk, et Vito Constantine. Il entortilla le juge en racontant que son client ne s'était jamais occupé de cocaïne ; qu'il n'avait aucune raison d'assassiner les policiers ; et qu'il s'était enfui parce qu'il s'était aperçu qu'un des deux hommes portait une arme : comment aurait-il su que c'étaient des inspecteurs de police ?

Après le procès, Kranski félicita le nouveau chef de la famille Constantine : « L'important n'est pas la manière dont vous faites le boulot, lui dit-il, mais que le boulot soit fait. » Il tint même sa promesse : la filière colombienne devint une réalité et les Constantine jouèrent un rôle important dans les affaires de Kranski et de ses amis. Vito prit ainsi le contrôle du nouveau trafic de drogue en provenance de Colombie.

Près de quinze ans s'étaient écoulés depuis « l'accident ». En contemplant rêveusement la photo de son frère et de lui-même, il eut un sourire désenchanté. Ses rêves s'étaient réalisés sans doute, mais il lui arrivait de regretter le prix qu'il avait dû payer : l'affrontement fatal avec Arturo et Silvana. Parfois, emportés par une discussion, les gens disent des choses qu'ils ne pensent pas vraiment. Si seulement il avait pu revenir en arrière, il aurait agi différemment. Son frère serait là pour profiter de sa réussite. Il est vrai qu'Arturo n'aurait pas su gérer les affaires. Il aurait probablement tout fait rater, avec sa lenteur de tâcheron et ses scrupules. Pourtant, il n'aurait jamais cru qu'il pourrait tant lui manquer. A sa manière, Vito aimait son frère, bien qu'il eût voulu le dénoncer à la police. Tous les ennuis étaient venus de Silvana, se dit-il.

En un sens, Arturo était mort pour rien, puisque Vito avait été acquitté de toute manière. Il hocha pensivement la tête. Il aurait dû savoir que les tribunaux américains se montreraient cléments avec un immigrant ambitieux et le laisseraient faire ses affaires au paradis de la libre entreprise.

Quelqu'un frappa à la porte.

« C'est moi, Bob.

— Entre, grommela-t-il en revenant au présent. Où est Tony ?

— Il est avec la prof de Jim, Mme Simpson. Il la met au parfum. Il va pas tarder à arriver.

— Je crois qu'on a des ennuis, confia Vito à l'aîné de ses neveux. J'étais sûr que Tony ferait des conneries.

— Quel est le problème ? Je croyais que Johnny avait dit...

— Ouais, mais y'a autre chose.

— Jim ?

— Non. Le docteur se serait fait sauter le caisson avant que Tony s'occupe de lui.

— Quoi ?

— Le Français, le type avec qui travaille Johnny, dit que c'est un suicide.

— Je pige pas.

— Moi non plus. » Vito leva les yeux au plafond sans rien dire, tentant de se rappeler sa conversation avec Johnny quelques mois auparavant.

A la fin du printemps, peu de temps après avoir discuté avec Tony la manière d'assassiner le mari de sa maîtresse, Vito avait obtenu de Johnny qu'il fasse une de ses rares apparitions à la maison familiale de Staten Island.

« Johnny, Johnny, Johnny, allons, je veux foutre une trouille bleue à ton beau gosse de frangin. Écoute, tu l'as jamais sacqué, c'est l'occase de lui donner une bonne leçon.

— De quoi tu causes ? Si je fais ça, c'est pas une leçon mais un coup de main que je lui donnerai.

— Que tu *me* donneras. Écoute, s'il le fait, ou bien il se retrouvera au trou, ou bien on aura simplement ramassé un peu de fric facile. Qu'en dis-tu ? » Il attendit une réponse puis reprit : « Allons. Je ne veux pas que ce soit trop facile pour lui. Pas question du cirque habituel : les gants, jeter l'arme et balancer le corps à un endroit où personne ne le trouvera.

— Il vaut mieux qu'ils le trouvent.

— Pourquoi ça ?

— S'ils le trouvent, ils pourront l'identifier. Les compagnies d'assurances payent en cas de meurtre, tu sais.

— Très bien. A quoi penses-tu ?

— Eh bien, s'il se contente de flinguer le type, ça

ressemblera à un meurtre habituel. Les flics vont enquêter, probablement soupçonner sa femme, et ils finiront pas découvrir qu'elle a un amant : Tony. » Johnny arpentait le bureau en se caressant le menton. « Donc, si tu veux pas que le frangin finisse en taule, il faut t'y prendre bien. Faut donner l'impression qu'un dingue a fait le coup, pour se venger, par exemple. Faut qu'on croie que la femme y est pour rien. Peut-être que le docteur a un ennemi, quelqu'un qui l'a menacé devant témoins, ou quelque chose comme ça. Dis à Tony de se rencarder. Qu'il se démerde pour qu'on croie qu'un dingo l'a zigouillé pour prendre son pied, et qu'après il a essayé de camoufler l'identité du macchab.

— Continue, petit, c'est parfait.

— Rappelle-toi que je fais ça seulement pour toi.

— Merci, petit.

— Dis-lui que c'est ton idée. Je veux pas qu'il sache que ça vient de moi.

— Promis.

— D'abord, qu'il réunisse autant d'informations que possible sur ce type : ennemis, problèmes de drogue, d'alcool, tout et n'importe quoi. Je veux savoir si le mec a des maladies ou a subi des opérations. Si oui, il sera plus facile à identifier.

— Continue.

— En tout état de cause, il faudra qu'il flingue le type, puis qu'il balance l'arme à un endroit où on ne pourra jamais la retrouver. Qu'il ne laisse rien sur le corps : montre, collier, bagues etc. Ensuite il faudra qu'il coupe le mec en morceaux et qu'il lui brûle le visage au chalumeau; il peut aussi se servir de solvant ou de quelque chose comme ça. On reçoit plein de cas de ce genre.

— Magnifique ! s'écria Vito. Je vois ça comme si j'y étais. Tony aura jamais les couilles.

— On sait jamais. En tout cas, s'il veut continuer, je te donnerai tous les détails quand il aura obtenu les renseignements nécessaires sur le mec.

— Petit, dit fièrement Vito en se levant pour prendre affectueusement Johnny par les épaules, je savais que je pouvais compter sur toi. Tu es toujours mon neveu préféré. »

Quelques mois seulement s'étaient écoulés depuis cette conversation, mais Vito avait l'impression que c'étaient des années. Tandis que Tony travaillait d'arrache-pied à son émission de télévision, certain qu'il était de toucher sa part de l'argent de l'assurance, les affaires de Vito s'étaient ralenties parce que ses trois vedettes rapides avaient été confisquées par la police de Miami. Non que la perte de sa flottille lui importât beaucoup — il s'était habitué à cette fréquente vicissitude — mais cette fois-ci ses bateaux avaient été saisis avec leur précieuse cargaison.

Il lui fallut du temps et une grande patience pour trouver un autre moyen de faire entrer la marchandise aux États-Unis. Mais maintenant qu'il avait enfin trouvé une nouvelle filière — des diplomates de pays sud-américains — ses affaires risquaient d'être à nouveau en danger à cause des maladresses de ses deux plus jeunes neveux.

Pendant une quarantaine de minutes, sans tenir compte de la présence de Bob, il réfléchit posément à ce qu'il pourrait bien faire pour corriger l'erreur idiote de Tony.

Bob entendit une porte claquer : « Euh, je suis désolé d'interrompre ta réflexion, oncle Vito, mais je viens d'entendre quelqu'un entrer. Ce doit être Tony.

— Dis-lui de venir ici immédiatement. »

Ce ne fut pas la peine. Tony surgit dans le bureau de Vito avec un grand sourire : « Ça y est, oncle Vito. On a fait la leçon à tout le monde. Jim est au commissariat, il raconte aux flics qu'il était avec la fille l'autre soir, comme tu l'as demandé.

— Tu fais toujours ce que je te demande, abruti ?

— Ouais, pourquoi ?

— Et le docteur ? Comment tu t'y es pris ?

— Comment je m'y suis pris ?

— Comment tu lui as fait son affaire, conard.

— Je comprends pas. J'ai fait exactement ce que tu m'as dit de faire.

— Possible. Mais tu m'as pas tout raconté, dis-moi.
— Je ne sais pas de quoi tu parles.
— Répète-moi encore une fois ce qui s'est exactement passé cette nuit-là, depuis le commencement. »

Tony jeta un coup d'œil en direction de Bob. A la manière dont son frère aîné le regardait, il comprit que le moment était venu de dire la vérité. Ce que Jim et lui avaient été les seuls à savoir n'était plus un secret. Mais comment diable avaient-ils pu l'apprendre ?

« J'écoute, abruti.
— Parfait. Eh bien il y a peut-être... euh... un petit détail que j'ai oublié de vous dire », avoua-t-il. Il commença par dire à son oncle que la femme du docteur avait changé d'avis et n'avait plus voulu que l'on assassine son mari.

Avant sa mort, le Dr. Benjamin habitait avec sa femme Claudia une maison élégante en pierre de taille à Park Avenue. Le neurologue avait son bureau au sous-sol ; il communiquait avec le garage où ils garaient leur Mercedes. A cause de son âge sa clientèle diminuait progressivement depuis quelques années, mais Benjamin conservait suffisamment de patients pour pouvoir rembourser l'achat à crédit de leur villa de Long Island et de leur appartement en Floride, pas tout à fait assez néanmoins pour satisfaire les désirs coûteux de la jeune Claudia. Et, à 66 ans, le pauvre docteur ne parvenait plus à apaiser la fringale sexuelle de son épouse de 33 ans. Tony, en revanche, la comblait.

A la demande de son oncle, Tony avait découvert qu'un des malades du Dr. Benjamin, atteint de désordres nerveux, avait une fois jeté son médecin dans l'escalier qui descendait à son bureau. Benjamin ne porta pas plainte ; les assurances payèrent l'hospitalisation et les soins que dut subir le malheureux médecin. Les circonstances étaient idéales, s'était alors dit Tony.

Le soir où Claudia lui téléphona pour lui annoncer qu'elle renonçait, Tony, exaspéré par ses atermoiements, sauta dans un taxi à Staten Island et débarqua chez les Benjamin. Claudia fut à la fois ennuyée, ravie et inquiète : son mari préparait en effet une communication pour un prochain congrès médical.

« Tony, il faut que tu partes maintenant. S'il te voit, nous sommes perdus.

— Pas question de perdre quoi que ce soit, baby. L'enjeu est trop important pour moi dans cette affaire. J'ai déjà emprunté là-dessus.

— Tony, fit-elle sèchement, il faut que tu t'en ailles d'ici.

— Pas avant d'avoir réglé ce truc. » Il la prit par le poignet. Elle se dégagea et monta l'escalier en courant.

Le bruit arracha Benjamin à ses méditations.

Tony se précipita derrière Claudia : « Si tu ne m'écoutes pas, je vais...

— Ne parle pas si fort. » Elle plongea soudain le regard dans les yeux bruns de Tony. Elle posa lentement le doigt sur la bouche de son amant, lui caressant la moustache. Cela faisait presque quatre semaines qu'elle ne l'avait pas vu. Sa voix s'adoucit. « Il va t'entendre.

— Alors viens avec moi.

— Où ça ? plaisanta-t-elle. Au lit ?

— Oui, au lit. » Tony savait comment la prendre. « Maintenant. Je vais te baiser jusqu'à ce que tu cries pitié. »

Les mots l'excitèrent et le désir monta en elle. Ses seins s'érigèrent, son ventre se mit à palpiter. Elle n'en pouvait plus. Elle l'attira dans une chambre d'amis, près du palier. Tony l'étreignit avec force, l'embrassa passionnément. Il glissa soudain sa main entre ses cuisses.

« Tony ! râla-t-elle. Baise-moi, baise-moi, je t'en prie. Tout de suite. » D'un coup sec, il déchira son léger slip de soie. La violence exacerba encore son désir. Chaque minute était précieuse, le temps leur était compté. Pas question de caresses subtiles, de délicates fellations, de lentes étreintes. Ils n'avaient même pas le temps de se déshabiller. Il ouvrit sa braguette pendant qu'elle se laissait glisser sur le sol. Il la pénétra avec une brutalité décuplée par la colère ; son pénis brûlant plongea au fond de la jeune femme en saccades furieuses.

« Ooooooh, oui », gémit-elle. Son corps rebondissait

sur le plancher sous ses coups de boutoir rageurs. Sa plainte se fit cri.

« Tu aimes ça, baby, hein ? Tu aimes ma bite, ahana-t-il. Tiens, prends-la, mais faudra faire ce que je dis.

— Oui, Tony, oui. Surtout t'arrête pas.

— De quoi, baby. Arrête pas quoi ? Dis-le !

— De me foutre. Arrête pas de me baiser...

— Encore.

— Tony, Tony, continue, je vais jouir. *Je viens...*

— On va liquider ton mari, comme prévu, hein ?

— Oui... OUI... Oh, oui... Défonce-moi... plus fort. PLUS FORT. MAINTENANT, MAINTENANT. Oh que j'aime ça. Putain que j'aime ça. Que j'aime ça. J'aime... » Elle aimait toujours ce moment : son corps qui palpite encore après l'orgasme, le pénis de Tony qui se détend lentement en elle.

Mais Tony n'était pas d'humeur à tendrement folâtrer !

« Okay, on va le faire demain. J'ai tout ce qu'il nous faut.

— Faire quoi ? Tony... attends.

— Je te l'ai dit déjà. » Il se mit debout. « J'ai la torche et tout.

— Je ne suis pas encore...

— Merde alors. Tu vas pas encore changer d'avis. Je veux ce fric de l'assurance.

— J'ai peur, Tony. Et puis, ces derniers temps, ça me fait un peu de peine pour...

— Ho ! Je t'ai dit de ne pas t'inquiéter. Ton Docteur Benjamin, ironisa-t-il, va rien sentir. Je vais le flinguer en pleine tête.

— Laisse-moi réfléchir un peu, Tony. S'il te plaît.

— Qu'est-ce qu'il faut que je fasse, encore. Que je te baise jusqu'à ce que t'arrêtes tes conneries. J'ai dit qu'on allait le faire... » Il entendit soudain du bruit, comme si quelqu'un dévalait l'escalier. Il se précipita pour ouvrir la porte et vit le vieil homme perdre sa canne en bas de l'escalier et ramper à toute vitesse vers son bureau, au sous-sol.

Claudia, comprenant immédiatement que c'était son mari, courut après Tony : « Non, attends ! » cria-t-elle.

Puis elle comprit : « Il nous a entendus. Le vieux salaud a dû nous entendre. »

Tony dévala les marches et bondit sur la porte de l'escalier du sous-sol en train de se refermer. Il eut le temps de glisser son pied dans l'encoignure. Benjamin ne pouvait rien faire. Tony le prit à la gorge.

Claudia arriva à ce moment-là : « Non, Tony !

— C'est trop tard.

— Mais tu ne peux pas le liquider comme ça. »

Elle a raison, se dit-il, en relâchant son étreinte.

« Claudia, supplia Benjamin, en tentant de reprendre son souffle. Comment as-tu pu en arriver là ? Je t'ai toujours donné tout ce que tu me demandais.

— Pas tout », goguenarda Tony.

Benjamin reprit sèchement : « Francine avait raison, tu n'es qu'une vulgaire traînée.

— Ta fille est une truie, répliqua-t-elle, les yeux brillants de colère. Pauvre minable. Te rends-tu compte de ce que j'en ai chié à vous supporter, ta famille et toi ; et ta réputation qu'il fallait ménager ; et ta fille avec ses airs de grande dame. Eh bien, va te faire foutre, et...

— Ça suffit comme ça, intervint Tony. Au boulot et vite ! » Il empoigna de nouveau Benjamin au collet. « Qu'est-ce que t'as entendu là-haut, au juste ?

— J'en ai entendu... suffisamment.

— T'aurais dû regarder aussi, persifla Claudia. T'aurais vu à quoi ressemble une vraie bite.

— Je n'arrive pas à y croire. Ce n'est pas possible. J'ai été aveugle tout ce temps. Et te trouver maintenant avec cette petite frappe.

— De quoi... » Tony leva le poing, hésita, puis il bouscula le médecin, l'envoyant malencontreusement rouler dans l'escalier du sous-sol.

« Imbécile, cria Claudia.

— Ne me dis jamais ça. C'est bien compris ? »

Ils se précipitèrent en bas de l'escalier. Le vieil homme se pliait de douleur. Tony le poussa dans un cagibi qui servait de pharmacie et ferma la porte à clef : « Faut pas se gourrer. Je dois suivre le plan à la lettre. Pas question de faire de conneries. »

Benjamin était désespéré. Que pouvait-il donc faire ? Il

était incapable de l'emporter sur Tony, pas le moindre doute là-dessus. Il était condamné quoi qu'il fasse. Il valait mieux mourir maintenant, se dit-il. Le réduit contenait toutes sortes de médicaments. Il se souvint soudain qu'il avait l'habitude de le fermer à clé quand ses enfants étaient petits et que sa première femme vivait encore. Comme elle lui manquait maintenant ! Qu'il avait bien fait, six mois auparavant, d'aller voir son notaire pour modifier son testament et laisser tous ses biens à son fils et à sa fille ! Mais... restait l'assurance sur la vie. Claudia en était encore la bénéficiaire. Il fallait l'empêcher de toucher la prime, mais comment ? Mais bien sûr, un anesthésique. Le Nembutal ferait l'affaire. Quoi qu'il advienne, lorsqu'on retrouverait son corps, le médecin légiste pourrait déterminer qu'il s'était tué. Claudia ne toucherait pas un sou. Les enfants hériteraient de tout le reste. Cette pensée lui rendit courage.

Pendant ce temps, Tony convainquait Claudia d'exécuter le plan initial. La seule différence, c'était qu'il lui faudrait demander de l'aide à son frère Jim. Pas à l'oncle Vito, ni à Bob, mais à Jim. Il n'avait confiance qu'en lui. Claudia quitterait la maison et irait rendre visite à des amis. Quand elle reviendrait, le docteur serait parti avec la Mercedes. Et vers trois ou quatre heures du matin, elle signalerait sa disparition à la police.

Une demi-heure s'écoula avant que Claudia ne sorte, plaisir d'amour oblige. A peine fut-elle partie que Tony descendit au sous-sol. Il ne pouvait pas abattre le docteur tout de suite, car il n'avait pas pris d'arme avec lui. Jim allait lui apporter son revolver. Lorsqu'il ouvrit la porte, il trouva Benjamin avachi sur le côté, dans la position du foetus, les bras croisés sur la poitrine, mort.

Lorsque Tony eut fini de raconter son histoire, Vito hocha la tête avec une grimace soupçonneuse ; il dévisagea fixement son neveu.

« Benjamin a dû mourir des suites de la chute, finit par dire Tony.

— Continue.

— Donc j'ai vu aucune raison de ne pas exécuter le plan.

— Que s'est-il passé après que tu as appelé ton imbécile de frère ?

— Eh bien, comme je t'ai dit, j'avais pas le choix. J'avais pas le revolver, ni le reste du matos. J'ai dû demander à Jim de m'apporter tout ça, puis de m'emmener là où j'avais décidé d'abandonner la bagnole du type.

— D'accord, je comprends ça. Maintenant dis-moi ce qui s'est passé quand Jim est arrivé.

— Nous lui avons mis les menottes...

— Comment ?

— Eh bien, on pouvait pas les lui mettre dans le dos, alors...

— Vous les avez mises devant.

— Exact. Il avait les bras croisés et complètement bloqués. Je pigeais pas pourquoi. Impossible de les déplier. Bref, on a emballé le corps dans un drap blanc et on l'a mis dans le coffre de la voiture de Jim pour qu'ils trouvent rien dans la Mercedes. Ah ouais, j'ai pris bien soin d'effacer toutes les traces pour que les flics ne s'aperçoivent pas que le type avait été traîné sur le sol.
Puis Jim m'a dit qu'il connaissait un bon coin où balancer le corps pour qu'on le retrouve un jour ou l'autre. Donc je l'ai suivi dans la Mercedes. Quand on y est arrivé, on a sorti le cadavre de la voiture... Ah ouais, je lui ai tiré une balle dans la tête. Puis on lui a mis le feu après l'avoir aspergé de solvant, comme t'avais dit, et on lui a passé le visage au chalumeau. Ensuite... eh bien, ensuite j'ai abandonné la bagnole quelque part à Brooklyn, en laissant les clefs sur le tableau de bord, comme tu m'avais dit, et je suis revenu dans la voiture de Jim.

— C'est tout ? »

Tony se tourna à nouveau vers Bob. « Eh bien, je crois que je devrais aussi vous dire que... eh bien, c'est Jim qui a coupé le mec en morceaux, et... qui l'a passé au chalumeau.

— Ha ! J'étais sûr que t'aurais pas les couilles. Heureusement que ton frère était là, après tout. Comment qu'il s'y est pris ?

— Eh bien, il a juste... » Tony respira à fond. « Il a

juste coupé le pied du type, puis la jambe... Euh, dis, oncle Vito, pourquoi toutes ces questions ?

— Quand as-tu flingué le gars, dis-tu ?

— Euh, je me suis dit que ça changerait rien, alors j'ai tiré quand Jim lui passait le visage au chalumeau, mais j'ai bien fait comme t'avais dit : dans la gauche de la tête, derrière l'oreille. Est-ce que j'ai fait une connerie ?

— Plutôt, et une belle, abruti. Tu es le seul conard que je connaisse qui essaie de tuer quelqu'un de déjà mort sans même essayer de savoir de quoi il est mort au juste. T'as fait tout ça pour rien... parce que finalement ton cocu a été plus malin que toi.

— Quoi ?

— Si t'avais pris la peine de vérifier, tu te serais aperçu que le type s'était suicidé.

— Comment ça ? Il y avait...

— Pas de flingue ? Pourquoi faire, il s'est servi d'une shooteuse.

— Une quoi ? » Tony se tut pour réfléchir. « Ah ouais, la shooteuse. Jim l'a trouvée et l'a balancée avec le revolver. Il a dit qu'il l'avait touchée par erreur, ou quelque chose comme ça, et il craignait d'y avoir laissé ses empreintes.

— Il a bien fait de s'en débarrasser. Il est peut-être pas si con que ça après tout, ton petit frère. Au moins, il a eu les couilles de réaliser le plan.

— J'aurais pu le faire tout seul, c'est seulement que... je pensais pas que tout était indispensable. Mais j'ai tout fait quand même, exactement comme tu me l'avais dit.

— Tu n'as pas pigé, abruti. Le docteur t'a roulé.

— Tu veux dire qu'il s'est injecté du poison ou quelque chose comme ça ?

— T'as mis le temps à comprendre, demeuré.

— D'accord, et alors ?

— Tu peux dire adieu au fric de l'assurance.

— Tu veux dire que j'ai fait tout ça pour rien ?

— Bravo. Quel cerveau tu as !

— Mais... comment sais-tu tout ça ?

— Ton frangin travaille à la morgue. Tu piges ? Ce Français, le roi de l'identification avec qui il travaille, lui a dit que c'était un suicide.

— Claudia, rappela Tony, avait commencé par dire qu'il vaudrait mieux qu'ils ne retrouvent pas le corps, qu'on devrait l'expédier très loin, ou le faire disparaître dans l'océan ou quelque chose comme ça. Elle disait que la société d'assurances paierait de toute manière au bout d'un certain temps. » Il hocha la tête de déception, en fixant le sol avec une expression ahurie. « Putain, il aurait mieux valu que personne le trouve, après tout.

— Trop tard, dit froidement Vito. Maintenant tu vas me faire le plaisir de m'écouter. Oublie cette histoire. Kranski va sortir ton frère de ce truc avec la fille, mais l'affaire du docteur, tu laisses tomber. C'est une cause perdue. Comme dit ton frangin, si tu fais pas bien attention à te débarrasser de tous les indices, les morts parlent. Et les flics les écoutent. Dans cette histoire, le toubib t'a rudement bien baisé, hein, ducon ? Faut t'y faire, c'est râpé. »

Tony baissa la tête. C'est pas terminé, se dit-il. D'une manière ou d'une autre, il ferait payer l'assurance. Pas question de laisser tomber maintenant, pas comme ça. Peut-être aura-t-il besoin de l'aide de Johnny. Penser qu'il va falloir s'adresser à ce dingue. Mais tout ça c'était le plan de Johnny, il le savait bien, cette idée de couper le corps en morceaux, puis de le brûler. Enfin, il faudra bien faire le nécessaire, n'importe quoi s'il le faut, mais pas question de laisser tomber. Cette émission de télé a mis tant de temps à naître ; il s'est déjà engagé avec certains acteurs. Non, non, cette affaire n'est pas terminée. Il a attendu cette occasion trop longtemps pour qu'un Français foute tout par terre en disant que Benjamin s'est suicidé. Il doit y avoir un moyen d'obliger ce type à changer d'avis, se dit-il. Cette affaire n'est certainement pas terminée.

7

L'hôpital Bellevue, surtout connu pour accueillir les malades mentaux les plus forcenés de New York, est contigu à l'Institut médico-légal. Une circulation incessante assiège l'hôpital, jour et nuit, et les ambulances, toutes sirènes hurlantes, ne cessent d'entrer et sortir. Les visiteurs confondent souvent les deux bâtiments, et il arrive que certains s'aventurent dans les couloirs de la morgue pour aller voir leurs chers malades. Jean-Pierre se souvenait d'une femme qui était descendue au sous-sol à la recherche de la chambre de son mari :

« Elle est entrée directement dans la salle d'autopsie, expliqua-t-il à Jane, mais elle n'a même pas crié en me voyant. C'est moi qu'en suis resté sur le cul. Je tenais un couteau de boucher et ma blouse était couverte de sang. Elle est venue vers moi et m'a demandé : " Mon mari, Joe, devait se faire opérer d'un calcul ce matin. "

— C'est pas possible, fit Jane en s'arrêtant au feu de la 1re Avenue. Qu'avez-vous fait ?

— Je lui ai répondu : " Madame, j'espère pour vous que votre mari n'a pas été opéré ici. " »

Jane éclata de rire. Jean-Pierre continua : « Elle s'est mise dans une colère terrible. Et, quand elle est sortie, je l'ai entendue grommeler : " Aaah, c'est bien ma chance ! " »

Tous deux se mirent à rire malgré la foule qui attendait, avec eux, de traverser. Le feu changea. Ils traversèrent la 1re Avenue et prirent la 30e Rue, vers l'ouest.

« Cet hiver, dit Jean-Pierre, je crois que je ne vais pas rester à New York.

— Pourquoi ? Vous n'aimez pas New York ?

— Vous voulez dire qu'il y a des gens qui aiment New York ?

— Eh bien, ça dépend de quel point de vue on se place. Pensez à toutes les distractions qu'on y trouve : Broadway, les musées, les grands restaurants, bien que j'aille rarement dans tous ces endroits. J'aime le grand air, la campagne. Mais j'ai rien contre New York.

— Ce n'est pas New York que je déteste, c'est l'hiver.

— Mais n'aimez-vous pas les changements de saisons ? Personnellement, c'est une des choses que je préfère. » Elle leva les yeux et vit que des nuages commençaient à se masser. « Il est vrai que je n'aime pas la pluie, reconnut-elle. Mais le printemps et l'automne sont les moments que je préfère dans l'année. Je ne pourrais jamais vivre dans un pays comme la Floride, par exemple, où il fait toujours chaud.

— Je ne vous y ai pas invitée, vous n'avez donc pas à vous inquiéter. »

Elle accéléra le pas, le laissant légèrement en arrière.

« Que pensez-vous des New-Yorkais ? » demanda-t-il.

Elle ralentit le pas. « Euh, la plupart sont acceptables, j'imagine. Vous savez, les gens, d'où qu'ils viennent, soit ils me plaisent, soit je les ignore. Il n'y a vraiment pas de milieu pour moi, pas de compromis. Ainsi je juge rarement les gens, parce que je suis très honnête. Généralement je dis aux gens exactement ce que je pense d'eux.

— Et que pensez-vous de moi ? demanda-t-il en souriant.

— Ah oui, je me souviens que vous m'avez déjà posé la question ! Eh bien, comme la morgue... vous êtes très propre aussi.

— Très drôle, chef. Alors, comme ça vous aimez plaisanter, hein ?

— La vie est trop courte pour qu'on la prenne au sérieux.

— Du calme ! C'est censé être *ma* philosophie.

— Qui me l'a enseignée, d'après vous ? »

Il se rengorgea : « Qu'avez-vous appris d'autre de moi ?

— Voyons... Ah oui. Vivons au jour le jour et faisons ce dont nous avons envie sans nous inquiéter de ce que pensent les autres.

— Vous avez appris tout ça de moi en un seul jour ? »

Elle pouvait voir combien il avait plaisir à le croire. « Oui », répondit-elle.

Il fronça le sourcil en pensant : « C'est trop beau pour être vrai. »

Ils s'arrêtèrent un instant, sans parler, au coin d'une rue étroite qui rejoignait la 2e Avenue, à regarder les magasins. Un jeune couple, adossé à la vitrine de la pharmacie, s'embrassait passionnément. Pendant qu'ils traversaient la 2e Avenue, Jane ne put s'empêcher de jeter un coup d'œil à la dérobée vers les amoureux.

Il le remarqua. « Oui, ces préceptes philosophiques sont tout à fait justes, reprit-il, mais j'en ajouterai un autre.

— Lequel ?

— Si tu ne peux pas baiser, tu es mort. »

Elle fut prise de court. Pourtant, elle sentait qu'il n'avait pas dit cela pour le plaisir de la choquer. Peut-être pense-t-il, se dit-elle, que si l'on est incapable de vivre émotionnellement le plus bel acte que deux personnes peuvent partager, on peut tout aussi bien être mort. Oui, c'est sûrement ce qu'il veut dire.

« Je mange toujours ici, dit-il.

— Comment ? »

Il indiqua du doigt un restaurant vieillot sur le trottoir d'en face, entre la 30e et la 31e Rue. Elle fut tout de suite certaine qu'elle s'y plairait.

Kitty's était le deuxième bureau du Français, sa deuxième maison, l'endroit où il se sentait le mieux, en dehors de chez lui, dans le Connecticut. Lorsqu'ils entrèrent dans le restaurant, un Irlandais robuste, installé derrière le bar, l'accueillit chaleureusement :

« Ah, voilà la vedette. Y'a encore ta photo dans le journal !

— Voici Michael, dit Jean-Pierre à Jane. C'est le patron, alors vous avez intérêt à faire attention. »

Michael demanda à l'une des serveuses de conduire Jean-Pierre et son invitée à une table dans le jardin. L'heure du déjeuner était passée depuis longtemps, et le jardin était pratiquement vide. Le ciel s'était couvert et ne laissait filtrer qu'une lumière douce. Un cadre très romantique, pensa Jane, et avec un Français très romantique, espérait-elle.

« Tina ! Une carafe de vin blanc, s'il te plaît, demanda-t-il à la serveuse. Je crois qu'on va s'attarder un peu.

— Bien sûr, Jean. Vous voulez manger quelque chose ?

— Oui, répondit-il en prenant le menu. Alors, qu'est-ce que vous dites de cet endroit ? demanda-t-il à Jane.

— C'est si ancien. Je parie que ça ressemble aux bistrots de Paris.

— Oui. Ça titille ma nostalgie. C'est pour ça que je viens ici. »

Tina l'interrompit : « Vous avez décidé... ?

— Qu'est-ce qui vous fait envie ? » demanda-t-il à Jane.

Toi, sur un lit de laitue, pensa-t-elle.

« Euh, un hamburger, saignant, s'il vous plaît.

— Et vous Jean, comme d'habitude... l'espadon ?

— Oui, et je le veux aussi bleu que ton jean. Au fait, Jane, je vous présente Tina.

— Enchantée, fit Jane poliment.

— Vous travaillez ensemble ? demanda Tina.

— Euh, non. Nous venons... »

Jean-Pierre prit Tina par le bras, et lui glissa : « Je l'ai trouvée en train de traîner dans la morgue.

— Vraiment ? Euh, vous êtes vraiment entrée à la morgue ?

— Bien sûr.

— Une fois, il a voulu me montrer à quoi ça ressemble là-dedans, mais je me suis dégonflée. Vous vous êtes évanouie ?

— Non, pas du tout. Ce n'est pas si mal, vous savez.

— En fait, intervint Jean-Pierre, ce sont surtout les hommes qui s'évanouissent. Les femmes encaissent mieux la mort. »

La serveuse grimaça. « Je ne sais pas comment vous faites pour être médecin légiste. C'est...

— Minute ! Je ne suis pas médecin légiste. Mon truc c'est la criminologie, comme la chef rousse ici présente. Il y a une sacrée différence : d'abord un médecin légiste peut n'être que clinicien, ou les deux, clinicien et criminologue. Le clinicien détermine les causes de la mort tandis que le criminologue fait parler les cadavres, découvre ce qui se cache derrière la mort.

— On en apprend tous les jours. » Tina haussa les épaules et retourna vers le bar.

« J'aime bien vos amis », déclara Jane.

Ils restèrent quelques instants à se regarder sans mot dire. Jane rompit le silence : « Comment s'appelle cet homme ? Vous savez, le Noir de la morgue qui dit toutes ces méchancetés sur vous ?

— C'est Sutton. Nous nous marrons bien ensemble. C'est vraiment un chic type. Vous auriez dû le voir vendredi dernier. Il a joué un tour à Johnny... une des choses les plus drôles jamais arrivées à la morgue.

— Qu'a-t-il fait ?

— Vous connaissez ces caisses en bois où l'on met les corps que personne ne réclame avant de les envoyer au cimetière ? Nous les appelons des caisses d'expédition. Donc, Johnny faisait une petite sieste dans une de ces boîtes et Sutton a cloué le couvercle, puis a mis un allongé décomposé dessus.

— Vous rigolez ? C'est horrible.

— Non, chef, c'était marrant. Vous apprendrez que les choses de ce genre sont amusantes à la morgue, sinon personne ne pourrait supporter d'y travailler.

— Je crois comprendre, dit-elle songeuse. Et comment Johnny est-il sorti de sa caisse ?

— Au bout d'un certain temps, Sutton l'a ouverte. Ça aurait été encore plus marrant s'il l'avait laissé dedans et que les chauffeurs qui jettent les corps dans la fosse commune l'aient entendu cogner comme un fou. Vous imaginez la scène ? fit-il en riant.

— Est-ce que tous les gens qui travaillent à la morgue agissent comme ça ? Je veux dire plaisantent, font des blagues ?

— La plupart. C'est nécessaire. Je me souviens de ce copain qui travaillait avec nous. Il avait un sens de l'humour extraordinaire, même en parlant de sa propre mort. Une fois il m'a dit que lorsqu'il mourrait, il voulait qu'on le mette dans un tiroir spécial. A propos, un tiroir c'est l'endroit où l'on conserve les cadavres. Lui, il voulait le tiroir... 69. » Jean-Pierre pouffa de rire, puis redevint très sérieux. « Un jour, dit-il d'une voix lente, il eut une crise cardiaque. Il n'avait pas un sou, on a donc fait une collecte pour lui acheter un cercueil. Puis on l'a mis dans le tiroir 69, comme il l'avait demandé. Il m'avait dit aussi qu'il voulait mourir en musique, alors on a acheté un transistor, on l'a réglé sur une radio qu'il aimait et on l'a placé près de sa tête dans le cercueil. Le poste jouait cette salsa qui lui plaisait tant. Quand les piles sont mortes, ce fut comme si la musique mourait avec lui. Certains peuvent nous croire dingues, mais nous sommes comme ça, c'est tout.

— Je ne crois pas que ce soit dingue. »

Tina posa la carafe de vin sur la table.

Ils continuèrent à parler de ses copains de la morgue, Sutton, Johnny et Beaufils. Jean-Pierre se garda bien de faire allusion au Dr. Davenport. Il pensait que moins il parlait de son patron, moins ça risquait de lui retomber dessus.

Lorsque le hamburger arriva, Jane l'empoigna comme si elle allait lui faire subir une opération chirurgicale, puis elle se mit à le manger à petites bouchées en le faisant tourner, le transformant rapidement en un cercle dentelé. Jean-Pierre l'observait avec ébahissement. A chacun son truc, se dit-il. Après avoir bouclé un cercle entier, elle continua à le déguster de la même manière, formant un nouveau cercle parfait, évoquant un rouage de moteur ou une scie circulaire. Jean-Pierre la regardait comme si elle venait d'une autre planète. Pourtant son petit nez retroussé et sa longue et épaisse chevelure rousse appartenaient sans nul doute à une très réelle et très ravissante Terrienne.

« Je n'ai jamais vu personne manger un hamburger comme ça !

— J'adore les manger comme ça.

— Ah bon, je croyais que c'était la nouvelle mode...
— C'est seulement un truc que je fais, rien de plus.
— Hmm. Ça m'évoque des tas d'autres trucs, vous savez. »

Jane se dit qu'il valait mieux l'éloigner de ces pensées probablement scabreuses. « Vous savez, je meurs d'envie d'en savoir davantage sur vous, votre vie à Paris avant de venir ici, vos débuts...

— Voyons voir... J'ai fait mon service militaire dans l'aviation ; d'abord comme moniteur d'éducation physique à Paris — cela pendant presque deux ans — puis en Afrique du Nord comme spécialiste des explosifs.

— Et votre enfance ?

— Mon seul souvenir d'enfance précis, c'est d'avoir vu des camions allemands emmener une cinquantaine de Français qui allaient être fusillés à la cascade du Bois de Boulogne. Parce que la Résistance avait tué un officier allemand.

— Quel spectacle horrible !

— Oui, parce qu'ils étaient Français.

— Vos parents étaient Français tous les deux ?

— Bien sûr. Mon père était un homme d'affaires très prospère. Il voulait que je travaille avec lui, mais je ne suis pas fait pour les affaires. C'était un homme très intelligent. J'avais du respect pour lui.

— Et votre mère ?

— Ma mère est une femme merveilleuse. Elle habite Paris. Je lui parle très souvent au téléphone. »

C'est bon de savoir qu'il aime sa mère, se dit-elle en souriant. Elle était certaine qu'elle aimerait Mme Lahary aussi.

« En fait, poursuivit-il, ma mère me téléphone parfois ici.

— Au restaurant ?

— C'est mieux, plus intime.

— C'est drôle. Rares sont ceux qui recherchent l'intimité dans un endroit public. » Elle fouilla dans son sac et en sortit une pomme.

« Je suis quelqu'un de rare, dit-il avec une noble emphase.

— Vous voulez une bouchée ? »

Il mordit à belles dents la pomme qu'elle tenait d'une main ferme. Elle parcourut du regard le jardin du restaurant et s'imagina être Ève dans le Jardin d'Éden, rencontrant Adam pour la première fois. Hmm, se dit-elle, je me demande comment il est, nu. Tu n'as pas honte, Jane de Furcillo, reprends plutôt la conversation. « Euh... Vous avez des frères et sœurs ?

— J'ai une sœur plus jeune que moi qui est chorégraphe, et a sa propre école à Paris... »

Pendant qu'il parlait de sa sœur, Jane observait ses mouvements. Elle comprenait facilement pourquoi les femmes devaient le trouver irrésistible, mais elle se demandait laquelle pourrait comprendre son humeur, son travail. Il ne pouvait rêver meilleure interlocutrice qu'elle ; après tout, ils avaient vraiment beaucoup en commun. Même les remarques acerbes qu'il décochait parfois ne l'effrayaient pas. C'est simplement une manière de se protéger, pensait-elle. Il s'ouvrira un jour ou l'autre.

« ... Eh oui, elles me manquent vraiment. Ma sœur et moi nous entendons très bien.

— C'est bien. Mais... euh... puis-je vous poser une question ? Vous me direz la vérité, n'est-ce pas ? Je veux dire, il vaut mieux que je le sache maintenant. »

Il la regarda avec un sourire engageant.

Elle finit par demander : « Êtes-vous marié ?

— Demandez-moi autre chose. »

Elle aurait dû s'en douter. Tant pis, soupira-t-elle, il ne lui restait plus qu'à oublier cette question. « D'accord, je vais vous demander autre chose. Voyons... Oui, il y a quelque chose que j'aimerais savoir. Comment occupez-vous votre temps libre ?

— J'essaie autant que possible de satisfaire les désirs de mon corps. »

Elle décida de ne pas insister. « Quel genre de musique aimez-vous ?

— J'en écoute très peu. Parfois j'aime le folk, ou encore le country.

— Moi aussi.

— Hmm, murmura-t-il doucement. Qu'aimez-vous d'autre ?

— Oh... l'équitation, la photographie, la peinture, marcher dans les parcs... la plage. Et je lis beaucoup.

— Je suis heureux que vous n'ayez pas mentionné le base-ball ou le football.

— Non, mais j'adore la boxe.

— La boxe ! C'est ce que je préfère, s'écria-t-il tout excité.

— Vraiment ! Ce n'est pas que j'aime la violence, précisa-t-elle. En fait, je déteste la violence, mais j'aime le sport. Et pourtant, je n'aime pas voir le sang. Je sais que ça a l'air curieux de la part de quelqu'un qui travaille dans le sang tout le temps, mais...

— Allons. Continuez ! » Il semblait attendre qu'elle dise quelque chose de spécifique.

« J'aime ce vin... la bonne chère.

— C'est bien, mais il y a d'autres choses dans la vie.

— Eh bien, je n'aime pas l'hypocrisie, et je n'aime pas les cirques, parce qu'ils exploitent les handicapés et les animaux. Et j'aime vraiment les animaux, parfois plus que les gens, surtout quand ils sont vaniteux. J'aime aussi les fleurs, les plantes et les montagnes...

— Et vous aimez ce type ?

— Quel type ? Oh, vous voulez dire... vous ? » Elle s'interrompit, sourit, puis éclata de rire.

« Vous me trouvez drôle ?

— Non, je ris parce que vous n'arrêtez pas de me demander ce que je pense de vous, et...

— Oubliez ça, coupa-t-il, soudain irrité.

— Oh, ça ne me dérange pas de vous répondre. En fait, je vous trouve chouette. C'est juste que... eh bien, j'espère seulement...

— Oui ?

— Je me demandais la même chose... si je vous plaisais.

— Buvez votre vin. »

Elle s'exécuta. Quelle imbécile tu es, Jane de Furcillo. Tu parles comme une gamine énamourée.

« Aimez-vous le sexe ? » demanda-t-il, en exagérant encore son accent français.

La question la stupéfia. Elle avala son vin de travers et s'étrangla.

Il se leva aussitôt, contourna la table, passa derrière elle, la souleva par les épaules et plaça ses bras autour de sa taille.

« Que...

— La méthode de Heimlich, expliqua-t-il.

— Ça va maintenant. Je n'ai rien de coincé dans la gorge.

— Il ne faut prendre aucun risque, vous savez. Nous voyons arriver des tas de gens morts étouffés par des aliments qui se sont coincés dans la trachée-artère. Vous avez deux minutes pour cracher parce qu'après, piouf, adieu la vie. » Il se rassit.

En tout cas, il ne la laisserait pas mourir, se dit-elle.

« A ce propos, fit-il en fronçant les sourcils, êtes-vous en bonne santé ?

— Vous avez de ces questions ! protesta-t-elle. Je n'ai jamais rencontré personne d'aussi... d'aussi étrange. Vous commencez par me traiter comme un mannequin, et maintenant vous me prenez pour un cheval. Bien sûr que je suis en bonne santé. Enfin, l'hiver il m'arrive parfois d'attraper un rhume. Comme tout le monde, non ?

— Pas moi. Je crois que toutes les maladies qui traînent dans la morgue m'immunisent contre le rhume.

— Ce serait vraiment bizarre.

— Qu'est-ce qui serait bizarre ?

— Ce que vous venez de dire. Vous vous rendez compte, s'ils découvraient que le rhume peut être guéri en restant en contact étroit avec les morts ? » Ils rirent tous deux. A en juger par son expression horrifiée, le couple à la table voisine avait surpris leur conversation. Ils se regardèrent et rirent de plus belle.

« Je crois que nous devrions parler moins fort, fit-elle.

— Ah, qu'est-ce que ça peut bien faire ? Vous savez, quand les gens me demandent ce que je fais, je le leur dis et la plupart du temps ils sont choqués : " Vous travaillez à la morgue ? " Ils vous regardent comme si vous étiez dingue, ou pire encore. Bien sûr, je conviens que la première condition pour travailler dans une morgue est d'être un peu givré. Mais quand même, les gens ne se rendent pas compte que nous sommes exactement comme tout le monde, sauf qu'au lieu de vendre des plastiques ou des poulets, nous sommes responsables d'un service public.

— Vous avez entièrement raison. Peu importe ce que pensent les gens ; après tout c'est leur problème.

— C'est terrible, dit-il.

— Qu'est-ce qui est terrible ?

— Que vous pensiez comme moi.

— En quoi est-ce un problème ? demanda-t-elle.

— Si ça se trouve, vous êtes même fichue d'aimer le cinéma.

— Évidemment.

— J'aime tous les films, sauf les films d'horreur. Ils sont ridicules quand on considère l'atmosphère dans laquelle je travaille. » Il se tut et la considéra attentivement. « Vous vous levez probablement aussi à l'aube comme moi, non ?

— Voilà une chose sur laquelle nous ne sommes pas d'accord. J'aime beaucoup dormir. Je déteste me lever tôt le matin.

— Et faire la sieste l'après-midi ?

— Oh oui, j'adore ça.

— Il faudra que nous fassions une sieste ensemble. »

Elle rougit.

Ils restèrent à bavarder de choses et d'autres pendant ce qui leur sembla quelques minutes ; en fait, une heure s'écoula ainsi. Tina leur apporta une autre carafe de vin blanc, puis vint dire au Français qu'on le demandait au téléphone. Lorsqu'il revint, il trouva Tina et Jane en pleine conversation.

« J'espère que vous étiez en train de parler de moi, plaisanta-t-il.

— Une conversation entre femmes, c'est tout.

— Vous compariez la couleur de vos dessous ? »

Embarrassée par sa remarque, Tina retourna à ses occupations.

« Vous ne semblez pas beaucoup aimer les femmes, n'est-ce pas ? demanda Jane.

— Ça dépend.

— De quoi ?

— Eh bien, vous par exemple... »

Il y vient, attention, se dit-elle.

« Quand je vous regarde d'une certaine manière, je vous trouve, disons... douce. Mais, quand je vous considère sous un autre angle, vous me semblez... occupée.

— Occupée ?

— Non, pas occupée, mais trop astucieuse, dans votre propre intérêt s'entend.

— Vous préféreriez sans doute une blonde demeurée et ignare qui...

— Non. Peut-être une femme qui a beaucoup de choses à dire, mais pas trop, et sait exactement quand il faut parler.

— J'ai toujours cru être comme ça.

— Vous êtes comme ça. Voilà le problème. »

Ses compliments, il faut vraiment aller les chercher, se dit-elle. C'est le moment de changer de sujet.

« Vous ne m'avez jamais dit comment vous avez débuté dans la thanatologie ?

— J'ai toujours aimé les mystères.

— Allons, dites-moi tout. Je veux savoir tout ce que vous avez fait depuis le début. »

Habituellement, il redoutait cette question et hésitait à y répondre ; mais cette fois-ci, pour quelque étrange raison, il se surprit à vouloir impatiemment satisfaire sa curiosité. « Je dirais que j'ai commencé à m'intéresser à la mort à l'âge de 19 ans. J'ai toujours été fasciné par l'anatomie. Je suppose que, comme la plupart des scientifiques et des médecins qui ont fait les découvertes sur lesquelles se fonde maintenant notre profession, je voulais explorer l'inconnu. Et lorsqu'il s'agissait d'anatomie, je voulais tout savoir. » Il but une gorgée de vin. « En fait, c'est mon oncle qui le premier m'a suggéré de mettre mon talent pour reconstruire les corps humains mutilés au service de la morgue de Paris.

— C'est fascinant, fit-elle. Comment avez-vous été formé ?

— Eh bien, la plupart des professionnels de la thanatologie doivent faire une spécialisation de quatre ans après leurs études de médecine. Je ne suis pas médecin. On apprend souvent davantage par l'expérience que dans les livres. Ah oui, je me souviens de vous avoir déjà dit ça. Vous voyez, chef, que j'ai une bonne mémoire.

« J'ai suivi les cours de l'Académie Durville de Paris; j'y ai obtenu un diplôme d'anatomie. Aux États-Unis, j'ai décroché un diplôme de sciences mortuaires au Collège Worsham de Chicago. Là, j'ai appris les techniques de l'embaumement. Vous savez, il m'a fallu embaumer quatre cents corps en neuf mois pour obtenir la licence.

— Où avez-vous appris la reconstruction ?

— Tout a commencé quand j'étais encore à Paris. La police avait découvert le corps d'un homme dans un sac. Quelqu'un lui était passé dessus en voiture pour empêcher son identification, je crois. Je suis allé voir le médecin légiste et lui ai proposé de reconstruire le visage. Et voilà.

— Fantastique. Un jour, vous me direz comment...

— Nous verrons. On me pose souvent cette question. Surtout parce que je passe pour un expert dans l'identification à partir des os : je peux déterminer le sexe, l'âge, la taille et le poids d'une victime à partir d'un seul os. C'est quelque chose que j'ai mis au point moi-même, que je n'ai pas appris à l'école.

« Savez-vous, par exemple, qu'une seule dent compte vingt-neuf caractéristiques différentes : plombages, couronnes, canal de la racine et ainsi de suite. Lorsqu'on essaie de parvenir à des identifications à partir des dents, comme après une catastrophe aérienne, on donne à chaque dent des victimes un numéro, selon sa catégorie, puis les caractéristiques sont traitées par un ordinateur qui compare les dossiers dentaires des disparus, ainsi que les informations sur les membres, la couleur des cheveux, les signes particuliers. »

Il se tut. Elle avait observé chacun de ses gestes. On aurait dit qu'il peignait un tableau avec ses mains, un vrai mime, comme s'il essayait de représenter physiquement devant lui l'objet qu'il décrivait.

« Je vous en prie, continuez, se hâta-t-elle de dire. Je veux en entendre davantage. »

Il la considéra attentivement. « Vous avez des traits remarquables, vous savez.

— Vraiment ?

— Du point de vue de l'identification.

— Oh...

— Votre oreille droite.

— Qu'est-ce qu'elle a, mon oreille droite ?

— Rien. Très mignonne. Saviez-vous qu'il est plus facile d'identifier un corps par son oreille droite que par son oreille gauche ?

— Vraiment. Je vais essayer de m'en souvenir », dit-elle doucement. En fait, elle était contente qu'il la regardât, quelle qu'en fût la manière.

« Les côtes aussi.

— Les côtes ? » Elle jeta un coup d'œil furtif sur son ventre pour vérifier si elle n'était pas plus déshabillée qu'elle ne l'aurait voulu.

« Oui, les côtes, comme les sinus et les orbites. » Il lui prit la main et lui examina le bout des doigts. « Tout comme nous nous servons des empreintes digitales, nous pouvons utiliser les côtes, les sinus et les orbites pour identifier quelqu'un, à condition que l'on dispose de radios des victimes pour comparer, dans un hôpital, un cabinet de dentiste ou un dossier médical.

— Vraiment ? J'espère que vous me montrerez un jour comment vous faites tout cela.

— Ho-ho ! Il y en a beaucoup qui voudraient connaître tous mes petits secrets. Il y a même des médecins qui me demandent conseil.

— Après tout, vous faites partie de la rédaction de l'*American Journal of Forensic Medicine and Pathology*[1], n'est-ce pas ?

— Comment savez-vous ça ?

— Je me rappelle avoir lu votre nom dans le dernier numéro de la revue. »

Jean-Pierre était de plus en plus impressionné.

« Ils citaient une de vos formules : " Un corps peut être identifié à partir des restes les plus minimes. "

— C'est vrai. Qu'est-ce que j'étais en train de vous raconter ?

— Vous parliez de côtes, je crois.

1. *Revue américaine de thanatologie et de médecine légale.* (N.d.T.)

— Ah oui. Je vais vous dire quelque chose que je ne dis pas à tout le monde. J'ai treize côtes de chaque côté.

— C'est curieux. La plupart des gens n'en ont que douze.

— J'en ai vingt-six en tout. Ce sera facile de m'identifier si je meurs dans un accident d'avion. »

Cette remarque l'intrigua. « Vous n'avez pas peur en avion, quand même ?

— Je suis paralysé. Rien ne me terrorise plus.

— Oh, je... euh... croyais que vous n'aviez peur de rien.

— Je ne crains pas grand-chose, mais je ne suis pas très à l'aise en avion.

— L'article que j'ai lu disait que vous étiez un membre important de l'équipe thanatologique de la FAA [1] pour les accidents aériens. Comment faites-vous quand vous devez vous rendre en avion sur les lieux d'un accident ?

— Je bois un verre de vin et je ferme les yeux. »

Elle éclata de rire. « Moi, j'adore prendre l'avion. J'espère un jour visiter toute l'Europe, surtout l'Italie.

— Vous parlez italien ?

— Un peu, opina-t-elle. Et je parle un peu français aussi. »

Elle pousse un peu loin le bouchon, se dit-il. Si elle s'imagine que je vais parler français avec elle, elle se fourre le doigt dans l'œil. Trop est trop.

« Dites-moi, avec tout ce que vous savez, qui vous a donné envie de vous lancer dans la thanatologie ?

— Personne. La question n'est pas qui m'en a donné envie, mais quoi.

— Okay, alors quoi ?

— La science m'a toujours fascinée. Dans tous ses aspects. Et le droit m'intéresse aussi. Être en mesure de combiner les deux pour résoudre un mystère est pour moi le nec plus ultra.

— Mais qu'est-ce qui vous a amenée à devenir thanatologue ?

— Ma première visite au laboratoire de criminologie de la police de New York. J'y étais allée pour avoir des informations parce que je préparais un dossier pour mon

1. *Federal Aviation Agency* (Agence fédérale de l'aviation). (N.d.T.)

séminaire de sciences criminelles. Pour être franche, après vous avoir vu aujourd'hui au travail, ce domaine me fascine plus que jamais. »

Ils continuèrent à bavarder. Elle avait été au lycée St. Vincent Ferrier de Lexington Avenue, à New York, avant d'obtenir un diplôme de biologie, avec mention, au collège universitaire de Marymount Manhattan. Ensuite, elle avait préparé un doctorat de thanatologie au collège John Jay de Criminologie, où elle enseignait depuis trois ans en qualité d'assistante.

Jean-Pierre était très impressionné par son palmarès et touché plus encore par la manière dont elle s'exprimait. Elle parlait avec modestie tout en soulignant sa détermination de parvenir à ses buts, comme si elle postulait un emploi.

Non seulement son palmarès universitaire, comparé au sien, ne le mettait pas mal à l'aise, mais il se surprit même à éprouver un sentiment de respect pour tout le travail qu'il lui avait fallu fournir pour obtenir tous ces diplômes. Il se rendait compte également qu'elle semblait bien dans sa peau.

« Je ne comprends toujours pas ce qui au juste vous a poussée à devenir thanatologue.

— La gageure que cela implique et la diversité des cas qui peuvent se présenter. »

Il avait peine à croire qu'il pût avoir tant de points communs avec cette fille. Et elle manifestait des qualités qu'il n'aurait jamais cru trouver chez une femme, surtout belle. Normalement, il aurait simplement voulu coucher avec elle, et voilà qu'il l'écoutait avec plaisir, qu'il s'intéressait à ce qu'elle avait à dire. Soudain, il se sentit dangereusement à l'aise en sa compagnie. De quoi avait-il donc peur ?

« Voulez-vous une autre bouchée de ma pomme ? » demanda-t-elle.

Il refusa. Peur ? Il ne manquerait plus que ça, qu'il ait peur d'une femme. Ah, oublie ces enfantillages, se dit-il. Après tout, c'est une femme, une pipelette querelleuse, irrationnelle, paumée, exigeante et sans doute inconstante. Pourtant, à y bien réfléchir, elle avait vraiment l'air posé, calme, la plupart du temps. Mais il ne pouvait s'empêcher de se demander comment elle réagirait si par hasard elle devait un jour affronter sa mauvaise humeur. Ce serait probablement aussi explosif que sa chevelure, imagina-t-il. « Êtes-vous toujours aussi... gentille ? » Il ne savait trop comment formuler autrement les choses.

« Gentille ? » Avait-elle bien entendu ? se demanda-t-elle. « Oh, vous me trouvez gentille ? » Elle rougit, baissa la tête, puis releva les yeux pour le regarder ; il fronçait ses épais sourcils dans l'attente de sa réponse.

Il répondit finalement par une question : « Vous avez probablement très mauvais caractère, non ? »

Ce n'était pas exactement ce qu'elle attendait. « Non... pas vraiment. Mais... il m'arrive d'être de mauvaise humeur.

— Comme la plupart des femmes, quand elles ne parlent pas trop.

— Oh, il m'arrive rarement d'être aussi bavarde. Généralement, je suis très silencieuse. C'est simplement que je vis une journée passionnante et que je suis impatiente de voir le reste de la morgue. Je n'y peux rien si tant d'adrénaline circule en moi. Franchement, je... je ne parle presque jamais. »

Voilà une bonne nouvelle. Mais il lui faudrait le prouver, se dit-il.

« En fait, j'aime *vous* écouter parler. Votre accent est...

— Malheureusement mon anglais n'est pas aussi bon que mon français. Je ne crois pas qu'il soit un bon indice de mon niveau intellectuel. Certaines personnes ne me comprennent pas et me critiquent. Automatiquement, elles pensent que je suis incompétent dans mon travail parce que je ne parle pas un anglais parfait. Je baragouine tout au plus.

— Vous exagérez, rit-elle.

— Personnellement, je crois que mon français est supérieur à l'anglais de la plupart de mes censeurs. »

Elle approuva de la tête. Comment peut-on critiquer cet accent, se dit-elle, il est absolument délicieux, sexy... mignon. Mais il était prématuré de lui révéler tout ce qu'elle trouvait mignon en lui. Elle n'allait pas faire deux fois la même erreur, se promit-elle. Peut-être devrait-elle un peu mieux le connaître d'abord, ou plutôt lui permettre de mieux la connaître. Allait-elle le revoir bientôt ?

« J'habite New York, aventura-t-elle.

— C'est chouette.

— Êtes-vous toujours aussi indifférent ?

— Je vous ai déjà dit que je n'étais pas indifférent à la souffrance humaine, mais seulement à la mort.

— Je ne parlais pas de ça. »

C'est alors que Tina s'approcha de leur table :

« Doris au téléphone, Jean.

— Merci. » Il se tourna vers Jane : « Je reviens tout de suite. »

Jane se demanda : « Mais qui est cette Doris ? Peut-être qu'il est marié après tout ? Tant pis, encore un coup pour rien. »

Quelques instants plus tard, Jean-Pierre la surprit dans ses réflexions moroses. « Vous dites que vous habitez New York. Cela veut dire que vous devez en avoir marre, surtout de la pollution. Que diriez-vous de vous en échapper un moment ? » Elle ne répondit pas, ne sachant trop ce qui allait suivre. « Je vous invite chez moi à Greenwich ce week-end. C'est joli là-bas : les arbres, les feuilles d'automne, l'air de la campagne. Nous déjeunerons, puis je vous montrerai certaines de mes diapos, des cas dont je me suis occupé. Ça vous plaira sûrement, enfin, si la thanatologie vous intéresse vraiment. »

Prise de court, Jane resta muette quelques instants. « Rien ne me plairait davantage. Je serais très contente de regarder vos diapos, mais, et Doris ?

— Doris ? » Il rit. « Elle sera avec son mari à Long Island. Je ne pense pas qu'il la laissera venir.

— Eh bien, je suppose que cela veut dire que vous n'êtes pas marié.

— Peut-être. »

8

Le Français avait décidé d'ignorer les raisons pour lesquelles il attendait impatiemment le week-end. Cela n'avait certainement rien à voir avec cette rousse, essayait-il de se convaincre. Sans doute avait-il seulement besoin de se reposer après une semaine très chargée. Il avait fallu identifier plusieurs victimes d'incendies et on avait fait appel à ses talents spéciaux tout au long de l'enquête. C'est grâce à ses conclusions que la police avait pu déterminer qu'une famille entière d'immigrés clandestins avait péri victime d'un incendie criminel. Les descriptions de Jean-Pierre correspondaient parfaitement aux dossiers transmis par les autorités mexicaines.

Il acheva l'examen de cette affaire dans la nuit de jeudi, et le lendemain matin il prit le train plus tard que d'habitude pour venir travailler à New York. Deux fois pendant ce voyage il remarqua qu'un homme, jeune et beau, avec une moustache, le dévisageait. Il crut d'abord que c'était un homosexuel qui le draguait, mais, en y regardant de plus près, il s'aperçut que l'homme l'examinait avec méchanceté, comme s'il mourait d'envie de le tuer. « Bah, New York est plein de dingues, se dit-il. Celui-là se retrouvera sur ma table un jour ou l'autre. »

Le premier vendredi de novembre commença comme n'importe quel autre jour — le hurlement incessant des sirènes des ambulances de l'hôpital Bellevue, les allées et venues des fourgons de la morgue, les pleurs des familles dans les couloirs, et les employés de la morgue s'affairant à ranger et à sortir les corps des tiroirs. Pourtant, quelque chose pressait Jean-Pierre de commencer sa journée, peut-être pour l'avoir plus vite terminée...

Était-ce parce qu'il avait rendez-vous le lendemain avec Jane ? Non, c'était probablement parce qu'il attendait le jour même les rapports des labos sur ce *clown* trop cuit qu'il avait examiné la première fois qu'il avait rencontré la jeune femme rousse. Mais oui, voilà la raison de son impatience. La rousse n'avait rien à voir là-dedans. Il ôta sa veste, la mit sur un cintre lorsqu'une pensée le traversa : « Que m'arrive-t-il ? Je ne suis pourtant plus un gamin. Pourquoi devrais-je m'en faire ? Je vais lui projeter les diapos, puis je la projetterai sur le lit. Pourquoi devrais-je la traiter différemment des autres femmes ? »

« Tu parles tout seul, Jean-Pierre ? demanda Beaufils. Serais-tu amoureux ?

— Ça va pas, non ?

— Possible. En tout cas, mets ta blouse, on a du pain sur la planche.

— J'arrive dans une minute, chef. »

Avant de sortir du bureau du Français, Beaufils se retourna avec un air entendu et lui fit un sourire approbateur.

« Hé, Beaufils ! lui lança Jean-Pierre. Va te faire foutre ! »

L'Haïtien éclata de rire comme s'il s'était attendu à cette réaction.

Quelques minutes plus tard, Jean-Pierre arriva dans la salle d'autopsie. Il s'arrêta sur le seuil, prit un paquet de cigarettes neuf qu'il ouvrit, comme toujours, par le bas. Un observateur aurait trouvé cette manie étrange, mais il ne s'agissait que d'une précaution contre l'infection. Ses gants chirurgicaux étaient toujours pleins de sang, de tissus malades, parfois de vers ou de bactéries dangereuses ; en prenant ainsi la cigarette par le bout qu'il allait allumer et non par le filtre, sa bouche n'entrait pas en contact avec les microbes.

« Attends, proposa Johnny Conti. Je vais te l'allumer, Frenchy.

— Merci.

— As-tu déjà reçu le rapport sur ce type qu'ils ont trouvé à Staten Island ? demanda-t-il.

— Hé, Johnny, intervint Sutton, le chef te réclame là-haut, et en vitesse ; il dit qu'il veut te causer. » Il se mit à glousser. « Ils t'ont vu en train d'enculer un macchab. »

Johnny ne répondit pas. Il était habitué aux insultes de Sutton. En outre, il n'était pas de taille à affronter le grand Noir.

Sutton sortit de la pièce en dansant.

Johnny s'attarda. « Alors, tu l'as reçu ? demanda-t-il de nouveau.

— Reçu quoi ? Ah oui, le rapport du labo. Cette foutue affaire a l'air de te plaire, hein ?

— Je suis curieux, c'est tout. » Bien que Johnny Conti ne fût qu'un chauffeur de la morgue, il participait parfois à l'examen des corps : il désirait désespérément devenir l'apprenti du Français. Sutton, en revanche, était chargé des basses besognes : recoudre les corps, les laver, remettre les organes et les entrailles à l'intérieur du cadavre, nettoyer le sang sur les tables et sur le sol, et parfois scier un crâne pour que Jean-Pierre sorte le cerveau, qu'il est toujours nécessaire d'examiner pendant une autopsie. Sutton, pensait Jean-Pierre, était quelqu'un de particulier, capable, mieux que personne, d'accepter la dégradation ambiante. Il avait sans doute le travail le plus répugnant de la morgue, et il fallait qu'il fût attiré, d'une manière ou d'une autre, par la mort, car il manquait totalement de curiosité scientifique.

Soudain, Jean-Pierre entendit Sutton hurler de rire dans le couloir.

« Qu'est-ce qui se passe encore ?

— Attends, fit Johnny. Où vas-tu ?

— Voyons, Johnny, je te l'ai déjà dit cent fois, les morts peuvent attendre, et toi aussi. » En sortant de la salle d'autopsie, il vit Sutton en train de pousser un mort dans un fauteuil roulant. Normalement, Sutton aurait dû transporter le cadavre sur un brancard avec un collègue, ployant parfois sous le poids ou le ramassant s'il tombait ; mais cette victime était venue directement en fauteuil roulant et Sutton riait comme un gamin à la piloter dans les couloirs.

Assis dans le fauteuil roulant se trouvait un Noir d'une trentaine d'années. La tête renversée en arrière, il semblait regarder Sutton. Le corps s'était détendu après la *rigor mortis.* Il avait reçu plusieurs balles dans la poitrine et dans la tête, et était couvert de sang. Les bras avaient été ligotés dans le dos, derrière le dossier du fauteuil. Ses jambes, apparemment paralysées, pendaient librement. Une équipe de criminologues avait fait placer le fauteuil sur un chariot, au cas où des empreintes de pied seraient visibles sur les roues : il était possible que l'assassin ait marché dans le sang et que ces traces se soient reportées sur la roue.

« Attention ! lança à Sutton une voix familière.

— Salut, lieutenant. Content de vous revoir.

— Qu'est-ce que tu racontes, Frenchy ? » Ils se serrèrent la main et Dawson dit en montrant Sutton : « A force de rigoler, ce dingue va se retrouver dans un de vos tiroirs.

— Ça lui fait du bien, sourit Jean-Pierre. Je préfère ça à l'entendre se plaindre tout le temps.

— Peut-être. Alors, comment ça va ?

— Très bien.

— Comment va votre amie rousse... Euh, comment s'appelle-t-elle déjà ?

— J'ai oublié son nom aussi, chef.

— Vous n'allez pas me faire croire ça !

— Ne parlons plus de la rousse, chef. Parlez-moi plutôt de l'homme au fauteuil roulant.

— C'était un trafiquant de drogue. C'est du moins ce que nous soupçonnons. En fait, nous en sommes certains, mais le procureur préfère que nous parlions de soupçons et non de certitudes. Quoi qu'il en soit, il semble que ce type se soit fait tirer dessus, par ses concurrents, soupçonnons-nous, il y a environ trois mois. Il s'est retrouvé à l'hôpital, paralysé. Lorsqu'il est revenu chez lui, ses concurrents, que nous soupçonnons d'être liés à la famille Constantine — ah, je vous avais mentionné ce nom, vous vous en souvenez peut-être, lorsque nous avons retrouvé le cadavre de cette adolescente qui flottait dans l'East River... » Jean-Pierre approuva de la tête. « Donc, ces types étaient évidemment revenus finir leur travail. Cette fois-ci, ils l'ont jeté par la fenêtre du troisième étage, mais le mec s'en est tiré. Nouveau séjour à l'hôpital, et, une fois remis de ses multiples fractures, ils l'ont renvoyé chez lui dans un nouveau fauteuil roulant. Mais Vito Constantine est du genre entêté. Ses hommes ont dû revenir, ils ont attaché notre paralytique avec du fil électrique, l'ont bâillonné avec du sparadrap, ont tué sa petite amie sous ses yeux avant de lui tirer plusieurs balles dans la tête et dans la poitrine. J'imagine que cette fois ils voulaient être sûrs de l'avoir achevé. »

Jean-Pierre approuva de la tête. « Avez-vous des indices sur les tueurs ?

— Vous plaisantez ? Même si nous connaissions l'identité exacte des assassins, les tribunaux les relâcheraient de toute façon, probablement parce qu'il n'y aurait pas de témoins, ou pas assez de pièces à conviction pour que le jury se fasse une idée juste de l'affaire, ricana-t-il, sarcastique. Non, pas d'indices. D'un autre côté, c'est le vieux que nous voulons coincer. Et nous voulons le coincer pour quelque chose de plus grave que l'élimination d'un quelconque salopard. Voyez-vous, nous avons la *certitude* qu'il est responsable de l'assassinat de deux flics, il y a presque quinze ans de ça, mais un ponte du barreau l'a tiré d'affaire. Un jour ou l'autre, il va se casser la gueule et je veux être là à ce moment-là.

— Si vous n'avez aucun élément dans cette affaire, qu'est-ce qui nous vaut cette visite ? A moins que vous ne soyez venu dans l'espoir de voir mon amie rouquine.

— Comment avez-vous deviné, Frenchy ? En fait, je suis venu voir ce que vous aviez trouvé sur ce corps que nous avons découvert à Staten Island, le lendemain de Halloween. Voyez-vous, le plus jeune des frères Constantine était parmi les gamins qui ont emmené cette petite dans les bois. Je ne sais pas comment ni pourquoi, mais je flaire un rapport entre le cadavre calciné et les Constantine. Le lieutenant croit que je suis dingue, mais je veux en avoir le cœur net.

— Eh bien, on devrait recevoir les rapports du labo

d'une minute à l'autre. Beaufils est le médecin légiste qui s'occupe de l'affaire. Vous voulez lui parler ?

— Oui, bien sûr. »

Les deux hommes entrèrent dans la salle d'autopsie. Beaufils examinait les restes d'un enfant battu à mort. Il semblait avoir des larmes dans les yeux. « Oh, bonjour lieutenant ; je...

— Je vous en prie, ne vous arrêtez pas pour moi.

— C'est ce que je vais faire, répondit l'Haïtien, d'une voix pleine de tristesse.

— Je vais finir ça pour toi, Beaufils », proposa Jean-Pierre.

Le médecin ôta ses gants et s'éloigna avec Dawson. « Personne ici ne supporte vraiment ce genre de truc, reconnut-il, mais si quelqu'un parvient au moins à retenir ses larmes... c'est Jean-Pierre. »

Dawson se retourna. Le Français, pensa-t-il, avait probablement connu toutes les conséquences de la cruauté humaine : enfants battus à mort, êtres humains mutilés, victimes des tortures les plus cruelles qu'on pût imaginer. Pourtant, tout incompréhensible que ce fût, Jean-Pierre avait conservé un sens de l'humour extraordinaire. Mais c'était la première fois que Dawson voyait le Français aussi grave. En regardant Jean-Pierre photographier l'enfant mutilé, on ne pourrait même jamais imaginer qu'il eût le moindre sens de l'humour, se dit-il.

« Pardon d'être aussi sinistre ce matin, dit Beaufils à Dawson.

— Je comprends, répondit le policier.

— Que puis-je faire pour vous ?

— Je m'interroge sur cet homme que nous avons trouvé à Staten Island. Qu'en pensez-vous ?

— Eh bien, je crois que c'est l'œuvre d'un fou, si c'est ce que vous voulez savoir, mais Jean-Pierre semble penser que c'est un suicide maquillé en meurtre. Lorsque nous aurons les rapports du labo nous y verrons plus clair.

— Est-ce que, par hasard, ça pourrait être un travail de professionnel ?

— Non. De nos jours, quand les gangsters exécutent quelqu'un, ils lui attachent les bras dans le dos avec des poucettes sophistiquées, puis ils lui tirent une balle dans l'œil ou dans la nuque, voire dans la bouche en guise de coup de grâce. Et bien sûr, pourquoi perdre son temps à essayer de brûler les indices ? En plus, ils préfèrent que leurs concurrents et leurs alliés sachent ce qui pourrait leur arriver, par conséquent ils cherchent rarement à dissimuler l'identité de leurs victimes, comme dans cette affaire. Mais Jean-Pierre croit que quelqu'un voulait que nous découvrions l'identité de ce type.

— Eh bien, merci docteur. Si vous n'y voyez pas d'inconvénient, je vais attendre encore un peu ces rapports du labo.

— Bien entendu. »

Lorsque Dawson se dirigea vers lui, Jean-Pierre avait déjà commencé à travailler sur un autre cas, un corps à qui manquaient la tête et les deux mains. Il était en train de relever l'empreinte du pied à l'aide d'encre, de papier et d'un rouleau. Toutes les caractéristiques possibles seraient comparées à celles des personnes disparues. Peut-être qu'on trouverait des empreintes de ce pied nu dans l'appartement d'un des disparus, sur du linoléum ou un plancher de bois.

« Vous connaissez tous les trucs, n'est-ce pas, Frenchy ? »

— Bien sûr. »

Un bruit sourd de percussions, près de la porte, fit sursauter les deux hommes. Sutton jouait du tam-tam sur le corps musclé d'un homme, allongé nu sur une des tables de dissection.

« Ce type est fou, fit remarquer Dawson. Comment ça se fait qu'il travaille ici ?

— Allons, lieutenant. Sutton n'est pas plus fou que moi. Si vous le connaissiez mieux, vous sauriez qu'il ne pense pas à mal. C'est sa manière d'agir, c'est tout. C'est vraiment un chic type, un bon copain. Le fou, c'est le type qu'il utilise comme tambour. Ce mec s'est suicidé après avoir tué sa femme et ses deux gosses hier. Ça, c'est un dingue, non ?

— Plutôt. J'en ai entendu parler dans le journal de ce matin. »

Un employé du laboratoire entra alors dans la pièce,

accompagné de Johnny Conti. Il se dirigea immédiatement vers Jean-Pierre et le lieutenant. « Le docteur Beaufils m'a chargé de vous remettre ceci. » C'étaient les résultats des examens que tous deux attendaient.

« Parfait, fit Jean-Pierre, tout excité. Voyons si j'avais raison. D'abord... la toxicologie a cherché le médicament précis que la victime aurait pu prendre. Voilà : du Nembutal, exactement ce que je pensais. Les examens du sang révèlent une dose mortelle de Nembutal. Je dirais que c'est ça qui a dû le tuer. Ensuite, en sérologie ils ont étudié le coton. Vous voyez ici, ils estiment que c'est le genre de tampon dont on se sert pour nettoyer la peau avant et après une piqûre à la saignée du coude, le meilleur endroit pour faire une prise de sang, injecter des médicaments ou même des drogues. Et regardez ici, le tampon était effectivement imbibé de sang du même groupe que celui de la victime. Et pour finir, l'histologie, qui a analysé le fragment de peau prélevé à la saignée du coude. Aha, ils ont découvert exactement ce que je pensais, qu'on y avait fait une injection.

— Que signifie tout ça ? »

Beaufils se joignit alors aux deux hommes. « Je vois un sourire sur ton visage, Jean-Pierre. J'en déduis que tu avais raison.

— Docteur, demanda Dawson, pourriez-vous, s'il vous plaît, m'expliquer ce que tout ça signifie ?

— Certainement, répondit-il en prenant les rapports des mains de Jean-Pierre. Il est clair maintenant que la mort a été provoquée par le Nembutal ; la *rigor mortis* a précédé le moment où on lui a mis les menottes, où on lui a tiré une balle dans la tête et où on l'a brûlé.

— Pourquoi n'aurait-il pas reçu d'abord la balle ? demanda Dawson.

— S'il avait reçu la balle d'abord, répondit Jean-Pierre, l'injection n'aurait aucun sens. Pourquoi injecter une dose mortelle de Nembutal à un type après l'avoir tué à coups de feu ? Et j'irais même jusqu'à dire que le tampon d'alcool a été un réflexe professionnel, comme si la personne qui a fait la piqûre était dans la profession médicale.

— Un médecin ? demanda Dawson.

— Oui. Voilà pourquoi je ne serais pas surpris si la victime se l'était faite elle-même.

— Vous croyez vraiment que c'est un suicide, donc, Frenchy ?

— Exactement.

— Je suis déçu. Je cherchais un meurtre à coller sur le dos d'un des jeunes frères Constantine.

— Eh bien, vous pourrez peut-être en tirer quelque chose s'il y a une loi contre les escroqueries à l'assurance, proposa Jean-Pierre.

— Où voulez-vous en venir ?

— Okay. Pourquoi tirer sur quelqu'un qui est déjà mort, et essayer de donner l'impression qu'il s'agit du crime d'un fou ?

— Celui qui a fait ça est un fou de toute manière, fit remarquer Beaufils.

— Exact, opina Jean-Pierre. Un dingue, mais pas un imbécile. Encore que la victime ait été plus astucieuse que lui.

— Vous voulez bien m'affranchir aussi ? demanda Dawson.

— Voilà : d'abord la victime se suicide — il était peut-être déprimé, sa femme couchait avec un autre homme ou quelque chose —, mais la personne qui a découvert le corps avait beaucoup à perdre si l'on concluait au suicide. Elle a donc essayé de dissimuler la vérité en lui tirant une balle dans la tête et en le brûlant. Mais elle a laissé trop d'indices, et ce détail m'inquiète aussi.

— Je ne suis pas sûr que ta théorie soit tout à fait concluante, dit Beaufils.

— Bien. Examinons donc l'affaire. Pourquoi laisser la chaussure partiellement brûlée ? Indice de la pointure du pied. Pourquoi laisser la ceinture ? Indice du tour de taille. Et pourquoi couper le pied si on le laisse en évidence ? Parce qu'il permet de découvrir le problème ambulatoire de la victime. Le seul indice véritable à mon avis est le coton d'alcool. Parce que si c'était le tueur qui avait utilisé le Nembutal, il ne se serait pas servi d'un tampon pour nettoyer la peau. Ce genre d'indice pourrait aisément échapper au feu et laisserait forcément des traces analysables en laboratoire. C'était un truc trop important pour le laisser traîner. En plus, comme je l'ai déjà dit, pourquoi se servir d'un coton, lui plier les bras, lui mettre les menottes et brûler le corps pour donner l'impression qu'on veut dissimuler son identité tout en laissant suffisamment d'indices pour qu'on le reconnaisse ?

— Voyons si je vous comprends bien, fit Dawson. Vous pensez qu'on peut en tirer quelque chose si nous prouvons que quelqu'un a intentionnellement maquillé un suicide en meurtre ?

— Ne me posez pas la question. Demandez plutôt au procureur.

— Ce serait un sacré renversement, non ? Les tueurs cherchent plutôt à maquiller leurs meurtres en suicides. Dawson haussa les épaules. Le capitaine va m'écorcher vif si je lui dis que je recherche l'assassin d'un mort.

— Dites-le lui comme ça : l'homme est mort de l'injection. Maintenant, la plupart des gens dont le réflexe professionnel est d'utiliser un coton d'alcool ont également le réflexe de l'enlever, mais dans ce cas, cet homme ne l'a pas fait... bien qu'il en ait eu le temps. Mais il savait que le labo trouverait les traces de la drogue. Dites-lui aussi que tout est trop parfait : l'identification est trop facile. On a vraiment l'impression que le « tueur » a essayé de dissimuler l'identité de la victime à moitié seulement. Et le coup de feu a été tiré pour écarter encore plus formellement la possibilité du suicide — projectile tiré de gauche à droite — le « tueur » sachant que l'homme était droitier, ce que d'ailleurs semble confirmer la position du tampon. Peu de chance pour qu'il aille à l'encontre de son instinct et se tire une balle de gauche à droite. Comme le prouve la position du tampon, il n'aurait pu se servir de sa main gauche, le coton serait tombé.

« Vous voyez, celui qui a organisé toute cette petite comédie ignorait la présence du tampon d'alcool. Je serai encore plus certain de tout cela lorsqu'on aura fait l'identification. Et je ne serais pas surpris qu'une femme vienne bientôt réclamer le corps. Et si l'homme était médecin ou dans la profession médicale, je pourrai affirmer presque positivement qu'il s'agit d'un suicide.

— Vous parlez comme un avocat. Je ne suis pas sûr d'avoir tout compris.

— Écoutez, comme la plupart des gens, vous croyez que se suicider consiste à sauter par la fenêtre ou à avaler une trop forte dose de barbituriques. Il est certain que peu de gens le font comme ça, avec une seringue hypodermique. Il me semble évident que cet homme avait aisément accès au Nembutal. Et aussi, pourquoi a-t-il laissé le coton en place ? Je serais prêt à parier, si j'étais parieur, que cette victime était un médecin qui a tenté de nous dire quelque chose. »

Tandis que les trois hommes finissaient d'étudier les rapports du labo, Johnny sortait nerveusement de la pièce et pénétrait dans une cabine téléphonique du hall.

Jane avait appelé Jean-Pierre vendredi en fin d'après-midi pour confirmer son rendez-vous avec lui le lendemain. Elle eut du mal à s'endormir : elle imaginait la maison où il habitait — le salon, la chambre — et se demandait si quelqu'un vivait avec lui. Il ne peut pas être marié, se disait-elle. S'il était marié, pourquoi l'inviterait-il chez lui, à moins que... oh non, ce n'est pas possible, il est étrange, mais pas à ce point. Encore que l'on ne sache jamais avec quelqu'un d'aussi peu prévisible que lui...

Jamais auparavant elle n'avait éprouvé ce genre de sentiments pour un homme. Non seulement elle l'admirait professionnellement, mais elle était également fascinée par sa personnalité. Bien qu'elle n'eût passé que quelques heures avec lui, elle éprouvait un curieux bien-être en sa présence, comme si elle l'avait toujours connu et qu'elle comprît parfaitement son comportement. Ses amis de l'université désapprouveraient sans doute son attitude, lui reprocheraient de s'abaisser devant ce Français en le laissant se montrer arrogant et même méchant avec elle. Mais que savaient-ils ? Comment pourraient-ils comprendre la sensation qu'elle éprouvait, ce fort magnétisme animal qui l'attirait vers lui, de plus en plus près, lui donnait envie de l'étreindre, de le toucher, de l'embrasser ? Des frissons lui parcoururent tout le corps. Elle ferait mieux de s'endormir, se dit-elle.

Mais s'il était marié ? se demanda-t-elle. Que ferait-elle si une femme surgissait soudain d'un placard et s'il lui disait : « Ma chérie, voici Jane, une fille que j'ai rencontrée à la morgue. Jane, permettez-moi de vous présenter ma chérie, ma femme. » Que ferait-elle ? Non, ça ne se passerait pas comme ça, de toute manière. C'est probablement *elle* qu'il pousserait dans le placard quand il entendrait la porte d'entrée s'ouvrir. Il lui dirait : « Vite, entrez dans le placard avant que ma femme ne vous voie. » Et à ce moment-là, que faire ? Sortir de la maison en courant ou... entrer dans le placard ? Elle secoua la tête : quel dilemme. Elle ferait décidément mieux de s'endormir et de cesser ces sottises.

Et s'il ne l'embrassait même pas ? Oh, ce serait encore pire que de découvrir qu'il est marié, décida-t-elle. Peut-être devrait-elle porter une tenue provocante demain ? Non, pas trop provocante sinon il la prendrait pour une allumeuse. D'un autre côté, c'était peut-être ce qu'il attendait d'elle. Un homme comme lui n'a pas besoin de tourner autour du pot. Peut-être qu'elle devrait mettre quelque chose d'extrêmement sexy, comme cette jupe fendue. Non, il détesterait probablement ça. D'ailleurs, les pantalons lui allaient mieux. Mais peut-être qu'il n'aimait pas les femmes en pantalon, parce qu'il voulait être le seul à porter la culotte. D'accord, va pour la jupe fendue. Mais elle ferait mieux de dormir un peu si elle ne voulait pas avoir une trop sale tête demain.

Et s'il voulait coucher avec elle ? Devrait-elle accepter ? Après tout, c'était un homme, pas un gamin comme certains de ses anciens petits amis qu'un corps nu suffit à enflammer. Cet homme devait avoir une énorme expérience. Mon Dieu, qu'allait-il se passer si elle n'en savait pas autant que lui. Elle ne saurait pas quoi faire. Du calme ! Elle n'avait pas encore décidé de sauter dans son lit, inutile donc de s'en préoccuper. Il était peut-être préférable qu'elle ne couche pas avec lui, pour le moment du moins.

Elle étira les bras et s'enjoignit à nouveau de dormir. Il valait mieux laisser ces choses évoluer d'elles-mêmes, se dit-elle. Ce dont elle était sûre en tout cas, c'était qu'elle avait intérêt à se taire et à le laisser la dominer si elle voulait continuer à le voir.

Jane avait déjà les yeux grands ouverts quand son radio-réveil se mit en marche. Elle bondit du lit, se précipita sous la douche, se sécha la tête, se maquilla, enfila un corsage blanc tout simple et son pantalon bleu — non sans hésitation. En sortant de l'appartement elle jeta son manteau de lapin sur son bras, empoigna son sac à main et embrassa sa mère en lui expliquant qu'elle prendrait son petit déjeuner chez une amie. Puis elle se rua vers la gare de Grand Central. Elle prit le train de 9 h 40 et arriva à Greenwich vers 10 h 30, toute anxieuse, l'estomac noué, l'esprit tout enflammé par son imagination.

Lorsque le train s'arrêta, elle chercha impatiemment le Français du regard. Elle sauta sur le quai et se retrouva en train de faire les cent pas en regardant partout si elle le voyait. « Il a dit qu'il serait ici à dix heures et demie » marmonna-t-elle en consultant sa montre. « Il est en retard. Que vais-je faire maintenant ? C'est ridicule, je me demandais si j'allais faire l'amour avec lui et voilà qu'il me pose un lapin. T'as l'air maligne, Jane de Furcillo. »

Jane se dit qu'elle devrait emprunter la passerelle et aller voir sur l'autre quai. Voilà, se dit-elle, c'est là qu'il m'attend. Elle se précipita donc dans l'escalier, mais toujours pas de Jean-Pierre. Elle ferait peut-être mieux de retourner sur l'autre quai, sinon elle risquait de le rater. Elle traversa les rails en courant. Et soudain elle vit une Land Rover quitter la gare, exactement comme celle qu'il lui avait décrite au téléphone. Elle se précipita en criant : « Attendez, j'arrive. »

Il était trop tard. Le conducteur, Jean-Pierre évidemment, changea rapidement de vitesse et sortit du parking en faisant crisser les roues. Jane était désespérée. Il avait dû arriver peu après qu'elle avait traversé la voie. Il avait sans doute pensé qu'elle n'était pas venue du tout. Qu'allait-elle faire maintenant ? Il avait dit que sa maison était tout près de la gare, sur une colline. Voilà. Elle mit son manteau, jeta son sac à main sur l'épaule et se mit à marcher d'un pas vif. Elle demanda à un passant s'il connaissait une colline en pente raide tout près de là. Il fit une grimace d'ignorance. Elle continua son chemin et c'est alors, en passant devant une station service, qu'elle remarqua une Land Rover qui dévalait la pente. Impulsivement, elle fit de grands signes de la main.

« Qu'est-ce que vous faites là ? demanda-t-il en ouvrant avec force la portière du passager.

— Je vous ai vu quitter la gare, expliqua-t-elle en essayant de reprendre haleine, et je...

— Aucune importance. » Il fit demi-tour, remonta la colline, tourna à droite dans une petite rue latérale et se gara devant une vieille maison de style colonial. Sans mot dire, il lui fit signe de sortir de la voiture. Elle le suivit lentement.

« Jean-Pierre, lança une voix.

— Bonjour Richard. »

Ce voisin présenta Jean-Pierre à un homme avec qui il était en train de parler. Jean-Pierre, sans la présenter, se dirigea directement vers la porte d'entrée de sa maison, tandis que Jane le suivait en silence.

Tout en cherchant ses clés, il grommela : « Qu'est-ce que c'est que ces conneries ?

— Écoutez, je suis désolée », fit-elle.

Il la regarda d'un air ironique. Il entra chez lui sans refermer la porte derrière eux. Jane parcourut le salon du regard. On entendait clairement les deux hommes continuer leur conversation.

« Qui est-ce ?

— C'est un thanatologue mondialement connu, un spécialiste de la reconstruction, répondit Richard.

— Qu'est-ce que c'est que ce truc-là ?

— Il reconstruit les corps mutilés.

— Mutilés ? Vous voulez dire des cadavres ?

— Je sais ce que vous pouvez penser, mais ça n'a rien de si horrible. Il travaille à l'Institut médico-légal de New York. Il est également Conservateur du musée de Criminologie et de Médecine légale.

— Mutilés ? répéta l'homme pensivement. Vous n'avez pas peur d'habiter à côté d'un type comme ça ?

— Pourquoi ? Il est aussi normal que vous et moi. Peut-être plus.

— Vous êtes sûr que ça ne vous dérange pas ? » grogna l'homme.

Richard eut l'air soucieux. « Seulement quand il ramène son travail à la maison.

— Comment ?

— Non, je plaisante. En fait, un jour où nous sortions nos poubelles il m'a dit qu'il laissait son travail à New York, qu'il ne rapportait jamais rien d'ici. " Je comprends que ça doit être difficile de ramener à la maison le genre de travail que vous faites ", ai-je dit. " Heureusement que je ne le fais pas, me répondit-il, vous n'oseriez plus sortir vos poubelles. " »

Jane éclata de rire. « Je sais que ce n'est pas poli d'écouter les conversations des autres, mais je n'ai pas pu m'en empêcher », dit-elle à Jean-Pierre. Puis elle ajouta : « Ce doit être un de vos amis... pour parler comme ça, je veux dire.

— Qui, Richard ? Nous allons écrire un livre ensemble, un de ces jours.

— Vraiment ? Quelle bonne idée. Si vous avez besoin d'un coup de main, je serais...

— Oui, oui, ce sera peut-être une bonne idée. »

Elle respira profondément, soupira de soulagement et posa son manteau sur une chaise du salon. Une chatte à trois couleurs, cachée derrière le siège, bondit soudain sur la fourrure. Surprise, Jane eut un mouvement de recul. « Oh, comme elle est belle. Je ne savais pas que vous aviez un chat.

— Je n'ai jamais pu m'en débarrasser. Elle était perdue, je l'ai ramassée et sauvée. Elle est maintenant ici pour toujours. »

Voyez-vous ça, se dit-elle, il aime les animaux. Le lieutenant Dawson avait raison de dire que, lorsqu'on le connaît, c'est un homme avec un cœur d'or.

« Comment s'appelle votre chatte ?

— Je l'appelle Molly.

— Viens ici, Molly. » Elle essaya de la caresser, mais la chatte l'ignora. Il faut lui laisser le temps de s'habituer à moi, se dit-elle. Comme son maître, elle ne s'apprivoise pas facilement.

Jane tourna son attention vers l'intérieur de la maison.

Elle ressemblait exactement à ce qu'elle s'était imaginé : une luxueuse moquette beige ; des livres, des caisses de bois et des boîtes qui s'entassaient le long du mur.

« Je garde mes diapos et mes photos — souvenirs d'affaires passées — dans toutes ces boîtes. Je vous les montrerai tout à l'heure. »

Pendant qu'il se lavait les mains dans l'évier, elle s'assit sur le divan, lissant de la main l'étoffe pelucheuse.

« Par quoi allons-nous commencer ? demanda-t-elle.

— Par manger. »

Elle trébucha en se levant du divan. « Qu'y a-t-il dans le frigo ?

— Regardez donc. »

Elle y trouva une carafe de vin et du fromage. « C'est tout ce que vous avez ?

— Je pensais que nous mangerions autre chose.

— J'espère qu'il veut dire autre part, dit-elle à mi-voix.

— Comment ?

— Euh, rien.

— Il y a un restaurant chinois tout près d'ici. C'est là que nous allons déjeuner.

— Ah, un chinois, fit-elle soulagée. J'adore la cuisine chinoise.

— J'en étais sûr. Allons-y maintenant, nous pourrons regarder les diapos après. »

Le restaurant était tout juste en train d'ouvrir pour le déjeuner. Jane et Jean-Pierre s'installèrent dans la salle vide.

« Qu'est-ce qui vous rend si joyeuse ? lui demanda-t-il.

— Presque tout, répondit-elle. Le simple fait d'être vivante, j'imagine.

— Le fait de ne pas être un *clown ?*

— Oui. Comme je vous l'ai dit l'autre jour, je n'aime pas le cirque.

— Alors vous n'aimez pas la morgue.

— Je ne vois pas les choses comme vous. Je n'y trouve pas l'exploitation qui règne au vrai cirque. Pour moi, c'est un lieu de recherche scientifique.

— Pas un lieu où règne la peur ?

— Il n'y a aucune raison d'avoir peur, parce que tout va devoir bientôt mourir de toute manière. Pourquoi redouter l'inévitable ? Même les riches ne peuvent acheter la santé. Je souffre seulement quand je vois des gens déchirés par une mort, comme cette femme qui avait perdu son mari l'autre jour.

— Et quand quelque chose de ce genre vous arrivera à vous personnellement ?

— Je suppose que je pleurerai beaucoup. Et vous ?

— Je ne sais pas, répondit-il. Je n'ai jamais eu à affronter ça. »

Le serveur posa devant eux un plat de nouilles sautées. Jane se servit et les mélangea à la sauce du canard. « Vous savez, j'ai deux grandes faiblesses : la pizza et la cuisine chinoise.

— Je suis sûr que vous avez d'autres faiblesses que ça. »

Jane resta songeuse. Peut-être devrait-elle l'ajouter lui à sa liste de faiblesses.

« Y a-t-il quelques secrets que vous souhaiteriez me confesser ? demanda-t-il malicieusement.

— Ça ne rime à rien.

— Vous voulez dire que je ne rime à rien ?

— Ce que je veux dire c'est... que ce que vous dites ne rime à rien. Si je devais vous raconter mes secrets intimes, ce ne seraient plus des secrets, pas vrai ? »

Une pensée traversa Jean-Pierre : peut-être parle-t-elle trop après tout ? Elle lui plaisait incontestablement, mais quelque chose lui enjoignait de ne pas tomber amoureux d'elle. Amoureux, songea-t-il soudain, mais pourquoi diable pensait-il à une chose pareille ?

« Vous êtes bien silencieux, dit-elle.

— Écoutez, il faut que je vous dise d'abord que je ne suis pas marié, puis que je ne veux pas m'encombrer d'une femme qui n'en fait qu'à sa tête, parle trop et se réclame du MLF. Vous comprenez ? »

Jane resta bouche bée. Elle lui aurait cloué le bec si le serveur ne leur avait pas apporté un plat à ce moment-là. Non, mais tu te rends compte ! se dit-elle. Mais qu'est-ce qui lui arrive ? Il se prend pour la huitième merveille du monde ? Il se comportait comme s'il imaginait qu'elle était en train de tomber amoureuse de lui. Possible, mais ce n'était pas une raison pour agir ainsi. Elle allait devoir faire attention, ne parler qu'à bon escient, donner l'impression qu'elle en savait moins que lui, sur tout et rien, même si elle en connaissait davantage — pour l'instant en tout cas.

« Qu'attendez-vous ? lui demanda-t-il.

— Quoi ? Oh, la nourriture. Oui. » Elle prit une bouchée.

« Mmm, c'est délicieux.

— Vous aurez d'autres occasions, plus tard, de faire Mmm. »

Mais oui, se dit-elle, sous cette enveloppe obstinée se cache un romantique tendre qui adore la bonne chère, le bon vin et le bon sexe. Oh, comme elle voudrait lui offrir tout cela, pour toujours. Du calme, Jane de Furcillo, tu précipites les choses.

« Plus tard, vous me ferez visiter ? Euh, je veux dire Greenwich.

— Nous n'aurons pas le temps.

— Comme vous voulez. »

Il la regarda d'un air soupçonneux. Elle était soudain trop complaisante. Il lui faudrait faire preuve de prudence, se dit-il. Jusqu'alors il n'avait eu aucun mal à éviter les liaisons sentimentales. Mais cette fille était différente. Peut-être aurait-elle changé d'avis demain. Une femme était douce et patiente avec un homme jusqu'à ce qu'ils se mettent au lit. Peut-être que demain elle ne lui dirait plus « comme vous voulez ».

Le déjeuner terminé, ils rentrèrent directement chez Jean-Pierre. Avant de projeter les diapositives, il lui montra divers articles sur lui, publiés dans des magazines. Tous du même ton, ils louaient sans réserve le spécialiste mondialement célèbre de la reconstruction thanatologique et surtout l'homme capable de découvrir l'identité des victimes d'une mort violente. Un article le qualifiait de détective en blouse blanche qui fait parler les morts et découvre la solution d'affaires criminelles complexes. Les reportages racontaient comment il résolvait les mystères avec un scalpel, une éprouvette et son œil habile à détecter les méfaits. Deux descriptions de son travail impressionnèrent particulièrement Jane : une science de l'investigation légiste de la mort non naturelle, et l'étude de la mort violente.

« Ces articles sont un sacré hommage à vos travaux, dit-elle admirative.

— Vous savez, fit-il en s'asseyant auprès d'elle sur le sofa, sur les milliers de cadavres qui atterrissent chaque année à la morgue de New York, à peu près mille requièrent mes services de thanatologue — reconstruction d'un cadavre mutilé pour l'identification, reconstruction du visage si nécessaire, identification d'ossements en utilisant les techniques de la thanatologie anthropologique, dont on se sert généralement dans les grandes catastrophes lorsque les corps sont brûlés ou réduits en morceaux. » Il lui entoura l'épaule de son bras gauche et sa main descendit lentement vers son sein gauche. « Je travaille sur les morceaux de squelettes, quand il ne reste que cela, sur les corps décomposés et ceux qui ont longuement séjourné dans l'eau. J'analyse aussi les radios de parties du corps dans une perspective balistique, odontologique, ou d'information générale. Bien évidemment, je fais des photos de mes cas — en fait, je suis un excellent photographe. Je prends des photos extraordinaires. Un jour, je ferai d'autres photos de vous. » Ses yeux la parcoururent de haut en bas.

Jane sentit ses mamelons s'ériger. Il était trop tôt, se dit-elle. « J'adore la photo, bafouilla-t-elle. Quand pensez-vous avoir ces photos, vous savez, celles que vous avez faites de moi l'autre jour ?

— Bientôt. Je suis très impatient de voir celles du *clown* vaudou.

— Je ne sais pas si je dois prendre ça pour une insulte ! » Mais enfin, Jane de Furcillo, se dit-elle, espérais-tu qu'il te dise combien il était impatient de voir tes photos ? Ça ne lui aurait pas ressemblé du tout.

« J'attends également avec impatience, fit-il lentement, de voir... ce que vous donnez. »

Tu vois, Jane de Furcillo, on ne peut jamais être sûre de rien, du moins avec ce Français.

Il l'examina attentivement. « Pourquoi vos joues deviennent-elles rouges ?

— Euh... j'ai les joues rouges ? Ce doit être la chaleur.

— Je vous fais chaud quelque part ? »

Comment vas-tu répondre à celle-là ?

« Non. Je veux dire oui. Euh, la chaleur de la pièce, euh, c'est...

— Vous savez ce que j'ai remarqué chez vous ? dit-il en ôtant son bras de son épaule. Vous ressemblez à une petite fille incapable de se décider. C'est non, puis c'est oui, puis peut-être. Si je vous excite, dites-le. »

Elle réfléchit pendant une minute. Que devait-elle lui répondre ? « Oui, dit-elle étourdiment. Euh, je veux dire oui... mais non », se reprit-elle.

Il s'écarta en hochant la tête... Je suis trop vieux pour attendre que cette rousse devienne une femme, pensa-t-il. Elle était beaucoup trop innocente, et peut-être trop jeune à son goût. Pourquoi ne voulait-elle pas reconnaître qu'il l'avait excitée ? Il lui aurait fait visiter la chambre, et... voilà !

Elle l'agaçait de nouveau, pensa-t-elle. Il était temps de changer de sujet. « Vous faites un travail énorme à la morgue. Ils devraient vous payer le double.

— Dites-le au maire. »

Elle sourit. « L'autre jour nous sommes allés à Staten Island sur les lieux de ce crime. Vous faites toujours ça ?

— Parfois. » Il la regarda droit dans les yeux.

Elle détourna la tête et fit maladroitement tomber les magazines. Elle les ramassa et les posa sur ses genoux. Celui sur le haut de la pile l'appelait « le spécialiste de la reconstruction le plus célèbre du monde... le Français affable à la réputation bien établie de reconstituer les visages humains ». Le Français affable, se dit-elle in petto, peut me reconstruire quand il veut. « Oh, s'écria-t-elle, en passant à un autre journal, voilà l'article du *News* de dimanche dernier. »

Le reportage qualifiait le Français de « Magicien de la morgue ». Elle continua à feuilleter les revues. D'aucunes le présentaient comme le « vrai Quincy » — le personnage de la télévision américaine — de la morgue de Los Angeles.

Il lui montra ensuite les lettres de recommandation que lui avaient faites des sommités de sa profession.

« C'est fantastique, s'écria-t-elle.

— Je ne vous démentirai pas. »

Elle montra un papier sur le mur : « Qu'est-ce que c'est ?

— Mon diplôme de sciences mortuaires du Collège Worsham de Chicago. C'est un endroit où je ne retournerai jamais, sauf, bien sûr, s'il y a une catastrophe aérienne là-bas.

— Que reprochez-vous à Chicago ?

— Je n'aime pas l'atmosphère.

— Vous trouvez Chicago pire que New York ?

— Ce n'est ni pire ni mieux. Simplement différent.

— Eh bien, espérons qu'il n'y aura pas de catastrophe aérienne là-bas, pour que vous n'y retourniez pas.

— Espérons, chef. » Il commençait à se sentir de nouveau à l'aise. L'intérêt sincère qu'elle portait à son travail et à ses réalisations avait sans doute quelque chose à voir avec ce changement d'humeur. « Tenez, je vais vous montrer quelques photos de ce que nous trouvons dans les accidents aériens. » Il ouvrit un album plein de photos qu'il avait prises sur le site de la catastrophe aérienne de Paris. « Il est extrêmement important, vous savez, de trouver un bras, une jambe ou un reste carbonisé afin d'identifier la personne pour les assurances. Il y a des sommes énormes en jeu.

— Je sais.

— Oui, je m'en doute.

— Un de ces articles dit que c'est vous qui avez mis au point un système améliorant considérablement l'identification des victimes d'accidents aériens.

— Oui, c'est en 1974, quand je travaillais sur cette catastrophe aérienne à Paris que j'ai mis en place un système informatisé permettant de classer les parties du corps afin de déterminer à qui appartenait quoi. Les familles et les médecins des personnes qu'on pensait à bord de l'avion ont fourni des descriptions, des dossiers dentaires, et ainsi de suite. Ces éléments ont été confiés à l'ordinateur sous les rubriques opérations chirurgicales subies, tatouages, maladies de peau, taches de naissance, maladies, et même médicaments que les passagers auraient pu prendre et qu'on pourrait retrouver dans les reins, l'urine, le cerveau ou n'importe quelle partie du corps traitée. Toutes ces informations ont permis à l'ordinateur de circonscrire l'identification des parties du corps. Ce processus a permis d'identifier en six semaines toutes les victimes à 10 exceptions près. Puis, deux ans plus tard, j'ai signé un contrat avec la FAA pour enquêter sur les catastrophes aériennes.

— Je suis profondément impressionnée.

— Vous savez que... en dehors des journalistes, vous êtes la seule personne à avoir vu tout ça ?

— Eh bien, je suis très flattée.

— En fait, je n'avais jamais imaginé que je passerais une journée de ce genre avec une femme.

— C'est parce qu'il n'y a pas beaucoup de femmes qui veulent devenir thanatologue. Après avoir vu tout ça, je brûle de contribuer, ne serait-ce que moitié moins que vous, à la science. Ça me donne envie de travailler dur.

— Pour moi, ce n'est pas vraiment du travail, dit-il. En un sens, je prends plaisir à faire ça.

— C'est étrange parce que c'est la même chose pour moi.

— Vous êtes la seule femme que j'aie jamais rencontrée qui en soit capable. »

Enfin, se dit-elle, il commence à le remarquer.

« Évidemment, je suis aussi ravi de faire d'autres choses ayant un rapport avec le travail : donner des conférences à des étudiants, voire des écrivains.

— A des écrivains ?

— Il existe une organisation appelée Meurtre SA — à ne pas confondre avec les tueurs du même nom, plaisanta-t-il. Ces gens écrivent sur le meurtre, ils n'en commettent pas. SA, pour Société d'Auteurs, vous comprenez ? » Elle sourit. « Je réponds à leurs questions sur ce qui est vraisemblable ou non dans leurs romans policiers.

— Ça doit être très amusant.

— Ça l'est. »

Elle plongea son regard au fond de ses yeux, prête à lui offrir ses lèvres. Plus tard, peut-être, Jane de Furcillo, sois patiente.

« Si vous aviez à en choisir une seule, de quelle réalisation êtes-vous le plus fier ?

— Oh, il y en a trop. Trop d'affaires, je serais incapable de toutes les compter. Je dirai que ma plus grande fierté est d'être le conservateur du musée de Criminologie et de Médecine légale.

— Oui, ce serait pareil pour moi.

— J'aime aussi beaucoup être consulté sur des affaires survenues en dehors de New York, comme lorsque l'Institut médico-légal de Paris réclame mes services.

— Vous allez souvent en France ?

— Une ou deux fois par an, parfois trois. Plus, lorsqu'il y a une catastrophe aérienne.

— Je suppose que vous y allez aussi en vacances. »

Dis donc, qu'est-ce qu'elle peut poser comme questions, se dit-il. Cette fille a de l'ambition, mais elle s'intéresse davantage à moi qu'à la criminologie. L'idée lui plaisait quoi qu'il en eût. Il prenait même plaisir à répondre à toutes ses questions, peut-être parce qu'elle réagissait avec tant d'enthousiasme à ses réponses.

« Ça me rappelle que vous ne m'avez jamais dit ce que vous faites de votre temps libre, reprit-elle.

— C'est très personnel, vous savez.

— Pardon...

— Je fais des collages.

— Qu'est-ce que...

— Tenez, je vais vous montrer. » Il sortit un cadre de sous le divan. « En voilà justement un. J'en ai beaucoup d'autres au sous-sol. Je vous y emmènerai tout à l'heure. »

La beauté du travail la stupéfia. Des fragments de photographies soigneusement disposés formaient un collage d'images. Les couleurs étaient superbement agencées pour produire un maximum d'effet. L'œuvre paraissait manifestement symbolique, lui révélant un aspect de lui dont elle n'avait même pas soupçonné l'existence : un artiste plein de sensibilité. Elle resta bouche bée.

« Pouvez-vous voir ce que c'est ?

— C'est tout simplement... magnifique.

— Regardez très attentivement. Non, je vais vous le

montrer d'un peu plus loin. C'est la seule manière de comprendre vraiment.

— Il y a une autre signification que je n'ai pas perçue ?

— Regardez encore. »

Elle contempla sa création en silence pendant presque cinq minutes. « Ça ressemble... vous allez croire que je suis dingue, mais j'ai l'impression que tous ces bouts d'images mis ensemble représentent... non, vous allez vraiment croire que je suis dérangée.

— Non, allez-y. La plupart des gens n'arrivent pas à voir quoi que ce soit. Il faut à certains des semaines, des mois, pour comprendre.

— Okay, mais vous n'allez pas vous moquer de moi, promis ?

— Allez-y.

— Ça ressemble à Charlie Chaplin.

— C'est exact », reconnut-il, estomaqué. Ça devenait de plus en plus inquiétant, se dit-il. Non contente d'être plus belle que toutes les femmes qu'il avait rencontrées, cette fille se révélait plus intelligente que la plupart des gens qu'il connaissait. « Alors qu'en pensez-vous ?

— Je n'en reviens pas tant c'est beau », lui dit-elle, ajoutant pour elle-même : Je n'en reviens pas tant *il* est beau.

« Je vous en montrerai d'autres plus tard, mais je crois que le moment est venu d'éteindre les lumières. »

Oui, pensa-t-elle impatiemment, c'est le moment.

Il alla dans la cuisine et rapporta deux verres de vin. Il lui en tendit un avec un sourire. Elle rougit et baissa la tête. Il brancha son électrophone et la voix de Piaf gémit une chanson d'amour. Il lui fit signe de se lever. Elle crut qu'il l'invitait à danser mais, à sa grande surprise, il la planta au milieu de la pièce et tourna le divan face au mur blanc. Elle fronça les sourcils. Que faisait-il donc ?

Lentement, il éteignit toutes les lumières puis s'installa sur le sofa. « Asseyez-vous ici, lui dit-il, près de moi. » Il ne l'enlaça pas, ni n'essaya de l'embrasser ; il tendit la main en arrière et alluma le projecteur.

Ce n'était pas exactement ce qu'elle escomptait.

La première photo montrait un homme tout couvert de

taches rouges, noires et bleues, comme si un herpès s'était répandu sur son corps tout entier.

« Cet homme avait une maladie rare. Nous n'avons jamais pu découvrir ce que c'était. Vous imaginez être affligée d'une chose pareille et vous regarder dans le miroir tous les jours ? »

Jane s'assit tranquillement. Ce n'était pas exactement l'idée qu'elle se faisait de la conclusion romantique de sa journée, mais elle savait combien il serait content de lui montrer ses diapositives, il ne lui restait donc plus qu'à y prendre plaisir avec lui. N'allait-elle pas apprendre des choses très utiles à sa profession ? N'était-elle pas venue le voir pour ça ?

La vue suivante montrait les victimes déchiquetées des terroristes qui avaient jeté des bombes à la Fraunces Tavern de New York. « Vous vous rendez compte, commenta-t-il. On aurait dit exactement un accident aérien. Des débris de corps dans tous les coins, un cauchemar. Certains des policiers venus sur les lieux n'avaient jamais rien vu de tel ; quelques-uns n'ont pas pu supporter et ont été malades. »

Il ne fit aucun commentaire en montrant la troisième photo : les restes d'un bébé partiellement dévoré par un berger allemand. Il passa rapidement à la suivante, une femme tuée par son fils, un malade mental, à coups de couteau de cuisine ; avant de se tuer à son tour, le meurtrier avait mis les vêtements de sa mère. Le visage de la femme était tailladé en tous sens et sa tête décapitée net.

Il lui montra ensuite un corps coupé en deux à la machette, puis un détail horrible d'un individu étranglé après avoir été ligoté et bâillonné.

Elle regardait chaque cas avec l'intérêt du scientifique. Les gorges tranchées, les corps massacrés, les enfants tabassés, les torses sanguinolents se succédaient sur l'écran tandis qu'ils observaient studieusement avec autant de sérénité que s'ils avaient regardé un documentaire à la télévision. Après tout c'était le travail de sa vie et il avait incontestablement beaucoup à en montrer.

Il acheva sa projection par la photo du corps mutilé d'une femme tatouée. « Ma théorie c'est que les gens tatoués forgent leur destin. Ils périssent souvent de mort violente.

— Vous allez un peu vite en besogne, ne croyez-vous pas ?

— C'est quelque chose que j'ai observé.

— Je vous crois volontiers. Il ne doit pas y avoir grand-chose que vous n'ayez pas observé.

— Étrange après-midi, fit-elle.

— C'est vous qui êtes étrange, répondit-il.

— Je suis étrange, moi ?

— En tout cas, ce n'est pas moi qui le suis. »

Elle s'attendait à une remarque semblable.

« Okay, que voulez-vous dire...

— Vous vous conduisez comme si vous vouliez quelque chose mais ne saviez pas comment le demander.

— Comment savez-vous que je veux quelque chose ?

— Non seulement vous voulez quelque chose, mais je sais également de quoi il s'agit.

— En plus de vos autres talents vous lisez dans les pensées ?

— La plupart du temps, je peux dire à quoi pensent les autres.

— Et à quoi je pense maintenant ? »

Il lui prit les bras et l'attira à lui. « Vous vous demandez quelle impression ça vous ferait que je vous embrasse. » Et sur ces mots il l'embrassa, d'abord doucement puis passionnément.

Elle n'offrit aucune résistance. L'émotion la transporta au-delà de tout ce qu'elle aurait cru possible.

Ce baiser lui plut, peut-être trop. Il s'écarta. « Le disque est fini », expliqua-t-il. Tout en plaçant une pile de disques sur le changeur, il décida de la mettre à l'épreuve. Il se tourna vers elle et lentement ôta ses chaussures et son pantalon. « Cela ne vous embarrasse pas, j'espère. J'aime être à l'aise. »

Elle haussa les épaules en se demandant ce qu'elle devait répondre ou faire. Elle détourna les yeux de son mini-slip mais ne put s'empêcher de remarquer ses cuisses musclées et sa taille étroite.

Il se rassit sur le divan et elle se demanda si elle devait

se déshabiller à son tour ou le laisser faire. Ne sois pas trop agressive, Jane de Furcillo, laisse-le décider la prochaine étape. Tu le connais à peine. Tu ne vas tout de même pas te mettre au lit avec un inconnu ?

Il lui dit : « Enlevez vos... »

Elle commença à se lever du divan, mais hésita et tourna la tête.

« Vos chaussures, expliqua-t-il. Enlevez vos chaussures. »

Oh, ça n'est pas trop grave, décida-t-elle joyeusement.

De la tête il lui fit signe de se rapprocher. Soudain, ses pieds nus touchèrent les siens. La sensation de froid lui remonta jusqu'à la tête.

« Vous êtes une femme chaude, peut-être trop chaude.

— Je voudrais simplement que vous sachiez... que... je... vraiment...

— Quelle est pour vous la sensation la plus agréable ? » demanda-t-il.

Elle plongea ses doigts dans son épaisse chevelure bouclée, puis lui effleura les lèvres, effaçant de son sourire toute trace de malice. Elle chuchota : « Pour moi la meilleure sensation est toujours l'amour. »

Jean-Pierre se recula.

« Qu'est-ce qui ne va pas ? se hâta-t-elle de demander.

— Je ne suis pas très habitué à ce sentiment.

— Ne me dites pas que l'amour vous fait peur ?

— Je vous ai dit que seuls les voyages en avion me font peur.

— Écoutez, je ne veux pas dire... je veux dire... c'est seulement que j'aime aimer. Aimer et savoir qu'on vous aime vraiment est la meilleure sensation au monde.

— Je crois que nous ferions mieux de ne pas aller plus loin.

— Pourquoi pas ? coupa-t-elle. A moins que vous ne soyez marié.

— C'est possible. »

Jane préféra battre en retraite. Pourquoi même soulever à nouveau la question. « Je... je suis navrée. C'est... je ne peux m'empêcher d'être franche. Ça me vaut des ennuis à chaque fois. J'exprime mes véritables sentiments trop facilement.

— Eh bien, n'exprimez pas ce genre de sentiments devant moi », lui dit-il sèchement. Il ralluma toutes les lumières et éteignit le projecteur. Il la mettait manifestement à la porte.

Fais quelque chose, et vite, Jane de Furcillo, avant de le perdre à jamais.

« Euh, à part collectionner les diapos et faire des collages, comment occupez-vous votre temps libre ? »

Il aurait pu abuser de sa gentillesse, la pousser à coucher avec lui avant de la laisser tomber comme tant d'autres dans le passé ; mais il éprouvait un sentiment différent pour elle, un respect qu'il n'avait jamais ressenti auparavant. Comment laisser choir une fille aussi parfaite qu'elle ? « Parfaite ? laissa-t-il échapper. Je deviens malade ou quoi ?

— Comment ?

— Euh, rien. Quelle était votre question ?

— Que faites-vous d'autre pendant votre temps libre ?

— Exactement ce que je ne suis *pas* en train de faire maintenant », s'esclaffa-t-il.

Allons, Jane de Furcillo, si tu le veux, saisis ta chance. « Et qu'est-ce que vous ne faites pas maintenant, demanda-t-elle timidement, et que vous aimeriez faire ? »

Il la regarda en fronçant les sourcils et décida de ne pas entrer dans son petit jeu : « J'aime faire la cuisine. »

Une fois de plus ce n'était pas exactement la réponse qu'elle attendait. « Oh vraiment ? repartit-elle sans se laisser démonter. Quelle chance de rencontrer un homme qui aime faire la cuisine, surtout quand il est Français.

— Oui, mais j'aime que ce soit ma femme qui fasse ma cuisine.

— Eh bien, moi aussi j'aime faire la cuisine. Aimeriez-vous que je vous prépare un petit plat un de ces jours ? »

Il regarda ostensiblement son réveil. « Le prochain train pour New York part dans dix minutes. Nous pouvons encore l'avoir », lui dit-il sèchement.

Cette fois, il la mettait vraiment à la porte.

« Vous savez, je n'ai pas eu l'occasion de voir le reste de la morgue. Pourrez-vous me la faire visiter bientôt ? J'aimerais prendre un autre rendez-vous.

— Il faudra vous adresser à ma secrétaire.

— Sérieusement. Je veux en apprendre le plus possible.

— Alors apprenez ceci : l'amour est pour ceux qui rêvent, le sexe pour ceux qui vivent. »

Elle ne répondit pas. C'était mieux ainsi.

Il se rhabilla rapidement, puis, en silence, la conduisit à la Land Rover.

Cinq minutes plus tard ils arrivèrent à la gare. « Lorsque vous prenez le train restez près du mur, éloignez-vous du bord du quai, lui recommanda-t-il avant de lui ouvrir la portière. Et quand vous arriverez à Grand Central, prenez votre taxi à la station de taxis. Peu importe que vous attendiez un peu plus longtemps. Et ne me dites pas que vous n'avez pas peur. J'insiste pour que vous attendiez l'arrivée du taxi. C'est bien compris ?

— Oui, mais vous n'avez aucune raison de vous inquiéter. Je suis une grande fille, vous savez.

— Ça m'est égal. Soyez bien prudente. Je ne veux pas vous retrouver sur ma table de dissection. »

Après tout, il n'est peut-être pas si indifférent, se dit-elle. Et si c'était ça le problème ?

9

Pendant les jours suivants, Jane tenta à diverses reprises d'atteindre Jean-Pierre, mais la standardiste ne cessait de trouver des excuses à l'indisponibilité du Français. Malgré l'évidence, s'étant convaincue qu'elle voulait seulement obtenir un rendez-vous pour finir de visiter la morgue, elle s'obstina dans ses tentatives. Et d'ailleurs, le Dr. Davenport ne lui avait-il pas promis une visite de l'exposition de criminologie la plus complète du monde, et, qui plus est, guidée personnellement par le conservateur du musée.

Jean-Pierre avait demandé à Doris de décourager une certaine Mlle de Furcillo. Si, au début, l'opératrice avait volontiers obéi aux instructions du Français, elle commençait maintenant à éprouver des regrets pour Jane. Cette demoiselle de Furcillo était très polie ; son insistance aurait pu être agaçante à la fin, mais elle ne rendait pas comme les autres Doris responsable de sa déception ; elle se contentait d'accepter ses raisons : « M. Lahary est au milieu d'une autopsie », « M. Lahary est au tribunal », ou encore : « M. Lahary est impossible à joindre en ce moment. » Quelque chose disait à Doris que Jane de Furcillo n'était pas comme les autres, mais elle tenait à l'amitié de Jean-Pierre et ne voulait pas intervenir dans sa vie privée.

« Allô. Institut médico-légal ?

— C'est encore Jane de Furcillo. Puis-je parler à M. Lahary ? »

Doris hésita : « Ne quittez pas, je vous prie. » Pourquoi torturer cette fille plus longtemps se dit-elle. « Écoutez, mademoiselle, M. Lahary est toujours occupé. Il ne répond presque jamais au téléphone. Pourquoi ne lui écrivez-vous pas un mot ?

— Euh, eh bien, je veux prendre rendez-vous avec lui.

— Quel genre de rendez-vous ?

— Je suis venue ici il y a une semaine. Il m'a fait visiter la morgue, mais n'a pas eu le temps de tout me montrer.

— Vous êtes journaliste ou quelque chose comme ça ?

— Non, je suis criminologiste.

— Mais pourquoi n'avez-vous pas commencé par là. Ne quittez pas. »

Doris appela le bureau du Français. « Jean-Pierre, il y a une criminologiste au bout du fil qui voudrait te parler.

— Une criminologiste ?

— Oui, c'est une femme. »

Ce ne peut être qu'une seule personne, se dit-il. « Je suis occupé. Dis-lui que je... dis-lui simplement que je suis dans le tiroir 69 ! » Il s'esclaffa.

« Comme tu voudras », soupira-t-elle. Puis elle reprit la ligne de Jane : « Navrée, mademoiselle, il est trop occupé en ce moment.

— Eh bien, j'essaierai plus tard. Quand pensez-vous...

— Écoutez, si vous voulez un conseil, n'y pensez plus. »

Ces mots la frappèrent comme un coup de poignard.

Doris le perçut. « Je ne voulais pas être aussi brutale, mais...

— Ça ne fait rien. Je sais bien que vous ne me connaissez pas, mais pourriez-vous me dire ce qu'il a dit, enfin, quand vous lui avez expliqué que j'étais en ligne ?

— Qu'il était occupé, c'est tout.

— A-t-il reconnu mon nom ?

— Pardonnez-moi, mais le téléphone sonne... »

La voix de Doris fit place à la tonalité d'appel. La standardiste avait raccroché, volontairement ou non. Peut-être ferait-elle mieux d'en rester là, de ne plus y penser comme elle avait dit ? Connaissant Jean-Pierre, il avait probablement répondu quelque chose de méchant. Pourtant, elle était sûre qu'il ne pensait pas à mal. Il est comme ça, c'est tout. Si seulement elle n'avait pas prononcé le mot « amour » ! Vingt-sept ans, et elle se conduisait comme une gamine de seize ans ! Elle sourit amèrement. D'accord, ça suffit. Le rappeler et exiger de lui parler. Dire que c'est une question strictement professionnelle. Si tu l'as en ligne, lui dire que tout ce que tu veux, c'est visiter la morgue, comme son patron te l'avait promis. En avant, tête haute ! Après tout, tu es une scientifique avant d'être une femme.

Elle composa le numéro. « C'est encore Jane de Furcillo, fit-elle avec entrain. Je crois que nous avons été coupées.

— Vous ne renoncez jamais ? insinua Doris.

— Je sais bien que vous ne faites que votre travail, mais pourriez-vous lui laisser un message ?

— Je vais essayer.

— Dites-lui que je veux simplement ce que le Dr. Davenport avait promis, rien d'autre.

— Pardonnez-moi de vous poser la question, mais que vous a promis le Dr. Davenport exactement ?

— Une visite complète de la morgue et du musée.

— Pourquoi ne vous arrangez-vous pas avec lui ? Croyez-moi, c'est ce que vous avez de mieux à faire.

— Je ne voulais pas l'embêter.

— Vous savez, vous m'êtes sympathique. Jane, je m'appelle Doris et...

— Oh oui, il m'a parlé de vous. Vous habitez Long Island, n'est-ce pas ?

— C'est ça. » A ce moment-là, le Dr. Davenport appela Doris. « Ne quittez pas, Jane. » Elle attendit patiemment pendant environ cinq minutes.

« Jane, s'écria joyeusement Doris. Voilà, j'ai organisé un rendez-vous pour la semaine prochaine, mais il faut que vous me promettiez de ne pas dire à Jean-Pierre que je suis mêlée à cette histoire. Le patron a dit que vous n'aviez qu'à venir mardi matin.

— Merci.

— Je vous en prie. Si vous en avez l'occasion, venez me dire un petit bonjour.

— Je n'y manquerai pas », fit Jane avec sincérité. Elle s'était faite une amie.

Doris entreprit immédiatement de joindre Jean-Pierre. Elle finit par le trouver dans la salle d'autopsie. « Le patron veut que tu sois disponible mardi prochain.

— Pourquoi ?

— Il te l'expliquera. En attendant, il te demande de te préparer. Il y a une dame qui va venir identifier ce corps sur lequel tu as travaillé.

— Lequel ? J'en ai des centaines ici.

— Celui qu'ils ont trouvé à Staten Island.

— Ah ouais. Tu sais quelque chose sur elle ?

— Oui. C'est la femme d'un certain docteur Benjamin, qui a disparu il y a quelques mois.

— Doris, tu es merveilleuse. Tu es magnifique.

— La prochaine fois que tu parles à mon mari, sois gentil de le lui répéter.

— Bien sûr. Merci pour les nouvelles. » Jean-Pierre raccrocha le combiné avec un sourire radieux.

« Qu'est-ce qui t'arrive, Frenchy ? demanda Johnny Conti. On dirait que t'as gagné le gros lot à la loterie.

— Tu te rappelles ce cas qui te plaît tant ? Eh bien la femme d'un médecin disparu va venir aujourd'hui voir si c'est son mari. Je te parie qu'elle va nous faire le grand jeu : " Oh, mais oui c'est mon mari. Et voilà son phallus mécanique, je le reconnaîtrais entre mille. Et sa ceinture, ses chaussures, et..." Cette dame va vraiment être surprise d'apprendre que son mari s'est tué. Tu vas voir.

— Ouais. Quand est-ce qu'elle débarque ? Je tiens à être ici à ce moment-là.

— Je ne sais pas. »

Sutton entra dans la salle.

« Tu ne sais pas quoi, Frenchy ?

— Y'a une dame qui vient identifier ce *clown* carbonisé du tiroir 12, répondit Johnny.

— Tu déconnes. Il reste rien du mec. Comment va-t-elle se démerder pour dire que c'est lui ?

— Tu veux parier, Sutton ? proposa Johnny.

— Et comment, mon pote. J' te parie vingt dollars qu'elle reconnaîtra pas le mec.

— Tope là. »

Jean-Pierre intervint :

« T'es complètement con, Sutton. Je sais déjà que c'est son mari. Elle aura rien à reconnaître.

— Dis donc, mon salaud, t'es en train d'essayer de me baiser, cria Sutton à Johnny.

— Que dalle, mon pote. C'est toi qui a voulu parier. »

Sutton empoigna Johnny au collet. « P'tit enculé, va. D'un seul coup dans la gueule, j' te rends encore plus vilain que tu es. »

Le Français s'interposa : « Fous-lui la paix, Sutton, tu vois bien qu'il plaisantait. »

Le grand Noir repoussa Johnny et sortit de la pièce sans se presser.

« Dis, Johnny. Tu veux me donner un coup de main avec ce *clown* qui s'est suicidé ?

— Avec plaisir. »

Ils enfilèrent des gants de chirurgien. Un homme, percé de deux trous de balle, l'un dans le cou, l'autre dans la tête, gisait sur une dalle.

« Ho ! ce mec s'est fait flinguer deux fois dans la tête, Frenchy. Je croyais que tu avais dit qu'il s'était suicidé.

— La première balle n'a pas suffi, il a donc essayé de nouveau.

— Arrête de déconner. Les deux balles sont entrées dans le crâne. »

Jean-Pierre prit une fine tige d'acier sur le meuble blanc et la fit pénétrer dans le cou de la victime. « Tu vois ? Voilà l'entrée de la première balle. Elle a fait très peu de dégâts. » Il délimita tranquillement la blessure en sifflotant, puis introduisit la tige dans la deuxième plaie. « Et voilà », fit-il en faisant ressortir la tige. Il plongea la main droite dans la plaie. « Ah, il y a une balle là-dedans. Je la sens avec mon doigt. Et ici, une cicatrice dans la tête... vieille de quelque mois ; probablement un coup de feu, cette fois-là aussi. Jean-Pierre haussa les épaules. Il a probablement déjà essayé de se tuer, mais il s'était raté. Il a mieux visé cette fois.

— J'arrive toujours pas à comprendre comment tu as déduit qu'il s'est suicidé.

— Eh bien, il y a d'autres facteurs. Le médecin légiste qui l'a examiné en est convaincu : les empreintes digitales sur l'arme, la poudre sur sa main, et ses précédentes tentatives de suicide. Tout cela le laisse penser. Je suppose que la cicatrice dans sa tête a dû être la base de l'opinion du médecin légiste. Il a dû étudier le passé de ce *clown*. Dans ces conditions, il serait difficile de ne pas conclure au suicide.

— Okay, il a déjà essayé de se tuer, mais cette fois-ci, il a fallu qu'il appuie deux fois sur la gâchette. C'est beaucoup, non ?

— Souviens-toi d'un truc. Ce n'est pas parce qu'un *clown* a deux blessures par balle ou plus que cela exclut le suicide.

— Tu sais, Frenchy, je suis bien content que tu m'aies dit ça, dit Johnny rêveusement. Je me suis souvent interrogé là-dessus.

— Pourquoi donc ?

— Oh, comme ça. Euh, je dois le préparer pour la radio maintenant ?

— Oui, chef. Il se pourrait qu'on trouve davantage de balles, dans ce cas il faudrait qu'on fasse changer d'avis au médecin légiste.

— Pour toi, Frenchy, il y a toujours une possibilité que les choses soient le contraire de ce que tous les autres croient, non ? » Jean-Pierre opina. Dawson entra à ce moment-là. « Salut, lieutenant. Que peut-on faire pour vous aujourd'hui ?

— J'ai deux ou trois choses à discuter avec vous, Frenchy, et d'abord ce cas-ci. Pouvez-vous me dire l'heure de sa mort ?

— Où l'avez-vous trouvé ?

— Dans son appartement.

— Quelle température faisait-il dans la pièce ?

— Très froid.

— C'est bien ce qu'il me semblait.

— Ouais. Tous les climatiseurs marchaient quand ils l'ont trouvé. Curieux à cette époque de l'année, non ?

— Plutôt. Qui l'a découvert ?

— On nous a prévenus. Une fille qui prétendait être son amie. Elle a dit qu'il semblait déprimé au téléphone et qu'il menaçait de se tuer. Les policiers sont arrivés trop tard.

— Hmmm. Tu vois, Johnny, il faut toujours s'attendre à une surprise.

— Comment ça ? demanda Dawson.

— Un meurtre, sourit Jean-Pierre. Il se peut que ce *clown* ait été assassiné.

— Qu'est-ce qui vous fait dire ça ?

— Je crois que quelqu'un a essayé de dissimuler l'heure de la mort. »

Johnny se souvint que le Français lui avait expliqué cela une fois : lorsque l'on refroidit le corps, il est difficile de connaître l'heure approximative du décès.

Dawson fronça les sourcils. « C'est l'impression que j'avais, mais le capitaine a dit que j'étais dingue. Y a-t-il un autre moyen de savoir quand ce type est mort ?

— C'est très difficile, je le crains.

— Voilà un cas classique de meurtre maquillé en suicide, j'en suis sûr. Exactement le contraire de notre affaire de Staten Island, hein, Frenchy ?

— Quelqu'un vient l'identifier aujourd'hui, justement.

— Je sais. C'est surtout pour ça que je suis venu. Vous savez que ce macchab était notre principal suspect ?

— Ce *clown ?* sursauta Jean-Pierre.

— Je serai en mesure de vous en dire davantage plus tard. Sachez en tous cas que ce type était un ancien patient d'un docteur Benjamin dont la femme ne devrait pas tarder à arriver pour l'identification.

— Est-ce que ce médecin était psychiatre ?

— Neurologue. Ce type avait balancé le médecin dans un escalier une fois. Je ne sais pas encore ce qui s'est passé au juste, mais il y a quelque chose de très...

— Louche ? proposa Jean-Pierre. J'ai toujours pensé que c'était une affaire très louche.

— Tout à fait d'accord, approuva Dawson. Si la femme de Benjamin reconnaît son mari, nous allons devoir étudier la possibilité que ce type ait tué le médecin.

— Mais vous oubliez que le docteur n'a pas été tué. Il s'est injecté une dose mortelle de Nembutal.

— D'accord. Mais vous ne trouvez pas bizarre que notre prétendu suicidé soit mort peu après la découverte du corps de Benjamin ?

— Oui. Mais je crois simplement que quelqu'un veut

nous faire croire que ce type s'est tué précisément pour cette raison, qu'il s'est suicidé parce que le cadavre a été découvert. C'est vraiment dommage que nous ne puissions pas déterminer l'heure de la mort. Je ne serais pas surpris d'apprendre que ce *clown* était mort avant que l'affaire du cadavre carbonisé ait été rendue publique.

— Dites donc, Frenchy, s'exclama Dawson en ne plaisantant qu'à demi, vous auriez dû être policier !

— C'est exactement ce que je suis, sauf que je ne porte pas d'arme, voilà la seule différence. Je déteste les armes. »

Tandis que Johnny cherchait quelqu'un pour l'aider à sortir le corps de la salle d'autopsie, Dawson accompagnait Jean-Pierre à l'une des tables de radiographie. « Ce type, Johnny, est votre ombre, Frenchy ?

— Pourquoi vous dites ça ?

— Chaque fois que je viens ici, il est sur vos talons.

— Je croirais entendre Beaufils. » Le téléphone sonna et pour éviter de poursuivre la conversation, Jean-Pierre le décrocha : « ... Oui, Doris, merci. Appelle-moi dès qu'elle arrive.

— Ha-ha, votre petite amie rousse débarque !

— Non, chef. Il n'y a plus de rousse.

— Vous devez être dingue. Vous l'avez laissée filer. C'était pourtant une sacrée nana, belle, intelligente, sexy...

— Chef, croyez-moi, elle n'était vraiment pas sexy. C'était une de ces filles " amoureuses de l'amour ". Pas du tout mon genre.

— Peut-être. Mais tant qu'à tomber amoureux, mieux vaut que ce soit avec une fille comme elle.

— Vous êtes toujours marié, lieutenant, n'est-ce pas ?

— Oui, enfin quelque chose comme ça.

— Votre femme était-elle " amoureuse de l'amour " quand vous l'avez rencontrée ?

— N'est-ce pas le cas de la plupart des femmes ?

— Une femme peut détruire un homme avec son amour. Elle lui enlève sa liberté. Le sacrifice est trop grand. Je préfère baiser que faire l'amour. J'ai toujours été comme ça, et je ne vais pas accepter qu'une rousse fiche tout cela par terre. »

Dawson éclata de rire. « Vous n'aurez peut-être pas le choix, Frenchy. »

Pendant que les deux hommes bavardaient dans la salle de radiographie, Johnny continuait à chercher quelqu'un pour l'aider. Il monta au rez-de-chaussée et entra dans la salle d'identification, en se souvenant qu'il lui fallait être là lorsque la femme de Benjamin arriverait.

La pièce était bourrée, comme d'habitude, de gens qui allaient et venaient, abasourdis, les yeux bouffis, en larmes, le visage ravagé par le chagrin. La plupart des femmes portaient un foulard pour cacher leur douleur ; la plupart des hommes n'étaient pas rasés. Ceux qui savent comment se passe une autopsie se mettent parfois à hurler, supplient que le médecin légiste ne coupe pas leur cher disparu en morceaux. Pourquoi le disséquer ? demandent-ils. Tout est fini, pourquoi donc est-ce nécessaire ? Ils exigent, menacent, implorent. Le malheureux a déjà assez souffert comme ça, essaient-ils d'expliquer.

Les gens ne comprennent tout simplement pas que c'est la loi, se dit Johnny. Si quelqu'un périt de mort violente, il faut déterminer la cause précise du décès.

Le médecin légiste prend parfois le temps d'expliquer à la famille de la victime que leur cher disparu ne souffrira plus jamais. Quelle importance alors si l'on fait l'autopsie de ce qui n'est plus une personne mais un cadavre insensible.

Johnny avait souvent envie de dire aux gens ce qu'était véritablement une autopsie. Ils en tomberaient probablement raide s'ils apprenaient tous les détails : le foie coupé en tranches, le crâne scié, le cerveau découpé en petits morceaux. En fait, le médecin légiste doit mutiler le corps pour faire son travail. Pourtant, il faut pratiquer une autopsie pour obtenir les preuves nécessaires. En un sens, la victime reste une victime, même après sa mort.

Les morts mystérieuses doivent être examinées par l'Institut médico-légal, mais lorsque quelqu'un meurt à l'hôpital et que l'on s'interroge sur les causes du décès, il faut obtenir la permission écrite de la famille du patient. Convaincre les familles devient une sorte de jeu, et rares sont les médecins qui y parviennent. Johnny se rappelait qu'un médecin de Bellevue, dont une jolie cliente était morte d'une mystérieuse maladie, avait désespérément tenté de convaincre le directeur de l'Institut médico-légal de procéder à son autopsie parce que la famille lui en avait refusé l'autorisation. Le directeur avait fini par accepter, mais avait isolé la belle morte des autres cadavres de la morgue, et seul le médecin légiste chargé de l'autopsie avait pu l'approcher. Johnny était content que toutes les jolies mortes ne se voient pas réserver le même traitement en arrivant à la morgue.

Johnny se planta à la porte de la salle d'attente. La voix rauque d'un homme attira son attention. Il criait comme un fou : « Je vais vous écrabouiller si vous la coupez en morceaux », l'entendit-il hurler. Beaufils passa devant Johnny à grandes enjambées pendant que deux policiers ceinturaient l'homme. Une femme sanglotait avec frénésie. Un jeune enfant, hébété, fixait le mur. Une femme noire pleurait doucement. C'était pendant ces jours de folie où le hall est plein de gens, le bruit insupportable, la confusion à son comble, que Johnny se glissait dans la salle d'attente, pour savourer en secret le goût de la souffrance.

Il pénétra dans la pièce aux couleurs pastel où les corps sont amenés par ascenseur pour que les familles les identifient. Le Français lui avait fait remarquer une fois que dans leur monde étrange ce sont les morts qui prennent l'ascenseur et les vivants qui montent à pied.

Johnny dévisagea une femme adossée tranquillement contre la paroi de plexiglas ; son compagnon arpentait le tapis épais. Ils attendaient de voir le corps d'un jeune homme qui était tombé sur les rails du métro et avait été écrasé par une rame express de quinze voitures. Une voix appela : « Le tiroir numéro 26 est dans l'ascenseur. »

Le monte-charge portant le corps s'éleva lentement. La lumière bleu pâle, en arrière-plan, comme un ciel, donnait l'impression que la dépouille montait au paradis. Pour Johnny, c'était le vrai bonheur.

Le corps adolescent était enveloppé dans une sorte de drap en caoutchouc blanc. Le visage était encore reconnaissable, mais la femme détourna les yeux, incapable de supporter la scène. Le crâne du jeune homme avait été écrasé. Jean-Pierre l'avait quelque peu reconstruit, de même que la bouche et les paupières. Johnny savait que la victime avait perdu les deux yeux ; il savait également qu'il ne restait pas grand-chose du corps sous le drap. Fondamentalement, il s'agissait de dissimuler les ravages de l'autopsie, d'empêcher les parents de voir que le crâne avait été scié pour enlever le cerveau, de faire le maximum pour cacher la sanglante réalité de tout cela. Pourtant, Johnny était parfois saisi de l'envie presque irrésistible d'accompagner un cadavre comme celui-ci et, à son arrivée dans la salle d'identification, d'enlever le caoutchouc pour voir la réaction qu'auraient les gens.

Soudain la jeune femme laissa échapper un cri perçant. Elle se mit à frapper du poing la paroi de plexiglas en hurlant : « Ce n'est pas lui. Dites-moi que ce n'est pas lui. » Son compagnon tenta en vain de la calmer, mais sa douleur était trop forte pour qu'il pût la contenir. Elle frappait le plexiglas comme si elle avait voulu cogner la victime. Elle tomba à genoux sans cesser de frapper du poing. Elle sanglotait violemment. Puis elle croisa les bras autour d'elle, s'enlaçant étroitement, comme si elle avait étreint le jeune homme.

Dommage que ce ne soit pas une vitrine en verre, regretta Johnny Conti.

« Dites donc, Conti. Que faites-vous ici ? demanda le Dr. Davenport.

— Euh, je cherchais...

— Peu importe. Descendez et dites à Beaufils que je veux lui parler immédiatement.

— Bien, monsieur. »

En descendant à la salle d'autopsie, Johnny repéra Sutton qui dormait sur un brancard à côté de l'ascenseur. Il considéra le corps massif — 1,90 mètre, 110 kg de muscles entraînés à transporter les lourds cadavres des fourgons mortuaires à la salle d'autopsie, puis de là dans les tiroirs frigorifiques. Il eut la tentation de le recouvrir d'un drap et de le faire mettre dans le monte-charge par les employés de la morgue. Une belle revanche du coup du cercueil quinze jours auparavant, pensa-t-il.

Sutton approchait de la cinquantaine, mais il aurait pu en remontrer à bien des joueurs de football américain deux fois plus jeunes que lui. Johnny l'avait vu une fois lever une voiture à mains nues pour aider quelqu'un à enlever un pneu crevé. Il ne pourrait jamais le mettre dans l'ascenseur, en tout cas pas tout seul. Peut-être qu'il pourrait trouver quelqu'un d'autre pour le faire...

Il laissa Sutton dormir et entra dans la salle d'autopsie.

« Docteur Beaufils, le docteur Davenport voudrait vous parler.

— Oui, euh, avez-vous vu Sutton quelque part ? »

Johnny haussa les épaules. S'il avait dit la vérité à Beaufils, Sutton n'aurait écopé que d'une réprimande. Johnny ne voulait pas qu'il s'en tire à si bon compte.

Jean-Pierre ôta ses gants.

« Dis donc Johnny, où est-ce que t'étais ? J'ai failli me décomposer à attendre que tu m'emmènes ce *clown* dans la salle de radio.

— Pardon, Frenchy.

— Le lieutenant s'est impatienté. Il est monté passer un coup de fil... »

Beaufils sortit de la pièce. Johnny chuchota rapidement à Jean-Pierre : « Il est en train de dormir sur un brancard près de l'ascenseur.

— Sutton ? Tu ferais mieux de le réveiller avant que le chef le voie.

— Euh, tu voudrais pas m'aider, Frenchy. Je...

— Il te fait peur, hein ?

— Non, répondit-il sèchement. Mais je ne veux pas avoir d'ennuis.

— D'accord. Allons-y. »

Les deux hommes se dirigèrent vers le monte-charge. Sutton dormait toujours sur la civière. Jean-Pierre allait le réveiller quand soudain ils entendirent la voix du Dr. Davenport de l'autre côté du couloir. Il parlait à Beaufils. « Occupons-nous immédiatement du cas du tiroir 12. Trouvez Sutton. Nous aurons besoin de son aide.

— Bien chef.

— Je vous attends en haut avec le lieutenant. Appelez-moi quand vous êtes prêt. »

Johnny murmura à Jean-Pierre : « Vite, mettons ce drap sur lui pour que Beaufils le voie pas. »

Le Français hésita, puis se dit que c'était le mieux à faire pour protéger son ami. Beaufils vit les deux hommes à côté du brancard.

« Que faites-vous là ? Avez-vous vu Sutton ?

— Non, non... tu l'as vu, Johnny ?

— Pas récemment.

— Que fait ce corps dans le couloir ?

— Dis donc, Beaufils, tu en poses des questions. Ce *clown* s'apprête à faire une promenade en ascenseur.

— Eh bien qu'attendez-vous pour l'y mettre.

— Okay, okay. Je vais te donner un coup de main, Johnny. »

Les deux hommes levèrent la civière sur laquelle Sutton dormait toujours. Beaufils appuya sur le bouton et l'ascenseur s'éleva.

Sutton se réveilla, repoussa le drap, regarda autour de lui et comprit immédiatement qu'il était sur le monte-charge.

« Nom de Dieu... s'écria Beaufils, stupéfait. Mais c'est Sutton. Il faut le faire redescendre. Vous êtes complètement dingues tous les deux. »

Jean-Pierre et Jonny pleuraient de rire.

Sutton savait qu'il n'était plus possible d'arrêter l'ascenseur. Il décida de faire le mort. Lorsque l'ascenseur arriva dans la salle d'identification, une famille très anglo-saxonne attendait nerveusement derrière le plexiglas, en larmes mais sans avoir perdu tout espoir. « Ce n'est pas Harry, s'écria une femme, cet homme est noir. »

L'hôtesse chargée de faire entrer les familles pour les identifications reconnut immédiatement Sutton. Elle étouffa un cri de sa main. Un policier se demanda à haute voix : « Putain, qu'est-ce qui lui prend ? » Le Dr. Davenport arriva dans la pièce : « Que se passe-t-il ? Qui diable... »

Beaufils, qui avait du mal à contenir son rire, appuya sur le bouton pour ramener l'ascenseur au sous-sol.

Sutton sortit du monte-charge, les épaules affaissées, ses cheveux crépus tout hérissés. « Ça fait vraiment une drôle d'impression, sourit-il. J'ai cru que mon tour était venu, waouh ! » Il remarqua le sourire épanoui de Johnny, le rire de Jean-Pierre, le gloussement étouffé de Beaufils. Il prit une profonde respiration et éclata d'un rire tonitruant qu'on dut entendre dans tout le rez-de-chaussée.

Davenport dévala les escaliers. Il vit les hommes rire et s'arrêta.

« Bonjour, chef, lança Jean-Pierre en souriant.

— Lahary, fit Davenport avant de se tourner vers les autres. Je ne vais pas vous poser de questions sur cette histoire, mais sachez que je suis au courant. Ce n'était pas drôle. Il s'interrompit et reprit. Enfin, ça dépend de quel côté on se place, je suppose. Par bonheur, cette famille a compris la plaisanterie. J'aimerais que ça ne se reproduise plus. Il sourit brièvement et ajouta : le lieutenant va descendre dans un instant. Les gens que nous attendions sont arrivés pour l'identification de l'homme carbonisé que nous avons trouvé à Staten Island.

— Il faut que je voie ça », dit Lahary.

Tandis que le Dr. Davenport retournait dans son bureau, les autres se rendirent au tiroir 12. Peu après, le lieutenant Dawson les rejoignit. « Alors Frenchy, où est Julie ?

— Qui ça ?

— La rousse. Votre petite amie, la thanatologue.

— Qu'est-ce qui vous prend aujourd'hui. Cette rousse m'emmerde même quand elle n'est pas là.

— C'est une vraie poupée.

— Ouais, ouais, une poupée authentique. »

Ils attendirent patiemment.

« C'est dingue en haut, reprit Dawson. Je suis bien content que nous fassions ça ici.

— Moi aussi », opina le Français.

Tous les cas susceptibles d'être porteurs d'infection — décomposés, coupés en morceaux, pourris, mordus par un chien ou un rat — et tous ceux qui ont un aspect par trop sanglant ne prennent pas l'ascenseur ; ils restent en bas. Les gens qui doivent identifier de tels cadavres n'ont pas droit au petit paradis de pacotille du rez-de-chaussée.

Beaufils se tourna vers Johnny : « N'avez-vous rien de mieux à faire ?

— Laisse-le assister à celle-là, Beaufils, intervint le Français. Il a suivi de très près cette affaire. »

Le médecin légiste, lui, devait être présent afin de rendre ses conclusions officielles en cas d'identification positive. « Nous semblons nous intéresser beaucoup à cette histoire, fit remarquer Beaufils. Alors dites-moi, qu'a-t-elle de si spécial ? Nous recevons tellement de cas de ce genre tout le temps. En quoi celui-ci est-il si différent ?

— Okay, répondit Dawson. Je vais vous affranchir. Il y a une femme là-haut, une certaine Mme Benjamin, qui s'est présentée avec son médecin qui, dit-elle, est aussi un ami de la famille. Jusqu'à présent, tout cela correspond à la théorie de Frenchy. Il semble que son mari, un certain docteur Bernard Benjamin, ait mystérieusement disparu de son élégant domicile de Park Avenue. Elle a mentionné au policier chargé de l'enquête un incident avec un patient de son mari qui a d'abord laissé penser au policier qu'il pourrait s'agir d'un meurtre. Mais il n'a trouvé aucune preuve de ça. Et maintenant, voilà que le patient dont elle avait parlé a été, comme par hasard, trouvé mort hier soir dans son appartement ; il se serait apparemment suicidé. Mais, comme Frenchy ici présent, je pense que c'est un homicide. Aussi, je ne serais pas surpris que ce cadavre carbonisé se révèle celui de notre docteur Benjamin, médecin de notre prétendu suicidé.

— Tu vois, Beaufils, ajouta Jean-Pierre. Je t'avais dit que ce clown serait un médecin. »

L'Haïtien hocha la tête en souriant. Dawson poursuivit :

« Tout concorde, Frenchy. Presque trop bien, je trouve.

— Lui avez-vous demandé si son docteur Benjamin de mari avait des tendances suicidaires ?

— Non, je préfère encore attendre pour ça. Pour l'instant, elle est ici pour identifier les restes. On lui a dit exactement à quoi elle devait s'attendre. Pourtant, elle croit que son mari a été assassiné.

— Ça ne m'étonne pas, intervint Jean-Pierre.

— Vous croyez tous les deux qu'il y a quelque chose de

suspect dans cette affaire, j'ai l'impression, constata Beaufils.

— Eh bien, les choses ont l'air trop simple, répondit Dawson. Avant même d'avoir procédé à l'identification, cette femme nous a déjà donné un suspect.

— Un suspect de quoi ?

— De meurtre, bien entendu. Elle affirme lourdement que son mari était menacé par cet homme, celui qui est maintenant sur la table de radio. Bien entendu, elle ignore encore que cet homme est mort.

— Quel est cet incident dont vous parliez auparavant ? demanda Jean-Pierre.

— Ce patient n'était apparemment pas guéri de ses troubles mentaux, il aurait donc poussé le docteur dans l'escalier après avoir saccagé la maison et avoir littéralement arraché le docteur du lit. Voilà pourquoi Benjamin avait subi une importante intervention chirurgicale, a-t-elle expliqué — à cause de ses fractures à la hanche et ainsi de suite.

— Je comprends mieux maintenant pourquoi vous trouvez que tout concorde trop bien, sourit Jean-Pierre.

— Après qu'elle aura identifié formellement le cadavre, il nous faudra suivre tout ça de très près. Je suis sûr qu'elle le reconnaîtra, surtout depuis que vous m'avez montré à quel point la thanatologie est une science : vous avez reconstitué le docteur dans les moindres détails ?

— Oui, jusqu'à sa vie sexuelle, ajouta Jean-Pierre.

— Comment ça ?

— Quel âge a la femme ?

— Je ne sais pas exactement, mais je dirais une trentaine d'années.

— Tout s'explique alors.

— Vous pouvez m'affranchir ?

— Eh bien, cet homme avait un dispositif orthopédique, une prothèse de Moore, qui est une arthroplastie métallique.

— Une quoi ?

— Ça remplace quelque chose qui manquait, précisa-t-il avec un sourire entendu.

— Je ne suis toujours pas sûr de comprendre.

— Eh bien, d'une part il pesait légèrement plus d'un

côté que de l'autre parce que la moitié de son fémur était en métal. Par ailleurs, la tête de Moore a la forme d'un point d'interrogation, et s'il lui permettait de marcher... il éclata d'un rire bref. La nuit, ce point d'interrogation, ce phallus supplémentaire, devait lui interdire d'accomplir son devoir conjugal.

— Où veux-tu en venir ? demanda Beaufils.

— Eh bien, si elle voulait se faire baiser, rit-il de nouveau, il fallait qu'elle s'adresse ailleurs.

— Vous n'êtes vraiment pas possible, Frenchy », fit remarquer Dawson.

Sutton, qui avait entendu les commentaires de Jean-Pierre, se mit à glousser en achevant les préparatifs de l'identification, notamment la mise en place de deux cloisons mobiles empêchant de voir le reste de la morgue. Certaines personnes s'évanouissent quand elles aperçoivent l'enfilade de compartiments et les quelques cadavres étendus sur des brancards qui attendent d'être étiquetés et placés dans un des tiroirs.

Ils entendirent des pas descendre l'escalier. Jean-Pierre enleva rapidement le tablier de plastique, taché de sang, qui lui donnait l'apparence d'un boucher.

Une femme blonde, le visage recouvert d'un voile noir, apparut en bas des marches, escortée d'un petit homme chauve. Le lieutenant Dawson s'avança : « Madame Benjamin ? Ces messieurs font partie de l'Institut médicolégal et ils vont assister à l'identification. Voici le docteur Beaufils, médecin légiste chargé de cette affaire.

— Enchanté. Je suis le docteur Herrman. » Les deux hommes se serrèrent la main. « J'ai apporté les radios du Dr. Benjamin.

— Excellent. Jean-Pierre Lahary, fit-il en présentant le Français d'un geste de la main. Il les comparera avec les radios de la victime. »

Le lieutenant Dawson conduisit lentement Mme Benjamin vers le compartiment n° 12. Sutton et Johnny écoutaient derrière la cloison.

« Comme je vous l'ai expliqué, commença Dawson, le feu n'a pas laissé grand-chose. Néanmoins, son visage a été quelque peu reconstitué. Également, si vous pouviez identifier certains des autres objets — la chaussure, la ceinture. » Il se tut un instant avant de reprendre. « Je vous en prie, prenez votre temps. »

Beaufils ouvrit lentement le tiroir pour exposer le torse brûlé, la jambe et le pied coupés, ainsi que les autres débris.

Curieusement, son regard exprima une terreur véritable. Elle s'évanouit.

Le Dr. Herrman la prit sous les bras et lui fit respirer des sels qu'il avait dans la poche. Dawson l'aida.

« Est-ce que tout cela est vraiment nécessaire ? demanda le Dr. Herrman. Ne pouvons-nous pas simplement comparer les radios et en rester là ?

— Ça va aller », dit Mme Benjamin d'une voix chancelante. Quelques instants plus tard, les yeux fixés sur le corps, elle balbutia : « Ça... ça ressemble un peu à... Bernard. Et c'est bien sa chaussure. Je le sais... parce que nous devions toujours changer... » Elle détourna la tête en sanglotant violemment.

« Écoutez, fit le Dr. Herrman à Dawson, ne pouvons-nous pas en rester là ? Je suis chirurgien orthopédiste. Voilà les dossiers de mon patient, le Dr. Bernard Benjamin. C'est moi qui lui ai placé une tête de Moore. Si elle correspond aux radios de ce corps, vous pouvez être certain qu'il s'agit bien du Dr. Benjamin. Il n'y a pas deux implantations de têtes de Moore identiques. Et dans ce cas-là, la mise en place des vis, la structure osseuse, n'ont pu être brûlées au point de n'être pas reconnaissables. »

Jean-Pierre leva les sourcils. Peut-être cet homme était-il l'amant de la dame blonde. Non, ce n'était pas possible. Il était trop vieux, comme la victime. Mais il avait peut-être participé à l'opération.

Johnny souriait avec satisfaction derrière la cloison. Tout se déroulait comme prévu. Le dialogue était exactement celui que l'oncle Vito, sur ses instructions, avait demandé à Tony de répéter avec sa maîtresse. Même le meurtre du patient de Benjamin avait été exécuté selon son plan, bien que Tony eût quelque peu bâclé celui-là aussi. Au moins s'était-il souvenu de mettre les climatiseurs en marche pour empêcher de déterminer l'heure du décès. La police, il en était certain, conclurait au suicide, mais malheureusement, à cause du Français, les mêmes causes seraient attribuées à la mort du docteur. Si seulement Tony n'avait pas été aussi stupide, tout le plan aurait parfaitement fonctionné.

« Docteur Beaufils, poursuivit Herrman, je suis venu aujourd'hui pour faciliter les choses à Mme Benjamin. Je sais qu'une fois que vous aurez étudié les radios... vous serez certain de l'identité... si, bien entendu, le Dr. Benjamin et cet homme sont la même personne.

— Certainement. Je comprends. Nous allons examiner tout ça et nous vous en rendrons compte. Merci. »

Le Dr. Herrman prit Claudia Benjamin par les épaules et monta l'escalier avec elle, sous le regard attentif des hommes présents.

« Eh bien, qu'en pensez-vous, lieutenant ? demanda Jean-Pierre.

— Je pense que je vais avoir beaucoup de questions à poser.

— Personnellement, je n'ai pas le moindre doute, fit le Français avec assurance. Elle est coupable.

— Coupable de quoi ?

— Je ne sais pas encore. Mais elle est coupable. »

Beaufils sortit une feuille de papier. « L'équipe de criminologie a trouvé deux fioles de Nembutal vides dans le placard à médicaments du docteur. Manquait seulement la seringue hypodermique dont il s'est servi. Mais tu avais raison, Jean-Pierre. Cet homme, à condition que ce soit le même Dr. Benjamin, s'est effectivement suicidé. Dans ce cas, de quoi pourrait-elle être coupable ?

— Peut-être l'y a-t-elle acculé. » Le Français hocha la tête. « Comme je le dis toujours, l'amour d'une femme, ou, dans ce cas, la haine d'une femme — ce qui pour moi revient au même — peut aisément détruire un homme. »

10

La solitude peut accabler un homme, songea Jean-Pierre, en contemplant de sa Land Rover le Long Island Sound. Greenwich Point était un de ses endroits préférés, surtout l'été lorsque, par centaines, les gens du coin affluaient sur la plage pour y profiter du soleil. Ce samedi était radieux et la fraîche brise d'automne soufflait doucement de l'est. Il leva les yeux vers un avion de ligne qui descendait vers La Guardia. La pensée d'un accident le fit frissonner. Un bateau de plaisance solitaire bondissait sur les eaux légèrement agitées. Une femme rousse, enveloppée dans un imperméable jaune, sortit du cockpit et abandonna sa chevelure au vent. Elle sourit voluptueusement quand son compagnon l'enlaça et l'embrassa dans le cou.

Oui, se dit-il, la solitude peut accabler un homme... Si quelque chose... ou quelqu'un... peut lui faire éprouver ce sentiment.

Lundi fut un jour particulièrement paisible pour le Français. Pour quelque étrange raison, l'activité habituelle de la morgue s'était considérablement ralentie. Sans doute le calme avant la tempête, se dit Jean-Pierre.

Mardi matin, ce fut une tout autre histoire. Le Dr. Davenport, l'air très pressé, s'engouffra dans le bureau du Français.

« Lahary, j'ai pris un rendez-vous pour vous avec un

enquêteur des assurances qui travaille sur l'affaire Benjamin. Oui, vous avez également rendez-vous avec cette jeune femme, de Furcillo. Elle va arriver vers 10 heures. C'est l'amie d'un ami, je compte donc sur vous pour la traiter le mieux possible. » Avant que Jean-Pierre ait eu la moindre chance de bien saisir ce qu'il venait de dire, Davenport était reparti à grands pas.

Bizarre, se dit le Français, pourquoi donc la demande de Davenport ne l'irritait-elle pas ?

Une heure s'était écoulée lorsqu'un homme blond, impeccable, un attaché-case à la main, fut introduit dans la salle de radiographie : c'était l'homme des assurances.

« Quelque chose me disait que vous viendriez en personne, lui dit Jean-Pierre. Cette affaire porte sur une grosse police d'assurance, n'est-ce pas ? Il y en a pour combien ?

— Un million, répondit l'homme en regardant autour de lui, peu impressionné par l'assortiment de cadavres.

— Ouais, j'imagine. »

Johnny Conti apporta un sac en plastique noir dans la pièce et prit tout son temps pour en vider le contenu.

L'enquêteur reprit :

« Le Dr. Herrman, l'orthopédiste, assure que l'identité ne fait aucun doute. Il dit le plus grand bien du Dr. Benjamin et croit le suicide impossible ; son travail l'intéressait beaucoup trop pour ça.

— C'est bien possible mais, eh bien, voilà ce que nous avons trouvé : la section histologique, le tissu, révèle qu'il y a eu injection ; le rapport toxicologique indique que le produit injecté était du Nembutal, une dose mortelle. Beaufils, le médecin légiste chargé de l'affaire, a conclu que l'homme est mort d'une trop forte dose de Nembutal. Que vous faut-il de plus ?

— Je vérifie seulement les faits pour mon rapport, c'est tout.

— Pourquoi vous adressez-vous à moi ?

— Eh bien, j'ai cru comprendre que vous aviez été le premier à faire cette découverte. Également, on... on m'a dit que vous aviez vos théories personnelles sur le cas.

— Tout le monde a sa théorie.

— Eh bien, par exemple, pourquoi croyez-vous que quelqu'un s'est donné tout ce mal pour brûler le corps ?

— Écoutez, la victime a été trouvée morte et quelqu'un a manifestement essayé de faire croire à un meurtre pour toucher le million, j'imagine. Ça tient debout, non ? Ils ont probablement essayé de lui séparer les bras pour lui mettre les menottes dans le dos, mais n'y sont pas arrivés à cause de la *rigor mortis* qui s'est installée après que le docteur s'est tué.

— Oui, mais il faut se demander si quelqu'un a effectivement fait cette piqûre à l'homme pour le tuer.

— Pourquoi alors aurait-il attendu de lui avoir fait la piqûre pour lui mettre les menottes au lieu de s'y prendre avant. Autrement dit, si vous deviez tuer quelqu'un d'une injection et qu'il vous fallait l'attacher ou lui mettre les menottes, vous commenceriez par là, non ? Et même si vous ne le ligotiez pas pour lui faire cette piqûre, pourquoi le faire après ?

— Admettons. Mais en dehors des menottes, ne croyez-vous pas possible que quelqu'un lui ait fait cette piqûre, puis lui ait tiré une balle dans la tête pour être bien sûr de l'avoir tué — ou vice versa — avant de l'emmener dans les bois pour brûler le corps, et empêcher ainsi qu'on ne l'identifie ?

— On dirait que vous tenez à donner ce million de dollars.

— J'essaie seulement d'établir les faits, c'est tout.

— Écoutez, il est très possible de faire tout cela — couper les jambes et les pieds de l'homme, se servir d'un accélérateur puissant, un diluant de peinture par exemple, brûler le corps, passer le visage au chalumeau pour le détruire — et laisser assez d'indices pour qu'on découvre l'identité de la victime. Il me semble qu'ils ont laissé intentionnellement ces indices pour nous inciter à l'identifier. Et en fait, ça a été simple. Quiconque sait un tant soit peu comment nous effectuons les identifications aurait su que c'était simple. » Jean-Pierre se tut et resta songeur un instant. « En outre, reprit-il, très peu de gens faisant ce genre de meurtres en savent assez pour détruire les empreintes de la paume en même temps que les empreintes digitales. Celui qui a fait ça... sait comment fonctionnent les dossiers du FBI.

— Accordé, votre théorie tient debout. Néanmoins, j'aurais plutôt tendance à croire que le Nembutal a été donné à la victime pour vous faire croire qu'il s'agissait d'un suicide. Ça ressemble tout à fait à un crime maquillé en suicide. Le tueur a pu abattre sa victime d'un coup de feu avant de lui injecter la drogue en comptant ainsi dissimuler ce qui l'avait vraiment tuée, les balles. »

Ce type est vraiment stupide, pensa Jean-Pierre. Comment ose-t-il se dire enquêteur ? Il devrait savoir que le Nembutal, ou n'importe quelle autre drogue d'ailleurs, aurait été rejetée si l'homme était réellement mort par balle. C'est aussi bête qu'un cautère à une jambe de bois, sourit-il intérieurement.

« Ensuite, bien entendu, poursuivit le détective de la compagnie d'assurances, afin de détruire les preuves — les coups de feu à la tête — il a décidé de brûler le corps. Il se peut que la jambe et le pied aient été coupés par quelqu'un d'autre qui avait découvert le corps avant la police mais craignait de le signaler — probablement des gosses. En outre, il se peut que le tueur ait attaqué le docteur dans son bureau, et, ayant vu comment les médecins font des piqûres à leurs patients, il s'est servi d'un coton qu'il a oublié d'enlever avant de brûler le corps. Il voulait vous faire conclure que le docteur s'était suicidé. »

Jean-Pierre considéra l'homme avec incrédulité. « Euh, monsieur...

— Harrison. James Harrison.

— Monsieur Harrison, si l'homme s'était suicidé, comment aurait-il fait pour se brûler ensuite ?

— Exactement, monsieur Lahary. Exactement.

— Ce n'est pas ce que je veux dire et vous le savez parfaitement.

— Monsieur Lahary. Je travaille pour une compagnie d'assurances qui va devoir payer un million de dollars si j'ai raison. D'un autre côté, nous assurons des milliers de médecins, avocats et autres prospères individus. Si nous refusons de payer cette police, nous pourrions perdre la plus grande partie de notre clientèle. Benjamin jouissait d'une haute considération dans son domaine. Personne n'ira dire que c'était le genre d'homme à se tuer. Cette affaire doit être étudiée de très près. Je vous suggère de reconsidérer les faits. »

Harrison se dirigea vers la porte de la salle de radiographie et, sans se retourner, dit : « Je vous rappellerai. »

Johnny se précipita à son tour hors de la pièce, et pendant quelques minutes Jean-Pierre resta abasourdi, bouche bée.

« Bonjour », lança une douce voix de femme.

Il ne répondit pas.

« Écoutez, je sais que vous m'en voulez encore de... » Il leva le bras comme pour la faire taire. « Mais laissez-moi seulement m'expliquer. Je promets que je ne dirai pas un autre mot de la journée. » Jean-Pierre resta muet, les yeux dans le vide. « Je suis venue pour des raisons strictement professionnelles. Je suis ici pour apprendre. C'est tout. Vous comprenez ? Je promets de ne pas me mettre dans vos jambes et... » Elle comprit soudain qu'il n'écoutait pas. « Ho ! Ça ne va pas ?

— Oui. Je... je suis content de vous voir. Où étiez-vous passée ?

— Quoi ? demanda-t-elle interloquée. Ça fait une semaine que je vous téléphone.

— Je n'ai jamais reçu le moindre coup de fil.

— Là, je ne comprends pas. On n'a pas cessé de me dire que vous étiez occupé, que vous ne pouviez pas me parler.

— La prochaine fois, demandez Doris. C'est une amie à moi. Par elle vous pourrez me joindre. » Je pourrais vivre centenaire, se dit-elle, sans avoir réussi à comprendre ce type. « Allons-y, lui dit-il en la prenant par la main, je vais vous montrer le reste de la morgue. »

Jean-Pierre et Jane descendirent dans le corridor éclairé au néon. Dans les murs, tout du long, s'encastraient 128 compartiments réfrigérés, à la température réglable pour chacun. Dernière demeure de la plupart des victimes.

« Que deviennent les corps non identifiés ? demanda-t-elle.

— Ils sont mis dans des caisses en sapins et enterrés

dans des tombes anonymes quelque part dans un cimetière de banlieue. » Il marchait d'un pas vif devant les cadavres récemment arrivés, alignés soigneusement dans le couloir sur des brancards. Il ne ralentit même pas pour regarder ce qui, quelques jours plus tôt seulement, avait été une femme superbe. « Quel gâchis », grommela-t-il.

Jane se demanda s'il était irrité contre elle et tentait de le cacher. Elle espérait que non, qu'il était vraiment content de la revoir. Elle essaya de ne pas montrer ses sentiments. Ce jour-là sa nouvelle vie commençait, pensa-t-elle.

« Il doit faire très froid dans ces tiroirs, dit-elle.

— Oui. La réfrigération est contrôlée dans cette petite pièce. Lorsqu'une des sections tombe en panne, il faut en sortir tous les corps et les empiler dans les autres sections. Ils se décomposent très rapidement. Ça ne me dérange pas, remarquez. Vous pourriez probablement m'enfermer dans ces compartiments avec tous ces corps décomposés, sans que cela m'empêche de prendre mon déjeuner. La plupart des gens seraient malades comme des chiens. »

Il y avait partout des corps mutilés — sans jambes, décapités, sans bras — en décomposition, qui attendaient que le Français les examine. Ceux qui avaient des étiquettes au pied, aux doigts, ou sur tout autre reste de leur corps étaient prêts à être entreposés dans les tiroirs réfrigérés.

Ils passèrent devant un suicidé au cou barré d'une ligne rouge, puis ils s'arrêtèrent devant un torse mutilé.

« Ce *clown* a probablement été coupé en deux par un dingue, expliqua Jean-Pierre. Sans doute sa femme », ajouta-t-il en riant.

Il redevenait lui-même. Elle sourit.

« C'est toujours comme ça ? Je veux dire tous ces corps dans le couloir.

— Généralement. Mais il y a des jours, comme hier, où l'on s'ennuie faute de combattants.

— Comment pouvez-vous vous ennuyer ici ? » s'étonna Jane. Elle remarqua qu'il l'observait intensément. Cela lui plut. Peut-être une aventure est-elle encore possible. Allons, tais-toi, Jane de Furcillo, tu t'es promis de ne plus y penser.

Le Français, dans sa blouse verte, la dévisageait. Cette femme est comme ma chatte, se dit-il. Je l'ai trouvée et elle est peut-être ici pour toujours.

Jane fixa le torse, prétendit ostensiblement s'y intéresser :

« Je n'arrive pas à imaginer qui pourrait faire une chose pareille.

— Peut-être sa belle-mère, plaisanta-t-il.

— Comment se fait-il que presque tout vous fasse rire ?

— Vous voudriez que je pleure ? C'est mon travail. Ces *clowns* ne me sont rien. Il faut que je rie. Nous devons tous rire ici. C'est la seule chose à faire. Quand vous allez au cirque, les *clowns* ne vous font pas rire ?

— Je vous ai dit que je n'aimais pas le cirque. » Elle se souvint qu'ils avaient déjà eu cette conversation auparavant. Cette fois, il se montrait plus détendu, comme s'il commençait à se sentir à l'aise avec elle. « Mais je comprends, reprit-elle. Vous avez raison. Je suppose que c'est la meilleure manière de ne pas exprimer vos sentiments véritables.

— Quels sentiments ? Nous nous marrons bien ici.

— Je suis sûre que vous dites ça sérieusement.

— Évidemment ! J'adore mes *clowns*. Ils représentent une énigme. J'aide à trouver leurs tueurs, ou je découvre qui ils sont pour que leurs familles sachent ce qui leur est arrivé.

— C'est fantastique. Je vous trouve vraiment fantasque. »

Ho-ho ! Jane de Furcillo, voilà que tu recommences. Jean-Pierre, surpris, fit un pas en arrière. « Voilà enfin quelque chose de différent, plaisanta-t-il, une femme qui me trouve fantastique, et pas seulement à cause de mon corps ! » Elle savait ce qu'il entendait par là.

De nouveau il la considéra attentivement, la parcourut de haut en bas, comme s'il n'arrivait pas à croire que ce corps pût abriter un tel cerveau. Comment une fille si intelligente peut-elle être aussi superbement faite ? C'est quelque chose qu'on ne voit qu'au cinéma. « Euh... Qu'est-ce que je faisais déjà ?

— Je crois que vous alliez regarder ce torse. » Mais vous pouvez regarder le mien quand vous voudrez, ajouta-t-elle *in petto*. Jane de Furcillo, ça suffit.

« Ah oui. Je peux vous dire que ce *clown* était un mâle d'une quarantaine d'années. Il pesait environ 90 kg, mesurait 1,75 mètre et mangeait trop de pâtes. »

Jane ne put s'empêcher de rire. « Comment savez-vous tout ça ?

— C'est mon boulot de savoir.

— Mais ça ne se limite pas à ça, non ?

— Vous êtes dingue ou quoi ? Vous croyez que c'est tout ce que je fais. Laissez-moi vous montrer quelque chose. » Il la ramena dans la salle de radiographie. « Voici la radio d'une femme que sa famille recherchait depuis longtemps. Il y a environ deux mois, nous avons reçu un corps, presque à l'état de squelette, sans tête ni mains. J'ai déterminé approximativement son âge, son poids et d'autres détails ; la police a comparé avec les informations sur les personnes disparues et sa famille m'a fait parvenir cette radio. Voilà ! J'ai découvert que c'était la même femme.

— Fascinant !

— Bien sûr que je suis fascinant. Je suis Français, vous...

— Je sais. » C'était comme la première fois qu'ils s'étaient rencontrés, remarqua-t-elle. Peut-être le faisait-il exprès, pour donner un nouveau départ.

Ils pénétrèrent dans la salle d'autopsie. Pour la première fois, Jane s'aperçut que les murs jaunes semblaient rayonner sous l'effet des néons à l'arrière-plan. Elle regarda autour d'elle avec plus d'intérêt encore que l'autre jour. Il s'en aperçut. La plupart des gens qui venaient le voir à la morgue ne manifestaient pas un tel enthousiasme lors de leur première visite, sans parler de la seconde. En fait, d'ailleurs, rares étaient ceux qui revenaient. Voilà pourquoi il avait pris l'habitude d'emporter avec lui des sels d'ammoniaque pour ranimer ses visiteurs. Il n'en aurait certainement pas besoin avec cette femme.

Elle regarda les rangées de tables légèrement inclinées, au pied desquelles on trouvait une profonde cuvette. Ses yeux se posèrent sur le corps d'une jeune et jolie femme. Elle avait été coupée en deux ; deux incisions formaient un Y qui partait de ses deux épaules pour se rejoindre au pubis. Sa cage thoracique avait été fendue en deux à la scie électrique et ses organes prélevés.

Jane étudia de près certaines parties de son corps : les orbites souillées de gouttes de sang noir, coagulé ; les côtes d'un rose pâle ; les muscles rouges ; les tendons et les cartilages gris et blancs. La couche jaunâtre de graisse sous-cutanée débordait entre la peau et la chair. Elle se demanda si elle aurait cet aspect à l'intérieur en prenant du poids. Elle recommencerait son régime demain, se promit-elle. Pendant ce temps, Jean-Pierre examinait un morceau de chair violette, après l'avoir lavé avec une éponge plongée dans un désinfectant : il le piqua avec un couteau puis le rejeta dans l'intérieur du cadavre. Il empoigna la tête de la victime et plaça son index dans un petit trou.

« La balle est entrée par là. Bang ! En pleine tête.

— Comme elle est belle.

— Était belle.

— Quel dommage.

— Oui, chef, je sais, mais il ne sert à rien d'y penser.

— Je ne peux pas m'en empêcher. Mais n'ayez crainte, je comprends.

— Il le faut, surtout maintenant, parce que nous allons extraire le cerveau.

— Pour l'autopsie, c'est ça ?

— C'est nécessaire pour l'autopsie complète.

— La recoudrez-vous après ?

— Nous laisserons ça à Sutton. Ça lui fera plaisir. » Ils se dirigèrent vers un autre cadavre. « Vous voyez ce bleu ? demanda-t-il.

— Une ecchymose, n'est-ce pas ?

— Oui, chef. On ne peut rien vous cacher. Et que vous inspire donc cette ecchymose ?

— Eh bien, cet homme a dû être battu avant de mourir.

— Pourquoi ? Ça n'aurait pas pu lui arriver quand Sutton l'a jeté sur la table ?

— Je ne savais pas qu'il l'avait jeté.

— Peut-être l'a-t-il jeté, peut-être non.

— En outre, ajouta-t-elle, les ecchymoses ne se produisent que lorsque la personne est vivante. C'est une réaction vivante.

— Bravo, chef. Vous êtes vraiment au courant. » Il éprouvait une admiration sincère. Jane rougit. « J'aimerais que tous mes visiteurs soient comme vous, lui dit-il.

— Ils ne vous apprécient pas autant que moi ?

— Ne m'appréciez pas trop, voulez-vous », coupa-t-il. Il n'aime pas les compliments, Jane de Furcillo. Ne fais pas de commentaires extra-professionnels. Mais laisse-le dire ce qui lui plaît. Peut-être que cela lui conviendra mieux.

Tu lui plais, se dit-il. Elle n'arrête pas de te le dire. Profites-en. « Vous devez me prendre pour un fou, non ?

— Bien sûr que non. Je comprends votre travail. Je sais ce que ça représente de faire ce que vous faites.

— Vous savez que certains visiteurs m'appellent le fou de la morgue de New York ?

— J'ai lu ça quelque part. Mais la personne qui a écrit ça était probablement plus folle que vous ne le serez jamais. » Allons, du calme, Jane de Chantal Furcillo. « Je... c'est simplement que je sais que vous aimez profondément votre métier. Les gens ne vous voient tout simplement pas comme je le fais. Mais enfin, je ne suis pas la seule. J'ai lu que le vice-président de l'Académie de thanatologie disait que vous étiez probablement le meilleur spécialiste mondial de la reconstruction.

— Qu'entendez-vous par probablement ? »

Jane sourit. « J'aimerais voir une de vos reconstructions les plus difficiles.

— Je vous les montrerai peut-être, mais ce n'est pas sûr. Ça va dépendre.

— De quoi ? »

Il ne répondit pas. Ils retournèrent dans la salle d'autopsie et se dirigèrent vers une dalle sur laquelle se trouvait un sac-poubelle en plastique.

« Qu'y a-t-il dans le sac ?

— Vous voulez voir ? » Il l'ouvrit, libérant une puanteur si forte que Jane faillit se trouver mal. Mais elle se ressaisit immédiatement.

« Je n'arrive pas à voir ce qu'il y a dedans.

— Vous êtes une sacrée bonne femme. » Soucieux de lui manifester quelques attentions, il regarda autour de lui et cria à la cantonade : « Ho, quelqu'un peut vaporiser le chewing-gum ?

— Ça ira, ça ne me gêne pas. »

Jean-Pierre vida le sac sur le plastique blanc qui recouvrait la dalle. Des doigts, des oreilles et d'autres fragments humains tombèrent lentement.

« Comment allez-vous identifier celui-là ? demanda Jane.

— Ça va être difficile parce que nous ne savons même pas si tous ces morceaux viennent de la même personne Mais je trouverai un moyen. Laissons ça pour l'instant, je vais vous montrer quelques-uns de nos autres hôtes. »

Elle voyait bien qu'il prenait sa visite guidée très au sérieux. « Regardez ces brûlures sur ce corps, s'écria-t-elle stupéfaite.

— Cet homme est mort électrocuté. C'est toujours facile à savoir à cause de la couleur spécifique de la brûlure et de son aspect ; c'est un cas d'électrocution typique.

— Intéressant.

— Maintenant voici une victime avec un trou étoilé dans le crâne. Cela veut dire que le coup de pistolet a été tiré à bout portant. »

Un employé tendit au Français un organigramme : c'était la liste des cas du jour. Plusieurs des victimes avaient été tuées par balle.

« Il va falloir retrouver toutes les balles, où qu'elles se cachent dans le corps, expliqua-t-il. Mon travail consiste également à étudier les radios pour repérer les projectiles. Je vais vous montrer.

— La manière de trouver des balles sur une radio ?

— Entre autres ». Il sourit.

Ils se dirigèrent vers une table où avait déjà été disposé le corps sans tête d'un homme blanc. Il avait les jambes coupées et ses bras pendaient de part et d'autre de la dalle. Jane regarda le corps avec beaucoup d'intérêt. Le Français se dit qu'elle pourrait être embarrassée par le sexe du mort, bien en vue, mais il se trompait.

« Nous allons mesurer la distance entre les deux mains après avoir étendu complètement les bras en croix.

— C'est comme ça que vous déterminez la taille, non ?

— Comment savez-vous ça ?

— Je l'ai lu... non... c'est vous...

— Ah oui, l'article du journal. Eh bien, cet homme a ses deux bras, nous n'aurons donc aucun problème, mais ce serait dur s'il ne lui restait qu'un bras, voire un demi-bras.

— J'imagine.

— Qu'est-ce que vous imaginez, chef ?

— J'imagine que c'est dur, comme vous dites.

— Oui, chef, pas de problème, ça devient dur », fit-il avec un sourire de faune.

Jane fit semblant de n'avoir pas compris.

« Euh, quel est le rapport avec la recherche des balles ?

— Nous y viendrons ensuite, chef. Laissez-moi d'abord en finir avec ça. Donc, de l'extrémité du majeur droit à l'extrémité du majeur gauche nous trouvons 178 centimètres ; notre victime mesure donc approximativement 1,78 mètre, à un centimètre près. Maintenant mesurons la poitrine : 122 centimètres.

— Mais ne devez-vous pas ajouter 8 centimètres parce que les poumons se sont affaissés ?

— Vous vous souvenez bien de cet article, dites-moi.

— Évidemment. »

Elle devait avoir étudié ces informations de près. Elle s'intéressait certainement beaucoup plus à sa profession qu'il ne l'avait initialement imaginé. Ou peut-être essayait-elle seulement de l'impressionner. Quoi qu'il en fût, il l'écoutait parler sans déplaisir. C'était un signe dangereux, se dit-il.

« Okay, chef, on continue. Cet homme pesait environ 75 kg, à en juger par son thorax et sa taille. Regardons maintenant la radio pour déterminer son âge. Ici, un os de la colonne vertébrale...

— Oui, je me rappelle ça aussi. L'ostéophyte, une histoire de courbe trop accentuée.

— Exact, chef. Mais vous avez assez parlé. C'est moi le prof ici ! »

Jane faillit s'excuser, admettre sa culpabilité. Mais de

quoi était-elle donc coupable ? Elle ne faisait guère que le complimenter. Pourquoi s'en excuser ? Quelle question, Jane de Furcillo...

Il poursuivit :

« Bon, nous savons maintenant qu'il mesurait environ 1,78 mètre, pesait 75 kg, avait à peu près 55 ans ou plus. Mais nous découvrons aussi une balle dans le bras droit. Vous voyez, je n'ai pas oublié. Regardez-là, sur la radio. »

Jane se rapprocha pour mieux voir. Elle sentit l'eau de cologne de Jean-Pierre.

« Je ne vois pas, dit-elle.

— Venez plus près de moi, je vais vous montrer. Voilà, plus près. Je vous rattraperai si vous tombez. »

Jane continua à chercher la balle ; du moins, c'est ce qu'elle voulait lui faire croire. Son corps effleura le sien. Elle sentit sa main lui frôler les fesses. Peut-être devrait-elle voir la balle maintenant.

« Oh oui, je l'aperçois.

— Pas si vite. Si vous regardez davantage, vous allez peut-être trouver une fracture ancienne qui nous aidera dans l'identification.

— J'ai bien regardé, merci. » Elle retourna à la table.

« On ne sait jamais ce qui permettra l'identification de ces cas. D'abord, nous relevons les empreintes digitales...

— Ah oui, les empreintes digitales », fit-elle. Ils se regardèrent en silence et éclatèrent de rire.

« Je crois que le moment est venu de vous emmener dans mon coin spécial, proposa Jean-Pierre. Qu'en dites-vous ?

— Bonne idée. »

Ils prirent le couloir jusqu'à une porte où on lisait : SALLE DES DÉCOMPOSÉS.

« Pourquoi dites-vous que c'est votre coin ?

— C'est tranquille, pas le moindre bruit. Entrez, entrez. Personne ne vous mordra ici. »

C'était l'endroit où l'on conservait les débris de cadavres mutilés et décomposés. L'air épais de la pièce saisit Jane à la gorge : un mélange de fromage avarié, de lait tourné et de viande sortie depuis un mois du réfrigérateur. Elle toussa. Pourtant la pièce était remarquablement propre. Il y avait des tiroirs dans les murs, comme dans le couloir, mais l'on n'y trouvait que des morceaux de corps.

« Regardez, fit Jean-Pierre en ouvrant un des tiroirs. Cette caisse de bois contient une femme en petits bouts. La police nous l'a apportée dans un sac en plastique. » Il ouvrit la boîte et désigna le torse brisé. « Vous voyez, la tête a été coupée avec un instrument très tranchant, peut-être une machette. » Il tapota la croûte noire sur l'os iliaque avec un crayon. « Il se peut que la police nous amène un de ces jours la tête, la jambe ou un bras. Nous essayerons alors de découvrir son identité. »

Jean-Pierre crut que Jane allait se sentir mal. En fait, elle éprouvait de la pitié pour la victime.

« Vous me suivez, chef ?

— Oui. C'est fascinant. »

Il ouvrit un autre tiroir et en sortit une jambe.

« Cette jambe a été coupée avec un tranchoir, nous en sommes certains, à moins que ce ne soit à la hache. En tout cas, l'outil était émoussé.

— Il faut que je vous demande quelque chose. Parfois, votre façon d'agir... je veux dire de parler. Vous dites que vous adorez vos *clowns* parce qu'ils vous posent une énigme. A part ça, ils ne signifient rien pour vous, et pourtant, il vous arrive parfois de montrer de la compassion, comme s'ils signifiaient quelque chose quand même.

— Je vous l'ai déjà dit. Ce ne sont plus des gens, mais des cadavres. Ils ne sont plus. Pour leurs familles, ce ne sont que des souvenirs. Pour moi, ils font partie de mon travail, comme n'importe quel autre travail, sauf que, au lieu de m'occuper des vivants, j'ai affaire aux morts. Vous devez comprendre que ces *clowns* ne sont que des sujets d'étude médicale et de dissection pour permettre de déterminer les causes de la mort. En fin de compte, ils servent à trouver des moyens de permettre aux vivants de continuer à vivre.

— Oui, je sais. J'ai travaillé sur...

— Vous avez travaillé sur ce genre de cas ?

— Euh, pas exactement, mais...

— J'en étais sûr. Vous ne faites probablement pas la

différence entre... enfin, qu'est-ce que c'est que des restes ?

— C'est du jargon de croque-mort.

— Ouais. Vous en savez des choses, chef. Et que se passe-t-il quand le corps a été incinéré ?

— C'est un examen ? Tout le monde sait qu'il s'agit de cendres.

— Okay. Comment les appelle-t-on ici ?

— C'est bien un examen. Parfait. Vous les appelez des poupées.

— Hein ?... Vous êtes dingue ou quoi ? Comment ça des poupées ?

— Eh bien, ils n'ont pas l'air réels, vous savez, on dirait des mannequins, des poupées quoi.

— Il n'y a vraiment qu'une Américaine complètement fondue pour aller chercher quelque chose d'aussi stupide.

— Je ne sais pas où vous voulez en venir, mais...

— Pour les pompes funèbres, ce sont des restes ou des cendres ; pour les scientifiques, ce sont des cadavres ; et pour moi ce sont des *clowns* dans un cirque. Je croyais que *ma* conception était étrange, mais avec vos poupées, vous me battez à plates coutures.

— Est-ce ma faute si j'aime mieux les poupées que les *clowns ?* Pour moi, les appeler des *clowns* c'est comme se moquer d'eux ; les voir comme des poupées, c'est les imaginer dans un monde de contes de fées.

— D'accord, je vais m'expliquer autrement. Ces *clowns* ne sont plus des héros ou des crapules ; ils relèvent d'une autre dimension. Ils ont eu leur part de joie et de tragédie et ne sont plus que des souvenirs pour leurs familles. On ne parle plus d'eux comme de personnes mais comme de restes, cendres, sujets, corps, morceaux de viandes, allongés, macchabs, cadavres. Et moi, au lieu de les considérer en ces termes, je les vois comme des *clowns,* pas parce qu'ils sont un objet de dérision mais parce que la plupart des *clowns* jouent des rôles tristes et finissent généralement dans la peau de la victime.

— C'est... c'est magnifique.

— Bien sûr que c'est magnifique, puisque c'est moi qui l'ai dit. »

Quelques instants plus tard ils sortirent de la salle des Décomposés pour revenir dans la salle d'autopsie.

« Je n'en reviens pas que vous supportiez tout cela si facilement, lui dit-il. Moi, ça ne me dérange jamais, mais j'y suis habitué. Et en plus vous êtes une femme.

— Être une femme ne veut pas dire que l'on ne soit pas capable de faire ce qu'un homme... peu importe. Que diriez-vous d'une pause café ?

— D'accord. Va pour votre café, mais pas ici. C'est trop sale. Je crois qu'il est temps que je vous emmène dans la chambre noire, puisque vous ne m'en avez pas laissé l'occasion la dernière fois.

— Je vous avais expliqué. C'est parce que j'avais faim.

— Oui. Je me souviens. »

Ils s'engagèrent dans le long couloir en silence. Jane le précédait d'un pas vif et Jean-Pierre la regardait marcher avec plaisir. En passant devant les compartiments, elle jetait des regards curieux, sans mot dire. En fait, elle essayait de ne pas penser à Jean-Pierre. Il portait des bottes de cow-boy, sans doute pour se grandir de quelques centimètres, mais sa petite taille n'avait plus aucune importance. Elle mourait d'envie de se serrer contre lui. Peut-être dans la chambre noire. Maîtrise-toi, Jane de Chantal Furcillo.

Ils tournèrent au bout du couloir, et elle pressa encore le pas. Elle se demandait à quoi ressemblerait cette fameuse chambre noire.

Jean-Pierre la suivait, les yeux fixés sur ses fesses : « On dirait des melons qui roulent de droite à gauche sous une jupe bien taillée. »

Lorsqu'ils arrivèrent devant la pièce, Jean-Pierre sortit un énorme trousseau de clés et ouvrit la porte. Il s'effaça galamment devant elle.

« Merci monsieur », fit Jane en français. Elle se demandait bien ce qui l'attendait, mais n'y aurait renoncé pour rien au monde. A sa grande surprise, elle ne fut pas accueillie par l'odeur acide des produits chimiques qui imprégnait tous les laboratoires photos où elle avait mis les pieds. « Oh, s'étonna-t-elle, quel parfum délicieux. »

L'air embaumait.

« Cette odeur vous plaît ?

— Oh oui. Qu'est-ce que c'est ?

— Mon eau de toilette. C'est ce que sentent les putois français.

— Pas mal ! »

Il sourit en déblayant quelques affaires pour qu'elle ait la place de préparer son café.

« Asseyez-vous ici ; je vais me mettre à côté de vous.

— Comme c'est confortable ! La chambre noire d'une morgue n'est vraiment pas l'endroit que j'aurais imaginé pour un interlude romantique, mais...

— Qui parle de romantisme ? coupa-t-il. Faut-il que tout soit romantique avec vous. Et le plaisir tout court, qu'en dites-vous ? »

Tu as encore fait une bourde, Jane de Furcillo. « Il ne fait pas chaud ici, fit-elle, dans une maladroite tentative pour changer la conversation. A propos, à quelle température conservez-vous les corps ?

— La même que pour la viande froide chez les traiteurs.

— Oh... Est-ce que vous auriez envie d'un croissant ? » Elle en sortit deux d'un sac en papier blanc taché de graisse. Elle était manifestement venue avec armes et bagages.

« Non merci. Peut-être plus tard. Ne m'en veuillez pas, mais je suis un régime.

— Vraiment. Quel genre de régime, le régime Hollywood, Rice ?

— Vous êtes obligée de faire autant de bruit en mangeant quand vous parlez de mon régime ?

— Oh, je suis désolée. Je vais essayer de faire le moins de bruit possible.

— Vous faites toujours autant de bruit en mangeant ? »

Elle s'étouffa.

« Tous les Français sont-ils aussi délicats que vous ?

— Je ne suis pas comme tous les Français. De quelle origine êtes-vous, de quelle nationalité ?

— Je croyais vous l'avoir dit une fois.

— Je n'écoutais sans doute pas.

— D'accord, à vous de deviner. C'est vous le spécialiste. »

Spécialiste, spécialiste, j'ai intérêt à pas me tromper, se dit-il.

« Hmmm, d'après la manière autoritaire dont vous posez les questions, je dirais Italienne.

— Exact, bien que je ne sache pas très bien comment je dois prendre votre remarque.

— Bon, je peux vous dire maintenant quel est mon régime : un kilo de spaghetti et quatre litres de vin. Un délice pour une Italienne, non ? »

Elle rit :

« Et parce que je suis Italienne, je suppose que je fais partie de votre régime aussi.

— Je ne suis pas sûr que l'affaire soit dans le sac.

— Je me demande comment je dois prendre ça aussi, fit-elle en le regardant ouvrir son grand sac de toile. Vous le traînez toujours avec vous ?

— Oui. C'est un foyer miniature : mes instruments — professionnels, s'entend — mon repas et même mon eau de putois.

— Il ne vous manque qu'un évier.

— Exactement.

— C'est marrant. Un de mes élèves, responsable de prisonniers libérés sur parole — la plupart sont policiers, pompiers, etc. Enfin, cet élève se balade avec un sac comme le vôtre plein de magnétophones, de calculatrices, de montres — des choses qu'il confisque à ses types, dit-il. Mais je pense...

— Que diriez-vous de limiter cette conversation à un seul homme.

— Mes élèves sont vraiment gentils avec moi. Vous vous rappelez ces deux policiers qui m'ont accompagnée ici l'autre jour ! Ils sont très sympa. La plupart d'entre eux sont des amis.

— Ouais, je suis sûr qu'ils apprécient vos cours, mais vous devriez vous intéresser plus aux rapports sexuels et moins aux rapports de police.

— Là, vous êtes allé trop... ces hommes sont...

— Ils sont gentils parce qu'ils veulent avoir de bonnes notes, je parierais.

— Pas du tout. Ce qui les intéresse, c'est d'apprendre, pas d'avoir les meilleures notes. D'ailleurs, je les note en fonction de leurs capacités.

— Eh bien... fit Jean-Pierre avec un sourire entendu.

— Leurs capacités scolaires, je veux dire. Pourquoi faut-il que vous ne pensiez toujours qu'à...

— Baiser ? Tiens, donnez-moi plutôt un baiser pour changer.

— Vous êtes insupportable. Mon anniversaire est dans deux jours. Vous pourrez m'embrasser à ce moment-là. »

La porte s'ouvrit brusquement.

« Hé, Frenchy, lança Sutton. T'es là ? Un appel urgent au téléphone. Dans la cabine.

— Dans la cabine ? Un appel urgent ?

— Peut-être que ta femme a accouché d'un monstre. Comment veux-tu que je sache ?

— Alors vous êtes marié, après tout, laissa échapper Jane.

— Vous ne pensez qu'à ça.

— Non, mais ça ne m'étonnerait pas, voilà tout.

— Allons, Frenchy, intervint Sutton. Tu dragueras la dame un autre jour.

— Ouais, ouais, j'arrive. »

Ils sortirent de la chambre noire et Jean-Pierre empoigna le téléphone du couloir.

« Vous avez commis une erreur, expliqua une voix d'homme jeune.

— Quelle erreur ? » Le grincement des scies électriques le gênait pour entendre. « Qui êtes-vous ?

— Peu importe. Le docteur Benjamin a été cruellement assassiné par un dingue. Comment pouvez-vous prétendre qu'il s'est suicidé ?

— Mais merde, qui est-ce ? Comment êtes-vous au courant pour Benjamin ? C'est une blague ou quoi ?

— Ça n'est pas une blague du tout. Écoutez, j'étais très proche de Benjamin. Je sais qu'il n'aurait jamais songé à se suicider. Il a été tué et je veux que ses assassins soient punis.

— Si ça n'est pas une plaisanterie, dites-moi qui vous êtes.

— Je vous ai déjà dit que ça n'avait pas d'importance.

— Alors dites-moi au moins comment il se fait que vous en sachiez tant sur le docteur ?

— Peut-être qu'il était mon père, ou un ami. Quelle importance ? L'important, c'est qu'il était un brave type et qu'un salaud l'a tué. Vous avez fait une erreur en disant à la compagnie d'assurances qu'il s'était suicidé.

— Les nouvelles vont vite. Comment l'avez-vous appris ?

— Assez de questions. Le docteur a été assassiné et vous devez le dire à la police.

— Okay, j'en ai assez entendu comme ça.

— Surtout, ne raccrochez pas !

— Ce *clown* a tiré sa révérence, railla le Français. Et on ne peut pas tuer un homme qui est déjà mort, vous savez. Pouf ! Parti ! Plus de football, plus de zizi-panpan avec la dadame. Maintenant allez vous faire foutre et lâchez-moi un peu. » Il raccrocha.

Le téléphone sonna immédiatement.

« Benjamin a été assassiné ! cria l'inconnu. Vous ne vous en êtes donc pas aperçu ! Il a pourtant bien été coupé en morceaux, flingué en pleine tête et brûlé. Comment diable aurait-il fait tout ça seul ?

— Ça a été fait après, imbécile. » Il serra le combiné en regrettant que ce ne soit pas le cou de cet abruti. « Bon, ça suffit comme ça, grogna-t-il. Qui êtes-vous ? » Jean-Pierre se rendit compte que l'homme avait changé de voix, comme s'il était passé d'un rôle à un autre, comme s'il avait répété le début de sa conversation et qu'il improvisât maintenant.

« Dites donc, je vous l'ai déjà dit. Peut-être que je suis un parent. Qu'est-ce que ça peut bien vous foutre ? Je veux la peau du tueur, c'est tout. Les flics ne recherchent personne. Vous devez leur dire que vous avez fait une erreur. Vous devez leur dire que Benjamin a été assassiné.

— Je ne peux pas faire ça.

— Eh bien, si vous ne... »

Jean-Pierre raccrocha violemment le téléphone qui se remit à sonner, avec insistance. Il finit par décrocher.

« Ne raccrochez pas, plaida l'homme avec brusquerie. C'est trop important.

— Pourquoi moi ? Pourquoi n'appelez-vous pas la police ?

— Parce que c'est vous qui décidez ce genre de choses.

— Vous êtes fou. Et le médecin légiste, le toxicologue, le sérologue ?

— N'essayez pas de me faire marcher. C'est vous qui avez reconstitué le corps de Benjamin. Ils m'ont dit que c'est vous qui aviez établi les faits.

— Qui vous a dit ça ?

— Peu importe. »

Jean-Pierre se calma.

« Écoutez, je comprends votre problème, mais je ne peux pas parler de ce genre de choses au téléphone. Pourquoi ne venez-vous pas me voir, que nous en discutions de vive voix ?

— Pas question. Vous me prenez pour un con ?

— Alors nous n'avons rien à nous dire », répliqua Jean-Pierre en raccrochant le combiné. La sonnerie retentit à nouveau, sans relâche. « Je vais lui enrouler ce téléphone autour du cou ! cria Jean-Pierre avant de décrocher rageusement. Vous ne pigez pas, non ? hurla-t-il. Je ne veux plus vous entendre.

— Très bien, alors un dernier mot, fit l'autre avec force. Écoutez, et écoutez bien. Si vous ne changez pas votre diagnostic...

— Qu'est-ce que vous croyez, putain, que je suis médecin ou quoi ?

— Écoute, mon pote », ordonna la voix. Jean-Pierre écarta le combiné de son oreille. La voix était parfaitement audible dans le couloir. « Si tu ne changes pas ton rapport, mon pote, ils vont te retrouver découpé en petits morceaux, façon brochettes. C'est pigé ? »

Sans tenir compte de la menace, il raccrocha. Le téléphone se remit à sonner. Au bout de deux minutes, Jean-Pierre décrocha l'appareil en se jurant bien que c'était la dernière fois.

« Va te faire enculer ! hurla-t-il dans le combiné.

— Heu, chevrota une voix de vieille dame. Pourriez-vous me dire si vous avez du foie frais aujourd'hui ? »

« Qu'est-ce que c'est que cette histoire ? demanda Jane.

— Quelqu'un qui faisait une commande...

— Je veux dire... la communication précédente ? »

A voir l'expression de son visage, Jane avait surpris la menace. « Parfois ce boulot me précipite au milieu du danger, dit-il en riant. Appelez-moi le d'Artagnan de la morgue, en toute simplicité. En fait, je suis Jean-Pierre Bond », lui glissa-t-il à voix basse avant d'éclater de rire.

Incroyable, se dit-elle. Il passe la journée à observer, toucher, disséquer les crimes les plus terrifiants, puis on le menace de mort et il continue à plaisanter comme si de rien n'était.

« Vous devriez prendre cette menace au sérieux, dit-elle.

— Ouais, ouais. Écoutez, j'espère que ça ne vous gêne pas, mais j'ai du travail. Je vous montrerai le musée un autre jour.

— Oh, quel dommage. Je suis déçue. Ce coup de fil doit donc quand même vous tracasser un peu.

— Ça va pas ? fit-il en riant.

— Comment pouvez-vous rire après que quelqu'un vous a menacé ainsi ?

— Ai-je le choix ? Le travail l'exige — le rire, s'entend. Quel pied ! »

11

Pendant les quelques semaines qui suivirent, Jean-Pierre se déroba aux demandes de Jane de visiter le musée. Il s'inquiétait de se sentir aussi à l'aise en sa compagnie. D'ailleurs, ne cessait-il de se répéter, tant d'affaires compliquées monopolisaient son attention ce mois-ci qu'il n'avait pas une minute à lui consacrer. En revanche, il acceptait maintenant ses communications et lui promettait à chaque fois de lui montrer les collections de criminologie dès que son travail lui en laisserait le temps. Jane commençait à se dire qu'il lui faudrait sans doute attendre la résurrection des morts.

Le 21 décembre, l'affaire Jim Constantine devait, enfin, passer devant le tribunal. Le procureur avait reculé l'échéance autant qu'il l'avait pu, dans l'espoir de découvrir des éléments nouveaux lui permettant d'espérer une condamnation du cadet du gang Constantine. Fisher, le substitut du procureur général, savait que son dossier était faible, mais il n'était plus possible d'attendre.

Kranski avait bien fait la leçon à Jim : il n'avait aucune inquiétude à se faire, le juge se contenterait de le sermonner et les choses reviendraient à la normale.

Pour Harold Brown, en revanche, rien ne serait plus jamais comme avant. Sa femme était tombée malade et il avait fallu l'hospitaliser. Elle attendait sur son lit d'hôpital que justice soit faite. Cela ne ramènerait pas Stéphanie à la vie, elle le savait bien, mais au moins le garçon qui avait causé sa mort serait puni. La justice veillerait à ce que personne ne connaisse plus la souffrance qu'elle vivait à cause de ce Jim Constantine. Elle était convaincue que l'adolescent cruel qui avait entraîné sa fille dans les bois cette nuit fatale serait mis en prison et n'écumerait plus les rues de sitôt.

Harold Brown, vêtu d'un costume gris très strict, précéda dans le tribunal la foule des journalistes et photographes. Il s'assit en silence à côté du lieutenant Dawson, au premier rang, et chercha du regard Jim Constantine. A 39 ans, il avait perdu sa fille unique, et il espérait avoir ce jour-là une réponse aux questions qui le torturaient. Pourquoi Stéphanie ? C'était une fille sérieuse : elle ne prenait pas de drogues, elle ne découchait pas ; en règle générale elle était obéissante et plutôt bonne élève. Quelle erreur avaient-ils donc commis, eux, ses parents ? Ils discutaient ses problèmes avec tolérance. Ils n'étaient pas très sévères et ne la réprimandaient que pour son bien. Elle aimait ses parents, Harold Brown en était convaincu, tout comme ils l'adoraient. Elle leur manquait cruellement. Pourquoi Stéphanie ?

Jim Constantine s'avança dans la salle d'audience, le sourire aux lèvres, flanqué d'un Kranski plein d'assurance. Harold eut envie d'étrangler le garçon en plein tribunal. Mais c'était inutile, se dit-il, le juge se chargerait de lui rentrer son sourire dans la gorge. Tout de suite après arrivèrent les six garçons qui étaient avec Jim ce soir-là. Joey jeta un bref coup d'œil vers Harold Brown, qui hocha la tête. L'adolescent détourna la tête d'un air gêné.

Le substitut Fisher se pencha en arrière :

« Je crains que notre dossier ne soit pas très bon, monsieur Brown.

— Comment ça, pas très bon ? Le gars est coupable, il n'y a aucun doute.

— Coupable de quoi ? Voilà la question.

— Coupable d'avoir tué ma fille, voyons !

— Ce sera difficile à prouver. Quoi qu'il en soit, nous n'avons qu'une seule chance. Si le juge croit que le garçon a entraîné Stéphanie dans cet endroit exprès pour lui montrer le corps, nous avons une possibilité de le faire inculper. Mais, évidemment, il peut croire que non, et dans ce cas il s'en sortira.

— Et l'accusation d'enlèvement ?

— Non, c'est hors de question.

— Vous ne parlez pas sérieusement. Et le témoignage de Joey ? »

Fisher regarda tristement Harold dans les yeux :

« Je crains qu'il n'ait changé d'avis. »

Harold se tourna vers Joey, qui fixa le plafond. C'est alors qu'il remarqua l'air provocant de Jim, l'assurance avec laquelle il était assis devant *ses* gars, comme s'il était convaincu de leur loyauté.

« Écoutez, monsieur Fisher, reprit-il sèchement. J'espère que vous avez bien préparé votre affaire, parce que ce gamin est coupable, totalement. Regardez-le donc ! » Harold réfléchit un instant. « Je ne serais pas surpris d'apprendre qu'il a amené ce corps dans les bois lui-même. »

Le procureur hocha la tête d'un air navré.

« Je vais faire de mon mieux pour qu'il soit envoyé en maison de correction ou quelque chose comme ça... et je ne suis même pas sûr d'y arriver. La police n'a pu établir aucun rapport entre le corps et Jim Constantine. A propos, permettez-moi de vous présenter le lieutenant Dawson. »

Les deux hommes se serrèrent la main. Le lieutenant Dawson ajouta alors :

« Nous n'avons pas renoncé, monsieur Brown. Croyez-moi... à l'instant où nous aurons la preuve que les deux affaires sont liées, nous collerons toute la famille au trou. » Il montra de la tête le fond de la salle d'audience où Tony et Bob Constantine attendaient impatiemment.

« Pardonnez-moi, lieutenant, dit lentement Harold, si je suis quelque peu sceptique. Coller toute la famille au trou sera difficile, je le sais. Le crime organisé et tout ça. En plus, ma femme et moi ne souhaitons qu'une seule chose et c'est " coller au trou " l'assassin de notre fille. Il se tourna vers Fisher. Et qu'avez-vous donc préparé pour ça ?

— On va voir comment ça va se passer. Faudra improviser. Kranski est rusé. Quand il aura fini de parler, tout le monde plaindra le garçon. Je ne serais même pas surpris que le juge nous accuse d'essayer de monter quelque chose de toutes pièces. »

Le juge entra dans la salle. Le silence se fit rapidement, et le substitut Fisher fut invité à soumettre sa déclaration liminaire.

« ... Nous allons prouver que Jim Constantine avait une raison de terrifier Stéphanie Brown. Nous avons le témoignage de Mme Katharine Simpson, professeur d'anglais au lycée de Staten Island. Elle témoignera que Jim Constantine a uriné sur sa porte... »

Un rire général secoua l'assistance. Le juge réclama le silence avec son marteau. Fisher continua :

« Ce méfait de Jim Constantine eut un témoin. Il fit une pause. Stéphanie Brown était ce témoin. Parce que toute sa classe allait être punie, Mlle Brown, comme l'aurait fait tout élève sérieux, décida de révéler ce qu'elle savait à Mme Simpson. Nous montrerons que la vengeance... fut le motif de Jim Constantine, que pendant la nuit de Halloween Jim Constantine persuada ses six amis de l'aider à attirer Mlle Brown hors de chez elle par la ruse, puis de l'entraîner dans les bois. »

Il montra du doigt le groupe assis derrière Jim.

« M. Frankie Calafano, un de ces six jeunes gens, entra en contact avec Mlle Brown. Jim Constantine lui avait demandé de lui téléphoner, de la convaincre qu'elle allait rencontrer un autre garçon... un garçon auquel la jeune fille s'intéressait plus particulièrement, et donc quelqu'un qu'elle aimerait rencontrer. Jim Constantine le savait bien. C'est un autre de ces six jeunes gens, un certain Joseph Bataglia, qui a révélé ce détail au père de la jeune fille, le soir du drame.

« En outre, Fisher haussa le ton, nous prouverons que ce fut Jim Constantine qui obligea Stéphanie Brown à monter dans sa voiture. Le rapport d'autopsie indique que la jeune fille s'est débattue. Il fait état d'ecchymoses sur ses genoux, et les enquêteurs de la police ont découvert du sang séché sur le siège arrière de la voiture de Jim Constantine. Or ce sang correspond à celui de la victime. Il se tourna vers Jim. Preuve concluante que Stéphanie Brown fut, en fait, contrainte à monter dans la voiture contre son gré. »

Jim se demandait pourquoi Fisher n'arpentait pas le prétoire. Il pensait que tous les procureurs faisaient ça. *Son* avocat ne resterait pas planté devant son fauteuil, Kranski n'était pas un amateur, lui.

Fisher poursuivit :

« En outre, la police a découvert un masque auprès de traces de pneus identiques à ceux de la voiture de Jim Constantine. Du sang de théâtre séché se trouvait sur le masque, évidemment pour faire croire à Mlle Brown qu'il s'agissait de sang véritable. Ce sang de cinéma tachait les vêtements de la victime, montrant que Jim Constantine s'est approché suffisamment près d'elle pour provoquer des dégâts considérables.

« Pour se venger il l'a conduite intentionnellement à l'endroit où se trouvait le corps mutilé et l'a cruellement terrifiée jusqu'à ce qu'elle tombe, sans défense, sur le sol. » Il regarda du coin de l'œil Harold Brown, manifestement nerveux, mais apparemment satisfait de ce qu'il avait dit jusqu'alors. « Le rapport d'autopsie signale également une autre ecchymose sur le bras de Stéphanie Brown ; on a aussi retrouvé le sang de la jeune victime sur des épines de ronce, tout près du sang de théâtre séché, prouvant qu'une fois encore elle se débattit contre Constantine. » Le substitut regarda Jim en face. « Il savait parfaitement ce qu'il faisait. Il savait où il l'emmenait. Le jeune Bataglia a déclaré à M. Brown que Jim Constantine était passé en voiture devant cet endroit une semaine avant en insistant lourdement que c'était un endroit rêvé pour terroriser quelqu'un. Il brandit le doigt en direction de Jim. Preuve concluante que l'accusé, Jim Constantine, connaissait bien cet endroit. »

La remarque surprit Kranski, qui jeta à Jim un regard interrogateur.

« Et ainsi, monsieur le Président, poursuivit Fisher, nous allons prouver que Jim Constantine, avec l'aide de ses six amis — qui ont reconnu avoir agi sous l'influence de l'alcool, de drogues et des menaces de leur " chef " — a volontairement emmené Stéphanie Brown dans cet endroit macabre pour la " punir ", la terroriser, et... lui montrer les atroces restes de... celui que nous savons être le Dr. Bernard Benjamin.

« Nous croyons, néanmoins, que ces garçons n'avaient aucune idée des projets diaboliques de Jim Constantine. Aussi, lorsqu'ils comprirent son intention, s'enfuirent-ils de l'endroit, refusant de participer à cet acte de vengeance méprisable. »

Jim se retourna pour dévisager ses « potes » assis derrière lui. Peut-être l'un d'entre eux l'avait-il trahi ?

Ses yeux exprimaient quelque chose de diabolique, se dit Joey en frissonnant de crainte.

« La pauvre fille, continua Fisher, vit le masque sanglant et tenta de fuir. Avec l'énergie du désespoir elle courut et pour son malheur tomba sur l'horreur terrifiante qui devait la tuer. Que pouvait-il arriver d'autre : une sombre nuit de Halloween, épouvantée par son ravisseur, puis... le choc, l'atroce découverte d'un cadavre affreusement brûlé et mutilé. Cette expérience aurait pu tuer n'importe qui. »

Harold Brown posa un instant les yeux sur Jim avant de fixer à nouveau le sol. Fisher jeta à Jim un regard accusateur.

« C'est seulement lorsqu'il entendit approcher la voiture de M. Brown que Jim Constantine s'enfuit. Parce qu'il savait... il savait ce qui l'attendait s'il était pris. » Fisher ralentit son débit et ajouta d'une voix sourde. « Aussi clairement que s'il avait appuyé sur la détente d'un pistolet ou que s'il l'avait étranglée de ses mains nues, Jim Constantine... sans nul doute, est responsable de la mort de Stéphanie. »

Jim frissonna dans son fauteuil, stupéfait. Il n'avait jamais imaginé qu'on pût l'accuser de meurtre, mais tout laissait penser que le procureur impliquait exactement cela.

Harold Brown considéra Jim d'un regard vengeur. Pour lui, le procès était fini. Jim Constantine était condamné.

« Maître Kranski, appela le juge.

— Merci, monsieur le Président. »

Lorsque Fisher s'assit, il se tourna vers Dawson avec

un air résigné. Dawson avait appris à reconnaître ce regard vaincu.

L'avocat de la défense commença son plaidoyer :

« Je ne parviens pas à comprendre comment mon client peut être tenu responsable de cet incident tragique, monsieur le Président. Il est vrai que Stéphanie Brown a accompagné les six garçons dans les bois cette soirée de Halloween, mais ce fut absolument de son propre gré. Tout le montre à l'évidence. Il est faux qu'elle fut attirée hors de chez elle par la ruse, comme le prétend notre jeune substitut. Bien au contraire, elle a joyeusement accepté une invitation. Où est le mal là-dedans, dites-moi ? »

Harold Brown ne put supporter le ton sarcastique de Kranski. Il eut envie de se lever et de lui écraser le visage sur le vitrail du tribunal.

Kranski arpentait le prétoire, comme Jim l'avait imaginé. L'adolescent sourit avec confiance en écoutant son défenseur.

« Voilà en fait ce qui s'est passé... et je peux comprendre qu'un père ait du mal à l'accepter, mais il faut bien que jeunesse se passe. Quoi qu'il en soit, il se trouve, tout simplement, qu'un des garçons lui offrit de passer un bon moment. Elle mentit à ses parents, leur raconta qu'elle allait chercher un livre chez une amie. Nous pouvons aisément prouver que... Stéphanie n'eut jamais l'intention d'aller voir son amie, une certaine Betty Whitman, qui témoignera qu'elle n'a même pas parlé au téléphone avec Mlle Brown cette soirée tragique. Pourtant, M. Brown avait initialement déclaré que sa fille lui avait dit qu'elle allait chez Mlle Whitman. Maintenant dites-moi, est-ce que cela ressemble à un enlèvement ? Bien sûr que non », fit-il en haussant les épaules. Tout le monde, suspendu aux lèvres de l'avocat, admirait l'habileté de sa défense, tout le monde sauf, bien sûr, Harold Brown.

Il continua, d'une voix plus rapide, comme s'il était pressé d'en finir pour se rendre à un autre rendez-vous, plus important :

« Frankie Calafano témoignera qu'il lui a téléphoné... Mais seulement pour l'inviter à se joindre à eux pour passer quelques moments agréables, peut-être pour une bouffée ou deux de marijuana, ou une gorgée de vin, voire faire l'amour. Qui sait ? »

Harold Brown rougit de fureur. Fisher bondit sur ses pieds :

« Monsieur le Président !

— Veuillez me pardonner, monsieur le Président, s'excusa Kranski qui poursuivit : et maintenant, Joseph Bataglia peut témoigner qu'il ne fit que transmettre un message à M. Brown. Sa fille, lui dit-il, était partie se promener avec des copains. Une petite balade entre jeunes, rien de bien méchant. » Il continua plus lentement : « Bien entendu, Bataglia n'imaginait pas que Stéphanie avait menti à son père, et donc, tout naturellement, M. Brown s'est un peu affolé et a obligé le garçon à lui dire où la petite bande était allée. Tous les garçons présents ce soir-là vous diront que Stéphanie Brown est montée volontairement dans la voiture de Jim. Cette histoire d'ecchymoses ne prouve rien du tout ; les gosses se font des bleus tout le temps. Elle aura simplement trébuché en grimpant dans la voiture. »

Jim s'émerveilla du ton moqueur de l'avocat. Il ridiculisait ce Fisher, sourit-il intérieurement. Son histoire sonnait encore mieux que tout ce qu'il avait imaginé.

Kranski s'arrêta pour prendre quelques feuilles volantes sur son bureau. Il parcourut rapidement les premiers paragraphes de la première page :

« Quant aux motifs de Jim... vous savez, l'histoire que veut nous faire croire M. Fisher. Eh bien, nous avons le témoignage de Mme Katherine Simpson. Voilà ce qu'elle dit : " S'il est vrai que Jim Constantine a uriné sur ma porte le 12 octobre 1978, Stéphanie Brown ne lui a jamais rapporté aucun incident de ce genre. Elle a découvert la vérité toute seule et a pris les mesures en conséquence. " »

Harold Brown tapa sur l'épaule de Fisher.

« Vous saviez ça ? »

Fisher fit non de la tête.

« Écoutez, monsieur Brown, quand on a affaire à des gens pareils, il est difficile de garder ses témoins de son côté.

— Je ne peux pas croire tous ces mensonges. Je veux

dire, comment le juge peut-il écouter tranquillement toutes ces calomnies et le laisser s'en tirer comme ça ?

— C'est le système, monsieur Brown, c'est le système. »

Kranski s'assit et se tourna vers Fisher :

« J'accepte une des pièces à conviction soumises par M. le procureur. Il n'est pas question de nier que Jim s'est servi du masque et du sang de comédie pour faire une plaisanterie à Stéphanie, mais de là à prétendre qu'il lui voulait du mal... Le seul fait qu'il ait laissé le masque sur les lieux de la scène prouve à l'envi qu'il n'essayait pas de cacher quoi que ce soit. Ce masque est à notre décharge.

« Et les garçons, dites-vous. » Il se leva de son siège et désigna Harold du doigt. « Ils ont entendu approcher la voiture de M. Brown... évidemment. Comment auraient-ils pu savoir alors qu'il s'agissait de M. Brown ? Ils avaient toutes les raisons d'avoir peur. Imaginez donc, à seize, dix-sept ans, au milieu des bois en pleine nuit de Halloween, une voiture qui fonce vers eux en crissant... il y avait vraiment de quoi paniquer. » Il se remit à marcher. La sueur commençait à mouiller ses sourcils. C'était alors que Kranski se sentait le mieux. Il approchait de l'hallali. Il parla doucement comme s'il avait affaire à des enfants :

« Jim et Stéphanie n'entendirent pas la voiture arriver tout de suite. Les garçons n'avaient pas les clés de la voiture de Jim. Ils ne pouvaient pas avertir leurs deux amis, partis se promener, ils ont donc fait la seule chose qu'il leur restait à faire.. ils se sont enfuis. » Il souligna ses paroles d'un geste dramatique. « Et finalement, quand Jim entendit le bruit d'un moteur, il se précipita vers sa voiture et partit à son tour. N'en auriez-vous pas fait autant ? demanda-t-il en désignant un spectateur. Vous auriez eu peur, non ? Eh bien lui aussi, comme tout adolescent aurait eu peur d'avoir des ennuis. Et rappelez-vous une chose... c'est Jim Constantine qui rapporta toute l'affaire à la police le lendemain. Il n'y avait rien à cacher, aucun remords à avoir. S'il doit être coupable de quelque chose, c'est seulement d'avoir laissé la jeune fille en arrière, seule dans les bois. Mais qui aurait pu savoir qu'elle allait tomber sur une scène aussi horrible ?

« Que s'est-il donc véritablement passé entre Stéphanie et Jim ? Eh bien, je vais vous le dire. Vous voyez, c'était la nuit de Halloween. Et vous savez comment jouent les gosses. Jim avait mis son masque pour lui faire un petit peu peur. C'est tout. Elle a trébuché accidentellement et s'est fait un bleu au bras. Maintenant, le rapport d'autopsie signale des taches de sang, de faux sang, notez-le bien, sur ses vêtements. Mais en quoi cela prouve-t-il une lutte ? Plus important, on a trouvé du sang séché de la jeune fille sur des épines de ronce, comme s'est empressé de le signaler le substitut. Mais ce qu'a négligé de vous préciser M. Fisher... c'est que ce sang a été découvert à sept mètres du cadavre. Stéphanie Brown est tombée à cet endroit précis, alors, après que Jim est parti ; elle a dû se relever toute seule et franchir les sept à huit mètres la séparant de l'horreur terrifiante dont nous a parlé M. Fisher. » Kranski avait le ton du narrateur d'un film qui s'apprête à révéler le nœud de l'intrigue. « Cette rencontre entre Stéphanie Brown et le cadavre défiguré, carbonisé, mutilé... fut la malchance de la jeune fille. Les rapports de police sont unanimes pour dire qu'elle a dû simplement tomber sur le corps par accident. »

Harold Brown s'affaissa sur son siège. Il se sentit abandonné. Mais il avait encore confiance dans le système. Personne n'allait croire l'histoire de Kranski. Lorsque l'affaire serait jugée, le jury reconnaîtrait la vérité. Ils ne laisseraient pas Jim en liberté.

Kranski se recueillit avant sa péroraison.

« C'est une chose terrible, je le sais bien, pour un père et une mère d'endurer de telles souffrances. Mais allez-vous faire subir la même chose à la famille de Jim Constantine ? Si la famille de ce jeune garçon doit subir les tortures d'un long procès, ce sera faire de lui une victime à son tour. Et maintenant je vous le demande, cela ramènera-t-il Stéphanie Brown à la vie ? Bien sûr que non. La vérité... la vérité est que si Stéphanie n'avait pas trébuché sur cette horreur, nous ne serions pas aujourd'hui dans cette salle d'audience... à montrer d'un doigt accusateur Jim Constantine et ses amis, à les rendre responsables de ce regrettable accident. Au lieu de cela, si nous étions leurs parents, nous nous contenterions de les gronder, comme tout enfant... qui a simplement été méchant. »

Jim eut envie d'applaudir. Ses amis restèrent de marbre. Tony et Bob échangèrent un sourire. Harold Brown, les poings serrés, avait envie de hurler. Dawson et Fisher avaient l'habitude.

Le juge invita le substitut et l'avocat à s'approcher :

« Votre argumentation, monsieur Fisher, tendant manifestement à tenir ce garçon responsable de la mort de la jeune fille sur la présomption qu'il connaissait la présence du cadavre, ne convainc pas la cour.

— Monsieur le Président, protesta Fisher, la jeune fille a été attirée hors de chez elle, poussée dans la voiture de Jim Constantine, retenue contre son gré, et entraînée dans les bois...

— Peut-être auriez-vous dû essayer de prouver l'enlèvement, mais manifestement vous avez compris que vous ne le pouviez pas... pas plus que vous ne pouvez prouver que le garçon a prémédité le coup afin de terrifier la fille. Maintenant veuillez vous rasseoir, à moins que vous n'ayez un atout décisif dans votre manche. »

Les deux hommes allèrent s'asseoir, Kranski avec le sourire. Le juge prit la parole :

« Attendu le manque d'éléments de fond prouvant que Stéphanie Brown fut victime d'un enlèvement, attendu que son amie a déclaré qu'aucune rencontre entre elles deux n'avait été prévue, et attendu que le rapport de l'Institut médico-légal montre clairement que la jeune fille est décédée accidentellement, puisqu'il conclut qu'un " choc " a été la cause probable de la mort, je crois que tout cet incident malheureux fut le résultat d'une farce infantile. Je ne peux donc que mettre ces jeunes gens en garde contre les dangers de telles sottises, parce que... En bref, je crains que, vu les faits, il n'y ait aucune raison de procéder à une inculpation. Je rends donc une ordonnance de non-lieu. »

Tandis que Jim et Kranski se congratulaient, Bob et Tony quittaient le tribunal bras dessus bras dessous. Harold Brown restait assis en silence, assommé, vaincu et torturé. Soudain, il bondit de son siège.

« Comment osez-vous appeler ça justice ? hurla-t-il au juge qui sortait. Vous ne pouvez pas laisser ce petit salaud s'en tirer comme ça. Ma fille est morte, et vous le laissez partir sans même une tape sur les doigts ! »

Dawson et un agent de police le prirent par le bras et le poussèrent vers la sortie.

« Monsieur, écoutez, ça ne va vous avancer à rien », lui dit Dawson. Le visage grimaçant, Brown se libéra de la prise de Dawson et se précipita vers la porte. Dawson le rattrapa : « Écoutez, tout n'est pas perdu. Il se peut qu'il y ait un rapport entre votre affaire et la mort de Benjamin, mais nous n'en avons aucune preuve tangible. C'est ce que j'ai essayé d'expliquer au procureur. Mais j'ai un ami à l'Institut médico-légal. Un Français, Jean-Pierre Lahary, un expert en criminologie. Je vais lui parler. Peut-être... mais peut-être seulement, ont-ils oublié un détail...

— Où est cet homme ?

— Au siège de l'Institut médico-légal, à Manhattan, juste à côté de l'hôpital Bellevue. » Il posa une main consolatrice sur l'épaule de Harold. « Laissez-moi lui parler après les fêtes. Je prendrai contact avec vous. Simplement, n'essayez pas de prendre les choses en main. Donnez-nous une chance. »

S'il était reconnaissant de cette aide, Harold avait désormais toutes les raisons de se méfier du système. Il se jura de punir Jim Constantine, quelles qu'en soient les conséquences. Peut-être devrait-il rencontrer ce Français lui-même.

Les efforts de Jean-Pierre pour éviter la jeune femme rousse s'avérèrent inutiles. Doris invita Jane à déjeuner avec elle chez *Kitty's* comme par hasard au moment même où Jean-Pierre devait s'y trouver. Arrivée la première, Jane admirait les décorations de Noël du restaurant quand, à son grand plaisir, Michael et Tina, qui l'avaient tout de suite reconnue, vinrent la saluer.

« Je croyais qu'il y avait quelque chose entre Jean et vous, lui dit Tina.

— Nous sommes dans la même branche.

— Oh, quel dommage.

— Pourquoi dites-vous ça ?

— Comme ça. Je pensais simplement qu'il s'agissait d'autre chose... »

Doris s'assit.

« Salut Jane.

— Doris. Voici...

— Tina, sourit la standardiste. Tina et moi nous nous connaissons. » Doris était une Noire grande et mince de trente-cinq ans environ. « Eh bien, je suis très contente de vous revoir.

— Oui. Je suis bien contente aussi de vous voir, bien que je ne...

— Jean-Pierre sera ici dans un instant, lui annonça-t-elle.

— Doris ! Ne me dites pas que vous avez manigancé ça pour que nous tombions sur lui.

— Pas nous, mon chou. Vous. »

Jane secoua la tête.

« Il vaut mieux que je m'en aille.

— Vous voyez. Voilà votre problème. Vous fuyez l'amour. Vous êtes trop prudente. Allez-y. En avant. »

Elle ne connaissait pratiquement pas cette femme, se dit Jane, et pourtant Doris semblait connaître ses sentiments.

« Doris, merci de votre aide, mais...

— Vous avez choisi ? intervint Tina.

— Pour moi ce sera une soupe aux champignons et une salade », fit Doris.

Si Jean-Pierre devait franchir cette porte d'un instant à l'autre, se dit Jane, il valait mieux commander quelque chose qui ne lui prendrait pas trop de temps à manger. « La même chose pour moi. » Pourquoi donc avait-elle dit ça. Elle n'aimait même pas la soupe aux champignons.

« Écoutez-moi bien, maintenant, ordonna Doris. Jean-Pierre est un ami. C'est un type super, si vous voulez mon avis. Le problème, c'est qu'il est entêté, surtout quand il s'agit de femmes. »

Jane sourit.

« Qu'est-ce qui vous fait croire...

— Mon chou, il vous évite parce que vous l'intéressez.

Je le sais. Croyez-moi. C'est à vous d'attaquer, à vous de prendre les choses en main.

— Qu'est-ce qui vous fait croire que j'ai envie de me lancer dans toutes ces complications ?

— Je le sais. Sinon vous ne lui téléphoneriez pas aussi souvent. Je parie qu'il ne vous appelle jamais.

— Je dois lui parler affaires...

— Dans ce cas, pourquoi ne passez-vous pas directement par le patron comme la première fois ? Non, vous appelez Jean-Pierre pour la même raison qu'il vous évite. »

Au moment où Tina leur apportait leur commande, le Français entra dans le restaurant.

« Alors, fit-il, comme ça vous me suivez.

— Euh », hésita Jane. Elle regarda Doris qui l'encouragea d'un signe de tête. « Euh, oui. Je vous suis, dit-elle maladroitement.

— Eh bien, n'y pensez plus. Bonjour Doris », ajouta-t-il sans regarder la jeune femme.

Doris fit un nouveau signe.

« Je vous suis parce que... parce que je veux toujours visiter le musée. »

Doris secoua la tête, désapprobatrice.

« Allons, Jean-Pierre. Assieds-toi avec nous.

— Non merci. J'ai rendez-vous avec quelqu'un. »

Doris écarquilla les yeux, invitant Jane à faire une nouvelle tentative.

« Attendez, reprit Jane. Euh, vous me devez un baiser d'anniversaire. Vous vous souvenez ?

— Bon anniversaire, fit Doris.

— C'était il y a un mois », rit Jane.

Jean-Pierre se pencha et l'embrassa sur les lèvres : « Voilà, maintenant nous sommes quittes. Je vais pouvoir aller à mon rendez-vous.

— Attendez, voyons. Vous ne pouvez pas recommencer ? dit-elle rapidement. Je n'étais pas prête. »

Voilà, se dit Doris. Voilà comment il faut s'y prendre. Jean-Pierre s'exécuta, avec plus de sentiment, cette fois. Elle posa la main sur sa joue et lui caressa le menton du pouce.

Le Français se redressa et dit : « J'espère avoir bientôt

de vos nouvelles. » Puis il s'éloigna vers le fond du restaurant où il s'assit à une table, seul.

Le lendemain matin, dans le train qui l'emmenait à son travail, Jean-Pierre ne parvenait pas à oublier ce baiser qu'il avait donné à la jolie rousse. C'était trop agréable, se disait-il, pour se contenter d'un baiser. Il éprouvait quelque chose pour cette fille, quelque chose qu'il n'avait jamais ressenti auparavant. C'était le genre de fille qu'il pourrait ramener à sa mère, à Paris. Elle lui plairait sûrement. Il en était certain. Quoi ? Il secoua la tête, agacé d'être parcouru de telles pensées.

Soudain il remarqua qu'un passager le dévisageait : c'était encore ce jeune homme moustachu qu'il avait déjà aperçu à diverses occasions. L'étranger disséquait véritablement le Français du regard. Ce type est bizarre, pensa Jean-Pierre. C'est sûrement le genre de mec à manger de la tête de veau sauce gribiche au petit déjeuner.

Jean-Pierre se replongea dans son journal. Une photo de Raquel Welch lui sauta aux yeux, et lui rappela Jane. Il s'absorba dans sa contemplation jusqu'à ce que, quelques minutes plus tard, le contrôleur annonçât leur arrivée à la gare de Grand Central. Peut-être ne devrait-il pas la revoir, se dit-il. Peut-être ferait-il mieux de sortir avec une fille qui ne lui parlerait pas d'amour. Il décida de draguer.

« Pardon, mademoiselle », dit-il à une jeune femme à demi assoupie qu'il avait accidentellement bousculée contre la rampe. La jolie blonde opina distraitement. « Vous êtes du Connecticut ? lui demanda-t-il.

— Euh... non, répondit-elle. Je veux dire... oui.

— J'habite Greenwich », fit-il d'un air engageant.

Elle eut un bref sourire et se remit à avancer dans la foule.

« Vous prenez toujours ce train ? demanda-t-il.

— Euh, non. Je n'habite pas ici.

— Oui, je sais.

— Quoi ? » Elle s'arrêta soudain et éclata : « Qui êtes-vous, et pourquoi toutes ces questions ?

— Je m'appelle Jean-Pierre », répondit-il. Les gens, dans la foule, tendaient l'oreille.

« Eh bien, je peux dire à votre accent que vous n'êtes pas d'ici non plus, mais comment savez-vous que je n'habite pas ici ?

— Vous me l'avez dit.

— Mais c'est la première fois que je vous vois.

— Mademoiselle, je vous ai demandé où vous habitiez et vous m'avez dit le Connecticut.

— Vous devez me confondre avec quelqu'un d'autre », fit-elle sèchement avant de lui tourner le dos.

Jean-Pierre grommela, assez fort pour que les gens autour de lui l'entendent clairement : « Ces Américaines sont dingues. N'essayez jamais d'engager la conversation avec une femme à New York. » Il pensa à Jane. Peut-être devrait-il lui donner une nouvelle chance.

En sortant de la gare, il héla un taxi. Le chauffeur était latino-américain, ce qui lui rappela le jour où il avait rencontré la rousse pour la première fois. Quelle étrange manière de faire la connaissance de quelqu'un. Chaotique, non ? Elle avait l'air si vulnérable, alors. En fait, c'était toujours l'impression qu'elle donnait.

Il avait neigé aux premières heures de la matinée. Une couche de cinq centimètres. A Greenwich, la neige formait un joli tapis uniforme, mais dans la ville c'était déjà devenu une boue noirâtre. Il détestait ça. Pourtant les gens qui espéraient un Noël sous la neige seraient ravis. Malheureusement pour eux, il faudrait qu'ils habitent à la campagne pour en profiter.

Il leva les yeux, comme il le faisait souvent, pour admirer le ciel. Que c'est beau, se dit-il, un ciel limpide et une terre parsemée de cristaux étincelants. Puis il jeta un coup d'œil sur le trottoir où alternaient des tas de neige blanchâtres et noirs. « Mes bottes en caoutchouc, se rappela-t-il soudain. J'aurais dû mettre mes bottes en caoutchouc. » A force de penser à Jane il ne s'était même pas aperçu qu'il avait les pieds trempés dans ses mocassins de cuir marron. « Et merde alors ! pesta-t-il. Je vais passer toute la matinée les pieds mouillés. »

Les bas de Noël accrochés au mur faisaient un drôle d'effet dans le bureau de la morgue, mais on célébrait Noël à l'Institut médico-légal comme dans toutes les autres entreprises des États-Unis. La petite fête annuelle se déroulait dans la salle des identifications, tendue de guirlandes étincelantes, décorée de houx et d'autres ornements rituels ; étrange spectacle pour les familles qui venaient identifier leur cher disparu. Lorsque Doris arriva, la fête battait son plein : Sutton brandissait la bouteille de tord-boyaux qu'il avait apportée, enveloppée dans un sac en papier ; Johnny sirotait du punch dans une tasse ; et Jean-Pierre bavardait avec un groupe d'employés du bureau d'identification.

« Jane t'a appelé ce matin, dit Doris au Français. Comment se fait-il que tu n'aies pas pris la communication ?

— J'étais occupé.

— Arrête. Cette fille te plaît, je le sais. Et qui plus est, tu le sais. A ta place je ne la laisserais pas filer.

— Ah ! les femmes...

— Écoute-moi, Jean-Pierre. S'il y a un couple parfait, c'est bien vous deux. Ne sois pas stupide. Enfin, j'ai dit ce que j'avais à dire. C'est fini, je me tais, promis. »

Il savait bien, au fond, qu'elle avait raison. Pourquoi donc avait-il tant de mal à le reconnaître.

« Doris, tu es parfaite. » C'est tout ce qu'il put dire.

— Okay... comme ça tu ne vas pas trop te fâcher quand je te dirai qu'elle est en train de t'attendre dans le hall. »

Il éclata de rire. « Tu es vraiment parfaite. »

La 5e Avenue regorgeait de gens qui faisaient leurs derniers achats de Noël. Jane et Jean-Pierre, main dans la main, descendaient la célèbre artère. On aurait dit deux gosses, pensa Jane gaiement. Le monde était magnifique, la saison joyeuse : son Français n'était-il pas à ses côtés ? La vie lui semblait plus importante que jamais, l'avenir plus radieux qu'elle ne l'avait imaginé. Rien ne pourrait le détruire désormais.

« Tu sais, fit-il, j'étais en train de lire quelque chose sur ce garçon qui avait emmené la fille dans les bois, la fille qui a découvert le *clown* carbonisé.

— Ah oui. Quelle tragédie. » Ils passèrent au milieu de Rockefeller Center, en admirant les anges illuminés.

« Ça me rappelle une histoire qui m'est arrivée quand j'habitais à Paris avec ma mère, ma sœur et mon frère.

— Ton frère ? Je ne savais pas que tu avais un frère.

— Oui, chef. Tu ne sais presque rien de moi. Bref, notre voisine de palier avait une chienne appelée Chichi qui avait coutume de pisser sur notre porte. On ne pouvait tout de même pas s'en prendre à cette chienne, ce n'était pas sa faute. Aussi, vers 5 heures du matin, j'allais pisser sur la porte de la voisine, ou bien c'était mon frère. Et très vite, Chichi a renoncé à son habitude...

— De pisser sur ta porte », finit Jane. Ils éclatèrent de rire.

En regardant l'énorme sapin de Noël dressé comme chaque année au milieu de Rockefeller Center, elle lui demanda si Paris lui manquait.

« Parfois. Mais on est chez soi là où on se mouille les pieds. »

Ils continuèrent de déambuler sur la 5e Avenue. Jean-Pierre l'entraîna dans une confiserie. Il examina tous les chocolats et demanda à la vendeuse de lui en donner un de chaque.

« Ha-ha, sourit Jane. Je crois avoir enfin trouvé ton point faible.

— Je n'y peux rien, j'adore les chocolats. Tu as raison. C'est mon *seul* point faible, mais ne le signale pas à mes ennemis. Ils pourraient chercher à m'empoisonner... »

Elle rit.

« Je suis contente de savoir que tu aimes certaines choses courantes.

— Comment ça, courantes ? J'aime beaucoup de choses : ma Land-Rover, les bons repas, mais par dessus tout j'aime l'intimité.

— Moi aussi. Que dirais-tu d'un peu d'intimité maintenant ?

— J'en déciderai quand j'en aurai envie.

— Bien entendu. Mais n'oublie pas que je n'ai toujours pas visité le musée et que tu m'avais promis...

— Quand t'as quelque chose dans la tête... D'accord. On y va. » Il la prit par la main et ils sortirent en courant de la boutique. « Taxi !

— Hé, où... »

Par chance, ils trouvèrent un taxi sur-le-champ.

« Au coin de la 1re Avenue et de la 30e Rue. »

Elle s'illumina.
« Le musée ?
— Exactement, chef. »

Pour visiter le musée de thanatologie et de criminologie le plus complet du monde on doit prendre rendez-vous. En règle générale, n'obtiennent la permission d'admirer les collections que des juristes, des médecins et des criminologues. Il s'agit pour eux d'étudier de près la manière dont les meurtres sont commis, ainsi que les diverses armes utilisées pour les crimes et les suicides.

Avant de monter, Jean-Pierre descendit au sous-sol, pour le cas où quelque chose se serait produit pendant son absence. Jane le suivit toute excitée. Beaufils venait de décoller le cuir chevelu d'une victime d'un accident de métro, pour étudier son crâne.

« Rien de particulier ? demanda Jean-Pierre.

— Non. Ah si, un homme t'a téléphoné tout à l'heure. » Il salua Jane de la tête. « Salut. Ça fait plaisir de vous revoir.

— Qui ? demanda Jean-Pierre.

— Jane, voyons. Ça fait toujours plaisir de voir une aussi jolie femme.

— Beaufils, dit-il avec impatience. Qui a téléphoné ?

— Je ne sais pas. Peut-être était-ce le Père Noël, ou encore un des Rois Mages...

— Donc, ça n'est pas vrai. Personne n'a appelé. C'est une plaisanterie.

— Tu dois être contagieux. A moins que ce ne soit la saison. En tout cas, j'ai déjà entendu cette voix. Ça avait l'air urgent.

— Qu'est-ce qui peut bien être si urgent ? » Il haussa les épaules. « Beaufils. Nous montons au musée, au cas où...

— Nous allons essayer de nous passer de toi, mais, s'il te plaît, fais vite, car je ne sais pas si nous allons pouvoir nous passer aussi facilement de Jane.

— Elle est bien bonne, hein, chef. A demain. Ne travaille pas trop tard. »

Ils prirent l'ascenseur jusqu'au sixième étage. Jean-Pierre sortit son gros trousseau pour ouvrir la porte. En entrant, elle eut l'impression que le squelette humain près de la porte lui souhaitait la bienvenue. Elle regarda autour d'elle et la première vision qui la frappa fut le visage horrible et étrange d'un homme tué dans un accident de voiture.

« Les os de son visage ont subi une évulsion. Sa tête n'a plus un seulos. »

Le musée était probablement plus sinistre que la morgue elle-même. Les vitrines exposaient les choses les plus inhumaines, dépassant, et de très loin, l'imagination normale. Contrairement à d'autres, ce musée n'avait pas besoin de recourir à des effets de lumière théâtraux pour mettre en valeur ses abominables collections. L'éclairage était discret, mais pas pour donner une impression macabre ; les visiteurs n'avaient qu'à regarder les organes humains torturés par toutes les armes concevables : poignards, scies, marteaux, rasoirs, cordes, et poisons comme le cyanure et le mercure.

Les collections, rangées soigneusement sur d'innombrables étagères en bois verni remplissaient huit longues pièces. Dans des vitrines on trouvait des crânes brisés, des os fracassés et des récipients remplis de fragments humains marqués chacun d'une étiquette expliquant son histoire.

Elle en étudia soigneusement quelques-uns : une tête humaine conservée dans un pot de verre —, découverte en 1925, on n'avait jamais retrouvé le corps et la victime n'avait donc pas été identifiée ; des indices chimiques qui avaient permis d'inculper un médecin d'avoir empoisonné une femme qui, prétendait-il, était morte des suites d'un avortement ; plusieurs foetus de femmes mortes après avoir tenté de s'avorter toutes seules. Jane regarda tristement le foie éclaté d'un enfant. Sur la même étagère se trouvait une boîte de conserve de patates douces dans laquelle on avait trouvé le bout des doigts d'une ouvrière de la conserverie. Il y avait un morceau de chair humaine mordu par un requin, retrouvé après une catastrophe aérienne survenue en 1956 au large du New Jersey. Jane parcourut du regard les nombreuses étagères qui présentaient des centaines de restes humains, victimes de crimes violents et d'accidents d'avions.

« Combien de cas sont exposés ici ? demanda-t-elle.

— A peu près trois mille. »

Jane regarda avec curiosité l'un des spécimens les plus remarquables. Quand elle comprit ce dont il s'agissait, elle se mit à frissonner.

« Mais qu'est-ce que...

— Le plus gros pénis du musée, dit en riant Jean-Pierre.

— Comment... comment... ?

— Il fait environ vingt centimètres de diamètre et vingt-six centimètres de long.

— Mon Dieu. Que lui est-il arrivé ?

— Son possesseur a entièrement été brûlé dans un accident de la route, mais son pénis était indemne. C'est grâce à lui qu'on a pu l'identifier. Tu ne m'as pas cru quand je disais...

— D'accord, ne te moque pas de moi.

— Sans blague. Quand sa petite amie est venue faire l'identification, elle a regardé le pénis et a dit : " Ouais, ouais, c'est bien lui. "

— Tu sais, je crois que tu ne plaisantes pas.

— Bien sûr que non. Ce que tu vois dans ce musée est tout à fait sérieux. C'est le seul de ce genre au monde.

— Quel est le pire de tous les cas que vous avez ici ?

— Ils le sont tous à leur manière. Tous ces milliers de passages à tabac, de meurtres à la hache, de strangulations, de coups de couteau, de coups de feu, d'assassinats au tranchoir, aucun n'est pire que l'autre ; le suivant est plus atroce que le précédent. Rien n'est jamais neuf, mais pire, simplement. »

Elle continua à explorer les couloirs. Il y avait là les meurtres sadiques d'un fou furieux : corps tailladés d'un groupe de petites filles, aux intestins arrachés de leur sexe ravagé.

Puis elle considéra un morceau de gorge qui flottait dans un bocal.

« Il avait une saucisse de Francfort coincée dans la trachée-artère, expliqua Jean-Pierre. Tu n'imagines pas le nombre de cas semblables que nous recevons chaque semaine. » Il l'entraîna vers une autre partie de l'exposition. « Je veux te montrer ce cas de suicide. Cet homme s'est installé confortablement dans la baignoire avec un oreiller... Les gens qui se suicident sont parfois comme ça, ils se tuent confortablement. Celui-là avait disposé une lampe solaire pour se voir dans le miroir avec un éclairage exotique. Ensuite, il s'est tranché la gorge. Il ne voulait pas salir le tapis ; sa femme l'aurait engueulé...

— Un gentleman.

— Un détail sur les suicides à l'arme blanche. Si quelqu'un se poignarde à travers ses vêtements, c'est louche. Pratiquement 100 % des suicides de ce genre se font torse nu.

— C'est intéressant. Une question : les hommes se suicident-ils plus souvent que les femmes ?

— Je n'ai jamais compté, mais je peux te dire une chose : la plupart des hommes se tuent à cause d'une femme. »

Jane jugea bon de ne pas insister. L'interphone intervint à ce moment-là :

« Un coup de téléphone pour M. Lahary.

— Qu'est-ce que... je leur ai pourtant dit de ne jamais m'appeler ici. » Il décrocha le combiné à contrecœur. Il écouta son correspondant et répondit :

« Dites donc, je ne vais pas vous engueuler cette fois-ci, je vais vous parler calmement. Tout d'abord, c'est mon boulot de découper les gens... » Jane imagina immédiatement que c'était l'homme qui l'avait menacé de mort l'autre jour au téléphone. Elle devint nerveuse. « ... La loi dit qu'une autopsie de votre femme doit être faite. J'ai simplement fait mon boulot. Si vous voulez charcuter quelqu'un pour être quitte, téléphonez au maire et plaignez-vous à lui. » Sur ces mots il raccrocha.

« On t'appelle comme ça souvent ?

— De temps en temps un type devient fou furieux parce qu'on doit découper sa femme ou son gosse. Mais ils finissent par laisser tomber, tôt ou tard. Allons, continuons la visite.

« Cette malle m'intrigue.

— C'est notre malle aux bébés. »

Ce qui était sans doute un des cas les plus étranges

était exposé à l'entrée du musée. Dans la malle se trouvaient trois bébés momifiés enveloppés dans du tissu, des journaux et du papier camphré. Jean-Pierre expliqua : « La malle a été découverte en 1967, mais les journaux dans lesquels étaient emmaillotés les bébés dataient de 1920, 1922 et 1923. Je me demande ce qui est arrivé à 1921, plaisanta-t-il. Apparemment, la femme a vécu avec ces petits cadavres pendant toute sa vie, en cachant la chose à son deuxième mari qui savait seulement qu'elle avait déjà été mariée.

— Étrange, dit lentement Jane.

— Oui. »

Ils continuèrent à se promener dans le musée. Jean-Pierre souriait, impressionné une fois de plus par l'intérêt sincère de Jane pour la thanatologie. Elle étudiait en effet les vitrines avec enthousiasme, mais prenait encore plus plaisir à la compagnie du conservateur du musée. Elle passa devant une chemise : « On l'a trouvée dans les intestins d'un dingue », commenta Jean-Pierre. Il lui prit les mains. « Je suis vraiment heureuse que tu m'aies amenée ici, sourit-elle.

— Tu es la seule femme que j'aie fait venir jusqu'à présent. » Il l'embrassa doucement.

Elle l'attira contre elle. Ils s'embrassèrent pendant presque une minute. Ils restèrent quelques instants à se regarder dans les yeux, puis il lui donna un petit baiser sur le nez.

« Pour un homme de ta force, fit-elle en lui caressant le bras, tu es très doux.

— Pour une femme qui ne parle pas beaucoup, tu es très bavarde. » Il la serra contre lui et l'embrassa passionnément.

Elle se sentit fondre dans ses bras. « Oh, Jean-Pierre », gémit-elle. Il l'embrassa de nouveau, mordilla sa lèvre supérieure, puis aspira sa lèvre inférieure. Sa langue chercha la sienne. De ses doigts musclés il lui massait la nuque et le dos. « J'ai envie de toi, soupira-t-elle. J'ai toujours eu envie de toi. »

Il s'interrogea, profondément, et décida de ne pas lui répondre l'habituel : « J'ai envie de toi, moi aussi. » Il lui demanda : « Tu as envie de moi devant ces objets macabres ?

— J'ai envie de toi n'importe où.

— Tu es vraiment mon genre de femme.

— Alors...

— Finis de regarder les collections.

— Nous pouvons finir une autre fois.

— Non, maintenant. »

Elle savait ce qu'elle devait dire :

« Bien entendu, comme tu veux. » Elle se détacha lentement de son étreinte.

Il l'entraîna rapidement vers une étagère où une tête flottait dans un bocal. Quelques instants plus tard, elle examinait les restes de bébés avortés, tout près d'un pénis ratatiné. Sur la même étagère se trouvaient les débris d'un corps écrasé par une rame de métro. Puis ils tombèrent sur la victime d'un meurtre homosexuel dont le pénis avait été écorché.

« Il a reçu cent trente-cinq coups de couteau, lui dit-il.

— C'est incroyable. » Soudain elle entendit un bruit derrière elle. Elle se retourna, mais se dit immédiatement que ce devait être un tour de son imagination. Le musée semblait étrangement silencieux; seul le vent sifflait dans les fenêtres. Quelque chose d'horrible est sur le point de se produire, se dit-elle ; mais non, c'est à force de voir ce spectacle terrifiant, se reprit-elle. Un intrus dans le musée ? Une des victimes revenant à la vie ? Du calme. Finis les films d'horreur, Jane de Chantal Furcillo.

Elle reprit sa visite avec Jean-Pierre curieusement silencieux. Elle se pencha sur une caisse de verre qui contenait les restes d'un autre meurtre de sadique : la tête tranchée d'une femme, victime de l'amant qu'elle avait quitté. En levant les yeux pour regarder l'étagère du dessus, elle crut voir quelque chose bouger sur la glace : le reflet d'une ombre qui se glissait vers eux. Elle frissonna de peur.

« Qu'est-ce qui ne va pas ? demanda Jean-Pierre. On dirait que tu viens d'apercevoir un fantôme. »

Elle montra la vitre.

« Tu as peur ? rit-il. Je n'aurais jamais cru... »

Elle secoua la tête, terrorisée.

« Il y a quelqu'un ici. »

Jean-Pierre regarda la vitrine.

« Qu'est-ce qui te prend. Tu es dingue. Il n'y a personne... »

Il fut interrompu par le crissement d'une chaussure. Il se retourna brusquement. Surgit de l'obscurité le visage d'un inconnu. « Qui êtes-vous ? »

Sans répondre, l'homme s'avança vers Jean-Pierre et Jane d'un air décidé. Se rappelant les menaces de mort qu'on avait faites au Français, Jane lui étreignit le bras. l'étranger plongea la main dans sa poche intérieure. Il était maintenant à trois mètres du couple.

Instinctivement, Jean-Pierre se libéra de l'étreinte de Jane et bondit sur l'homme qu'il cloua contre une vitrine pleine de couteaux, de burins et de pics à glace, armes trouvées sur des victimes.

« Attendez ! » lança l'inconnu. Jean-Pierre ne l'écouta pas. Il craignait que l'intrus n'eût une arme à feu dans son manteau. « Vous faites erreur », reprit l'homme. En luttant pour se débarrasser de la prise du Français il parvint à intervertir leurs positions : Jean-Pierre avait maintenant le dos contre la vitrine. L'inconnu le repoussa et la vitre céda avec un bruit cristallin. Jane se mit à hurler. L'homme fit un pas en arrière. Jean-Pierre se ressaisit immédiatement et chercha à tâtons une arme dans la vitrine, n'importe quoi pour se défendre. Sa main se referma sur le manche d'un pic à glace. Les yeux brillants de fureur il s'en empara et se précipita sur l'intrus. Ils luttèrent sur le sol ; l'homme se cramponnait au poignet de Jean-Pierre et ils roulèrent ainsi plusieurs fois.

Jane songea à aller chercher de l'aide, puis elle se dit qu'il valait peut-être mieux rester. Si l'homme sortait soudain un pistolet ?

Elle se rapprocha des deux combattants, surveillant les mains de l'inconnu, à l'affût du moindre geste vers une arme cachée. Peut-être pourrait-elle l'arrêter à temps.

Le Français finit par maîtriser son adversaire. Il lui cloua les épaules au sol et posa le pic à glace sur le cou de l'homme. « Un geste et je te l'enfonce dans la gorge », gronda-t-il. Puis il se tourna vers Jane :

« Va chercher le gardien.

— Attendez ! S'il vous plaît, plaida l'étranger. J'essaie de vous dire que vous faites erreur, haleta-t-il. Je m'appelle Harold Brown.

— Brown ? répéta Jane en se demandant si elle devait aller chercher le gardien.

— Le lieutenant Dawson m'a dit...

— Le lieutenant ? interrogea Jean-Pierre. C'est lui qui vous envoie ?

— Il m'a dit que vous pourriez peut-être m'aider. Voilà... » Il plongea lentement la main dans sa poche intérieure et en sortit une coupure de presse avec une photo du Français. « Je voulais seulement m'assurer que vous étiez bien le même homme. »

Jane reconnaissait maintenant l'étranger. Elle avait vu sa photo dans le journal de ce matin. « M. Brown est le père de cette adolescente, expliqua-t-elle à Jean-Pierre. Tu sais, celle qui a trouvé ce corps à Staten Island. »

Jean-Pierre explosa :

« Mais nom de Dieu, qu'est-ce qui vous a pris ? Vous avez failli nous foutre la trouille. J'aurais pu vous tuer. » Il laissa l'homme se relever. « Comment êtes-vous entré ?

— Par la porte, répondit Brown en s'époussetant. On m'a dit que vous étiez ici. Vous êtes bien M. Lahary, n'est-ce pas ?

— Monsieur Brown, intervint Jane. Pardonnez-lui, je vous en prie. Voyez-vous, Jean-Pierre reçoit des tas de coups de téléphone de gens qui le menacent...

— Pardonner, mon cul, éclata Jean-Pierre. Je me fous de savoir qui vous êtes. Personne n'est censé entrer dans le musée sans autorisation. Vous vous faufilez ici, nous foutez une trouille... ahhh...

— Je ne savais pas...

— Je vais vous demander de sortir immédiatement.

— Laissez-moi seulement le temps de... »

Jean-Pierre se reprit. « Attendez. Qu'allons-nous faire de ce bordel ? Jane, appelle le gardien. Quelqu'un va devoir payer les dégâts.

— Écoutez, vous avez raison, s'excusa Harold. Je

n'aurais pas dû monter, mais ils m'ont dit en bas que vous étiez ici. Je... j'ai pris l'initiative de monter, et je sais que je n'aurais pas dû, mais il fallait que je vous voie. La porte était grande ouverte. Je suis entré, c'est tout. S'il vous plaît, j'ai besoin de votre aide. Ne vous inquiétez pas pour la vitre, je la rembourserai bien volontiers. »

Jane prit la main de Jean-Pierre. « Cet homme a beaucoup souffert. Ne préviens pas le gardien. Tu peux toujours dire que je l'ai cassée... par accident. »

Jean-Pierre se souvint soudain du père de la jeune morte qu'on avait retrouvée dans l'East River. Le chagrin de l'homme l'avait profondément ému. A ce moment-là, Dawson avait pensé qu'il devenait sentimental. Cette scène était restée gravée en lui. Peut-être Jane avait-elle raison.

« J'ai vraiment besoin de votre aide, répéta Harold.

— Que voulez-vous que M. Lahary fasse pour vous ? » demanda Jane.

Tandis que le Français replaçait le pic à glace dans la vitrine, Harold expliqua :

« Le lieutenant Dawson m'a dit qu'il pourrait trouver quelques éléments nouveaux qui permettraient de condamner le garçon coupable de...

— C'est une histoire compliquée, répliqua Jean-Pierre. J'ai lu le rapport du médecin légiste. En fait, il n'y a aucune preuve que votre fille ait seulement été tuée. D'abord, sachez que le médecin légiste a éliminé, comme cause possible de la mort, une insuffisance cardiaque congénitale ainsi que la rupture spontanée d'un anévrisme du cerveau. Il a écarté également la possibilité d'une crise aiguë d'asthme, votre fille, comme vous le savez mieux que personne, n'ayant pas de problèmes de ce genre. La cause de la mort doit donc être... simplement un choc.

— Je sais, mais peut-être y a-t-il quelque chose d'autre... un petit détail passé inaperçu.

— Pourquoi vous adresser à moi ? C'est le travail de la police.

— Monsieur Lahary, je suis allé voir la police en expliquant que ma fille avait été enlevée et assassinée. Ils savent même que le garçon responsable a un casier judiciaire, mais ils ne peuvent rien prouver.

— J'ai lu des articles sur cette affaire, intervint Jane. Le tribunal semble croire qu'il ne s'agit que d'une blague de Halloween faite à votre fille par quelques garçons du quartier.

— Je sais avec certitude que ma fille n'est pas allée volontairement avec ces garçons. Ce n'était pas son genre. Son amie Betty, ajouta-t-il tristement, nous a dit qu'elle était amoureuse d'un garçon appelé Ralphie. Constantine en a profité pour l'attirer hors de la maison. »

Jean-Pierre voyait la souffrance torturer l'homme. Contrairement aux corps tourmentés auxquels il était habitué, le malheureux était la proie de sentiments dévastateurs. « Vous en avez parlé au procureur ?

— Ils ne peuvent plus faire grand-chose maintenant. Le jeune Constantine est libre.

— Le lieutenant m'a parlé de la famille de ce garçon...

— Les Constantine ?

— Oui. Il a dit, et ce sont ses mots, que c'était une bande de brutes impitoyables.

— C'est pour ça que le professeur de Stéphanie est revenue sur son témoignage, tout comme le jeune Bataglia. Écoutez, monsieur Lahary, je suis sûr que ce Jim a quelque chose à voir avec le corps... celui auprès duquel on a retrouvé ma fille. Il doit y avoir un lien. Dawson et le substitut Fisher m'ont dit que nous devions essayer de prouver que le garçon savait que le corps était là.

— Je ne vois pas comment ce serait possible, dit Jean-Pierre sans hésiter. La conclusion officielle de l'affaire est que votre fille est morte en voyant le cadavre, sous le choc, et qu'elle est tombée dessus accidentellement. Je ne vois pas comment vous pourrez prouver que ce garçon avait le moindre lien... » Il s'interrompit, sourcils froncés, et reprit : « Monsieur Brown, j'aimerais pouvoir vous aider, mais ce n'est pas mon rôle. J'en parlerai au lieutenant lorsque je le verrai. Peut-être aura-t-il une idée.

— Je vous en prie, plaida Harold, réfléchissez-y un peu

plus. Peut-être y a-t-il juste... un petit détail auquel personne n'a encore pensé. »

Jane lança un regard désespéré à Jean-Pierre.

Harold serra la main du Français et sortit lentement du musée.

« Ho, monsieur Brown », appela Jean-Pierre. L'homme se retourna. « Vous avez oublié de... ça n'a pas d'importance. » La vitrine brisée ne coûterait pas tant que ça, se dit Jean-Pierre.

En sortant de l'immeuble, Harold se sentait un peu moins mal que lorsqu'il y était entré. Il y avait un réalisme, une honnêteté dans ces gens qu'il venait de rencontrer. Étrange que des gens exposés au spectacle et aux odeurs de la plus abominable dépravation humaine puissent faire preuve d'une pareille attitude.

Les prières de Harold Brown avaient profondément touché Jean-Pierre, mais il se rendait bien compte des difficultés qu'il y aurait à prouver que Constantine était responsable de la mort de Stéphanie, à moins qu'on ne puisse démontrer que Constantine savait déjà où se trouvait le corps du docteur, et qu'il avait voulu en profiter pour terrifier la jeune fille. Se poserait alors la question de savoir comment Constantine avait découvert le cadavre. Et dans ce cas, pourquoi n'avait-il pas prévenu la police ?

Il y avait beaucoup trop de questions sans réponse. Jean-Pierre n'avait parlé à personne de cette affaire pendant ces dernières semaines, mais il avait passé tous les détails en revue dans sa tête à essayer de trouver le rapport qu'il avait toujours soupçonné entre Constantine et le Dr. Benjamin.

Et puis, il y avait des complications supplémentaires concernant la mort du riche médecin. Maintenant que Jean-Pierre avait déterminé que le neurologue avait dû se suicider avant que son corps ne subisse les violences grotesques d'un fou, on ne pouvait plus juridiquement parler d'assassinat. Néanmoins, si seulement il pouvait prouver qu'un meurtre avait été prémédité avant que le suicide ne le rendît inutile, il disposerait de l'arme qu'il lui fallait, sinon pour une condamnation, du moins pour mettre fin aux menaces. L'homme qui avait tenté de l'intimider lorsque Jane était venue visiter la morgue avait récidivé à trois reprises. Par ailleurs, James Harrison, l'enquêteur des assurances avait annoncé que sa compagnie paierait Mme Benjamin après complément d'information. Il menaçait de remettre en cause la situation de Jean-Pierre à l'Institut médico-légal en l'accusant d'incapacité.

La position de la compagnie d'assurances semblait logique : il lui fallait payer puisque aucun des collègues ou amis du mort ne croirait qu'il s'était suicidé. Il fallait trouver pourquoi le docteur s'était tué. Si seulement il avait laissé un mot ! Mais c'était ce qu'il avait fait, pensait Jean-Pierre, en laissant le coton après s'être fait la piqûre. Et pourtant, la compagnie d'assurances préférait croire que la conclusion du médecin légiste ne servait qu'à dissimuler l'incompétence du thanatologue. Pensez donc, une compagnie d'assurances prête à débourser un million de dollars pour ne pas perdre ses clients ! Où serait-ce qu'Harrison voulait lui faire croire cela ?

Tant que l'Institut médico-légal s'en tiendrait à sa première conclusion, la femme de Benjamin ne toucherait pas ce million de dollars. Il était décidé à découvrir le moindre indice permettant de savoir qui avait massacré et brûlé le corps du docteur. Le même malade, imaginait-il, qui le poursuivait au téléphone depuis quelques semaines. Il était convaincu que, d'une manière ou d'une autre, le jeune Constantine tenait la clef du problème. Bien que l'affaire Stéphanie Brown fût close, son enquête sur le cadavre qu'elle avait, hélas pour elle, découvert devrait continuer.

Ce soir, Jane aurait pu être réellement en danger. Et si Harold avait été l'homme qui le menaçait depuis tout ce temps ? Peut-être faudrait-il protéger Jane. Peut-être faudrait-il renoncer à la voir tant que l'affaire n'aurait pas été réglée.

Jane accompagna Jean-Pierre à la gare de Grand Central. Ils entrèrent dans le petit bar restaurant du hall du sous-sol. Après avoir commandé du vin, ils parlèrent pendant presque une heure de Harold Brown, de sa fille Stéphanie, du lieutenant Dawson et de Jim Constantine.

Quelques minutes avant son départ, ils suivirent lentement le long tunnel qui conduisait au quai où attendait le train de Jean-Pierre. Pour la première fois, leur conversation était grave, laissait transparaître une inquiétude certaine. Étrange, pensa Jane, comme son monde était plein d'événements sinistres. Pourtant, il avait fallu le chagrin patent d'Harold Brown pour faire apparaître la personnalité profonde du Français.

Quand ils arrivèrent sur le quai, le contrôleur cria : « En voiture, messieurs dames !

— Sois très prudente, fit-il.

— Oui, je sais. J'attendrai qu'un taxi arrive devant...

— Tu es une femme merveilleuse », lui dit-il sans une ombre de raillerie. Il entra dans le wagon.

Elle eut envie de se précipiter pour l'embrasser. Il était trop tard, les portes se refermaient. Tristement, tandis que le train s'ébranlait, elle le regarda s'installer. Elle lui fit signe de la main, mais il ne la vit pas. Soudain elle fut envahie d'un sentiment étrange... comme une prémonition qu'elle ne le reverrait jamais.

12

Jean-Pierre ramassa la carte de Noël et la relut une fois de plus : « Je te souhaite le plus merveilleux Noël... Love, Jane. » Love, pensa-t-il, le mot si usé prenait maintenant une signification nouvelle. Doris avait raison de dire qu'ils formaient un couple parfait. L'idée ne le gênait plus maintenant. Peut-être devrait-il lui demander de passer le reste des fêtes avec lui. Peut-être devait-il lui téléphoner maintenant. Bien sûr qu'il le ferait... s'il avait son numéro.

Le téléphone se mit à sonner. « Qui peut bien appeler à cette heure de la nuit ? dit-il à haute voix. Ce doit être une erreur. » Il laissa le téléphone sonner. Peu de gens savaient qu'il avait le téléphone, et encore moins connaissaient son numéro. Et si c'était Jane ? Non. Il ne lui avait pas encore donné son numéro. La sonnerie insistait. C'était probablement Davenport.

« Allô.

— Tu es bien au chaud dans ton lit, Frenchy ?

— Encore vous. Mais comment... comment avez-vous eu ce numéro ?

— Ça t'épate, hein Frenchy ! Bon, maintenant dis-moi, t'es bien au chaud dans ton lit ?

— Vous êtes complètement malade. Tu vas me foutre la...

— Ta petite amie rousse est avec toi ?

— Quoi ? Comment savez-vous...

— Je sais beaucoup de choses, Frenchy. Je sais même à quelle heure tu te pieutes, à quelle heure tu te lèves ; quel train tu prends pour aller bosser le matin. Alors écoute et écoute bien. J'ai tout mis au point. Tu vas leur faire changer leur rapport : c'est un meurtre et pas un suicide. »

Jean-Pierre raccrocha. « Partout où je vais, cet enfoiré de dingue me retrouve. » Le téléphone se remit à sonner. Il eut envie de le laisser décroché. Mais Jane, pensa-t-il soudain, était maintenant autant en danger que lui. « D'accord, fit-il en prenant le combiné, réglons cette histoire.

— Très bien. Je suis content que tu fasses enfin preuve de bon sens.

— D'accord, dit Jean-Pierre d'un ton impératif, dites-moi ce que vous avez en tête à propos de la rousse.

— Rien, encore. Mais fais ce que je te dis où ça n'en restera pas là.

— Où voulez-vous en venir ?

— Mme Benjamin a besoin de l'argent de l'assurance. Et tu vas l'aider à décrocher le magot.

— Alors comme ça, vous croyez qu'il se passe quelque chose entre cette rousse et moi, et vous imaginez pouvoir vous servir d'elle pour me faire changer.

— Si j'y suis obligé. »

Jean-Pierre eut un rire sarcastique.

« Vous êtes vraiment malade. J'ai seulement rencontré cette rousse l'autre jour. C'est une scientifique dans la même branche que moi, elle n'est rien pour moi. Putain, comme dingue tu te poses là. T'es complètement barjot, mon pote, complètement à côté de tes pompes.

— T'espères pas me faire marcher, quand même. Et n'essaie pas de me raconter des charres. Tu es allé te balader avec elle dans la 5e Avenue. Vous vous êtes arrêtés pour regarder le sapin de Rockefeller Center. Puis vous êtes entrés dans une confiserie. Vous vous teniez par la main. C'est comme ça que les scientifiques travaillent ensemble, peut-être ?

— Petit pédé ! Alors, comme ça, tu me suis ?

— Ta gueule ! » hurla l'autre.

Jean-Pierre comprit que cette fois-ci il valait mieux

l'écouter. Jane était certainement en danger. Les menaces de ce type étaient sérieuses. Non seulement, se dit-il, il sait où je vais, ce que je fais, mais il a même été capable de trouver mon numéro, bien qu'il ne soit pas sur l'annuaire.

« Que voulez-vous ?

— Voilà qui est mieux. Je suis sûr que Mlle Jane de Chantal Furcillo apprécierait ta coopération. »

Le salopard connaît même son nom, se dit Jean-Pierre.

« Écoutez, ce n'est pas parce que vous croyez que cette fille et moi avons une... liaison que vous ne vous trompez pas. » Il s'interrompit. Cet homme en savait trop. Il s'était immiscé dans ce qu'il avait de plus précieux, son intimité. Il serait difficile de s'en débarrasser maintenant. « Bon, reprit-il calmement. Ça ne me plaît pas, mais... j'écouterai ce que vous avez à dire.

— Il était temps. Bon, c'est toi qui as trouvé ce bout de coton sur le bras de Benjamin. Un médecin légiste va procéder à un nouvel examen de l'affaire en mars. Si tu pouvais déclarer que, d'accord, t'avais trouvé le coton, mais pas à l'endroit exact de l'injection, comme si on l'avait placé là pour faire croire que le docteur s'était suicidé...

— Vous êtes fou. Personne ne va croire un truc pareil.

— Oh ! que si. Tu vois, certaines personnes sont d'accord pour penser que le docteur a été assassiné. Ça tient debout. Le type qui l'a tué s'est servi d'une shooteuse. Puis il a essayé de dissimuler la vraie cause de la mort en faisant tout ce cirque. »

Jean-Pierre comprit qu'il parlait sans doute à l'individu même qui avait organisé « tout ce cirque » pour faire croire à un meurtre. Cet homme devait être l'amant de la femme. Mais il fallait trouver quelque chose pour protéger Jane. « Vous voulez donc que je dise que... quelqu'un d'autre a fait la piqûre au docteur.

— Bravo, Frenchy.

— Laissez-moi le temps d'étudier la question plus en détail. Je suis peut-être passé à côté de quelque chose.

— T'as jusqu'à mars. Si tout se passe bien à ce moment-là, t'entendras plus jamais parler de moi.

— Vous allez me manquer, ironisa Jean-Pierre.

— On m'a dit que t'avais le sens de l'humour, s'esclaffa l'homme, mais... enfin, je suis sûr que la rousse sait...

— Je vous ai déjà dit que la rousse n'était rien pour moi.

— Ouais, j' te crois. Mais je vais continuer à te surveiller quand même. » L'inconnu raccrocha.

Tony Constantine était convaincu qu'il avait fait capituler le Français. Oncle Vito serait fier quand il connaîtrait le plan. Bien sûr, Tony n'avait aucune intention de lui parler des coups de téléphone.

Il prenait son meilleur ton de voyou quand il parlait avec le Français, celui du personnage principal de son feuilleton télé. Les préparatifs se poursuivaient, les dialoguistes faisaient les derniers changements pour que le rôle colle parfaitement à leur producteur/star, Antony Kane. Tony avait dépensé tout l'argent que lui avait prêté son frère Bob, mais il avait convaincu les rares personnes travaillant au projet de continuer : quelqu'un allait incessamment investir un demi-million de dollars dans l'affaire.

Claudia s'était entretenue plusieurs fois au téléphone avec Tony, du film et de ses difficultés avec la famille de feu son mari. Elle lui avait dit qu'elle ne pouvait risquer d'être vue avec lui. En outre, elle était en train d'attaquer le testament de son mari. Sa seule chance de survie dépendait de l'enquête du médecin légiste en mars. Si elle n'obtenait pas l'argent de l'assurance, elle risquait fort de se retrouver sans rien, pas même la maison où elle habitait. Un demi-million de dollars ne lui semblait plus suffisant.

Claudia ne regardait pas souvent la télévision, mais elle avait voulu voir les bouts d'essai d'un téléfilm dont son mari était un des conseillers techniques. Elle était allée visiter le studio et c'est alors qu'elle avait aperçu Tony pour la première fois : un beau garçon à l'air macho avec un sourire sensuel et innocent. Antony Kane avait certes comblé ses appétits sexuels, mais il ne pouvait pas lui donner ce qu'elle voulait par-dessus tout : l'argent. Ensemble ils auraient pu avoir les deux, croyait-elle, jusqu'au jour du moins où elle rencontra James Harrison.

Claudia prit son téléphone et composa un numéro.

« Bonjour, répondit une voix enregistrée. Merci d'avoir appelé James Harrison. Je ne suis pas en mesure de répondre à votre appel dans l'immédiat. Mais si vous voulez bien laisser votre numéro après le signal sonore, je me ferai un plaisir de vous rappeler dès que possible. Merci. »

« Jimmy ? » demanda Claudia malgré le message. Elle savait que Harrison écoutait parfois la communication pendant que la personne parlait. De la sorte, s'il en avait envie, il pouvait répondre immédiatement à son correspondant.

« Oui, Claudia. Nous nous sommes parlés il y a une demi-heure. Qu'y a-t-il ?

— Jimmy, il faut que je te voie.

— Nous avons déjà discuté ça. Pas avant la fin de l'enquête du médecin légiste.

— Je ne peux pas attendre aussi longtemps.

— Nous n'aurions pas à faire toutes ces simagrées si ton imbécile d'ex-petit ami n'avait pas été aussi stupide.

— Combien de fois faudra-t-il que je te répète que j'ai essayé de l'en empêcher. Toute cette affaire a été un accident.

— Inutile de recommencer, Claudia. Je l'ai entendue tant de fois, cette histoire... Il a forcé ta porte, t'a abordée, a poussé ton mari dans un placard... Mais je persiste à croire que ta plus grande erreur... a été de parler aux flics de ce malade mental, qui, comme par hasard, se suicide la veille du jour où tu identifies le corps de ton mari. » Harrison se tut un instant. « Enfin, c'est comme ça, que veux-tu. Mais *mon* plan aurait été imparable. Une crise cardiaque est quand même beaucoup plus simple que ce massacre sanglant.

— Comme je regrette de ne pas t'avoir rencontré le premier. Jimmy, s'il te plaît, pouvons-nous nous voir quelque part en dehors de Manhattan ?

— Bien sûr, baby, pourquoi pas ? Que dis-tu de Staten Island ? Il paraît qu'il y a plein d'ogres qui se baladent dans les bois. »

Vito Constantine ne pensait plus à l'affaire Benjamin, il était bien trop occupé à mettre au point sa nouvelle opération de contrebande de drogue. Jim abandonna finalement l'école et rejoignit son frère Bob dans l'entreprise familiale.

Les fêtes de Noël étaient toujours une période de réjouissances chez les Constantine. Silvana avait instauré un certain nombre de traditions que les garçons maintenaient religieusement depuis sa mort.

« Comme c'est agréable, dit Bob, de faire rôtir ce cochon dehors comme ils le font en Argentine.

— Ouais, opina Johnny. Tu te souviens encore de cette époque, hein ? » Le porcelet, embroché sur un pieu de bois, cuisait au-dessus d'un feu de charbon de bois disposé dans une fosse. Cette cérémonie dans le fond du jardin avait lieu même lorsqu'il faisait très froid. Jim demanda :

« Comment c'était la vie là-bas ?

— Fantastique ! s'empressa de répondre Bob. C'est un pays magnifique. Je promets de t'y emmener un jour.

— Vous seriez riches là-bas, fit Johnny en adoucissant soudain sa voix. Tout ce qu'il vous faut, c'est l'argent de Tony. »

Tony arriva de la maison.

« Alors, le cochon cuit bien ?

— Très bien, répondit Johnny. Mais pas grâce à toi.

— J'ai de bonnes nouvelles pour toi, grand frère. Je crois que ton copain, le Français, va changer d'avis sur Benjamin.

— Tu te racontes des histoires. Jamais ce type...

— Ouais, c'est ce qu'on verra. Je lui ai dit que je l'avais vu avec sa petite amie sur la 5e Avenue. Il va filer doux, ton pote, n'aie crainte.

— Hé, je t'ai seulement dit que la rousse était avec lui quand il examinait le corps, pas que c'était sa petite amie.

— T'inquiète pas, grand frère. J'ai l'affaire en main.

— Préviens-moi quand tu auras besoin de mon aide, proposa Jim.

— Ta gueule, petit, coupa Johnny. La dernière fois que tu lui as donné un coup de main, t'as tout fait foirer.

— Non mais, dis donc, qu'est-ce que tu nous causes ? C'est moi qui ai balancé cette shooteuse. L'oncle Vito m'a dit que j'avais rudement bien fait.

— Ouais, j'avais oublié ce détail. » Johnny se tourna vers Tony. « C'était ton imbécile de frangin, l'acteur...

— Lâche-moi un peu, mec. Tu as dit toi-même que la femme de Benjamin avait vachement bien joué son numéro à l'identification. Elle a complètement embobiné ce type, Herrman.

— Ouais, mais ce dingue que t'as descendu, le type qui devait être accusé de toute l'histoire... tu pouvais pas attendre, hein ? Ça te démangeait trop.

— Ho ! dis. J'ai flingué le type deux fois, une fois dans le cou, comme tu m'as dit. Le premier coup l'a pas tué, alors j'ai dû lui balancer un autre bastos. Puis j'ai mis les climatiseurs en marche, comme tu m'avais dit. Merde, c'était pas ça qu'il fallait que je fasse ou quoi ?

— N'en parlons plus. Comme le dit l'oncle Vito, t'es aussi con que ton père. »

Tony serra les poings. Bob s'interposa.

« Je ne sais pas quel est ton problème avec papa, cria-t-il à Johnny, mais un mot de plus sur lui et je te démolis moi-même. »

Johnny se calma.

« Écoute, Tony, je veux bien continuer à t'aider dans cette histoire Benjamin, mais tu me fous la paix, pigé ?

— Comment ça ? demanda Vito qui, un peu à l'écart, avait surpris la conversation. Vous êtes encore en train d'essayer d'avoir ce fric ?

— Oncle Vito, protesta Tony, surpris. J'ai fait changer d'avis à ce mec. Crois-moi. Tout va bien marcher.

— Branleur. Tout va si bien marcher que tu vas te retrouver au trou. Voilà ce qui va se passer. T'as pas pigé qu'il fallait laisser tomber ce coup foireux ?

— Tout mon avenir est en jeu. C'est quand même un coup d'un demi-million de dollars !

— Tu ne verras jamais un rond de ce fric. Tu peux déjà être content que ton frère Jim soit ici aujourd'hui pour les fêtes. » Il se tourna vers Jim. « T'as eu du pot, j'espère que tu t'en rends compte. T'as délibérément embarqué cette gamine pour lui montrer ce corps. Et le pire, c'est que tu as emmené tes potes là-bas en espérant que l'un d'entre eux trouverait le cadavre pour que ton frangin touche le fric. J'espère que tu comprends que tu aurais pu nous détruire tous. » A leur grande surprise, Vito posa un bras sur les épaules de Jim, l'autre sur celles de Tony. Il ne leur avait pas montré autant d'affection depuis le précédent Noël. « Maintenant, oublions ce Benjamin et profitons du moment présent. Si vous ne le faites pas pour moi, faites-le pour votre merveilleuse mère qui, Dieu ait pitié de son âme, aurait été de mon avis, j'en suis convaincu. »

A la fin de février, la femme de Harold Brown mourut de ce que son médecin appela une insuffisance cardiaque. Le cœur brisé, pensa Harold. Complètement désemparé, il se reprochait sa mort, s'accusait d'avoir laissé son chagrin pour Stéphanie éclipser son affection pour sa femme. Il avait perdu tout ce qui lui était sacré, même le respect de lui-même. Il n'était plus que souffrance et solitude.

Après l'enterrement, Harold alla voir le lieutenant Dawson pour avoir des nouvelles de l'enquête sur Jim Constantine, mais cette fois encore il n'y avait rien de neuf. Harold avait le sentiment d'être la victime d'une machination diabolique, d'un crime parfait.

Après que Dawson lui eut dit qu'il fallait renoncer à un nouveau procès, Harold rappela Jean-Pierre une fois de plus.

« Monsieur Brown, j'ai une idée, finit par lui dire Jean-Pierre, mais il faudra être patient. J'ai besoin d'un certain temps pour mettre les choses en place.

— Bien, monsieur Lahary. J'ai maintenant tout le temps devant moi. Quand aurai-je de vos nouvelles ?

— Dès qu'il y aura quelque chose de nouveau. » Jean-Pierre ne pensait en fait à rien de précis, mais il savait que lorsque l'enquête du médecin légiste aurait conclu au suicide du Dr. Benjamin, son correspondant anonyme l'appellerait de nouveau. Il attendait même maintenant avec impatience le coup de fil de l'inconnu qui avait menacé Jane.

Bien qu'il en eût désespérément envie, il n'avait pas vu Jane une seule fois pendant tous ces horribles mois d'hiver ; il craignait en effet d'être suivi et ne voulait pas lui attirer d'ennuis. Son persécuteur pensait peut-être maintenant qu'elle n'était rien pour lui. Elle ne courait sans doute plus aucun risque.

Désemparée et solitaire, Jane décida de faire une dernière tentative pour voir Jean-Pierre. S'il la repoussait cette fois-ci, elle renoncerait à lui. Doris avait proposé de le surprendre au restaurant Chez *Kitty's.* Mais elle avait déjà essayé cela deux fois en vain : Jean-Pierre n'était jamais venu. Tina lui dit qu'elle ne l'avait pas vu depuis les fêtes.

De même, chaque fois qu'elle se rendait à la morgue, il l'évitait en s'enfermant à clé dans son bureau. Chaque fois qu'elle l'apercevait, il lui faisait un petit signe de la tête et poursuivait son chemin. Pouvait-elle se montrer plus agressive ?

Doris lui avait dit que le Français avait des problèmes personnels, qu'il avait beaucoup changé ces derniers temps. Il ne plaisantait presque plus avec ses collègues ; on n'entendait plus son rire contagieux. L'hiver le rendait toujours maussade, avait reconnu Doris, mais quand même pas à ce point.

Décidée à aider Jean-Pierre, Jane voulait connaître les raisons de son étrange comportement. Beaufils lui avait conseillé de le laisser tranquille, d'attendre qu'il sorte lui-même de cette phase. Mais elle refusait d'accepter le silence du Français. Elle pensait souvent à lui, se rappelait combien elle était heureuse en sa compagnie, tout ce qu'ils avaient en commun, son extraordinaire sens de l'humour, le parfum de son eau de toilette, la chaleur de son corps, ses baisers... oh ! comme elle avait faim de ses baisers. Qu'avait-il pu se passer ? Doris lui affirmait que ce n'était pas à cause d'une autre femme, et c'était d'ailleurs aussi son impression. Alors pourquoi... pourquoi l'évitait-il ? Lui reprochait-il quelque chose ? Si oui, il ne lui avait jamais rien laissé penser de tel, surtout lors de cette soirée au musée. Tout allait si bien, alors. Elle méritait au moins une explication. Elle décida donc de faire un dernier effort pour le voir, dans le seul endroit où elle parviendrait peut-être à le faire parler : sa maison de Greenwich.

Le voyage en train depuis New York prenait environ quarante-cinq minutes. Ce soir-là, cela lui parut une éternité. Il fallait cinq minutes de marche pour monter la côte raide menant à Soundview Terrace ; ce soir-là cela lui fut aussi pénible que de faire l'ascension de l'Everest. Frapper à une porte n'est rien, mais frapper à *sa* porte... Tant pis si elle lui semblait trop impudente, elle prenait le risque.

« Mais qu'est-ce que... ? » fit-il en la reconnaissant à travers le judas. Il ouvrit la porte.

« J'espère que je ne te dérange pas, mais... je passais par là et...

— Tu es venue toute seule ? Tu es folle ou quoi ?

— Je voulais te parler.

— Attends », fit-il. Il alla prendre son manteau, attrapa ses clefs, l'empoigna par le bras et l'entraîna jusqu'à sa Land Rover.

— Qu'est-ce que tu fais ?

— Tu vas prendre le prochain train. Ou plutôt non, je vais te raccompagner à New York.

— Je suis assez grande pour rentrer toute seule. Je n'ai pas besoin de toi pour...

— Silence, ordonna-t-il en fouillant la rue du regard, comme s'il attendait que quelqu'un bondisse des buissons.

— Mais que se passe-t-il ?

— J'ai dit silence. » Il prit Railroad Avenue vers Byram en évitant l'entrée de Greenwich de l'autoroute du Connecticut. Il ne desserra pas les dents avant d'arriver à Rye, dans l'État de New York. « Alors, petite écervelée. Que venais-tu faire chez moi ? »

Jane était furieuse : « Si tu veux connaître la vérité, je n'en sais rien. Je suppose que je suis dingue, après tout. »

Il la regarda tristement. Elle avait pris le train de New York pour venir le voir. Elle était si belle dans son manteau de lapin, celui-là même qu'elle portait quand il l'avait vue pour la première fois. Il se rendait compte combien elle lui manquait.

« Dis-moi seulement une chose, cria-t-elle. Pourquoi ?

— Pourquoi quoi ? Tu veux dire... pourquoi je ne veux plus te voir ? » Elle opina de la tête. Il voulait la prendre dans ses bras, l'embrasser, lui faire l'amour. Oui, lui faire l'amour. « Je ne veux pas en parler. »

Elle le dévisagea d'un air boudeur.

Il rangea la Land Rover le long d'un trottoir et coupa le moteur. Puis, sans hésiter, il l'enlaça et l'embrassa. Elle se mit à gémir.

Il la serra contre lui en lui embrassant doucement le cou. « Jane. Écoute-moi, chuchota-t-il. On ne peut plus se voir, pas avant que ce ne soit terminé.

— Que quoi ne soit terminé ? » demanda-t-elle en pensant à tout autre chose. Elle voulait lui dire de l'emmener chez lui.

Il se reprit. « Jane. J'ai une raison de ne pas te voir. Il faut que tu me croies. Ça n'a rien à voir avec toi. Mais il m'est tout simplement impossible de te voir. Ne viens plus à Greenwich. Comprends-tu ?

— Mais...

— Écoute, je te le demande. Ne me désobéis pas, c'est important.

— Désobéir ? Tu me prends pour une gamine ?

— Je te demande de ne pas me suivre partout, c'est tout.

— Mais peux-tu seulement me dire pourquoi ?

— Oui. Parce que je le veux.

— Alors, pourquoi m'as-tu embrassée. Je veux dire, la manière dont tu m'as embrassée...

— Écoute, Jane. Fais-moi confiance. Quand je le souhaiterai, je te le dirai.

— Tu sais, je ne suis pas un de tes *clowns*. J'ai des sentiments, moi. Crois-tu que ce soit aussi simple que... d'attendre que tu “ le souhaites ”. Et moi là-dedans ? Qu'est-ce que je deviens ?

— C'est à toi que je pense.

— Alors emmène-moi chez toi. Je veux être avec toi.

— Non ! » dit-il d'un ton emphatique. Il mit le contact

et démarra. Jane essaya à diverses reprises d'obtenir une explication qu'il se refusait à donner.

« Tu verras, dit-il en lui faisant ses adieux. Un jour ce sera différent.

— Oui, et... qu'est-ce qui te fait croire que j'attendrai ce fameux jour ? »

Il rentra par la New England Thruway, obsédé par Jane. Aurait-il dû lui dire la vérité, qu'il avait peur pour sa sécurité ? Aurait-il dû lui parler de ses projets pour prendre au piège l'homme qui le menaçait, lui dire qu'il ne pouvait prendre le risque de l'avoir avec lui à ce moment-là ? Aurait-il dû lui avouer qu'il pensait sans cesse à elle, qu'il avait une folle envie d'être avec elle ? Non, ça n'aurait rien arrangé. Elle aurait probablement affirmé qu'elle était bien assez grande pour s'occuper d'elle-même. Non, il était bien décidé à en finir d'abord avec cette affaire Benjamin ; ensuite il pourrait filer le parfait amour avec elle. Si seulement elle savait combien sa vie avait été solitaire depuis qu'il l'avait rencontrée, sans pouvoir la revoir. Oui, la solitude peut ronger un homme si quelque chose — ou quelqu'un — lui manque vraiment.

Les mois d'hiver glacés allaient bientôt prendre fin. Jean-Pierre s'en réjouissait. Lorsque arriverait le 1er avril, les résultats de l'enquête du médecin légiste seraient rendus publics. Peut-être connaîtrait-il alors l'identité de son mystérieux correspondant ?

« Alors t'as pas pu t'empêcher de jouer au con, Frenchy, hurla la voix dans le téléphone. Ta p'tite tête va se retrouver dans un des bocaux de ton musée.

— Vous êtes allé dans notre musée ?

— Pourquoi t'as pas fait ce que je t'avais dit ?

— Qu'est-ce que vous croyez ? Ils n'ont pas demandé mon témoignage. Je n'y suis vraiment pas pour grand-chose dans cette histoire.

— Ouais, ouais. Tu aurais pu, mais tu l'as pas fait. Maintenant, tu vas voir ce que c'est que d'être du mauvais côté de la dalle.

— Comment se fait-il que vous sachiez ce qu'est une dalle.

— Non mais, tu me prends pour un abruti ou quoi ? Je sais beaucoup de choses, Frenchy.

— D'accord, vous savez beaucoup de choses. Alors dites-moi qui a découpé le docteur et brûlé son cadavre.

— Tu dois vraiment me prendre pour un con.

— D'accord, d'accord. Dites-moi plutôt ce que ce docteur Herrman a à voir avec la veuve de Benjamin ?

— Un ami... son médecin... comment tu veux que je sache, putain ? Tout ce que je sais, c'est qu'elle est dans la merde et qu'elle le mérite pas. Ils essaient de la foutre à la porte de chez elle. Le vieux salaud ne lui a rien laissé dans son testament et elle est en train de l'attaquer.

— Le salaud ? Je croyais que cet homme était un ami... un parent, même. C'est pas ce que vous racontiez ?

— En fait, je suis un ami à elle.

— Ah, je comprends.

— Oublie ces conneries. Tu poses trop de questions. J'ai à parler de choses plus importantes. D'abord, Claudia, je veux dire, Mme Benjamin va attaquer la compagnie d'assurances. Son avocat dit que le rapport du médecin légiste était trop... comment a-t-il dit ça... tu sais, n'était pas complet, pas assez clair...

— Oui. Il était trop vague.

— Exact. Il dit que l'assassin de Benjamin a dû magouiller son coup pour faire croire au médecin légiste que le toubib s'était descendu lui-même. Maintenant, tout ce que t'as à faire, quand l'avocat te le demandera, c'est de remplacer un papier, un je-ne-sais-quoi...

— Une déclaration sur l'honneur ?

— Exact. T'as qu'à dire ce que je t'ai expliqué sur le bout de coton que t'as trouvé. Son avocat croit que même si l'enquête a conclu au suicide, il y a une chance de convaincre le tribunal que c'était en fait un meurtre, mais elle va avoir besoin de ton aide. Herrman est avec elle, mais on a aussi besoin de toi.

— Bien sûr. Mais vous devez m'aider aussi un peu. D'abord, dites-moi qui vous êtes.

— T'es pas dingue ?

— Si vous me dites qui vous êtes, je pourrai peut-être vous aider davantage.

— Oublie ça.

— Euh... connaissez-vous un certain James Harrison ?

— Qui c'est ce mec-là ?

— Peu importe. Et Jim Constantine ? »

Il y eut un bref silence avant que l'homme ne réponde : « A quoi tu joues, aux devinettes ou quoi ? »

Jean-Pierre avait remarqué que l'inconnu avait répondu immédiatement à sa question sur Harrison mais avait hésité en entendant le deuxième nom. Il devait y avoir un rapport, maintenant il en était convaincu. « Je pensais seulement que vous pourriez m'aider, puisque je dois vous aider. Vous voyez, ce jeune Constantine est dans une situation très délicate. Mais, bien entendu, il ne le sait pas encore.

— Qu'est-ce que ça peut bien me foutre ?

— Oh rien. J'espérais que vous sauriez quelque chose sur lui, pour que vous nous aidiez à le coincer.

— A le coincer pour quoi ?

— Pour le meurtre de Benjamin.

— Mais de quoi tu causes, putain ?

— Eh bien, si le docteur a été assassiné, il nous faut bien un assassin, non ? Notre suspect numéro un est Jim Constantine. Mais il nous faut d'autres éléments avant de passer à l'action.

— Ce gamin n'a rien à voir là-dedans. Il était juste...

— Juste quoi ?

— J'ai lu ça dans le canard ; quelque chose sur un groupe de gamins. Oh ouais, j' me rappelle son nom maintenant. C'est pas lui qu'a trouvé le corps de Benjamin ?

— Pas exactement, mais nous savons que c'est lui qui l'avait caché là-bas.

— Ah oui ? Qu'est-ce qui te fait dire ça ?

— Ça n'a pas l'air de vous réjouir beaucoup. Je croyais que ce renversement de situation vous plairait. Je veux dire, si nous pouvons prouver que ce Jim Constantine a dissimulé le corps du docteur là-bas, votre Mme Benjamin touchera son argent... et voilà ! Vous avez ce que vous voulez. »

Tony était perplexe maintenant.

« Ouais, eh bien... Je ne crois pas que le gosse soit mêlé à cette histoire, mais enfin... Je te rappellerai, Frenchy. »

Il raccrocha et appela immédiatement Johnny.

« Hé, grand frère. On a des pépins. D'abord, est-ce que tu connais un mec qui s'appelle... je crois qu'il a dit Morrisson... non, Harrison ?

— Attends un peu. Je comprends pas bien. Qui a dit quoi ?

— Le Français. Je viens de lui parler.

— Tu t'accroches, hein petit ?

— Écoute, dis-moi simplement qui est ce Harrison.

— On dirait cet enquêteur des assurances qui est venu voir Frenchy. Pourquoi ?

— Un flic des assurances, hein ? Je me demande pourquoi il m'a demandé si je le connaissais. »

Johnny haussa les épaules.

« Peut-être qu'il t'a pris pour lui.

— Ouais, ça doit être ça. Eh bien, qu'il continue à le croire. Maintenant, voilà le vrai problème : as-tu entendu dire qu'on essayait de coller le meurtre de Benjamin sur le dos de Jim ?

— Harrison ?

— Mais non, ducon, *notre* Jim.

— T'es complètement barjot.

— Il m'a dit qu'il avait des preuves que Jim avait tué Benjamin.

— Quoi ? Il n'y a rien de ce genre. Il a dû se payer ta tronche.

— Il avait l'air tout à fait sérieux. En tout cas, ouvre l'œil. Y'a quelque chose de pas net dans l'air.

— Ouais, c'est ça », répondit Johnny distraitement. Il savait que Jean-Pierre était convaincu que le suicide avait été maquillé en assassinat, pourquoi changerait-il soudain d'avis ? Bien sûr, il savait que le Français imaginait toujours des possibilités auxquelles personne d'autre n'avait pensé. Pourtant il n'avait jamais rien mentionné de tel sur l'affaire. Il avait probablement raconté ça à Tony... pour essayer de le piéger. « Tony, tu n'as pas dit que Jim était notre frère, quand même ?

— Tu dois vraiment me prendre pour un demeuré.

— Sais-tu ce que je ferais à ta place ? J'arrêterais de l'appeler. Oublie ça. Ce mec va t'attirer dans un piège.

— Hé, Johnny, tu sais un truc ?... T'es pas à ma place. » Sur ces mots, Tony raccrocha. Johnny avait raison, se dit-il. Il valait peut-être mieux attendre les résultats du procès intenté par Claudia.

Jean-Pierre pensait qu'il était temps maintenant de mentionner à son ami le lieutenant Dawson ces conversations téléphoniques avec son mystérieux correspondant, mais il décida d'attendre d'avoir davantage d'éléments pour étayer sa théorie. Il aurait besoin d'aide pour identifier l'amant de Mme Benjamin, manifestement son interlocuteur anonyme. Et si c'était l'enquêteur des assurances ? Après tout, qui d'autre avait accès à tant d'informations ? Et combien de personnes étaient au courant de son entrevue avec James Harrison ? Mais alors, comment expliquer la réaction de l'inconnu au nom de Harrison, une surprise totale ? Et s'il s'agissait de Jim Constantine ? Après tout, il n'avait jamais parlé à l'adolescent auparavant, comment pourrait-il connaître sa voix ? Dans ce cas, cette Mme Benjamin allait vraiment les chercher au berceau. La pensée le fit rire. Comme ça elle avait la haute main sur la situation, pensa-t-il.

Pourtant, comment l'inconnu pouvait-il en savoir autant sur ses activités à la morgue ? On aurait dit qu'il l'épiait par-dessus l'épaule. Mais comment ? Qui pouvait-il bien être ?

Quelque chose d'autre l'intriguait : même si c'était Jim Constantine, que pouvait-il faire ? Essayer de lui mettre un homicide sur le dos était impossible, il s'en rendait bien compte. Nul doute que Benjamin s'était suicidé. Comment accuser quelqu'un d'avoir assassiné un mort ? Il comprit alors qu'il serait tout aussi impossible d'essayer de prouver qu'un meurtre était prévu au moment où la victime s'était suicidée. Et même s'il pouvait le prouver, cela ne donnerait rien, compte tenu du système judiciaire de ce pays. Sa seule chance était de faire croire à son correspondant anonyme qu'il savait sur lui des choses qui pourraient le faire condamner. Peut-être cesserait-il de l'appeler, peut-être pourrait-il revoir Jane ?

13

Jane essayait désespérément d'accepter d'avoir été écartée sans explication du monde de Jean-Pierre. Les mois s'en étaient allés lentement, le froid avait cédé la place à la tiédeur du printemps qu'elle aimait tant. Le temps des amants était pour Jane le temps de la solitude et des larmes.

Pour Jean-Pierre, ce fut un temps d'attente. Son tourmenteur ne l'avait plus appelé depuis le jour où il lui avait parlé de Jim Constantine. Était-ce donc fini ? Peut-être pour lui, mais pas pour Harold Brown.

L'homme continuait à pleurer sa femme et sa fille, toutes deux victimes, pensait-il, de Jim Constantine. Il restait en contact avec Jean-Pierre, espérant toujours un rebondissement de l'affaire. Mais il commençait à désespérer. Il jura à Jean-Pierre qu'il prendrait bientôt l'affaire en main.

Pour tenter de lui éviter de nouveaux ennuis, le Français le pria une fois de plus de se montrer patient : il était sur le point de trouver une solution au problème, lui assura-t-il. Curieux tout de même, se dit Jean-Pierre, de penser qu'il s'était moqué de l'inconnu en lui disant qu'il lui manquerait s'il cessait de lui téléphoner. Maintenant il espérait vraiment que l'autre le rappellerait. Il se sentait des obligations envers Harold. S'il pouvait faire une chose pareille pour un inconnu, pensait-il, sa vie prendrait une signification nouvelle. Et, en même temps, il mettrait fin aux menaces pesant sur Jane.

« Réveille-toi, Jean-Pierre, dit Beaufils. Tu es encore en train de broyer du noir.

— Ouais, chef. J'étais seulement en train de penser.

— Je ne savais pas que tu faisais une chose pareille maintenant.

— Que veux-tu dire par là ?

— Tu ne peux pas nier que ces derniers mois tu as perdu toute passion pour ce boulot. Ton travail n'a plus l'air de t'intéresser.

— Tu rigoles ? J'adore mon boulot et je le fais toujours bien.

— C'est vrai. » Beaufils bourra sa pipe et l'alluma. Les deux hommes examinaient dans la salle d'autopsie un homme mort d'un coup de couteau qu'il s'était apparemment porté lui-même. Le corps avait été incisé de la gorge jusqu'au pubis.

« Qu'est-ce qui te fait croire que mon travail ne me plaît plus ?

— Peu importe. Passe-moi plutôt ce bout de viande là-bas. Je veux l'étudier de plus près. » L'Haïtien pensait que son ami était en train de sortir de son état dépressif. A diverses reprises, il avait proposé de l'aider, mais s'était fait rembarrer. « Tu sais, Frenchy...

— Dis donc, Beaufils, tu m'épates. C'est la première fois que tu m'appelles Frenchy.

— Eh oui. Nous avons tous besoin de changement ici. » Étrange, se dit Beaufils, il fut un temps où il trouvait l'humour de Jean-Pierre quelque peu irritant, et maintenant ses plaisanteries lui manquaient.

« As-tu eu des nouvelles de la rousse ? demanda-t-il négligemment.

— Beaufils, combien de fois faudra-t-il que je te dise de laisser tomber cette rousse. » Jean-Pierre voulait s'assurer que personne ne connaissait ses véritables sentiments pour Jane. S'il ne se trompait pas, son correspondant anonyme était informé par quelqu'un qui travaillait à la morgue ; il n'y avait guère d'autre possibilité. Il ne pensait certes pas que Beaufils y fût pour quelque chose, mais moins il parlait moins il y avait de risques de fuites. Son silence et son refus de voir Jane avaient dû faire changer l'inconnu d'avis sur leurs relations : la dernière fois qu'il avait appelé Jean-Pierre, l'homme n'avait fait aucune allusion à elle. Jean-Pierre, considérait maintenant qu'elle était hors de danger.

« J'ai parlé à Jane, reconnut Beaufils, deux ou trois fois ces deux derniers mois.

— Comment ? laissa échapper Jean-Pierre.

— T'énerve pas. C'est une gentille fille. Tu devrais...

— Ça ne te regarde pas. » Il resta un instant à bouder puis se reprit : « Où lui as-tu parlé ?

— Au téléphone, bien entendu. Elle m'appelait pour me poser une question sur son travail. Pourquoi...

— Elle n'a rien dit de moi ?

— Non, reconnut le Haïtien. En fait, elle m'a seulement appelé pour parler d'un mémoire qu'elle était en train de rédiger. »

Ça y est. Je l'ai perdue, songea immédiatement Jean-Pierre. Elle appelle Beaufils et ne demande même plus de mes nouvelles, rien du tout. Cette pensée lui fit mal. Il eut envie de crier. Il empoigna un forceps et le plongea rageusement dans la poitrine ouverte du cadavre.

« Du calme, mon vieux. Tu n'as aucune raison de t'énerver. Jane parle tout le temps avec Doris. Je suis sûr qu'elle...

— Je ne veux pas en entendre parler, coupa Jean-Pierre. Je n'ai pas de temps à perdre avec ces conneries.

— Ah oui, le temps, se souvint soudain Beaufils. Quelle heure est-il au fait ?

— Il y a une pendule sur le mur, pourquoi me poser la question ?

— Tu sais bien que je ne peux pas la voir d'ici.

— Pourquoi l'heure qu'il est a soudain autant d'importance ? Tu as rencart avec une jolie clownesse ?

— Bien, puisque tu ne veux pas me le dire... » Beaufils trébucha en contournant la table d'autopsie et sa pipe tomba de sa bouche. Il se mit à la chercher autour de lui.

Soudain Jean-Pierre éclata de son grand rire sarcastique. Johnny Conti entra dans la pièce. « Dic donc, Frenchy, ça fait rudement plaisir de t'entendre rire de nouveau. Que se passe-t-il de si drôle ? »

Beaufils commença à s'énerver. Jean-Pierre ne pouvait arrêter son fou rire.

Sutton se précipita à son tour.

« Merde, mon pote, ça m' réchauffe le cœur d'entendre ce bon vieux rire de nouveau. Heureux de te retrouver, Frenchy !

— Va te faire foutre, Sutton. Où crois-tu donc que j'étais passé ? »

Beaufils continuait à chercher sa pipe. Jean-Pierre se remit à rire. « Au moins, je ne suis pas à l'endroit où Beaufils a caché sa pipe.

— Qu'est-ce que... » Beaufils suivit l'index de Jean-Pierre, pointé sur le torse du suicidé. Sa pipe s'était fichée entre les côtes de la victime, le long du forceps de Jean-Pierre. Johnny et Sutton comprirent soudain ce qui se passait et éclatèrent de rire à leur tour. Beaufils fouilla dans la cage thoracique du cadavre et en sortit sa pipe ruisselante de sang. « Ça va, ça va, vous pouvez vous remettre au travail », ordonna-t-il en se dirigeant vers un des éviers.

Johnny et Sutton s'empressèrent de quitter la pièce, sans cesser de rire. « Je sais pas ce qui t' fait marrer, fit Sutton, mais moi j' rigole parce que j' suis content que Frenchy est content. »

Jean-Pierre l'entendit. Il rejoignit Beaufils près de l'évier. « Ce Sutton est un vrai pote », dit-il à l'Haïtien.

Beaufils le regarda sans rien dire. Il essuya sa pipe avec un torchon en papier et la remit dans sa bouche. « Sutton est un brave type, c'est ce Johnny qui m'inquiète.

— Pourquoi es-tu toujours en train de critiquer Johnny. Il m'aide chaque fois qu'il le peut.

— Johnny est bizarre. Sa fascination pour les cadavres m'a toujours gêné. Je crois que tu devrais te montrer prudent. Et aussi, j'ai l'impression qu'il est attiré sexuellement par les morts ; le sexe après la mort, comme disent certains psychiatres.

— Tu crois qu'il est nécrophile ?

— C'est toi qui le dis, pas moi.

— Je crois que t'es dingue », conclut Jean-Pierre. Pourtant, ce que disait Beaufils ne l'étonnait pas trop. De temps en temps, il surprenait Johnny à contempler les *clownesses* comme s'il les violait du regard. Et une fois, il l'avait vu en train de se reculotter en sortant de la pouponnière, l'endroit où l'on mettait les *clowns* obèses, trop gros pour tenir dans les tiroirs normaux. Quand Jean-Pierre avait regardé dans la pouponnière, il avait vu le torse nu d'une femme sans tête qui gisait sur la table du centre. Mais Johnny lui rendait bien des services, quoi qu'il semblât toujours en train de surveiller ses moindres gestes, qu'il fût toujours en train de l'épier par-dessus son épaule. Non, ce n'était pas possible, se dit Jean-Pierre avec hésitation.

« Beaufils, je peux te demander quelque chose ?

— Bien sûr. Que puis-je faire pour toi ?

— Eh bien, crois-tu... as-tu jamais entendu Johnny parler d'une femme ?

— Jamais, sauf quand elle était morte, rit-il.

— Non, sans blague. Te souviens-tu... » Il s'interrompit en se rappelant Mme Benjamin. Elle était belle. Comment pourrait-il ne serait-ce que suggérer la possibilité qu'elle eût une liaison avec Johnny ? Il haussa les épaules.

« De quoi ? demanda Beaufils.

— Laisse tomber. Allons plutôt travailler...

— Tu sais ce que tu devrais faire, à mon avis ? proposa l'Haïtien. Tu devrais appeler Jane. »

Jean-Pierre fit la moue. Décidément, Beaufils se mêlait un peu trop de ce qui ne le regardait pas, mais au fond il savait bien que son ami essayait seulement de l'aider. Sans compter qu'il avait raison. Peut-être en effet devrait-il l'appeler. Doris lui donnerait son numéro de téléphone, sans aucun doute. Il était au moins sûr de ça.

Jean-Pierre ôta ses gants de chirurgien. Il cherchait de la monnaie dans sa poche pour téléphoner lorsqu'un inconnu entra soudain dans la pièce.

« Monsieur Lahary ?

— Ah, j'ai oublié de te dire, s'excusa Beaufils. Le patron a pris rendez-vous pour toi avec ce reporter.

— Pourquoi ne me l'as-tu pas dit plus tôt ? pesta Jean-Pierre.

— C'est pour ça que je te demandais l'heure. »

Le journaliste intervint.

« Quel est le problème ?

— Pas de problème, répondit Beaufils. M. Lahary se fera un plaisir de vous faire faire un tour de la morgue. »

Le Français grogna entre ses dents. Il sortit les mains de ses poches et invita l'homme — un chauve d'âge mûr — à le suivre. Cette visite serait vite terminée, il avait des choses plus importantes à faire.

Le journaliste lui demanda d'une voix monotone :

« Pourriez-vous brièvement résumer les différentes facettes de la médecine légale ?

— Bien sûr. Je vais prendre l'exemple d'une affaire sur laquelle j'étais justement en train de travailler. On a trouvé une famille dont tous les membres étaient morts. Le père avait été poignardé, la femme étranglée, un gosse avait été noyé dans la baignoire et l'autre... eh bien, il était passé par la fenêtre, volontairement ou poussé par quelqu'un. L'équipe de criminologues envoyée sur les lieux a mitraillé la scène. Et voilà pourquoi ce soir je vais avaler une soupe à l'amanite tue-mouche ou peut-être à l'amanite phalloïde. J'hésite encore, vous comprenez ?

— Je ne suis pas tout à fait sûr de saisir.

— Ça ne m'étonne pas, remarquez. Voyez-vous, il s'agissait en fait d'homicides déguisés en coups de couteau, strangulation, noyade, chute mortelle et mitraillage — le mitraillage photographique de nos vaillants criminologues, s'entend. Voilà donc pourquoi je vais prendre cette soupe ce soir, pour vous donner un exemple du sixième genre d'homicide : l'empoisonnement. Comme ça vous aurez un panorama complet de la criminologie en une seule affaire. Vous me suivez ?

— Euh, oui je pense », répondit l'homme contre toute évidence. Mais il préféra jouer le jeu de son guide puisque ce dernier ne voulait manifestement pas lui répondre simplement.

« Vous êtes bien connu pour avoir découvert les indices qui permirent de condamner l'évêque Sandford. Comment vous y êtes-vous pris exactement ?

— La police avait retrouvé environ 300 kg de débris divers dans un étang. On m'a tout remis. J'ai fouillé là-dedans et j'en ai sorti environ 1 200 fragments d'os et presque 100 fragments de dents. Avec ces éléments j'ai pu dire que les os appartenaient à deux femmes.

— A vous entendre, ça a l'air enfantin.

— Pas tant que ça. Mais c'est mon boulot et je le fais bien.

— Éprouvez-vous jamais des regrets pour certaines victimes ? »

Et re, pensa-t-il.

« Je ne peux pas me le permettre si je veux continuer à travailler ici.

— Êtes-vous donc entièrement indifférent ? »

Combien de fois faudrait-il subir ce questionnaire imbécile ?

« Je me fous complètement de ces *clowns*. Je ne me préoccupe que des vivants. Je respecte les familles parce qu'elles souffrent. J'ai de la peine pour elles, mais pas pour les corps. Peu m'importe d'où ils viennent, comment ils sont morts, comment ils vivaient. Je m'en branle complètement. Si vous commencez à vous soucier des aspects personnels, du genre qui était cette personne, dommage qu'elle soit morte, si vous commencez à vous apitoyer sur tout le monde, vous feriez mieux de vous accrocher une grosse pierre autour du cou et de vous foutre à l'eau. Je ne m'intéresse qu'aux vivants. C'est tout.

— Et quand vous rentrez chez vous ?

— Quand on travaille dans cette branche, on doit apprendre à ne pas ramener la mort chez soi. Quand je sors d'ici, c'est fini. Et quand je me retrouve dans la rue, je trouve que ça sent drôle.

— Dans la rue ? Mon Dieu, ici c'est une puanteur. Comment pouvez-vous dire une chose pareille ?

— En fait, j'ai plus souvent affaire aux morts qu'aux vivants. Je vois peut-être 30 000 cadavres par an. Qu'espérez-vous ? Vous savez, ce sont les vivants qui sont dangereux. Ce sont eux les Noirs, les Blancs, les Japonais, les Chinois, les Portoricains, que sais-je encore : ce sont eux qui infectent l'air, dans la rue, de tout ces meurtres, de toute cette dégradation. Ici, ils sont morts, c'est tout. Ils sont bien incapables de m'embêter. Parfois je regarde des gens qui se battent dans la rue et je me demande si ce ne seront pas mes prochains *clowns*. Quand il m'arrive de penser à ces mecs je dis : " Vous avez tout le temps de mourir, inutile de vous dépêcher comme ça ! " Je leur dis : « Battez-vous, j'en ai rien à foutre. Demain vous vous retrouverez sur ma table. » Parce que, voyez-vous, les gens que je vais disséquer demain sont encore vivants aujourd'hui. »

Jean-Pierre ouvrit un des tiroirs d'acier. S'y trouvait le corps d'une femme nue.

Le reporter grimaça :

« Elle devait être très belle vivante.

— Elle est encore plus belle maintenant, je trouve. Vous voyez ces marques sur son bras, près du coude ? Elle se piquait.

— C'est horrible.

— Suivez-moi. Je vais vous montrer combien l'histoire de cette femme est horrible. »

Il l'entraîna dans la salle d'autopsie, vers une table où gisait le corps d'un homme blanc, celui sur lequel il travaillait avec Beaufils quand le journaliste était arrivé. « C'est son mari. Il s'est poignardé quand il a trouvé sa femme morte d'une trop forte dose de drogue. »

Le reporter regarda le cadavre qui avait été incisé en Y de l'épaule à la moitié de la cage thoracique, puis de là au pubis. Le haut du crâne avait été scié, le cuir chevelu décollé et le cerveau enlevé. Auprès du corps dévasté étaient posés son cœur, son foie, ses reins, ses poumons et ses intestins.

« Je ne crois pas que je puisse en voir davantage, dit le journaliste.

— Peut-être en avez-vous déjà trop vu. »

L'homme avait mal au ventre, son sang circulait bizarrement, son cœur battait trop vite, il avait la peau rouge, sa gorge se serrait et il était pris d'une envie irrésistible de vomir à laquelle il n'osait succomber. Un sentiment de panique couronnait le tout. « Je crois que je vais partir maintenant », râla-t-il.

En sortant, le journaliste tomba sur un policier qu'il avait rencontré lors d'un reportage précédent. « Salut, Harry. Ce Français est vraiment pas dans le coup.

— Qu'est-ce qui te fait dire ça ? Ce type est un as.

— Peut-être. Dis-moi... est-il marié ?

— Pas à ma connaissance. Pourquoi ?

— Je me posais la question, c'est tout. Traite-t-il ses femmes comme les cadavres ? Les passe-t-il au peigne fin, avec la même fascination ? Comment un mec pareil peut-il faire l'amour à une femme vivante ?

— Je reconnais que le type est un peu renfermé. Il n'est pas très bavard, difficile de savoir ce qu'il a dans la tête, mais il est probablement plus normal que la plupart d'entre nous.

— Je me demande à quoi il rêve... de cadavres dans son lit ?

— Tu d'éconnes complètement.

— Lis mon papier demain, Harry. »

Le 25 mai 1979, Jean-Pierre ignora superbement l'article qui le traitait de fou de la morgue. Rien d'original, se dit-il. Il ne pensait guère qu'à inviter Jane à dîner. Difficile de croire qu'il l'évitait naguère parce qu'il ne voulait pas se laisser embringuer dans une histoire d'amour. Maintenant qu'il était prêt à accepter l'histoire d'amour, il l'évitait pour sa propre sécurité.

Il avait fini par reconnaître qu'elle était douce, digne d'amour, raisonnable, pleine d'attentions, et incontestablement belle, à tous points de vue. Chaque fois qu'il la voyait, qu'il pensait à elle, qu'il rêvait à l'avenir avec elle, elle devenait plus belle encore. C'était comme si un autre s'était emparé du corps de Jean-Pierre. Plus il pensait à elle, plus il voulait l'appeler.

Et si elle refuse de me voir ? se dit-il. Et si elle me fait une de ses sorties à la MLF ? Non, elle ne ferait pas une chose pareille. Elle n'était pas le genre de femme, typique, à se plaindre de la condition féminine, mais une personne pleine de confiance en elle-même qui essayait délicatement de lui laisser le beau rôle, surtout lorsqu'elle se promenait dans son lieu de travail. Sa réaction à la morgue semblait plus courageuse que celle de la plupart des gens. Elle était agressive, mais pas au point de le gêner vraiment.

« Pardon de te déranger, Frenchy, dit Sutton, mais nous avons ce nouveau cas pour toi.

— Mets-le sur la table.

— C'était un petit sauteur, Frenchy. Incroyable. Il s'est jeté de la fenêtre du sous-sol.

— Très drôle, chef.

— J'essayais seulement de te faire rigoler.

— Merci, Sutton. Quoi de neuf ?

— Eh bien, ils viennent d'engager un nouvel homme à tout faire. Ce mec est bizarre, mon pote. Il parle tout seul en espagnol à longueur de journée. Doris m'a dit qu'il travaillait avant à la mairie.

— Ils l'ont rétrogradé, rit Jean-Pierre.

— Voilà ce que j'aime entendre. T'as le plus beau rire de la morgue, Frenchy.

— Surtout quand t'es là, Sutton. »

Jean-Pierre sortit de la salle d'autopsie en tenant par les cheveux la tête d'un homme décapité. La tête se balançait au bout de son bras tandis qu'il marchait. Dans le couloir, un inconnu, un balai à la main, lâcha soudain le seau qu'il portait de l'autre. Jean-Pierre le vit se raccrocher désespérément à son balai tout en évitant soigneusement de regarder la tête. Mais le nouvel homme à tout faire ne put s'empêcher de jeter un coup d'œil dans la direction de Jean-Pierre : il tomba évanoui sur le sol.

Le Français posa la tête par terre, sortit son flacon de sels d'ammoniac et entreprit de le ranimer. Le malheureux revint à lui et ouvrit lentement les yeux. La première chose qu'il vit, ce furent deux yeux glauques qui le fixaient sans ciller. Il défaillit derechef.

Jean-Pierre appela Sutton qui transporta le factotum à l'infirmerie. Quelques minutes plus tard, le grand Noir revenait dans la salle d'autopsie en riant comme un fou. « Ils cherchent un nouvel homme à tout faire, Frenchy. »

Jean-Pierre éclata de rire. « Ce boulot ne convient qu'aux gens un peu spéciaux qui peuvent encaisser... comme toi, Sutton.

— Ouais, comme toi, Frenchy.

— T'imagine un peu, Sutton, si personne ne voulait faire ce boulot. Qu'est-ce qu'ils feraient de tous ces *clowns ?* Que deviendraient tous les corps mutilés ? Ils seraient dévorés par les chiens dans les rues.

— T'as raison, mon pote. Y'a personne qui peut sacquer ce qui se passe ici. Faudrait qu'ils se farcissent toute cette merde dans les rues s'ils avaient pas des mecs comme nous pour nettoyer la merde pour eux.

— Ouais, ils seraient bien attrapés, Sutton.

— Attraper quoi ? demanda Beaufils en entrant dans la pièce.

— Sutton a attrapé la chtouille, plaisanta Jean-Pierre.

— Très drôle. Bon, écoute, il est trois heures vingt. Il faut que je radiographie cette *clownesse* là-bas dans une quarantaine de minutes.

— Laquelle ?

— La gamine sur la table de devant. »

Jean-Pierre avisa le corps d'une jeune fille.

« Que lui est-il arrivé, Beaufils ?

— Elle a essayé de se pendre, dit le rapport de police, mais n'y est pas arrivée. Il semblerait qu'elle se soit alors achevée aux barbituriques. »

Le jeune cadavre rappela Harold Brown à Jean-Pierre. « C'est affreux, dit-il tristement. Certains adolescents n'apprécient pas la vie. Et ceux qui l'aiment la perdent parfois, et pas de leur faute. »

Sutton aida un autre employé de la morgue à transporter le corps dans la salle de radiographie. Tandis que Jean-Pierre préparait l'appareil, il eut une illumination. *La seringue.* S'il pouvait convaincre son correspondant anonyme qu'il avait retrouvé la seringue, peut-être pourrait-il le coincer. C'était la solution, la seringue. Si seulement l'homme pouvait le rappeler.

Quelques instants plus tard, Johnny jaillit dans la salle de radiographie, un transistor à la main.

« Frenchy, écoute-moi ça, cria-t-il tout excité. S'ils te demandent de venir, tu m'emmèneras avec toi ?

— Qu'est-ce que tu racontes ?

— Une catastrophe aérienne... écoute. » Il approcha la radio de l'oreille du Français. Le journaliste commença d'un ton dramatique. « Il y a environ une demi-heure, à l'aéroport international O'Hare de Chicago, le vol 191 d'American Airlines en route pour Los Angeles s'écrasait au décollage. Les premières informations indiquent qu'un des réacteurs du DC-10 s'est détaché peu après que l'avion a quitté le sol. L'avion s'est écrasé quelques secondes plus tard en explosant sur un aéroport désaffecté, tout près de là. On craint qu'il n'y ait aucun survivant. Voici les détails de notre correspondant à Chicago. »

Jean-Pierre écoutait intensément. Il savait que la FAA allait lui demander de s'occuper de cet accident.

Le journaliste de Chicago était presque inaudible. « L'incendie s'est propagé instantanément dans la carlingue. American Airlines précise dans un communiqué qu'environ 270 personnes étaient à bord de l'appareil au moment de l'accident. Il y a peu d'espoir de retrouver des survivants a déclaré un témoin oculaire. Il s'agit, sans nul doute, de la plus grave catastrophe aérienne jamais survenue aux États-Unis. Des témoins rapportent qu'ils ont vu un des trois réacteurs se détacher de l'aile et rouler sur sa gauche. L'avion a percuté le sol par l'avant, puis a explosé, se transformant en une boule de feu de 150 mètres de haut. " Ils n'ont pas eu la moindre chance de s'en tirer ", a déclaré le commandant des pompiers de Chicago. " Ils ont brûlé comme des mannequins de cire et sont en mille morceaux. " La FAA va envoyer son équipe d'enquête spéciale sur le terrain pour tenter d'identifier les victimes. »

« C'est-à-dire toi, Frenchy, fit Johnny. Y aurait-il un moyen de m'emmener avec toi ?

— Non », répondit immédiatement Jean-Pierre, mais il se disait en même temps qu'il connaissait quelqu'un qui pourrait probablement l'aider. Après tout, qui pourrait les embêter à Chicago ? C'était parfait, pensa-t-il.

Vers 17 h 30, ce 25 mai 1979, Jean-Pierre reçut un télégramme l'invitant à se rendre sur-le-champ à Chicago. Il téléphona à son ami le Dr. Greffen et lui demanda s'il pouvait venir avec un assistant. Oui, lui répondit-on.

Il appela alors Doris, qui lui donna le numéro de téléphone de Jane. Il composa son numéro à plusieurs reprises, raccrochant à chaque fois qu'il arrivait au dernier chiffre. Puis il se décida. « Bonjour Jane », dit-il timidement.

Elle reconnut sa voix immédiatement. « Jean-Pierre ? » Son cœur tressaillit joyeusement. « Je... je suis si contente que tu aies téléphoné. »

Ces mots lui firent plaisir. « Je n'ai pas beaucoup de

temps pour parler, mais je me demandais si tu voudrais me seconder.

— Te seconder ?

— Oui. Peux-tu faire tes valises et être prête à partir demain matin ? »

Le seconder en quoi se demanda-t-elle. Quelle importance, Jane de Chantal Furcillo. Dis oui.

« Oui !

— Tu ne veux pas savoir où nous allons ?

— Euh, oui. Où ça ?

— A Chicago.

— Je croyais que tu avais décidé de ne jamais y retourner.

— Tu n'es pas encore au courant, n'est-ce pas ?

— De quoi ?

— Il y a eu un accident d'avion là-bas cet après-midi.

— Vraiment ? Non, je n'en ai pas encore entendu parler. Je vais mettre la télé immédiatement. » Elle fit une pause.

Voyons, Jane de Furcillo, il te demande de l'accompagner sur les lieux de l'accident. Voilà pourquoi il t'appelle.

« Est-ce pour cela... es-tu...

— Mais oui, petite rousse écervelée. Je te demande de venir mettre en pratique tes connaissances thanatologiques. Je veux que tu sois mon assistante dans cette affaire.

— Je... je ne sais pas quoi dire.

— Je croyais que tu avais déjà dit oui.

— Oui. Oui, bien sûr.

— Ça va être dur pour chacun d'entre nous, tu sais. Pourras-tu tenir le coup ?

— Ne t'inquiète pas pour moi. Plus c'est dur, mieux je travaille. Je vais prendre un congé de courte durée.

— Parfait. Je te retrouve donc demain matin à l'aéroport Kennedy. Nous prendrons le vol pour Chicago de 9 heures. Je ne bois pas d'habitude le matin, mais il faudra probablement que je m'enfile une bouteille de vin avant de partir. » Elle éclata de rire. « Ce n'est pas drôle, chef. J'espère seulement que l'avion que nous allons prendre tiendra en l'air.

— Ne t'inquiète pas, j'en suis convaincue...

— Sois prête à me tenir la main si je te le demande.

— Pas de problème. A demain. » Jane posa le combiné sur la fourche et hurla de joie.

14

L'horreur de la scène ne le surprendrait pas : il avait déjà participé à l'identification des victimes de plusieurs catastrophes aériennes. Il avait notamment été à Ténériffe, dans les îles Canaries, après la collision entre un Boeing 747 de Pan American et un Boeing 747 de KLM qui avait coûté la vie à 581 personnes. Pourtant, le désastre dont il se souvenait le mieux, parce qu'il avait fallu recueillir 18 000 fragments humains pour identifier les victimes, s'était produit près de Paris : un DC-10 de la Turkish Airlines qui s'était écrasé au sol sans aucun survivant. Le ministère français de la Justice avait immédiatement demandé à Jean-Pierre de venir sur place. Grâce à ses efforts, 337 des 346 personnes à bord avaient pu être identifiées.

L'accident du DC-10 d'American Airlines à O'Hare ressemblerait à ce qu'il avait vu à Paris, il en était convaincu. Les journaux indiquaient que l'on avait retrouvé des morceaux de corps sur tout le terrain d'aviation désaffecté d'Elk Grove où l'avion s'était écrasé ; certaines victimes étaient encore ensevelies sous la carcasse de l'appareil. Tandis que la National Transportation Safety Board [1] recherchait les raisons de l'accident, la FAA attendait l'arrivée de ses spécialistes — dont

1. Commission nationale de la sécurité des transports. (N.d.T.)

Jean-Pierre — qui rassembleraient tous les éléments nécessaires à l'identification des victimes.

Pendant le vol entre Kennedy et O'Hare International, Jane resta tranquillement assise dans son fauteuil de première classe, à lui tenir la main, comme il l'avait demandé. Elle sentait bien que ce n'était pas seulement parce qu'il avait peur en avion, loin de là. Jean-Pierre dormit pendant la plus grande partie du voyage ; pendant ce temps, la tête posée sur un oreiller, elle faisait semblant de somnoler et ouvrait les yeux de temps à autre pour le regarder amoureusement. Rien de ce qu'elle avait pu connaître auparavant n'approchait la joie qui l'envahissait. Cet homme, se disait-elle, au noble cœur, si dévoué, si fort, si réel, aurait son amour et son respect aussi longtemps qu'il les voudrait. Et lorsqu'il lui offrirait *son* amour — et il le ferait, elle le croyait profondément — ce serait la même chose. Parce que c'était un homme comme ça, un homme qui ne se donnait qu'entièrement. C'était ce qu'elle voulait ; voilà comment elle entendait s'offrir à lui.

Elle comprenait bien, pourtant, qu'ils devraient surmonter des obstacles. Ce qui les avait séparés — quoi que ce fût — ce qui l'avait empêché de la voir pendant tous ces mois d'hiver glacés et solitaires, ce problème inconnu était terminé, espérait-elle. Alors peut-être leur amour allait-il pouvoir reprendre son cours naturel. Après tout, pensait-elle, il n'arrivait pas si souvent que deux personnes avec les mêmes centres d'intérêt, la même manière de penser et la même passion mutuelle se rencontrent. C'était comme s'ils étaient destinés à être ensemble.

A leur arrivée à O'Hare, ils furent accueillis par un représentant d'American Airlines. La compagnie avait réservé une chambre luxueuse pour Jean-Pierre seulement, ignorant qu'il serait accompagné d'une assistante.

« Ça ne me dérange pas, lui dit Jane, d'autant qu'il y a deux grands lits dans la chambre, alors... Où est le problème ?

— Parfait, mais j'espère que tu ne ronfles pas », ajouta-t-il en riant.

Après avoir déposé leurs bagages au Hilton de O'Hare, ils allèrent se présenter au Dr. Greffen, chef de l'unité de médecine légale de la FAA. Une fois qu'on leur eut expliqué les procédures, Jean-Pierre et Jane se changèrent afin d'aller inspecter la scène de l'accident. Il s'entoura les doigts et les mains de sparadrap avant d'enfiler une paire de gants chirurgicaux.

Des drapeaux numérotés avaient déjà été disposés pour indiquer où se trouvaient les corps au milieu de l'épave. Jane se cramponna à la main de Jean-Pierre tandis qu'ils marchaient parmi les débris. Il lui tendit une paire de gants en caoutchouc et lui dit de préparer un sac en plastique au cas où ils trouveraient des fragments humains oubliés par les équipes précédentes.

« Regarde là-bas, fit remarquer Jane. C'est un parking de caravanes. C'est un miracle que l'avion ne l'ait pas touché.

— Plutôt. Ils vont déménager de là demain. Ils ont eu de la chance cette fois-ci.

— Excusez-moi, monsieur Lahary, intervint un jeune homme avec nervosité. Je m'appelle Burt Rawlings et je suis censé vous aider. Le Dr. Greffen sera dans la morgue provisoire si vous avez besoin de lui. C'est tout près d'ici, dans le hangar d'American Airlines.

— Je sais. Nous en arrivons. » Jean-Pierre sentit que Burt vivait sa première expérience de ce genre. « Il faut voir ça comme un travail, une mission importante, lui dit-il. Ne vous laissez pas submerger par les émotions. Vous comprenez ?

— Oui, monsieur Lahary, c'est seulement que...

— Je comprends. Mais regardez Jane ; c'est une thanatologue, une scientifique, mais c'est aussi une femme, et si elle peut l'encaisser, vous le pouvez aussi. »

Jane faillit réagir à cette remarque, mais comprit qu'il l'entendait plus comme un compliment que comme une affirmation sexiste. Et après tout, quelle importance ? « N'ayez pas de fausse honte, Burt, fit-elle. Faites ce que vous voulez. Personne ne vous prendra pour une mauviette. C'est probablement le pire genre de tragédie dont on puisse être témoin. »

Burt, touché, hocha la tête.

Ils se mirent à regarder les drapeaux numérotés. Les

corps avaient été déchiquetés par l'explosion et l'on ne voyait que des débris humains sous les fanions.

« Combien de morceaux a-t-on trouvé jusqu'à présent ? demanda Jean-Pierre à Burt.

— Presque 14 000, mais le Dr. Greffen estime qu'on en aura découvert environ 15 000 avant la fin de la journée. »

Jean-Pierre se dit que ce serait à lui d'étudier ces 15 000 fragments humains, de classer les bouts de bras, de jambes, de têtes et de torses. Mais il avait déjà fait ça. Le processus d'identification s'effectuerait fondamentalement avec les mêmes méthodes que celles dont il se servait à la morgue. Ce sera facile dans le cas où l'une ou l'autre victime prenait un médicament bien précis et peu utilisé, ou avait une maladie peu courante dont elle était le seul passager à souffrir. Le labo n'aurait qu'à trouver le médicament ou la maladie dans un des débris — un bras, une jambe, puis dans un torse — et le tour serait joué. Malheureusement, ce ne sera pas aussi simple, Jean-Pierre le savait bien.

La plupart des restes avaient déjà été transportés dans la morgue temporaire qui servirait de bureau au Français pendant son séjour à Chicago. Sur chaque spécimen il avait été indiqué où on l'avait trouvé et dans quelle position. Ces données seraient précieuses aux enquêteurs.

« Jean-Pierre, s'écria Jane, regarde là-bas ! » Elle montrait une chaussure brûlée d'où sortaient un pied et les restes brisés d'une jambe.

« Bon, Burt, indiquez la position sur l'étiquette et mettez le tout dans le sac avec précaution.

— Oui, monsieur.

— Dites, Burt. Ne m'appelez pas monsieur.

— Pardon, monsieur... euh... pardon.

— Savez-vous si l'on a trouvé des corps intacts ?

— Non, seulement des morceaux. »

Jane continuait de fouiller. Sous une pile de débris métalliques, elle aperçut une tête. Jean-Pierre vint à sa rescousse.

« Attends, je vais t'aider. Ouvre le sac.

— Tu as trouvé le Dr. Benjamin dans le même état, fit remarquer Jane.

— Oui, chef. Quand nous reviendrons à New York, il faudra que j'étudie ce cas nouveau.

— Pour quoi faire ? Je croyais que tu...

— J'ai de nouvelles idées sur le tampon de coton : le paquet d'où il vient. Et aussi, la seringue. Si nous la trouvons, nous saurons peut-être qui a brûlé le corps.

— J'aimerais travailler avec toi sur cette affaire, si c'est possible.

— Je ne crois pas. Mais ce n'est pas le moment de parler de ça, chef, occupons-nous plutôt de cet accident. »

Elle fronça les sourcils.

Tandis que Jean-Pierre plaçait la tête dans le sac, Burt cria :

« Il y a un bras d'homme sous ce bout de métal.

— Comment savez-vous que c'est un bras d'homme ?

— Il y a une montre d'homme au poignet. »

Jean-Pierre eut l'air surpris.

« Curieux. Je parierais que le fabricant aimerait voir ça.

— Pourquoi ? demanda Jane.

— La montre marche encore. » Il tendit le sac de plastique à Burt et leva le lourd morceau de fuselage. « Faites attention, la montre nous aidera à l'identifier. »

Quelques minutes plus tard, près d'un train d'atterrissage tordu, Jean-Pierre découvrit ce qui ressemblait au vagin d'une femme.

« C'est incroyable ce qu'on trouve dans ces catastrophes aériennes. Parfois on découvre un morceau très loin du reste du corps. J'ai vu une fois un homme coupé en deux, verticalement, dont les moitiés étaient à quatre cents mètres l'une de l'autre.

— Quelle tragédie, soupira Jane.

— Oui. Tu tiens le coup ?

— Ça va. Je vais y arriver.

— J'en étais sûr. »

Puis, soudain, Jane se dit qu'elle avait parlé trop vite. Dans l'herbe brûlée à ses pieds, elle aperçut deux bras arrachés qui se tenaient encore par la main, comme pour rester unis à jamais. L'alliance de la femme était parfaitement visible. Mentalement, Jane entendit les hurlements des passagers pendant que l'avion tombait. Elle imaginait leur désespoir en comprenant qu'ils allaient mourir. Cela lui fit penser à son voyage de New York avec Jean-Pierre : la manière dont elle lui tenait la main. Des larmes se mirent à couler sur ses joues.

« Je crois que tu en as assez vu, dit Jean-Pierre.

— Non, ça va. Simplement... ne les séparons pas, s'il te plaît. »

Il approuva de la tête, et plaça lentement les bras dans le sac en plastique. « Nous allons emmener ces restes dans le hangar avec l'aide de la police et nous les mettrons dans les camions réfrigérés. »

Jean-Pierre, Jane et Burt entrèrent dans l'immense bâtiment qui, normalement, abritait plusieurs avions et aujourd'hui servait à l'équipe de thanatologie de la FAA. Les terminaux informatiques qui allaient contribuer à l'identification avaient déjà été mis en place. Des rangées de tables, sur lesquelles étaient posés les fragments humains, s'alignaient sur un des côtés de la gigantesque structure.

Le Dr. Greffen s'avança :

« Jean-Pierre, nous nous posons des tas de questions sur certains de ces morceaux. Nous espérons que vous nous aiderez à trouver les réponses.

— Pas de problème, chef, pas de problème. »

La morgue provisoire bourdonna d'activité toute la journée : les téléphones sonnaient, les journalistes s'agitaient en quête d'informations exclusives, des gens galopaient en tous sens avec de nouveaux spécimens et des informations. En fait, on se serait cru à la morgue de New York, à une seule différence essentielle : la publicité reçue par l'accident avait attiré un grand nombre de reporters dont la présence se révélait parfois encombrante. Mais Jean-Pierre, ignorant toutes les distractions, était entièrement plongé dans l'étude des divers morceaux humains.

« Monsieur Lahary, lui demanda Burt. Puis-je vous demander... depuis combien de temps vous faites équipe avec votre assistante ?

— Pourquoi posez-vous cette question ?

— Vous travaillez si bien ensemble. C'est une sacrée femme.

— Oui, Burt, sourit-il fièrement. C'est la meilleure. »

Jean-Pierre se rendait compte combien il lui serait désormais difficile de l'éviter de nouveau.

Ils travaillèrent pendant près de dix heures avant de retourner à l'hôtel. Jane sortit de la douche timidement enroulée dans une serviette, puis elle ignora rapidement sa présence. Elle était si fraîche, si belle, qu'il eut envie de lui faire l'amour sur-le-champ, mais il avait désespérément besoin de prendre une douche, sinon deux : il était couvert de graisse et de fumée et il puait le kérosène. En outre, il lui avait promis de l'emmener dîner avant de se coucher.

Le dernier ouvert des cinq restaurants de l'hôtel était sur le point de cesser de servir lorsqu'ils arrivèrent. Le maître d'hôtel leur signala qu'ils avaient deux minutes pour passer leur commande avant que la cuisine ne ferme. Outre une bouteille de vin blanc, il s'empressa de demander son espadon rituel, elle un hamburger.

« C'est marrant, sourit-elle.

— Quoi donc ?

— Eh bien, American Airlines t'a donné carte blanche pour manger et boire ce que tu veux et nous voilà en train de commander un hamburger et de l'espadon.

— C'est ce que j'aurais pris de toute façon.

— Moi aussi. »

Ils restèrent silencieux en attendant que leur plat arrive; tous deux pensaient à ce qui allait se passer lorsqu'ils se retrouveraient dans la chambre. Jane se disait qu'elle ne devait pas se montrer trop impatiente. Et si, en sortant de la salle de bains, elle le trouvait couché dans un des lits ? Devrait-elle nonchalamment se glisser dans le même lit que lui, ou s'installer dans l'autre ? Quel dilemme ! Mais oui ! Le mieux, c'était qu'elle choisisse un des lits en entrant dans la chambre et qu'elle lui laisse la place de la rejoindre. Voilà, Jane de Chantal Furcillo, mais n'oublie pas d'aller aux toilettes en bas pendant qu'il signe l'addition. Puis déshabille-toi aussitôt que tu seras dans la chambre. Un instant ! Tu ne peux pas faire ça. Il faut que tu te déshabilles dans la salle de bains. Mais, s'il se déshabille, lui, dans la chambre et se met au lit avant que tu ne puisses... Oh, bon Dieu, comment allait-elle s'en sortir ?

Leur commande arriva rapidement. Jean-Pierre la regarda comme s'il attendait quelque chose.

« Pourquoi me regardes-tu comme ça ?

— Je veux te voir manger ton hamburger.

— Oh !

— Tu vois, je n'ai pas oublié.

— Mange ton poisson », fit-elle. Mais elle se garda bien de le décevoir. Elle se mit à manger son hamburger à petites bouchées régulières, formant un cercle parfait de demi-cercles avec ses dents, comme un engrenage ou une scie circulaire. C'était quelque chose qu'elle avait toujours fait et qu'elle ferait toujours, même en fêtant leurs noces d'argent. Ho-ho ! Jane de Chantal Furcillo, ne précipite donc pas les choses comme ça.

Dans l'ascenseur, Jean-Pierre l'enlaça et l'embrassa doucement. Il l'attira contre lui et glissa légèrement sa jambe entre ses genoux. La porte s'ouvrit soudain et un homme d'un certain âge entra dans la cabine en souriant. « Vous descendez ?

— Euh, je crois que nous montons, répondit Jean-Pierre. Je veux dire, l'ascenseur monte. » Il aurait mieux fait de ne rien ajouter, pensa-t-il.

« Eh bien, je crois que je vais quand même vous accompagner », dit le vieux monsieur. Jean-Pierre hocha la tête en souriant. Jane rit doucement.

Lorsqu'ils arrivèrent devant leur chambre, Jean-Pierre ouvrit la porte et l'invita à entrer. Elle hésita.

« Qu'est-ce que tu attends ?

— Que tu me portes.

— T'es dingue. » Puis, se reprenant, il ajouta : « Pourquoi pas ? » C'était un Jean-Pierre Lahary auquel lui-même n'était guère accoutumé.

Elle s'abandonna avec plaisir dans ses bras musculeux, mais devint nerveuse lorsqu'il l'invita à aller se changer dans la salle de bains. Elle ouvrit sa valise, en sortit un T-shirt rose et entra en dansant dans la salle de bains. « Je ne serai pas longue ; je te cède la place tout de suite... si tu veux. »

Il ne répondit pas. Peu après il enleva sa chemise et son pantalon.

Lorsqu'elle sortit de la salle de bains, elle fut ravie de le voir assis dans un fauteuil, torse nu, ne portant qu'un slip minuscule. Elle sauta dans le lit le plus proche et se poussa jusqu'au bord du côté le plus éloigné pour lui laisser toute la place de se glisser auprès d'elle.

Il prit un journal et se mit à le lire.

« Vas-tu... » commença-t-elle. Elle s'interrompit. Tu as attendu tout ce temps, Jane de Furcillo, qu'importent quelques instants de plus !

Il posa le quotidien sur le bureau devant lui et se glissa dans l'autre lit. « Crains-tu d'être déshonorée si on découvre que nous avons dormi dans la même chambre ? demanda-t-il.

— Déshonorée ? De quoi aurais-je honte ? D'ailleurs les gens sont comme moi, ils n'ont aucun droit de me juger. » Du calme, Jane de Furcillo, du calme ! Ne montre pas que tu es furieuse. Laisse-le se décider quand il le souhaitera. C'est probablement pour affirmer son autorité qu'il ne s'est pas mis au lit avec toi. Il se montrera bientôt un amant agréable, sans nul doute, doux, tendre, et aussi émotionnel, passionné et intense. Oh ! comme elle voulait tout connaître de lui.

« Si tu veux dormir dans mon lit, ça ne me dérange pas, reprit-il. Je ne voudrais pas que tu aies des cauchemars.

— N'as-tu pas peur de ce qui risque de se passer si j'entre dans ton lit ? demanda-t-elle timidement.

— Peur ? Que puis-je donc redouter ? Si tu veux dormir dans ce lit, je t'en prie. Ça m'est égal.

— Non, je ferai ce que tu me demanderas. Si c'est pour dormir avec toi, je...

— Seulement pour te protéger des cauchemars, évidemment, ajouta-t-il.

— Je n'ai pas besoin de ça.

— Alors ne dors pas dans le même lit que moi.

— De quoi as-tu donc peur ? Serais-tu, par hasard... »

A quoi pouvait-elle penser, se demanda-t-il. Non, pas à ça. Elle n'allait pas croire une chose pareille, quand même ? « Es-tu dingue ? cracha-t-il. Je suis en excellente santé, et d'ailleurs un bon amant. N'en parlons plus. Dors.

— Je ne pensais pas à ça », protesta-t-elle. Il rit sarcastiquement. « Parfois je ne te comprends pas. Pour toi, tout est... tout est prétexte à rire. Ne peux-tu prendre ça au sérieux ? Ton attitude me déprime parfois. » Tu n'aurais pas dû dire ça, Jane de Chantal Furcillo.

« Je ne suis jamais déprimé, sourit-il. Ce genre de choses n'arrive qu'à mon portefeuille.

— Jean-Pierre, tu es l'homme le plus imprévisible que je connaisse. » Il se remit à rire. « Je t'en prie, sois sérieux un instant. Réponds-moi : as-tu, oui ou non, envie de moi ?

— Peut-être que ce n'est pas le bon moment. »

Pourquoi agissait-il ainsi, se demanda-t-il ? Pourquoi, lorsque le moment se présentait, se précipitait-il dans la direction opposée ?

« Très bien, fit-elle. Quand est-ce que ce sera le bon moment, alors ? »

Il se dressa dans son lit et dit, sans réfléchir :

« Là, tu m'épates, tu sais. Tu as passé toute la journée à ramasser des bouts de cadavre et maintenant tu fais comme si de rien n'était.

— Je ne te comprends pas. C'est toi qui me rappelles de voir les choses froidement, que c'est un travail à faire. Veux-tu dire... que cette journée t'a retourné ?

— Bien sûr que non. J'essayais seulement de voir si toi tu avais été retournée.

— Non, dit-elle avec emphase.

— Pas même quand ce policier a cru avoir trouvé un bout d'œsophage et que j'ai dû lui dire que c'était un vagin ?

— Ce n'était pas très drôle. »

Il fut soudain pris de colère.

« Jane ! Que voudrais-tu que je fasse ? Que je pleure ? Que je m'apitoie sur le sort de tous ces gens, que j'imagine leurs sentiments quand l'avion a commencé à piquer vers le sol, que je compatisse à leur horreur quand ils ont compris leur destin ? Faut-il que j'y voie des gens et non des choses que je dois toucher, ramasser dans les débris et essayer d'identifier ? J'ai déjà assez de mal à faire ça sans qu'on me le rappelle quand je vais me coucher.

— J'y étais aussi. Je sais ce que tu ressens, c'est juste...

— N'en parlons plus, okay ? » Il sortit de son lit et s'assit auprès d'elle. « Écoute, tu es la seule femme qui me comprenne. N'y touche pas. Tu sais que je ne disais pas ça par cynisme.

— Oui, je comprends. Vraiment. » Il était en train de montrer cette partie de lui qui avait pitié des victimes sur lesquelles il travaillait, cette partie de lui qu'il devait enfouir profondément, sinon comment aurait-il pu effectuer la tâche macabre qu'exigeait son travail ? C'était un homme qui éprouvait des sentiments réels, elle le savait, et qui avait une profonde conscience professionnelle.

Et elle le connaissait, à sa manière bien personnelle. Il ne le montrait peut-être pas toujours, mais pour elle il était au fond un être réfléchi, plein de considération.

Elle lui prit la main. Il porta la sienne à ses lèvres et l'embrassa doucement. Elle sentit qu'il la touchait, fort et doux à la fois. Il l'enlaça et la poussa lentement sur le lit. Elle se sentait en sécurité dans ses bras.

Il l'embrassa doucement sur les lèvres en lui disant : « Je ne suis pas encore certain que l'amour me convienne, mais si oui, c'est toi que j'aimerais. »

En entendant ces mots, Jane comprit qu'il n'avait jamais été sans doute aussi près de dire à une femme qu'il l'aimait. Ses rêves semblaient sur le point de se réaliser.

Jean-Pierre se sentait ferré, mais pas pris au piège. Normalement, il lui aurait dit que l'amour était pire que la mort, mais ce soir-là il savait seulement qu'il éprouvait des sentiments très tendres pour elle, et qu'il se sentait si bien auprès d'elle.

Il la pressa tendrement contre lui, se glissa lentement sur elle. Elle l'écarta brièvement pour pouvoir sortir de dessous les draps. Il reprit ensuite sa position et l'embrassa avec une passion qu'il croyait réservée au cinéma. Elle frissonna en sentant la tiédeur de sa peau nue sur ses cuisses. Elle lui caressa le dos de ses deux mains tandis qu'il lui mordillait le cou. Ses mains glissèrent lentement sous le T-shirt pour redescendre vers le nombril, avant de remonter pour lui caresser les seins à pleines paumes.

C'est alors que le téléphone se mit à sonner.

« Ah, merde alors, s'écria-t-il. Qui peut bien m'appeler à cette heure-ci ?

— Pourquoi ne réponds-tu pas ? Tu le sauras. » Elle rit.

Il décrocha l'appareil. « Allô. » La réponse se fit attendre. « Allô, allô. Merde, qui est-ce ?

— T'es bien au chaud dans ton petit lit, Frenchy ? finit par dire une voix d'homme.

— C'est pas vrai. Mais comment avez-vous fait pour me trouver ici ? » Jane fronça les sourcils. Cet abruti avait interrompu le plus beau moment de sa vie. « Et cette fois, Frenchy, je sais que tu es avec ta copine rousse. »

Plus que jamais encore auparavant, Jean-Pierre était décidé à coincer ce fou, à n'importe quel prix.

« Réflexion faite, je suis content que vous m'ayez appelé. J'ai de bonnes nouvelles pour vous.

— De bonnes nouvelles ?

— Ouais. Vous voyez, nous avons de nouveaux indices qui montrent que Benjamin a été assassiné.

— Vraiment ? Lesquels ? »

Jane, terrifiée, se dressa dans le lit.

Jean-Pierre était maintenant convaincu que l'inconnu avait ses sources d'informations à la morgue. Soit il y travaillait lui-même, soit il était en contact étroit avec quelqu'un qui connaissait bien ses affaires. Mais qui donc ?

« Avant de vous répondre, j'aimerais que vous me disiez comment vous m'avez retrouvé ici.

— D'accord, je vais t'affranchir. Ça a été facile. D'abord j'ai téléphoné à la morgue et j'ai demandé à te causer. On m'a dit que t'étais à Chicago où tu t'occupais de l'accident d'avion. J'ai appelé tous les hôtels... et voilà le travail. »

L'homme avait dû préparer cette réponse, se dit Jean-Pierre.

« Qu'est-ce qui vous fait croire que la rousse est avec moi ? »

Jane écarquilla les yeux de surprise. Elle comprit alors que le correspondant était le même homme qui avait menacé Jean-Pierre au téléphone dans le couloir de la salle d'autopsie. Mais qu'avait-elle à voir dans cette histoire ?

« Un coup de bol, j'ai deviné juste. Mais assez déconné. Déballe ton sac et vite fait.

— Eh bien, pour commencer, je sais que le vrai meurtrier a essayé de nous faire croire que le crime avait été réalisé par un dingue. Mais maintenant je sais que l'assassin... a été aidé par un pro, par quelqu'un d'efficace, qui a laissé suffisamment d'indices pour que je puisse identifier le docteur.

— Comment tu sais ça ?

— C'est mon boulot de savoir, rétorqua sèchement Jean-Pierre.

— Alors, à ton avis, qui a tué le toubib ?

— Jim Constantine, sans aucun doute.

— Quoi ? s'étrangla l'homme.

— J'ai trouvé la seringue, vous savez, celle avec laquelle la drogue a été injectée au docteur. Elle était couverte d'empreintes. » Il sourit à Jane qui le regardait bouche bée. « En plus, dans le placard à médicaments de Benjamin j'ai découvert l'emballage orange et blanc qui enveloppait le tampon désinfectant. Il y avait aussi les empreintes de Jim Constantine dessus.

— J' te crois pas. C'est impossible.

— Et pourquoi ça ?

— Écoute, maintenant c'est toi qui marches à côté de tes pompes. Ce gosse a rien à voir là-dedans.

— Et comment savez-vous ça ?

— Je le sais, c'est tout.

— Là, je pige plus. Je croyais que ces nouvelles vous feraient plaisir. Maintenant, votre petite amie va pouvoir toucher le fric des assurances, en fin de compte.

— Ouais, mais elle... laisse tomber. Les flics sont au parfum ?

— Euh, pas encore. Je n'ai trouvé ces éléments que juste avant de quitter New York. Je n'ai pas eu le temps...

— Eh bien, leur dis rien avant...

— Avant quoi ?

— Écoute, tu peux me croire, le gosse y est pour que dalle.

— Alors c'est vous ?

— Ça suffit comme ça. Écoute-moi bien. Tu la boucles, pigé ? On en recausera quand tu reviendras ici.

— Vous me demandez de dissimuler des informations à la police ?

— Si tu baves, Frenchy, y vont te couper en autant de petits bouts que t'en as trouvé aujourd'hui dans le zinc. Faudra qu'ils te refassent comme tu rafistoles tes macchabs, okay ?

— Je suis le seul à pouvoir le faire, alors...

— Alors ils te laisseront vivre le temps de reconstituer ta copine Jane.

— Sale petit con, t'as pas intérêt à y toucher », hurla-t-il en raccrochant brutalement l'appareil.

Jane comprit immédiatement qu'il parlait d'elle. Elle saisit d'un seul coup ce qu'il avait en tête lorsqu'il lui avait dit : « Tu ne peux plus me voir avant que ce ne soit terminé. » Le correspondant inconnu l'avait donc menacée elle aussi. « Jean-Pierre », commença-t-elle pour avoir confirmation de ses soupçons.

Le téléphone se remit à sonner. Il le décrocha.

« Je ne rigole pas, Frenchy. Tu fais une erreur, et c'est rideau pour ta copine. Tu piges ?

— Ouais, je pige.

— Alors retourne à tes occupations, Frenchy. Profites-en pendant que tu peux encore. »

Jean-Pierre reposa le combiné et se tourna vers Jane : « Est-ce que quelqu'un à la morgue connaît ton adresse ?

— Comment. Pourquoi me...

— Réponds-moi.

— Seulement Doris, je crois. »

Ce n'était pas Doris, se dit Jean-Pierre. Cela voulait donc dire que s'il ne voyait pas Jane quand ils rentreraient à New York, il ne saurait pas où la retrouver.

Jane demanda :

« Vas-tu me dire ce qui se passe ? » Il ne répondit pas. « Bien, alors c'est moi qui vais te le dire. Ce type qui vient d'appeler est le même qui essaie de t'intimider depuis plusieurs mois. Et, bien entendu, tu n'en as rien dit à la police.

— Jane, laisse tomber, veux-tu.

— Non, je ne vais pas laisser tomber. Il me menace moi aussi, pas vrai ?

— Jane, ça ne te regarde pas.

— Ça me regarde si ma vie est en danger. C'est pour ça que tu m'évitais tous ces derniers mois, n'est-ce pas ? Eh bien, laisse-moi te dire ceci. Je n'ai pas peur. Je préfère être avec toi... que de laisser un abruti nous séparer.

— Jane, ce type est dangereux. Je crois que c'est lui qui a coupé en morceaux et brûlé le Dr. Benjamin. Il est capable de tout.

— Crois-tu que Jim Constantine soit mêlé à cette histoire ?

— Certain. En fait, au début, je croyais que ce mec était Constantine, mais je n'en suis pas sûr maintenant. Néanmoins, je pense qu'il a quelque chose à voir avec Constantine, d'une manière ou d'une autre. Par ailleurs, il y a quelqu'un à la morgue qui donne des informations à ce type, sur moi, mon travail, mon emploi du temps quotidien. Il lui a passé mon numéro de téléphone et lui a même parlé de toi. Mais je n'arrive pas à voir qui ça peut bien être. J'ai cru un moment que c'était cet enquêteur des assurances, mais non. J'ai appelé Harrison et écouté le message sur son répondeur ; la voix de ce type est différente.

— Alors qui est-ce à ton avis ?

— Je ne sais pas, mais je sais que ce mec ne plaisante pas.

— Alors, pourquoi n'en parles-tu pas au lieutenant Dawson à ton retour ?

— Non, pas encore. Il faut que j'y réfléchisse encore...

— Bravo. Ta vie est menacée et tu veux seulement y réfléchir encore un peu.

— Je t'ai déjà dit que ça ne te regardait pas. »

Jane répliqua, furieuse :

« Parfait. Alors, puisque tu es si courageux, pourquoi ne proposes-tu pas à cet homme de te rencontrer ? »

Il prit l'idée au sérieux.

« Crois-tu qu'il viendrait ?

— Non, non, n'en parlons plus. Ce n'est pas une bonne idée. Préviens plutôt le lieutenant.

— Et toi fais plutôt ton boulot pendant que tu es ici, et laisse tomber cette histoire.

— Mais qu'est-ce qui te convaincra d'aller voir la police ? Tu la préviendras quand tu te retrouveras, mourant, dans un lit d'hôpital ?

— Peut-être. Mais pour l'instant, je crois que je vais seulement m'installer dans mon propre lit et y attendre que tu te taises. »

Sa nuit était gâchée, mais pas sa vie, pensa Jane. Il devait y avoir un moyen d'amener Jean-Pierre à se protéger de ce malade, même s'il lui fallait trouver ce moyen toute seule.

15

Ils travaillèrent d'arrache-pied pendant cinq semaines à Chicago, rassemblant et étudiant des fragments de corps pour l'identification. Au total, l'opération fut une grande réussite : sur les 272 passagers et membres d'équipage du vol 191 d'American Airlines, 240 furent identifiés, y compris un homme qui promenait son chien sur les lieux de l'accident.

Mais l'incident le plus bizarre qui se produisit pendant l'enquête fut une tentative de détournement d'un autre avion d'American Airlines. Les pirates de l'air avaient exigé que l'appareil soit mis dans le hangar, sans se douter que la FAA s'en servait de morgue provisoire. Des agents du Federal Bureau of Investigation débarquèrent soudain pour préparer l'arrivée de l'avion dans le hangar. Ils disposèrent leur poste de commandement à côté des tables où les morceaux de victimes étaient examinés. Jean-Pierre et Jane se hâtèrent de dissimuler les bouts de cadavres. Si les passagers de l'avion détourné apercevaient ce spectacle macabre, on pouvait s'attendre à une panique incroyable. Comme le Français avait souvent fait l'expérience des réactions des gens non avertis devant des corps mutilés, il fit tout son possible pour éviter un affolement collectif. Par bonheur, les hommes du FBI firent avorter la tentative.

Cet incident donna des idées à Jean-Pierre. Les agents du FBI avaient menti aux pirates de l'air, mais ils avaient quand même simulé le scénario dans les moindres détails pour que les terroristes aient l'impression que l'on cédait à leurs exigences. C'était quelque chose qu'il lui faudrait faire, lui aussi, s'il voulait protéger Jane.

En achevant ce travail à l'aéroport O'Hare, Jane fut envahie par un sentiment de complète satisfaction : avoir participé à une opération historique — la pire catastrophe aérienne des États-Unis — aux côtés du Français la comblait, d'autant plus que Jean-Pierre avait été content d'elle.

Il la félicita d'avoir su accomplir un travail à la fois complet et bien fait ; elle s'était affirmée une remarquable thanatologue, aussi dévouée à sa science que lui-même. Sa collaboration à ses côtés lui manquerait terriblement pour élucider les mystères, trouver les indices permettant d'identifier les victimes, et partager les réussites fréquentes comme les échecs occasionnels.

En revanche, leur mariage provisoire était resté blanc ; ils s'étaient contentés de dormir dans la même chambre. Jean-Pierre avait décidé de maîtriser son désir — c'était moins compliqué de la sorte. Pour sa part, Jane se disait que leur chasteté s'expliquait par leur travail harassant ; mais elle savait bien que le problème qui les attendait à New York y était aussi pour quelque chose.

« Aimeriez-vous un peu plus de thé ? demanda l'hôtesse.

— Non merci », répondit Jane. Elle se tourna vers Jean-Pierre. « Je sais que j'ai promis de ne plus en parler, mais vas-tu, oui ou non, prévenir le lieutenant Dawson à notre arrivée à New York ?

— Je t'ai déjà dit que ça ne te regardait pas.

— Mais ça me regarde ! » Elle renonça à poursuivre la conversation et décida de prendre l'initiative d'appeler elle-même le lieutenant Dawson dès leur arrivée.

A son retour à la morgue de New York, Jean-Pierre se vit prier par le Dr. Davenport de bien vouloir accorder une interview à un journaliste de ABC qui voulait l'interroger sur la tragédie de Chicago. Pour une fois, il accepta sans rechigner ; il voulait, en effet, faire comprendre à l'opinion publique la nécessité d'améliorer les réglementations de sécurité pour prévenir les catastrophes aériennes, mais il ne put s'empêcher de parler des drames quotidiens qui trouvent leur épilogue à la morgue de New York.

« L'accident du vol 191 à Chicago inquiète beaucoup les voyageurs, commença le journaliste. La FAA fait-elle bien son travail au service de la nation en prescrivant des réglementations de sécurité adéquates aux constructeurs d'avions et aux compagnies aériennes ? Le malheureux accident de Chicago soulève notamment ce problème.

« Le sort tragique du vol 191 restera longtemps dans nos mémoires. Mais nous avons ici un homme qui a vu cette horrible tragédie de ses propres yeux : il s'agit de Jean-Pierre Lahary, que la FAA a engagé pour participer à l'identification des victimes de catastrophes aériennes. M. Lahary travaille à l'Institut médico-légal de New York.

« Monsieur Lahary, quelle impression avez-vous eue en voyant les restes de cette malheureuse tragédie ?

— Nous recevons en moyenne une centaine de corps par jour ici, à la morgue de New York. Ça n'a donc pas changé grand-chose pour moi de me retrouver à Chicago. En un sens, on peut dire qu'il y a un accident d'avion tous les jours à New York.

— Bien, mais pourriez-vous décrire la scène de la catastrophe de Chicago, quand vous l'avez vue, le lendemain ?

— Exactement ce que vous trouveriez à la morgue de New York : des corps déchiquetés, broyés, coupés en morceaux. Si vous venez me voir dans la salle d'autopsie principale, je vous montrerai comment c'était à Chicago. Nous voyons la même chose tous les jours.

— Continuez, monsieur Lahary.

— Eh bien oui, je vais continuer. Nous disposons de huit tables d'autopsie dans la salle principale, en bas, et de quatre autres dans d'autres salles. Cela ne suffit pas. Parfois, nous avons tant de cas qu'ils doivent attendre dans le couloir...

— Effectivement, mais puis-je vous ramener à l'accident de Chicago ?

— Non, je préférerais ne jamais y revenir, merci.

— C'est ce que nous aimerions comprendre. Qu'avez-vous ressenti ?

— Comme je l'ai dit, la même chose que je ressens en voyant les horribles meurtres qui ont lieu chaque jour dans cette ville. C'est quelque chose que vous ne pourriez pas montrer à la télévision. Difficile à comprendre. Mais j'aimerais que tout le monde ait l'occasion de voir à quoi ressemble vraiment la dégradation humaine. Peut-être qu'en découvrant l'horreur qui nous entoure, ils prendraient position, ils feraient tout leur possible pour empêcher que cette horreur ne gagne du terrain. Peut-être que si les gens se rendaient compte de la douleur et des souffrances des autres, ils...

— Oui, merci monsieur Lahary. Nous...

— Je n'ai pas terminé.

— Je suis navré, monsieur. Nous vous sommes très reconnaissants de votre collaboration. »

Jean-Pierre haussa les épaules. Il entendit un cadreur dire à l'un de ses collègues : « Ils ne passeront jamais cette interview. Heureusement qu'on l'a pas faite en direct. »

Jean-Pierre retourna dans son bureau pour y recevoir un coup de téléphone d'un autre journaliste, de la radio cette fois. De nouveau, il tenta d'expliquer les similitudes entre la catastrophe aérienne et la dégradation des conditions à New York. Du moins ce reporter diffusa-t-il un de ses commentaires : « La dégradation des corps était semblable à ce que vous trouvez ici à New York, en fait. La différence est... que sur les lieux de l'accident tous les fragments humains ont été retrouvés dans un certain rayon tandis qu'ici, à la morgue, nous les recevons de toutes sortes de quartiers différents. »

Une heure après l'émission, Dawson entra dans le bureau de Jean-Pierre.

« Salut, Frenchy, je vous ai entendu à la radio. Ils ont présenté ça comme si vous vous plaigniez de notre bonne ville de New York.

— Ouais, chef. Je ne sais pas ce qui les a poussés à faire ça. Ce que je voulais dire, c'est qu'on a plein de mecs vraiment malades ici à New York, et...

— Oui, je sais, Frenchy. Et aucun de ces dingues n'a pris contact avec vous récemment ?

— Pourquoi me demandez-vous ça ?

— Comme ça. Je pensais que peut-être... »

Jean-Pierre se doutait bien d'où venaient ces questions, mais il décida de profiter quand même de la présence du policier.

« Puisque vous êtes ici, lieutenant, je me demande si vous pourriez me donner des tuyaux sur la famille Constantine.

— Bien sûr. Que voulez-vous savoir ?

— Ce gosse, Jim, a-t-il un casier judiciaire ?

— Seulement des bricoles, du genre possession de drogue. Mais nous le soupçonnons de fournir certains des jeunes revendeurs de Staten Island.

— Et le reste de la famille ?

— Vito, son oncle, fait de la contrebande de cocaïne, nous en sommes certains, mais nous ne parvenons pas à déterminer comment il s'y prend actuellement. Il s'occupe aussi de prostitution, de pornographie enfantine, de meurtre... tout quoi.

— Ça fait un bout de temps qu'il devrait être derrière les barreaux, on dirait.

— Dites plutôt ça au juge.

— Et les parents du gamin ?

— Le père a tué la mère avant de se suicider, il y a une quinzaine d'années, juste après que deux de nos hommes eurent été abattus. Nous avons toujours pensé qu'il y avait un rapport entre les deux affaires, parce que Vito avait rencontré les deux policiers avant qu'ils ne soient tués.

— Dites-m'en davantage.

— Sur la famille ? » Jean-Pierre hocha la tête. « Eh bien, il y a le bras droit de Vito, son neveu Bob, le frère aîné de Jim.

— Il a un frère aîné ?

— Oui, et même trois, en fait. Pourquoi ?

— Oh, par curiosité. Donc il y a Jim et Bob Constantine. Et les deux autres ?

— Voyons, à brûle-pourpoint je ne saurais vous en dire beaucoup, mais... » Dawson remarqua que Jean-Pierre réfléchissait intensément. « Attention, s'il y a quelque chose de louche, je veux être prévenu.

— Eh bien, voilà quelque chose que vous pouvez faire pour moi. Pourriez-vous me montrer un dossier sur les Constantine ? J'aimerais en savoir le plus possible sur eux.

— Pourquoi ne venez-vous pas au commissariat et...

— J'aimerais mieux l'étudier ici. Je suis plus à l'aise pour réfléchir.

— Eh bien, j'imagine qu'il n'y a pas de problème à le sortir brièvement du fichier. Je repasserai ce soir, Frenchy, après le service. Nous le regarderons ensemble.

— Je préférerais le regarder tout seul, si vous n'y voyez pas d'inconvénient.

— Désolé, mais ce n'est pas possible. C'est avec moi ou pas du tout.

— D'accord, chef, je comprends. »

Doris lui passa la communication de Jane immédiatement, ravie de voir que ces deux-là, manifestement faits l'un pour l'autre, avaient fini par s'entendre.

« Bonjour Jean-Pierre, c'est Jane.

— Jane, répondit-il d'un ton irrité. Je veux que tu me répondes franchement. » Oh, oh, Jane de Chantal Furcillo, des ennuis en perspective. « As-tu demandé au lieutenant Dawson de venir me voir ?

— Qu'est-ce qui te fait croire cela ?

— Le lieutenant sort d'ici, et il ne vient normalement que lorsqu'il est sur une affaire. Aujourd'hui je crois qu'il est seulement passé me voir.

— Eh bien, je n'ai rien...

— Ne me mens pas, Jane.

— Bon. Oui, je lui ai parlé. Mais c'était pour ton bien.

— Pour qui te prends-tu, pour ma femme ou quoi ?

— Jean-Pierre, je...

— Ne te mêle pas de mes affaires. Tu comprends ? Je ne veux pas que tu viennes me voir ici.

— Allons-nous recommencer ces histoires ? Bref, qu'as-tu dit au lieutenant Dawson ?

— Rien, et je ne vais rien lui dire... et toi non plus. Je

t'appellerai quand je serai prêt à te revoir. Comprends-tu ?

— Écoute, j'essaie seulement d'obtenir que tu parles à quelqu'un de ces menaces. J'aimerais que tu... » Elle entendit la tonalité.

Elle réfléchit pendant une heure à un moyen de le convaincre de parler à Dawson. « Le connaissant, dit-elle à haute voix. Têtu comme il est... il attendra sans doute que l'homme qui lui téléphone mette sa menace à exécution. D'un autre côté, si cet inconnu menaçait un de ses amis, il irait probablement à son secours. C'est pourquoi il veut que je reste à l'écart. Je me demande ce qu'il ferait si l'homme allait blesser quelqu'un d'autre que moi ? » Elle médita un moment puis se dit, et si... non, ce n'est pas une si bonne idée. A moins que...

« Okay, Frenchy, lança Dawson en entrant dans le bureau de Jean-Pierre quelques heures plus tard. J'ai amené ce dossier Constantine et vous n'allez pas être déçu. » Il ferma rapidement la porte derrière lui. J'ai pris la liberté de reconstituer l'histoire de la famille depuis son arrivée d'Argentine.

— D'Argentine ? Mais je croyais qu'ils étaient Européens.

— Évidemment, c'est ce qu'ils veulent que tout le monde croie. Ils ont changé de nom, légalement, peu après avoir débarqué. Dawson ouvrit le dossier et montra un document sur la première page. Voilà : Silvana Constantine s'appelait Silvana Cortez avant d'épouser Arturo Consuelo. Son frère et lui ont transformé Consuelo en Constantine.

— Étrange, fit Jean-Pierre en parcourant le dossier.

— Si vous trouvez ça étrange, attendez de lire le reste. »

Il lut le rapport sur le suicide/meurtre d'Arturo et Silvana Constantine : la femme avait été retrouvée avec une balle dans la poitrine qui avait touché le cœur, et l'homme avec deux blessures par balle à la tête. Un des enfants Constantine avait découvert les deux corps et avait déclaré les avoir entendu se disputer avant que les trois coups de feu ne retentissent. Au vu des indices —

empreintes digitales, taches de poudre et position des corps — le médecin légiste avait conclu que l'homme avait pu tuer la femme avant de retourner l'arme contre lui et de se suicider.

Cette histoire évoquait quelque chose de très familier, se dit Jean-Pierre. Il s'interrompit pour réfléchir.

« Eh bien, Frenchy, à quoi pensez-vous ?

— Cette histoire du père qui se tire deux balles dans la tête. Ça ne vous rappelle pas ce *clown* qui est censé s'être suicidé ; celui qui avait laissé le climatiseur en marche et dont on n'a pu déterminer l'heure du décès ?

— C'est juste. Le patient de Benjamin, celui que Mme Benjamin soupçonnait d'avoir pu tuer son mari. Et alors ?

— Rien de précis. Une coïncidence, c'est tout.

— Dites donc, Frenchy, vous n'êtes pas en train de me cacher quelque chose, non ?

— Ne vous inquiétez pas. Je ne ferais pas une chose pareille.

— Bien, continuez à lire. Voyez si vous trouvez une autre " coïncidence ". »

Jean-Pierre tourna la page, puis revint en arrière, intrigué par un rapport sur l'enfant Constantine qui avait rapporté le suicide/meurtre. Non, ce n'était pas possible, se dit-il. Ce serait vraiment une coïncidence trop énorme. Il continua à feuilleter le dossier : les nombreuses activités illégales de Vito Constantine, son trafic « supposé » de cocaïne, son réseau « supposé » de prostitution, ses liens « supposés » avec le crime organisé. Il lut un rapport d'un policier qui voyait la main de Vito dans le meurtre de plusieurs petits gangsters et trafiquants de drogues. C'était un homme qu'il serait ravi de voir à l'ombre, se dit Jean-Pierre en regardant la photo de Vito. Il comprenait mieux maintenant à quoi Harold Brown avait affaire.

Soudain, il tressaillit et resta bouche bée : la photo d'un des frères Constantine semblait le menacer du regard.

« Que se passe-t-il, Frenchy ? demanda Dawson.

— Euh, rien.

— Ne me racontez pas d'histoires. Vous reconnaissez

cet homme. Je suis un flic, vous savez. Une chose pareille ne m'échappe pas. »

De temps à autre, en allant travailler, Jean-Pierre le rencontrait : un jeune homme, beau, avec une moustache. Il le dévisageait comme s'il pouvait le disséquer du regard, comme s'il avait envie de le tuer.

« J'aurais juré l'avoir vu quelque part, mais je dois me tromper.

— N'essayez pas de me cacher quelque chose, dit Dawson d'un ton grave.

— Je ne vous cache rien. Si j'avais quelque chose, je vous le dirais. Évidemment, vous auriez quand même les mains liées. Après tout, vous n'êtes qu'un flic.

— Qu'est-ce que c'est censé vouloir dire ?

— Eh bien, vous êtes toujours en train de me répéter que... les flics ont un mal fou à faire condamner les criminels.

— Vous avez quelque chose derrière la tête, Frenchy. Allez, dites-moi où vous avez vu cet homme. Vous lui avez déjà parlé ? »

Jean-Pierre savait qu'il lui avait déjà parlé. Au téléphone, il en était convaincu maintenant. Mais il avait aussi vu Tony Constantine en chair et en os. C'était indubitablement lui, l'homme qui le poursuivait de ses menaces. « Tout colle : il est beau gosse, l'amant de Mme Benjamin ; c'est le frère de Jim Constantine, complice du crime ; il me suit partout, il sait donc quand je pars à mon travail, quand j'en reviens, et même où j'habite. Une seule question demeure, toutefois : qui lui a donné toutes ces informations sur le corps de Benjamin ? Et aussi, comment a-t-il su que Jane était avec moi à Chicago ? »

Dawson tenta d'interrompre ses réflexions :

« Écoutez, si vous avez des ennuis, je...

— Je ne peux vraiment rien vous dire maintenant. Lorsque j'aurai des certitudes, je vous ferai signe. »

Parler maintenant à la police serait absurde, se dit-il. Comment pouvait-il prouver que Tony Constantine le menaçait ? Qu'est-ce que ça lui rapporterait de dire qu'il soupçonnait Tony et son frère Jim d'avoir essayé de tuer le docteur, mais que Benjamin les avait possédés en se suicidant ? Que pourrait-il leur arriver de pire, dans ces conditions ? Peut-être, mais seulement peut-être, risqueraient-ils un ou deux ans de prison pour vexations, ou pour entraves à une enquête criminelle, ou encore pour avoir brûlé un cadavre. Juridiquement, ils ne pouvaient être considérés comme responsables de la mort du docteur. A quoi bon, donc, parler au lieutenant ? Bien qu'il fût un ami, le policier ne ferait qu'entraver ses tentatives pour trouver un meilleur moyen de punir cette racaille, de leur faire payer leurs méfaits. Des gens comme ça devraient être mis définitivement hors d'état de nuire, estimait-il. Harold Brown était certainement de son avis.

« Monsieur Brown, dit Jean-Pierre au téléphone, je voulais seulement vous dire que j'ai quelques éléments nouveaux qui pourraient vous intéresser.

— Magnifique. Quand puis-je vous voir ?

— Je vous rappellerai. Je voulais seulement vous prévenir. Tenez-vous prêt.

— Si vous avez besoin de moi, je vous en prie, n'hésitez pas à m'appeler. »

Le lendemain matin, le Français chercha Tony Constantine dans le Conrail express et fut déçu de ne pas le trouver. A peine arrivé dans son bureau, il appela Doris. Elle lui répondit d'une voix joyeuse :

« Ah, Jean-Pierre. Comment vas-tu...

— Doris, il faut que tu me rendes un service.

— Quand tu veux, mon chou.

— J'espère que ton mari ne t'entend pas m'appeler mon chou.

— Ça lui est égal, il sait que j'appelle tout le monde mon chou. Lui, je l'appelle mon petit amour, mon biquet, n'importe quoi pourvu que ce ne soit pas mon chou. Que puis-je faire pour toi ?

— J'ai besoin du dossier personnel de Johnny Conti. Peux-tu le prendre pour moi ?

— Pas de problème, j'appelle le département du personnel et je vais voir ce que je peux faire, mais... pourquoi en as-tu besoin ?

— Je veux simplement vérifier un détail.

— Parfait.

— Merci Doris, je...

— Au fait, a-t-il réussi à te joindre à Chicago ?

— Quoi ?

— A Chicago. A propos, je n'ai pas encore eu l'occasion de t'en parler, mais j'espère que Jane et toi avez passé de bons...

— Doris, tu as donné à Johnny mon numéro à Chicago ?

— Oui. Pourquoi ? Il ne fallait pas ?

— Est-ce que, par hasard, tu lui aurais aussi donné mon numéro personnel ?

— Non. Dis, j'espère que tu ne m'en veux pas de...

— Es-tu sûre de ne pas avoir donné mon numéro personnel à Johnny ?

— Évidemment que j'en suis sûre. Mais n'importe qui peut l'avoir. Il est sur le tableau d'affichage de la salle d'autopsie avec la liste des gens qu'on peut appeler en cas d'urgence.

— Exact. » Il se tut un instant avant de reprendre. « Doris, s'il te plaît, trouve-moi le dossier de Johnny Conti dès que possible.

— Pas de problème. Quelque chose ne va pas ?

— Non. Appelle-moi quand tu l'auras. » Il raccrocha sur ces mots.

« Quand tu auras quoi ? demanda Beaufils en entrant dans le bureau de Jean-Pierre. Laisse tomber, reprit l'Haïtien. Inutile de répondre, tu pourrais gêner ton invitée.

— Quelle invitée ? Oh non ! s'écria-t-il.

— Je n'ai pas pu m'en empêcher, dit Jane timidement. Il fallait que je te voie.

— Ne peux-tu donc pas comprendre...

— Excusez-moi, intervint Beaufils. Je crois que je vais vous laisser régler vos petits problèmes.

— Jean-Pierre, reprit Jane. Que croyais-tu que j'allais faire ? Attendre à la maison comme une bonne petite fille, alors que je sais quelle épreuve tu traverses ?

— Tu sais, tu es comme toutes les autres, tu essaies de te mêler de ce qui ne te regarde pas.

— Je veux seulement t'aider. S'il te plaît... »

Beaufils entra de nouveau dans le bureau.

« Vous lui avez demandé, Jane ?

— Non, je...

— Demandé quoi ? s'enquit Jean-Pierre.

— Pardon, fit Beaufils en s'esquivant.

— J'ai parlé au docteur Davenport et...

— Aimerais-tu être mon adjoint ? » lui demanda-t-il à brûle-pourpoint.

Elle tressaillit.

« Alors c'est vrai ?

— Dis simplement oui ou non.

— Oui, dit-elle d'une voix tendre. *Oui, oui,* bien sûr que j'accepte.

— Parfait. Tu commences maintenant, mais il faut que tu m'obéisses.

— Tout ce que tu veux. »

Juste avant d'accorder l'interview à ABC, Jean-Pierre avait suggéré à son patron d'engager Jane comme son assistante, son apprentie, avait-il dit. Davenport avait trouvé l'idée excellente, et il avait dû prendre l'initiative de soumettre cette proposition à Jane ; il était manifestement décidé à précipiter les choses. Pour sa part, Jean-Pierre aurait préféré qu'elle commence lorsque l'affaire Constantine serait terminée. Peu importe après tout, se dit-il. Au contraire, il pourrait même mieux la surveiller, s'assurer qu'elle ne faisait pas de bêtises.

« Mets cette combinaison et viens avec moi, lui dit-il. Pour commencer, je vais te montrer une de mes méthodes de reconstruction.

— Pourquoi as-tu ainsi changé d'attitude ?

— Tu as fait un tel travail à Chicago que le moment est venu que je t'apprenne, voilà tout. »

Elle sourit. Ils se dirigèrent vers la salle d'autopsie. Sur l'une des tables se trouvaient les restes d'une femme, écrasée par un camion et qu'il fallait identifier.

« Elle est tombée, expliqua-t-il, à moins qu'elle n'ait été poussée du trottoir. C'est ce que nous a dit la police. On l'a retrouvée en petits morceaux sur la chaussée, sans papiers ni sac à main. Maintenant, regarde bien, chef.

— Bien sûr. Je ne manquerais ça pour rien au monde.

— Parfait. Je vais donc continuer. Je me suis déjà servi de produits chimiques pour empêcher la peau de se décomposer. Les yeux ont été reconstitués avec des injections de glycérine. Le visage est si déformé que nous allons devoir mettre en place une mâchoire inférieure en plastique pour essayer de retrouver, aussi exactement que possible, la physionomie de la personne quand elle était vivante. »

Jane l'observa attentivement pendant plus d'une heure, sans dire un mot pour ne pas le déconcentrer. Ses doigts délicats remirent les morceaux d'os en place et recousirent soigneusement la peau avec un fil blanc spécial. Il modela du plastique sous la peau pour retrouver les formes du visage, en tenant compte habilement de la manière dont la peau était tendue ou détendue.

« Un vrai institut de beauté, n'est-ce pas, chef ? Et ce n'est pas fini.

— Que veux-tu dire ?

— Nous allons maintenant administrer un shampooing à cette *clownesse.*

— Tu plaisantes ?

— Pas du tout. Après avoir été lavés, les cheveux retrouvent généralement leur position normale. C'est à Paris que j'ai fait ça pour la première fois ; ensuite on a envoyé des photos de la fille dans le monde entier, certains pays de l'Est exceptés, bien entendu. Dans les six semaines qui suivirent, Interpol avait retrouvé les parents qui montrèrent une photo de leur enfant disparue, absolument identique à l'image que j'avais recréée.

— C'est fantastique, s'écria-t-elle. J'aimerais voir ces photos un jour.

— Je te les montrerai, mais en attendant, voyons ce qu'il y a sur la liste aujourd'hui : combien d'homicides, de sauts de la mort, d'agressions, de coups de couteau, d'overdoses, de crises cardiaques, de décès en arrivant à l'hôpital, et même de morts naturelles...

— Tu sais, la première fois que je suis venue ici, je suis tombée sur Sutton ; il rigolait comme un fou en parlant d'une pouponnière. Je crois que tu ne me l'as jamais montrée.

— Pas de problème. Je t'y emmène maintenant, mais il va peut-être falloir te déshabiller pour y entrer.

— Pour que tu partes en courant...

— Très drôle, chef. » Il l'emmena dans le corridor. « Je ne vais pas plaisanter dans la pouponnière. Ce n'est pas du tout mon coin favori. » Il ouvrit la porte et une forte odeur jaillit de la pièce.

Jane remarqua d'abord un torse de femme blanche, sans tête, ni bras ni jambes.

« Où est passé le reste ? demanda-t-elle.

— La police cherche encore les morceaux manquants. Son ou ses assassins voulaient sans doute qu'on ne puisse pas l'identifier, mais je saurai qui elle était. Je m'étonne qu'elle ait encore ses seins. Peut-être parce qu'elle n'avait pas grand-chose...

— Je croyais que tu n'allais pas plaisanter ici, dit-elle, ravie néanmoins de constater qu'il avait retrouvé son sens de l'humour.

— Nous ne sommes pas encore dans la pouponnière. » Ils continuèrent jusqu'à l'endroit où le couloir faisait un coude, et entrèrent dans une pièce minuscule, sans compartiments. Sur la porte était écrit POUPONNIÈRE.

« Donc il y a réellement une pouponnière, fit Jane. Mais qui sont...

— C'est ici que nous mettons les gens trop gros pour tenir dans les tiroirs normaux. Cette femme que tu vois ici pèse plus de 200 kilos, mais j'en ai vu une qui atteignait les 340 kilos. Il nous a fallu un treuil pour la soulever et lorsqu'on l'a amenée ici, le brancard était en train de céder. Elle pesait en fait 365 kilos et était allée dans une clinique spéciale pour maigrir. Lorsqu'elle s'est assise sur le lit... patatras, plus de lit. Elle a perdu 25 kilos en une semaine et c'est de ça qu'elle est morte. A l'hôpital ils ont dû briser la fenêtre pour la faire sortir, nous ont-ils raconté. Et c'est comme ça que nous avons su qu'il nous faudrait un treuil pour la déplacer.

— Voilà ce que vous conservez dans la pouponnière !

— Pas seulement. Regarde dans cette caisse. »

Jane baissa les yeux vers la longue boîte en bois derrière la femme obèse. S'y trouvaient une dizaine de bébés.

« On dirait de petits anges, n'est-ce pas ? Ils n'ont pas eu le temps de vieillir.

— Quelle honte, balbutia-t-elle, sans pouvoir retenir ses larmes. Ces pauvres gosses. Il faut que je sorte, je ne peux pas...

— Oui, c'est affreux. » C'était la première fois qu'il la voyait craquer ainsi. Même à Chicago, elle n'avait jamais pleuré si ouvertement. Mais qui pourrait le lui reprocher ?

« C'est une honte, dit-il en la faisant sortir de la pièce. Dans le monde entier des enfants sont en train d'être assassinés. Rien n'est jamais fait contre ça. » Il se mit soudain en colère. « Les gens devraient passer ne serait-ce qu'une minute dans cette pièce. Peut-être qu'ensuite ils obligeraient leurs gouvernements à faire quelque chose. Sais-tu qu'en France, à la campagne, il est très facile de se débarrasser d'un bébé ? Si une femme avorte, volontairement ou naturellement, elle le donne tout simplement aux cochons. Ça a toujours été comme ça dans la plupart des pays d'Europe. Aux États-Unis, on retrouve des bébés dans des sacs en plastique, dans des poubelles ; nous en recevons tous les jours. C'est quelque chose d'abominable.

— S'il te plaît...

— Tu ne peux pas le supporter ? Alors tu ferais mieux de cesser tes études de thanatologie. Moi aussi, ces enfants me font de la peine, mais le travail est le travail. Si tu veux rester dans cette branche il vaut mieux y voir non des enfants, mais des cas.

— Tu as raison, c'est seulement qu'ils sont si petits, si innocents... »

Ils rencontrèrent Johnny Conti dans le couloir.

« Frenchy, ils ont mis le *clown* sur lequel tu travaillais hier dans le compartiment 10. Tu voudras peut-être y jeter un dernier coup d'œil avant qu'ils ne l'évacuent.

— Merci Johnny, j'y vais tout de suite. Veux-tu venir avec moi, proposa-t-il à Jane.

— Non, si tu le veux bien. Je te retrouverai plus tard.

— D'accord. Tu me trouveras dans la « coursive », si tu as besoin de moi.

— Où ça ?

— Dans la « coursive ». J'appelle comme ça l'intérieur des compartiments parce qu'on se croirait dans un sous-marin. Les portes de chaque section sont commandées par des roues comme celles qui permettent de fermer les panneaux étanches dans les bateaux. Quand il y a un incident et que la réfrigération tombe en panne, on tourne les roues pour empêcher la chaleur de rentrer... Comme dans un navire de guerre qui a été torpillé, pour éviter que l'eau ne gagne tout le bateau. La ressemblance va encore plus loin parce que le système de réfrigération de l'air est le même que dans un sous-marin. »

Les compartiments en acier inoxydable avaient des tiroirs dans le couloir par où l'on faisait normalement entrer les corps. Ce jour-là, la morgue était surchargée et deux ou trois corps avaient été empilés les uns sur les autres dans chaque compartiment. Jean-Pierre dut passer par la porte latérale pour examiner le cadavre en question dans le compartiment n° 10.

Il passa par la première porte d'acier. Le compartiment 10 était juste à sa droite. Le calme qui régnait dans la « coursive » évoquait un cimetière par une nuit sans lune. On ne voyait bouger que des régiments de vers qui rampaient partout sur le sol et sur certains des cadavres. Normalement, les employés de la morgue devaient obligatoirement chasser les asticots avec un jet d'eau bouillante avant que l'on n'entame l'autopsie. Comme Johnny lui avait dit de vérifier le corps dans le compartiment 10, il supposa que les vers y avaient été détruits.

Il avança lentement vers le compartiment 10, une torche à la main. Les corps nus se dissolvaient dans l'obscurité et le pinceau de lumière ne révélait qu'une partie de la scène : ils s'entassaient partout dans les compartiments, contre les murs et sur le sol, cadavres en tous genres, victimes de toutes sortes de morts — assassinés, broyés par le métro, carbonisés dans des incendies. Il y avait de la viande partout, remarqua Jean-Pierre ; rien de particulièrement nouveau.

Lorsqu'il avait certains visiteurs — neurologues, médecins légistes, médecins — il ne les emmenait dans la « coursive » qu'à la fin de la tournée car, il ne le savait que trop, rares étaient ceux qui pouvaient supporter l'horreur qu'ils trouvaient ici. Il n'emmenait donc jamais de visiteurs dans la « coursive » sans les avoir prévenus qu'ils allaient voir un des étalages de débris humains les plus abjects possible. Il leur décrivait les réactions de ceux qui étaient venus avant eux quand ils quittaient la « coursive » : muets, paralysés, parfois pendant des jours entiers. C'est, et de loin, le pire endroit sur terre, pensait-il. Si quelqu'un voulait trouver l'enfer, il n'avait qu'à venir ici.

Il promena méticuleusement la torche sur le corps musclé d'un homme tatoué, la tête et la poitrine percées de balles. Johnny Conti lui avait dit que le parent qui avait identifié le corps prétendait que l'homme avait une tache de naissance sur les fesses, mais Jean-Pierre ne l'avait pas remarquée pendant l'autopsie. Il faisait donc un dernier examen avant que le corps ne soit rendu à sa famille.

Tandis qu'il s'affairait dans le compartiment, Johnny ouvrit discrètement une porte de secours, à l'arrière de la morgue, à deux hommes en T-shirt noir, un passe-montagne sur la tête.

Jane, qui se rendait aux toilettes avisa les deux hommes et s'étonna de leur voir des passe-montagnes alors qu'il faisait 25 degrés dehors. Et que manigançait Johnny avec eux ?

« C'est au bout du couloir, dit Johnny aux deux hommes. Vous avez l'étiquette que je vous ai donnée ?

— Ouais, ouais, répondit un des deux hommes.

— Maintenant, rappelez-vous bien, chuchota Johnny, vous devez le bousiller complètement pour que personne ne puisse le reconnaître. Ensuite, vous le balancez sur le tas d'allongés marqué « fosse commune ».

— Et l'alarme ? demanda un des hommes.

— J' m'en charge. Dès qu'elle se met à sonner, vous faites bien gaffe à pas être vus et vous filez où je vous ai dit. »

Jane ne pouvait en croire ses oreilles. Elle songea à rattraper Jean-Pierre pour le prévenir, mais elle comprit qu'elle serait immédiatement repérée. Que faire ? Peut-être valait-il mieux essayer quand même de prévenir

Jean-Pierre ; au moins aurait-il le temps de sortir du compartiment.

Trop tard. La sirène d'incendie s'était mise à hurler dans l'immeuble. Des gens galopaient dans les couloirs, manifestement convaincus que ce n'était pas un exercice. Jane ne parvint à attirer l'attention de personne. Les deux hommes la virent mais continuèrent leur chemin vers la « coursive ». Ils pénétrèrent dans la section réfrigérée où se trouvait le compartiment 10. Jane n'avait plus le temps d'avertir Jean-Pierre. Il lui fallait trouver autre chose.

Dans la « coursive », le Français entendit l'alarme, mais décida de l'ignorer. « Aaaah, s'exclama-t-il, encore un exercice. Et puis même, de toute manière, je ne risque rien ici. » Soudain il entendit du bruit dans un des compartiments. « Qui est là ? » cria-t-il. Silence de mort. « Qui est là ? » répéta-t-il sans plus de résultat. Il éteignit sa torche.

« Merde, chuchota un des deux hommes. Ce trou à rats m' fout une de ces trouilles. Magnons-nous de trouver ce conard, vite fait qu'on se casse.

— J' l'ai entendu gueuler de par là, mais j'y vois que dalle. Putain, qu'est-ce qu'on est venu foutre dans ce merdier, Sam ?

— Mon pote, j'en sais rien. J'aurais jamais marché dans c'te combine si j'aurais su qu' c'était une telle galère.

— Attends, j' crois qu' j' l'entends. »

Jean-Pierre se hissa sur un des compartiments. Dans le reflet de leurs lampes-torches il apercevait leurs passe-montagnes ; il vit également que l'un des hommes portait un instrument tranchant qui ressemblait à une énorme machette, l'autre avait aussi un objet métallique à la main, peut-être un tranchoir. Ce n'était pas vraiment le moment de jouer le bon maître de maison, décida-t-il.

A l'extérieur de la « coursive », Jane se dit qu'il fallait se dépêcher de faire quelque chose avant d'appeler à l'aide, sinon il serait trop tard. Mais quoi ? Elle tenta de se rappeler ce que lui avait dit Jean-Pierre le jour où il lui avait parlé de la réfrigération des compartiments. Il lui avait montré le tableau de bord qui contrôle la température dans chaque section de la « coursive ». Il avait dit quelque chose comme ça... quand la réfrigération d'une des sections s'arrête, les corps se corrompent rapidement. Pour éviter que les cadavres ne se décomposent, avait-il dit, il faut les sortir de la section en panne et les transférer dans une autre section en attendant que la réfrigération soit réparée. Il avait également affirmé que la décomposition ne le gênerait pas, qu'on pourrait l'enfermer avec tous ces corps sans que cela l'empêche de prendre son repas. Voilà la solution ! se dit Jane.

Elle se précipita dans la petite pièce où se trouvaient les commandes. Mais quel levier manœuvrer ? Elle remarqua alors des pinces coupantes sur une étagère ; elle s'en empara et coupa le fil qui sortait de la boîte sur laquelle était écrit « section I ». La réfrigération s'arrêta. A ce moment-là elle alla verrouiller la porte conduisant à la « coursive ». Puis elle se hâta de sortir pour prévenir Beaufils et Sutton, qui firent immédiatement descendre les gardes de sécurité au sous-sol.

A l'intérieur de la « coursive » certains des corps déjà décomposés se remirent rapidement à pourrir. Jean-Pierre comprit que quelqu'un avait interrompu la réfrigération. Il décida d'en tirer parti. Afin de mieux échapper aux deux tueurs, il se déshabilla et se glissa dans un des compartiments, après avoir fixé une étiquette à son gros orteil. Il s'allongea, nu, auprès d'un cadavre dans un état de décomposition avancée. Des vers se mirent à ramper sur lui, mais il était habitué à la puanteur et aux asticots. Cela ne le gênerait pas ; il savait que, s'il y était contraint, il pourrait survivre des heures là-dedans. Pas les deux intrus.

Les deux hommes agitaient frénétiquement leurs torches à la recherche du Français. La lumière se posa sur les restes d'une femme sans bras ni jambes, au torse mutilé.

« Merde, vise-moi ça, Sam. »

Sam en laissa tomber sa torche.

« Ça pue trop pour moi, mon pote. J' me casse.

— J' te suis.

— Où est la lourde ?

— On a intérêt à la trouver, vite fait, râla le coupe-jarret en arrachant son passe-montagne. J' crois que j' vais gerber.

— Saloperie, siffla Sam. J'en peux plus.

— Ça y est ! J'ai trouvé la porte. Mais... mais elle est bloquée. »

La puanteur des corps en décomposition les rendait fous. Ils se mirent à cogner sur la porte d'acier. Quelques minutes plus tard, les gardes arrêtaient ce qui restait des deux hommes de main, le visage et la poitrine barbouillés de leurs propres vomissures.

Tandis que Sutton réparait le fil pour remettre la réfrigération en marche, Jane se précipitait dans la « coursive », au mépris de l'odeur abominable qui emplissait la pièce.

« Jean-Pierre ! hurla-t-elle, affolée. Où es-tu ?

— N'entre pas si tu ne veux pas rougir de honte, plaisanta-t-il.

— Oh, Dieu merci, tu es sain et sauf, soupira-t-elle soulagée. J'étais...

— Peux-tu prier Sutton de m'apporter un seau d'eau brûlante, pour que je puisse sortir », lui demanda-t-il.

Une heure s'était écoulée depuis que Jean-Pierre était sorti de la « coursive », l'étiquette encore à l'orteil, plaisantant avec Sutton comme si tout cela avait été une bonne blague. Puis il avait remercié Jane d'avoir si rapidement coupé la réfrigération. Jane, en revanche, était livide de peur. Elle l'avait pris à part pour lui dire que c'était Johnny qui avait fait entrer les deux tueurs par la porte de secours.

« Ça ne m'étonne pas. Où est-il maintenant ?

— Je ne l'ai pas vu. Mais je ne comprends pas... Pourquoi Johnny ? Que se passe-t-il ?

— Je ne peux pas te l'expliquer pour l'instant. » Il empoigna le téléphone. « Doris, as-tu le dossier que je t'avais demandé ?

— Oui. Dis, tu vas bien. Je viens d'apprendre ce qui s'est passé en bas.

— Ça va. Mais où est ce dossier ?

— Je te l'ai envoyé. Il devrait être sur ton bureau. »

Jean-Pierre se rua dans son bureau, suivi de Jane. Il

saisit l'enveloppe. C'était bien ce qu'il avait soupçonné : Johnny Conti était né en Argentine ; nom du père : inconnu ; nom de la mère : Silvana Cortez, décédée.

« Alors ? demanda Jane.

— Johnny... est le frère de Jim Constantine.

— Johnny Conti ? Mais...

— Voilà comment son autre dingue de frère, celui qui m'appelle tout le temps, en sait autant.

— Tu sais donc qui te menace ?

— Oui.

— Que vas-tu faire maintenant ?

— Je ne sais pas encore.

— Ne comprends-tu donc pas, s'écria-t-elle, que l'on vient d'essayer de te tuer ?

— Inutile de crier. Que tu m'aies sauver la vie ne signifie pas que je t'appartiens.

— Euh, je... je ne t'ai pas sauvé la vie, protesta-t-elle modestement. J'ai seulement coupé les fils et prévenu les gardes. »

Jean-Pierre hocha la tête.

« En fait, dit-il pensivement, Johnny a eu une bonne idée. Quand les croque-morts seraient venus chercher les cadavres allant à la fosse commune, ils m'auraient embarqué et... adieu Jean-Pierre.

— Ne parle pas comme ça !

— Il a dû réfléchir longtemps à la question. » Tout se mettait en place dans sa tête : le corps du docteur, la ceinture, la chaussure, la prothèse de Moore. Johnny connaissait tout ça. Il savait aussi qu'il était impossible de déterminer le moment exact de la mort lorsque le corps était dans un endroit froid. Beaufils avait raison, songea-t-il, lorsqu'il lui disait de se méfier de Johnny Conti. Ce type était fou à lier.

« Tu sais, reprit Jane. Je ne comprends pas pourquoi Johnny veut te tuer.

— Parce que, j'imagine, il a cru que j'avais vraiment des preuves contre son frère. Je suis convaincu qu'il va recommencer.

— Bon, ça suffit maintenant. Tu vas aller voir la police. Je vais prévenir le lieutenant Dawson tout de suite. Il faut que tu lui dises tout.

— Oui, tu as raison. »

Le téléphone se mit à sonner.

« Salut Frenchy. Ici le lieutenant Dawson.

— Quelle coïncidence ! Je suis content que vous m'appeliez, lieutenant, parce que je...

— Avant que vous me disiez quoi que ce soit, je veux savoir si les deux types qu'on nous a amenés, ceux que vos gardes de sécurité viennent de nous livrer, vous ont fait quelque chose de précis ?

— Non, pas exactement, mais ils en avaient l'intention, ça je peux vous le garantir.

— Mais vous ont-ils touché ou menacé directement d'aucune manière ?

— Pourquoi me demandez-vous ça ?

— Parce que leur avocat est ici et assure qu'ils se sont aventurés dans la morgue par erreur et que ça arrive très souvent. Il exige leur mise en liberté immédiate.

— Quoi ?

— On a tout de même trouvé une machette et un tranchoir en leur possession, ainsi que des passe-montagnes. Mais on ne sait pas ce qu'ils voulaient faire avec.

— Lieutenant, ils allaient me... peu importe.

— Allaient vous quoi ? »

Jean-Pierre ne répondit pas.

« Allons, Frenchy, ne me laissez pas tomber. Tout ce que nous pouvons retenir contre eux, c'est la possession d'armes et la violation de propriété, et même ça, nous allons avoir du mal à le faire tenir.

— Et si je vous disais qu'ils essayaient de commettre un assassinat ?

— Magnifique, mais il va falloir le prouver.

— C'est bien ce que je pensais. Je suppose que vous allez devoir les inculper de ce qui vous conviendra le mieux. Je ne peux rien prouver. » Avant que Dawson ait le temps d'ajouter quoi que ce soit, Jean-Pierre raccrocha.

« Tu ne lui as pas dit, protesta Jane.

— Qu'espérais-tu ? Écoute, tu es le seul témoin et je ne veux pas te mêler à cette histoire. Je veux régler ça à ma manière. Tu comprends ?

— Et si ces hommes te tuent avant que tu n'aies le temps...

— Alors, j'en aurai décidé ainsi. Ce ne sera pas la volonté d'une femme.

— Tu es l'homme le plus têtu que je connaisse », cria-t-elle en sortant du bureau. C'est vraiment trop bête, se dit-elle, il avait presque tout raconté au lieutenant cette fois-ci, sans doute parce qu'il avait compris que la situation devenait dangereuse. Pourquoi avait-il changé d'avis ? Oh, non, il n'allait tout de même pas affronter ces hommes tout seul ? Ils le tueraient. Et même s'il se moquait de ce qui pouvait lui arriver, il fallait qu'il pense aux autres ! Peut-être que s'il comprenait que sa décision affectait le destin de quelqu'un d'autre, il finirait par révéler ce qu'il savait à Dawson. Peut-être que l'idée qu'elle avait eue hier n'était pas si mauvaise que ça, après tout.

16

Pendant les jours suivants, Jean-Pierre continua à enseigner son art à Jane, mais il évita toute discussion sur l'affaire Constantine. Il la persuada de ne pas en parler tant qu'il n'aurait pas eu l'occasion d'évaluer la situation et de mettre au point une solution. Elle se plia à son désir, bien qu'à contrecœur, certaine néanmoins qu'il finirait par se ranger à son avis.

Entre-temps, Jean-Pierre ne changea rien à son comportement avec Johnny Conti, comme si rien ne s'était passé. Et maintenant qu'il savait qui était Tony Constantine, matin et soir il le cherchait dans le train, dans les buissons autour de sa maison et même dans la morgue. Parfois, il examinait avec une attention toute particulière certains des jeunes *clowns* fraîchement arrivés, avec l'espoir secret de faire l'autopsie de son tourmenteur.

Tôt ou tard, se disait-il, ils reviendront à l'attaque. Il s'y était préparé, bien qu'il craignît plus pour la sécurité de Jane que pour la sienne propre. Par précaution, à la fin de chaque journée, il la mettait dans un taxi et insistait pour qu'elle en prenne un pour venir travailler le matin. Il lui avait même fait donner une fausse adresse au secrétariat de la morgue. Ainsi, personne ne saurait où la trouver.

Jean-Pierre évitait aussi de l'inviter à Greenwich, bien qu'elle lui manquât souvent. Il avait le pressentiment que Tony Constantine les trouverait ensemble, et peu après, adieu Jane. Pas question de prendre un risque pareil.

Il devait bien y avoir un moyen de liquider la famille Constantine une bonne fois pour toutes. Mais comment ?

Un vendredi soir, tandis qu'il gravissait le raidillon de Soundview Avenue pour rentrer chez lui, une idée jaillit soudain dans son esprit. Il lui faudrait certes l'aide de Jane, à condition de s'assurer qu'elle ne courrait aucun danger. Lorsqu'il arriva à la porte du jardin, il avait mis au point le scénario qui lui permettrait de piéger Johnny.

Il triait son courrier, mettant de côté les factures et jetant les publicités à la poubelle lorsqu'il tomba sur une curieuse enveloppe bleue, sans mention de l'expéditeur. Le tampon de la poste indiquait que la lettre avait été postée à Staten Island. Lentement, il l'ouvrit. Les mots étaient écrits en lettres capitales ; il n'y avait ni date ni signature. Elle disait simplement : « Dommage que ces hommes ne t'aient pas tué l'autre jour. La prochaine fois, tu n'auras pas autant de chance. Mais d'abord, étudie soigneusement tes cas à la morgue, surtout les bizarres qui t'intriguent. J'en ai tué la plupart. Et je vais continuer à les tuer tant que tu seras vivant. Après la rousse, ton tour viendra un de ces jours. »

« Abruti conard de dingue, s'écria Jean-Pierre à haute voix. C'est *toi* qui seras un de mes *clowns* un de ces jours. » Il lut la lettre trois fois avant de comprendre qu'elle ne pouvait être l'œuvre de Tony Constantine. Les mots « cas », « bizarre », « intriguent » ne ressemblaient pas au vocabulaire de son tourmenteur. Alors qui en était l'auteur ?

L'auteur de la lettre, songea-t-il, essayait de faire croire qu'un fou assassinait les gens par dizaines dans les rues de New York, mettant au défi son talent de reconstructeur/identificateur. Jean-Pierre froissa la lettre, tentative ridicule de lui faire peur. Puis, au moment de la jeter, il changea d'avis : elle pourrait lui servir par la suite. Mais il n'allait quand même pas tenir compte de la menace, comme s'il suffisait de l'ignorer pour la faire disparaître.

Il prit son téléphone et forma un numéro.

« Bonsoir, Jane.

— Jean-Pierre. Je suis contente de t'entendre. J'espère

que tu me téléphones pour m'inviter à passer le week-end chez toi.

— Toujours aussi folle, hein ? Tu ne me laisses pas la moindre chance.

— Euh, je plaisantais. Mille excuses.

— Aimerais-tu venir passer le week-end ici ? demanda-t-il.

— Je prendrai le train de 9 h 40 demain matin », répondit-elle tout uniment, comme si elle avait déjà tout préparé.

Était-ce la lettre, était-ce la solitude ? Il savait seulement qu'il devait la voir, seul à seule, et loin de la morgue.

Jean-Pierre se réveilla à 5 heures le lendemain matin. Il faisait beau et le soleil réchauffait la brise fraîche qui venait du Long Island Sound. Il prépara l'arrivée de sa visiteuse, nettoya la maison, fit la vaisselle de la veille et se rendit à la laverie automatique dès l'ouverture pour se débarrasser de sa lessive. Puis il alla vers 10 heures à la gare de Greenwich. Il se gara aussi loin qu'il le put du quai, pour ne pas être repéré par les passagers. Il voulait savoir si quelqu'un avait suivi Jane depuis New York.

Quand elle descendit du train, Jean-Pierre attendit que tout le monde fût sorti. Puis, quelques minutes plus tard, il mit le contact et alla la chercher à l'entrée de la gare.

« As-tu remarqué si quelqu'un t'a suivi ?, lui demanda-t-il en lui ouvrant la portière.

— Bien sûr que non. Je trouve que tu prends des précautions excessives avec moi.

— Certainement pas, la rembarra-t-il.

— Mais si, et tu le sais bien, mais n'en parlons plus, je t'en prie. Je veux profiter au maximum de cette journée avec toi.

— Alors, ne me contredis pas.

— Je ne te... et puis zut. »

Ils se dirigèrent vers la colline, garèrent la Land-Rover dans son garage et entrèrent directement dans la maison.

« Je vais te montrer quelque chose maintenant, et tu ne me diras plus que je prends des précautions excessives pour toi. » Il lui tendit la lettre froissée. Elle la lut rapidement.

« C'est terrible, dit-elle. Que comptes-tu faire ?

— Rien... du moins en ce qui concerne cette lettre, mais j'ai un plan et il me faut ton aide.

— Bien sûr. Tu sais bien que je ferai tout ce que tu voudras. »

Jean-Pierre lui expliqua alors son idée, et à sa grande surprise, elle l'accepta sans discuter.

La journée s'écoula comme par enchantement. Ils allèrent acheter du vin à la cave préférée de Jean-Pierre, des légumes chez un épicier chinois de Greenwich Avenue, puis se rendirent dans une poissonnerie tout près de chez lui. Cela lui rappela le jour où ils avaient visité Rockefeller Center pendant les vacances de Noël. Mais aujourd'hui, c'était encore plus intime, comme un début de vie commune.

Elle lui prépara un dîner exquis : espadon avec une sauce au vin, pommes vapeur au persil et brocolis nappés de cheddar. Jean-Pierre se régala.

« Maintenant, tu es une femme achevée, lui dit-il en souriant.

— Comment sais-tu que je suis achevée ? répondit-elle d'un ton aguichant. Tu ne m'as pas encore vraiment essayée.

— Non, mais j'envisage de t'en donner l'occasion. »

Ce soir, Jane de Furcillo, tu ne le contredis pas. Laisse-lui dire ou faire ce qu'il voudra. Oublie tous les problèmes, toutes les peurs, toutes les complications de naguère. Cette nuit sera une nuit qui aura mérité toute cette attente, une nuit inoubliable à jamais, le véritable début de ta nouvelle vie.

Après le dîner, Jean-Pierre éteignit toutes les lumières du salon sauf une. Il dit à Jane de laisser la vaisselle dans l'évier et la pria de s'asseoir à côté de lui sur le divan. Edith Piaf gémissait doucement sa complainte. Il réduisit la fraîcheur du climatiseur pour que, tout à l'heure, leurs corps nus n'aient pas froid.

Sans autre préliminaire, il la prit par les épaules et l'embrassa passionnément.

« Oh, Jean-Pierre », murmura-t-elle en se lovant contre lui. Elle posa la main sur sa joue. Il lui mit l'index sur les lèvres, l'invitant au silence. Cette fois, rien n'allait interrompre leur nuit d'amour, rien ne le pourrait. Il prit ses lèvres, et se mit à lui caresser les seins. Elle gémit de plaisir. Ils restèrent une petite éternité ainsi à s'embrasser, à se caresser.

Elle déboutonna sa chemise et l'aida à la retirer. Elle le regarda en silence dénouer sa ceinture, déboutonner son pantalon et l'ôter lentement; son mini-slip gonflé à craquer prouvait à l'évidence l'étendue de son désir. Il lui demanda de se lever. Il l'enlaça et l'attira contre lui. Ses mains puissantes lui pétrirent le dos, glissant de la nuque au creux des reins, maniant ses fesses fermes et musclées. Lentement, il déboutonna ses jeans et, à genoux, les lui retira. Il lui embrassa les seins, le ventre, les cuisses. La tiédeur de sa langue la fit gémir de nouveau. Oh, comme elle avait envie de son Français, comme elle l'aimait! Elle serait à lui pour toujours, espérait-elle. C'était comme elle avait toujours rêvé que ce serait. Jane de Chantal Furcillo, s'il y a un paradis, tu l'as trouvé. Soudain la lumière s'éteignit; la voix sensuelle de Piaf devint ténor puis basse avant de se taire; le climatiseur s'arrêta.

Jane crut d'abord que Jean-Pierre avait lui-même coupé l'électricité.

« Attends ici, lui dit-il. Je vais remettre le courant au sous-sol.

— Ne me fais pas trop languir », sourit-elle. Elle attendit dans l'obscurité, assise sur le divan, la tête posée rêveusement sur un coussin, les yeux au plafond. Un mouvement soudain dans la pénombre la fit sursauter. Elle écarquilla les yeux dans la nuit. C'était sans doute Jean-Pierre, se dit-elle. « C'est toi ? » demanda-t-elle. Pas de réponse. « Jean-Pierre », cria-t-elle. Toujours pas de réponse. Elle se dirigea vers la porte du sous-sol. Soudain, sans avertissement, un bras jaillit de l'obscurité; une main l'empoigna par les cheveux, la tira vers le sol. Elle essaya de hurler, mais son agresseur la bâillonna de l'autre main. Elle se débattit, l'homme pressa le canon d'un pistolet sur son cou et la traîna vers la chambre à coucher. Elle parvint à mordre la main qui l'étouffait. « A l'aide ! » hurla-t-elle. Il lui tira les cheveux avec une violence sauvage et appuya le canon de son arme sur sa tempe. Elle vit l'index pressé sur la gâchette, comme s'il s'apprêtait à tirer.

C'est alors que son agresseur fut soudain projeté contre la fenêtre de la chambre. Arrivé providentiellement à la rescousse, Jean-Pierre tenta de s'emparer du pistolet mais s'emmêla dans les rideaux. Muette d'horreur, Jane les vit lutter tandis que le rideau tombait par terre, arraché.

« Ordure, siffla Jean-Pierre, haletant. Qui es-tu ? »

Jane s'aperçut alors que l'inconnu portait un passe-montagne, comme les deux tueurs qui avaient essayé d'assassiner Jean-Pierre dans la « coursive ». Elle décida de le lui arracher et s'avança avec précaution de la fenêtre. Mais le pistolet, se dit-elle, si un coup de feu partait ? Elle l'aperçut alors à côté de la table de nuit. Elle se précipita et s'en saisit. « Je l'ai ! » exulta-t-elle à voix basse avant de s'écrier : « J'ai le pistolet ! »

A ces mots, Jean-Pierre se mit à cogner frénétiquement l'inconnu à deux mains, mais ce dernier parvint à se relever et à s'enfuir en titubant. « Salopard ! hurla Jean-Pierre. Viens plutôt me voir à la morgue la prochaine fois. Je te disséquerai, ordure, à l'œil.

— Jean-Pierre, je... j'ai peur.

— Il a son compte, t'as rien à craindre.

— Préviens la police, s'il te plaît, cria-t-elle.

— Je le ferai quand ce sera devenu nécessaire. Pour l'instant, je vais attendre de voir si cette petite séance l'aura écœuré une fois pour toutes.

— Tu crois qu'il va renoncer pour si peu ? C'est stupide.

— Stupide. Tu oses me traiter...

— Oui, stupide. Ta vie est en danger. Cet homme aurait pu te tuer.

— Je ne suis pas stupide.

— Parfois tu penses en dépit du bon sens. Ne vois-tu pas ce qui aurait pu arriver ? Sois un peu raisonnable.

— Stupide, hein ?

— Mais non, tu n'es pas stupide. Entêté seulement, parfois déraisonnable, et parfois...

— Je ne suis pas raisonnable avec une femme qui braille comme ça.

— Tu ne peux même pas penser un peu à moi, non ? Il aurait pu me tuer, aussi. »

Sa voix s'adoucit.

« Il ne t'a pas fait mal, si ?

— J'ai le cuir chevelu en piteux état ; autrement je n'ai rien, je pense. Mais la prochaine fois, il nous tuera peut-être tous les deux.

— Je ne crois pas que nous ayons de crainte à avoir. S'il avait voulu nous tuer, nous serions morts tous les deux. Je sais comment fonctionne ce genre de type. Il t'aurait tuée d'une balle, immédiatement, puis il m'aurait abattu.

— Ça n'était pas loin.

— Écoute, Jane. Faisons ce dont nous sommes convenus. Tu verras. C'est la meilleure manière de mettre fin à cette histoire.

— Tu veux dire que tu ne vas même pas parler de ce qui s'est passé ce soir à la police ? Et ce pistolet, c'est quand même une preuve !

— Tu rigoles ou quoi. Si j'appelle la police de Greenwich, ils ne vont rien comprendre. En plus, l'homme avait des gants. Qu'est-ce que ça nous donne d'avoir cette arme... bien que je la ferai analyser lundi au labo. Ensuite, nous verrons ce qui se passera après que nous aurons tous les deux joué notre petite comédie à Johnny. »

Le week-end n'avait pas culminé par la merveilleuse nuit d'amour tant espérée, mais Jane n'allait pas, néanmoins, oublier cette soirée de sitôt. Dommage qu'elle ait dû quitter sa maison bien avant de voir le soleil se lever dimanche.

Lundi fut vite arrivé ; ce serait un jour important pour eux, comprenait-elle. Pourvu que l'idée de Jean-Pierre marche ! Bien qu'elle voulût toujours qu'il prévînt la police, elle décida de jouer son jeu, parce que, de toute manière, à la fin de la journée, la comédie terminée, Jean-Pierre n'aurait guère d'autre choix que de tout dire au lieutenant Dawson.

Sans prévenir Jane, Jean-Pierre rappela le lieutenant en début de matinée.

« Salut, Frenchy, content de vous entendre. J'ai un peu fouiné dans les affaires des Constantine, et, tenez-vous bien, voilà ce que j'ai trouvé : Silvana avait un amant, un certain Frank Williams, producteur de télévision qui, comme par hasard, est le dernier employeur connu de Tony. J'ai donc rendu visite à M. Williams pendant le week-end. Il a commencé par prétendre qu'il n'avait jamais entendu parler de la famille Constantine avant d'avouer qu'ils l'avaient fait chanter il y a une vingtaine d'années.

— Du chantage ?

— C'est ce qu'il a dit. Il semble que Silvana et lui avaient une liaison, et quand le petit Tony est né... elle a prétendu que c'était lui le père. Williams lui a donné un rôle dans son feuilleton pour la faire taire, mais lorsque ses annonceurs ont exigé qu'il la vire de son émission, il lui a dit qu'il allait tout raconter à son mari Arturo. Mais Silvana l'a supplié de n'en rien faire parce qu'elle craignait qu'Arturo ne les tue tous les deux. » Dawson fit une pause. « Qu'est-ce que vous en dites, Frenchy ?

— On dirait un mauvais feuilleton de télé.

— J'espère que Williams en a fait un scénario, plaisanta Dawson. Enfin, voilà la fin de l'histoire. Voyez-vous, selon le rapport que j'ai entre les mains, on a trouvé les empreintes digitales d'Arturo sur l'arme du crime. Sa femme avait une balle dans la poitrine ; lui, on l'a retrouvé avachi sur le divan ; il venait apparemment, de se tirer deux balles dans la tête. Maintenant, j'aimerais que vous obteniez de l'Institut médico-légal de regarder le dossier.

— Il faut que vous demandiez au patron.

— Bien entendu. Mais je voulais savoir d'abord ce que vous en pensiez.

— Je crois que c'est une bonne idée.

— Parfait. Ce n'est pas tout. Écoutez-moi ça : la veille du jour où on les a trouvés morts, un de nos inspecteurs a reçu un coup de fil d'un homme à l'accent espagnol qui prétendait qu'il devait y avoir un coup monté ce soir-là au Fox's Place, un bar dans le bas de Manhattan. Évidemment, la cible devait être deux de nos hommes. Ensuite, le type a dit qu'il était prêt à se rendre à la police et à balancer un réseau de contrebande de drogue, monté par un avocat bien connu. L'inspecteur ajoutait que l'homme voulait des garanties qu'on protégerait sa famille avant de venir se livrer. Il voulait obtenir la protection de la police pour sa femme et ses... tenez-vous bien... quatre fils. Mais l'inspecteur de garde a commis l'erreur de laisser patienter le type au bout du fil pendant qu'il allait chercher le patron.

« Le lendemain, un rapport annonçait que l'on avait trouvé Arturo et Silvana Constantine morts. Maintenant, voilà ce qui s'est passé, à mon avis. Nous savons que Vito avait monté un réseau avec des Colombiens. Il a découvert qu'Arturo allait le dénoncer aux flics et a paniqué. Il y a dû y avoir une discussion, ou quelque chose de ce genre, et je crois que Vito a tué Arturo et sa femme, et a maquillé le meurtre en suicide. Qu'en pensez-vous, Frenchy ?

— C'est exactement ce que j'ai pensé quand j'ai lu le dossier. Mais qu'allez-vous faire, maintenant ?

— Eh bien, si nous pouvons le prouver, nous allons nous en servir pour coincer Vito, évidemment.

— Lieutenant, j'ai une idée, mais je ne peux vous en dire trop avant que...

— Avant que quoi ? Vous avez l'air bien mystérieux ces derniers temps. Écoutez, Jane m'a téléphoné l'autre jour. Elle m'a dit que quelqu'un vous menace. Que se passe-t-il, Frenchy ? Allons, nous sommes des amis. Vous pouvez me le dire.

— Baah, vous savez comment sont les femmes. Elle s'est affolée pour un rien.

— Bon. Appelez-moi si vous avez besoin de moi.

— Merci, lieutenant. » Maintenant Jean-Pierre pouvait encore raffiner son plan. Il décida de ne pas prévenir Jane et de lui en faire la surprise. La spontanéité de sa réaction ne ferait qu'améliorer son jeu.

Pendant le reste de la matinée, Jean-Pierre attendit impatiemment de mettre en route sa machination. Il allait et venait de la salle d'autopsie à la salle de radiographie, en repassant par son bureau, dans l'espoir de tomber sur Johnny. Finalement, il le vit sortir de la pouponnière. « Johnny, appela-t-il. Peux-tu m'aider à préparer un spécimen pour le musée ?

— Vraiment, Frenchy ? Je croyais... eh bien, puisque tu as une apprentie, et comme tu l'as emmenée à Chicago avec toi, pourquoi tu lui demandes pas à elle ?

— Johnny, c'est une chercheuse.

— Ouais, bon... qu'est-ce que tu veux que je fasse ?

— Suis-moi. » Ils se rendirent dans le bureau du Français ; plusieurs pots attendaient sur une table d'être remplis de spécimens. Jean-Pierre tendit à Johnny une jupe tachée de sang, puis prit un des fragments humains. « Vas-y, Johnny, verse le formol dans le pot. » Les organes de reproduction d'une femme, dûment disséqués, se mirent à flotter dans le liquide trouble, en attendant un examen ultérieur. Ils en firent autant avec les autres tissus humains entassés sur la table.

« Dis-moi, Johnny. Je voudrais ton avis sur un truc.

— Qu'est-ce que tu veux savoir ?

— Que ferais-tu si tu savais que quelqu'un était un assassin mais sans que tu puisses le prouver complètement ?

— Euh, j'imagine que... j'attendrais de pouvoir le prouver. Pourquoi ?

— Alors, imagine que tu aies une preuve, mais, comme ta vie est en danger, tu n'arrives pas à décider si tu vas t'en servir ou pas ? Irais-tu voir la police ?

— Si ma vie était en danger... probablement pas. Mais enfin, j'en sais rien. Je suppose que ça dépendrait de la situation. Pourquoi tu me demandes ça ?

— Parce que je crois avoir trouvé qui a tué le Dr. Benjamin.

— Ah bon. Je croyais que tu disais que c'était un suicide.

— Non Johnny, je m'étais trompé. »

Le silence soudain de Johnny surprit Jean-Pierre. Il s'attendait à une réaction violente. Pourquoi ce calme subit ?

Jane entra à ce moment-là dans la pièce. « Excusez-moi, mais voici une lettre pour toi, Jean-Pierre. Un des gardes de sécurité vient de me la remettre. »

L'enveloppe bleue lui rappelait quelque chose, remarqua-t-il immédiatement. Il enfila des gants de chirurgien pour extraire la lettre, au cas où son auteur aurait laissé des empreintes digitales sur le papier.

« Je suis au courant de chacun de tes pas. Je sais même sur quels cas tu travailles, parce que c'est moi qui te donne ce travail. Tu ne me crois pas, n'est-ce pas ? Eh bien, en ce moment, tu travailles sur le meurtre de trois personnes dont les corps ont été retrouvés par les pompiers dans un immeuble abandonné. Un des cadavres avait une chaîne autour du cou ; sa tête avait été écrasée et on lui avait coupé les mains. Un autre avait reçu plusieurs coups de couteau dans la poitrine et dans le dos. Le dernier avait les pieds et les poings liés ; il était mort asphyxié dans un sac en plastique. La police croit que c'est un règlement de compte entre trafiquants de drogue. Mais moi je connais la vérité. Tu ne pourras pas les identifier parce qu'ils n'ont pas de dossier dentaire, ni d'empreintes digitales, rien qui te permette de savoir qui ils étaient. Et il y aura beaucoup d'autres cas comme ça. Tu ne me crois toujours pas ? Eh bien, l'autre jour, tu as reçu une femme sans tête, sans bras ni jambes. Elle non plus tu ne pourras pas l'identifier, parce que j'ai semé les morceaux qui te manquent aux quatre coins du pays. Et ils vont retrouver ton cadavre dans cet état un de ces jours, à côté de ce qu'il restera de la rousse. »

« C'est complètement dingue, s'écria-t-il. Qui t'a donné ça ? demanda-t-il à Jane.

— Pourquoi ? Que dit cette lettre ?

— Peu importe ce qu'elle dit. Qui te l'a donnée ?

— Un des policiers.

— Lequel ?

— Je ne sais pas. C'est la première fois que je le voyais.

— On dirait que ton assistante a beaucoup à apprendre, intervint Johnny.

— Retrouve-moi ce type immédiatement, ordonna Jean-Pierre à Jane. Je veux lui parler. »

Quand Jane quitta la pièce, Jean-Pierre posa la lettre sur la table, bien en vue de Johnny. Curieusement, ce dernier ne jeta pas même un coup d'œil dessus. Peut-être parce qu'il en connaissait déjà le contenu.

Lorsque Jane revint, Jean-Pierre et Johnny examinaient dans la salle d'autopsie le corps d'un clochard, trouvé dans la Bowery.

« Je suis navrée, Jean-Pierre, dit-elle. Je n'ai pas retrouvé ce policier, mais la prochaine fois que je le vois, je...

— A quoi ressemblait-il ?

— Eh bien, il était grand. » Elle regarda le corps sur la dalle. « Qu'est-ce que c'est que ça ?

— Un ancien alcoolique. Maintenant, il connaît l'ivresse éternelle.

— On en reçoit plein comme ça, expliqua Johnny. On dirait que le diable vert a eu sa peau à celui-là.

— Qui ça ? demanda-t-elle.

— L'émulsion de cirage, expliqua Jean-Pierre. Ils appellent ça le diable vert.

— Ils boivent ça, confirma Johnny.

— Du cirage ? s'étonna-t-elle.

— Le liquide, précisa Johnny. Ils le filtrent avec un chapeau plein de crasse et de vermine ; ils s'éclatent avec.

— Il y a pas plus solide qu'eux au monde quand il s'agit d'avaler de l'alcool, ajouta Jean-Pierre. Tu sais, ils achètent même, pour 50 cents, de l'alcool pour massage qui contient un produit chimique appelé Bitrex. Si tu mets une goutte de ce nectar sur ta langue tu auras l'agréable impression d'avoir sucé cent kilos de moutarde extra-forte. » Il se mit à rire. « Parfois, ils boivent même de l'eau de cologne... quand ils arrivent à en trouver, bien entendu. Ils boivent n'importe quoi, pourvu qu'il y ait de l'alcool dedans. » Il considéra le corps du clochard. « Regarde-moi ça. Tôt ou tard ils finissent par en crever ; mais aussi incroyable que ça puisse paraître, la plupart du temps, ce n'est pas l'alcool qui les tue.

— La malnutrition, j'imagine, fit Jane.

— Pourtant, tôt ou tard l'alcool finit par avoir les alcooliques... comme le meurtre finit par avoir les meurtriers », dit Jean-Pierre en levant les yeux vers Johnny.

Jane évita de regarder Constantine. Elle préféra observer le Français en train d'enlever l'intestin de la victime à l'aide d'une paire de forceps.

Jean-Pierre continua :

« Ça me rappelle que le lieutenant Dawson est venu me voir ce matin.

— Ah bon, fit Jane. T'a-t-il appris ce que tu voulais savoir sur le père et la mère de Jim Constantine ?

— Oui. Il m'a dit que le père avait tué la mère avant de se tirer deux balles dans la tête. Mais j'ai vu le rapport de la police sur ce prétendu meurtre/suicide et...

— Euh, Jean-Pierre », intervint Jane en montrant Johnny du menton, comme si elle l'invitait à ne pas parler devant lui.

« Aucun problème, lui répondit-il. Johnny peut entendre ça. Au contraire, il pourra peut-être nous aider.

— De quoi s'agit-il, Frenchy ? demanda Johnny.

— Eh bien, l'histoire commence avec l'oncle de Jim, Vito Constantine. Vois-tu, il était mêlé au meurtre de deux policiers, il y a une quinzaine d'années. Son frère Arturo, le père de Jim, a essayé de le dénoncer. Le lieutenant Dawson dit que le soir du crime, un policier a reçu un coup de téléphone d'Arturo, qui lui a dit que les deux flics allaient tomber dans une embuscade. Mais quand Vito a découvert que son frère avait téléphoné à la police, il l'a descendu, puis a abattu sa femme pour faire croire à un meurtre suivi d'un suicide. »

Johnny avait l'air abasourdi, mais il resta silencieux.

L'histoire du policier recevant un coup de téléphone d'Arturo n'était pas au programme, se dit Jane, mais elle continua à jouer son rôle comme prévu. Elle demanda :

« Ne m'as-tu pas dit que Vito Constantine n'avait jamais été inquiété pour ça ?

— C'est parce qu'un de ses neveux a menti pour lui. Mais nous sommes sûrs qu'il les a tués tous les deux. Le lieutenant m'a dit qu'il envisage de rouvrir l'affaire et également de reprendre le cas Benjamin en fonction des nouveaux éléments que j'ai découverts.

— De quoi s'agit-il ? demanda Johnny, timidement.

— Eh bien, pour commencer, j'avais déjà pris l'initiative de réexaminer cette affaire à la suite des mystérieux coups de téléphone que j'avais reçus. C'est comme ça que j'ai trouvé l'emballage du tampon désinfectant que Constantine a utilisé avant d'injecter le Nembutal au docteur. Il est couvert de ses empreintes digitales.

— Mais je croyais que tu... »

Jean-Pierre remarqua l'air inquiet de Johnny. « Tu sais, on a découvert autre chose qui devrait permettre d'inculper toute la famille. Jim a trois frères plus âgés qui s'occupent de trafic de cocaïne, de prostitution et de meurtre. »

Johnny faillit protester, mais parvint à se contenir. Jean-Pierre poursuivit son histoire : « Mais ce que les jeunes Constantine ne savent pas, c'est que l'un d'entre eux n'est qu'à moitié leur frère. »

Cette remarque surprit autant Jane que Johnny.

« Mais oui. L'un d'entre eux s'appelle Tony, et son véritable père est un homme pour lequel il a d'ailleurs travaillé et qui s'appelle Frank Williams. Et cet abruti n'a jamais su qu'il bossait pour son propre père, incroyable, non ?

— Et comment tu sais tout ça ? interrogea Johnny.

— Le lieutenant a bavardé avec Frank Williams. » Le Français se tut. « Hein Johnny, s'esclaffa soudain Jean-Pierre à sa manière sarcastique, qu'en penses-tu ? On dirait que leur mère se laissait facilement aller, non ? » Johnny se dirigea vers la porte. « Où vas-tu ? Je n'ai pas fini.

— Aux chiottes.

— D'accord, mais laisse-moi te raconter la suite. J'aimerais vraiment avoir ton avis sur ce que je devrais faire. »

Johnny pensa alors aux deux hommes que son oncle Vito avait engagés pour tuer le Français. Ils avaient complètement foiré leur coup, regretta-t-il. L'idée était de protéger Jim, à supposer que Jean-Pierre ait vraiment les preuves qu'il prétendait avoir trouvées. L'oncle Vito avait décidé d'agir vite pour ne pas laisser au Français le temps de se retourner. Le contrat devait être exécuté à New York, dès son retour de Chicago. Johnny comprenait maintenant pourquoi son oncle était si pressé. Le prochain contrat serait pour Vito, décida-t-il.

« Johnny, demanda Jean-Pierre, ça ne va pas ? Tu es tout pâle.

— Non, ça va. »

Johnny se disait que si Dawson était aussi bien renseigné sur sa famille, il y avait de fortes chances que, tôt ou tard, il finisse par découvrir sa véritable identité. Mais comment ? Personne n'avait jamais encore fait le rapport entre lui et les Constantine. Il était le seul de la famille à n'avoir jamais pris ce nom. Il avait même gardé son nom Consuelo au lycée, puis l'avait transformé en Conti à sa majorité. Le seul risque était que Dawson fasse une enquête sur lui, Johnny Conti. Mais qu'est-ce qui pourrait le pousser à faire une chose pareille ? Johnny revint sur ses pas.

« Vois-tu, reprit Jean-Pierre, j'en suis arrivé à la conclusion que Tony Constantine était l'amant de Claudia Benjamin. Et Jim Constantine a tué le Dr. Benjamin parce que son frère Tony, la jolie Claudia et lui, voulaient ramasser le million de dollars, montant de l'assurance sur la vie souscrit par Benjamin au bénéfice de sa femme. Et je crois qu'ils ont reçu l'aide de leurs deux frères. Mais le plus drôle de l'histoire, c'est que... cette Claudia Benjamin était aussi la maîtresse de James Harrison, l'enquêteur des assurances que je soupçonne fort de vouloir escroquer le million pour lui tout seul.

— Euh, excuse-moi, mais il faut vraiment que j'aille aux chiottes.

— Profites-en pour réfléchir à cette histoire. J'ai vraiment besoin de ton avis. »

Avant de se précipiter hors de la pièce, Johnny lança un regard haineux à Jane.

Celle-ci se tourna vers Jean-Pierre et lui demanda à voix basse :

« Tu es fou ? Où as-tu trouvé tous ces trucs sur Tony, Harrison, et...

— Tony, parce que le lieutenant me l'a raconté ce matin ; Harrison parce que je l'ai appelé. Maintenant suis-le et regarde où il est allé. »

Ce ne fut pas nécessaire ; Sutton entra alors dans la pièce :

« Dis donc, où est-ce que Conti se tire. Il a le feu au cul, il a failli me foutre par terre.

— Où l'as-tu vu ?

— Dans le couloir. Mon vieux, il a arraché sa blouse,

l'a balancée par terre, et s'est mis à galoper dans l'escalier. Je suis sûr qu'il est déjà sorti maintenant.

— Je l'espère, Sutton, fit Jean-Pierre. Je l'espère vraiment. »

Le Français prévoyait que Johnny réagirait et s'en prendrait à Vito Constantine ; c'était son plan initial. Il espérait que la famille Constantine serait dans une telle ébullition qu'elle commettrait l'erreur fatale, selon la formule de Dawson. Jean-Pierre savait qu'il ne se sentirait jamais tranquille tant que ces hommes pourraient poursuivre leurs activités criminelles. Harold Brown non plus.

« Bonjour monsieur Brown. Ici Jean-Pierre Lahary.

— Je suis content de vous entendre. Je m'inquiétais...

— Eh bien, je peux maintenant tout vous raconter... »

Lorsqu'il eut finit d'expliquer la situation à Harold, il lui exposa son plan.

« Mais, monsieur Lahary, comment cela va-t-il punir Jim Constantine ?

— Lorsque les frères auront compris que leur oncle a tué leur père et leur mère, il est possible que l'un d'entre eux aille raconter à la police tout ce qu'il sait des activités criminelles de la famille. J'espère que ce sera Johnny. En outre, Tony ne va pas être content d'apprendre que Frank Williams est son vrai père et j'espère que cela va l'énerver suffisamment... pour énerver suffisamment Johnny... pour que ce dernier me dise tout.

— C'est une histoire bien compliquée, monsieur Lahary.

— La seule que nous ayons. L'idée est d'agiter le panier de crabes, de les plonger dans une telle confusion qu'ils commettent une erreur fatale.

— Vous ne craignez pas qu'ils s'en prennent à vous ?

— Ne vous en faites pas. » Jean-Pierre rit. « Tant que je resterai en compagnie de ces morts, je resterai vivant. Je vais passer quelques jours dans un hôtel de New York et éviter soigneusement d'être suivi. D'ailleurs, je crois qu'ils seront trop plongés dans leurs problèmes pour s'occuper de moi, du moins pour l'instant.

— Je sais que vous ne faites pas ça seulement pour moi, monsieur Lahary, alors pourquoi ?

— J'ai toujours considéré Johnny comme un ami. Il m'a trahi. Il a aidé les tueurs qui devaient m'assassiner. En plus, ce type qui me téléphone fout en l'air toute ma vie sexuelle.

— Tout s'explique, dans ce cas.

— Je vous appellerai dès que j'aurai du nouveau. »

Jean-Pierre avait à peine raccroché que Beaufils lui fit signe qu'on le demandait sur une autre ligne. C'était Doris :

« Il y a un monsieur qui voudrait te voir, un certain Richard Capellan.

— Ah zut, j'avais complètement oublié que je l'avais invité à venir aujourd'hui. » Il réfléchit un instant et reprit : « Fais-le descendre quand même. »

Avec tous ces problèmes en tête, faire visiter la morgue était vraiment la dernière chose dont Jean-Pierre avait envie aujourd'hui. Mais il avait promis à son voisin de lui montrer son travail. Peut-être la visite de son ami lui changerait-elle agréablement les idées.

« Salut Richard, content de te voir.

— Pour l'instant, la morgue ressemble exactement à ta description. Intéressant, non ?

— Bien sûr que je suis intéressant. Je suis Français, tu sais.

— Je veux dire, le bruit. C'est curieux, tu m'as dit une fois que tu détestais les avions.

— Où as-tu la tête ? Tu l'as oubliée à Greenwich ou quoi ?

— Non, sans blague. C'est curieux parce qu'ici on croirait entendre un avion. Tu sais, le bruit des scies, des ventilateurs...

— C'est la ventilation pour la purification de l'air. Suis-moi, je vais te montrer ton premier *clown.*

— Il était temps, je commençais à m'impatienter », plaisanta Richard.

Le corps d'un jeune homme moustachu attendait d'être autopsié. « Nous venons de le recevoir. » Jean-Pierre le considéra attentivement. « Dommage », fit-il.

Richard eut l'air surpris.

« Je croyais que tu ne souffrais que pour les vivants qui, selon ta formule, souffrent pour les morts.

— C'est vrai. Je regrettais seulement que cet homme ne soit pas quelqu'un que je connais et qui a la même moustache.

— Comme le type qui est venu te voir samedi soir ?

— Quoi ? Tu l'as vu ?

— Je n'ai pas pu m'en empêcher. Le type s'est précipité hors de chez toi comme s'il était poursuivi par tous les asticots de la morgue.

— A quoi ressemblait-il ?

— Je n'ai fait que l'entrevoir. Il faisait trop sombre. Mais je suppose qu'il ressemblait à tous les autres moustachus.

— Oui, chef, approuva Jean-Pierre. Je trouve aussi qu'ils se ressemblent tous.

— Si j'avais su que c'était important... Je veux dire, je croyais qu'il galopait pour attraper un train ou quelque chose de ce genre.

— Tu sais que tu ferais un très mauvais chien de garde.

— Mais tu sais bien qu'on voit sans arrêt des types se précipiter parce qu'ils sont en retard, dans notre quartier. Tu n'es pas en train de me dire que tu n'avais pas invité ce type-là ? » Richard remarqua le sourire ironique de Jean-Pierre. « C'est ça, hein ?

— Mais j'espère bien l'accueillir un de ces jours ici. » Jean-Pierre posa les yeux sur le corps allongé. Il appuya sur la poitrine de l'homme et, soudain, le mort émit un râle guttural. Capellan sauta en arrière, bouleversé.

« Mais ce type est encore vivant. »

Jean-Pierre éclata de rire.

« T'inquiète pas, il est on ne peut plus mort. Vois-tu, pendant un certain temps après la mort clinique d'une personne, des milliards et des milliards de cellules continuent à vivre, alors que les fonctions vitales individuelles ne sont plus synchronisées et ne permettent plus la vie. Chez ce *clown*, l'air emmagasiné dans les poumons s'est échappé sous la pression exercée sur la cage thoracique, puis est passé par la trachée-artère en faisant vibrer les cordes vocales, qui doivent être encore assez chaudes pour que ce phénomène se produise, et enfin, l'air est sorti par la gorge. La fermentation produite par les bactéries installées dans le corps humain finira par donner une quantité de gaz énorme. Mais avant cela, il arrive parfois que l'iris de l'œil réagisse. » Ils se dirigèrent vers une autre table d'autopsie. « Tu vois cette femme, par exemple. Elle est morte sous la torture et pourtant elle a un sourire sur le visage. C'est simplement une réaction des muscles.

— Tu veux dire que la vieille formule " Il est mort un sourire aux lèvres, il est donc mort heureux " n'est pas vraie ?

— Du bidon. L'expression faciale d'un mort n'a rien à voir avec ce qu'il a éprouvé au moment de sa mort. Nous avons eu une femme qui est arrivée ici avec un visage de cauchemar : boursouflé, difforme. Or, elle était morte paisiblement dans son lit. L'expression torturée de son visage était le résultat d'une intervention de son dentiste peu avant sa mort.

— Donc les muscles du visage réagissent tout seuls, pas en fonction de ce qui a pu provoquer la mort de la personne ?

— Exactement, chef. Viens, je veux te montrer autre chose. »

Ils retournèrent à la table où gisait le jeune moustachu, récemment décédé. Jean-Pierre craqua une allumette et la plaça devant les yeux du mort. La pupille se mit à rétrécir.

Cette fois encore, Richard fut stupéfait.

« Regarde, les yeux vivent encore !

— Eh bien, le cerveau ne reçoit pas l'image, mais il arrive dans certains cas que les yeux puissent accommoder pendant encore à peu près une heure après la mort.

— Je vois. Voilà pourquoi on peut transplanter certains organes des morts aux vivants.

— Ce n'est pas tout à fait aussi simple, mais c'est une des raisons. »

Beaufils entra, accompagné de Sutton et d'un autre employé de la morgue.

Après les présentations, Beaufils dit à Jean-Pierre :

« Bon, eh bien je vais commencer à autopsier celui-là.

— Navré, chef, protesta Jean-Pierre, mais Richard est entré vivant et je crois qu'il veut sortir d'ici dans le même état.

— Pas de pot, mon pote, plaisanta Sutton. J'aurais pourtant bien aimé tailler dans un vivant aujourd'hui.

— On va seulement tailler dans votre bulletin de paie, si vous ne vous mettez pas au boulot, dit Beaufils à Sutton.

— S'ils réduisent encore ma paie, le maire va être obligé de venir bosser au noir à la morgue.

— Elle est bonne celle-là, Sutton, s'esclaffa Jean-Pierre. Tu pourrais peut-être te présenter aux élections. J'entends ça d'ici, les discours du maire Sutton : " Au boulot, bande de conards. D'abord, on va nettoyer toutes les ordures qui traînent dans les rues. Les enculés qui sont pris en train de tuer quelqu'un, privés de baise. Et merde aux tribunaux ! " »

Sutton éclata de rire.

« Exactement, Frenchy. Je te ramasserais le fric de tous les salopards du Milieu pour le refiler à ceux qu'en ont besoin. Et tous les petits défoncés, je te les foutrais en manque, vite fait bien fait. Et tu sais quoi, Frenchy, j' te nommerais mon baratineur en chef, gloussa-t-il.

— La seule chose que vous allez faire en attendant ces jours meilleurs, Sutton, intervint Beaufils, c'est sortir ce corps et l'amener dans la salle de radio, sinon je vous refais faire une petite balade en ascenseur.

— Ah oui, sourit Richard. J'ai entendu parler de celle-là. Le plus incroyable, dit-il à Jean-Pierre, c'est que je retrouve ici la même ambiance que dans le restaurant-boîte de nuit où je travaille. Vous vous marrez exactement comme je le fais avec mes copains Michael et John. La seule différence... c'est que nos clients sont ivres-morts tandis que les vôtres sont morts tout court. »

Tout le monde se mit à rire. Jane entra. « Vous avez l'air de vous tuer au travail.

— Oh, Richard, voici Jane.

— Je connais Richard, fit Jane. C'est ton voisin.

— Jane nous aidera à écrire notre bouquin, dit Jean-Pierre.

— Formidable ! s'écria Richard avec enthousiasme. Excusez-moi, je dois partir. Mais je voudrais poser une dernière question. Personne ne semble te bousculer particulièrement, et...

— Vous plaisantez, protesta Jane. On n'arrête pas de le bousculer tout le temps, mais il refuse de le reconnaître.

— De quoi parlez-vous. Là où je me sens vraiment bousculé, c'est quand j'apprends que New York est fauché et que je ne toucherai pas mon salaire. »

Sutton apprécia la remarque. Pas Jane.

« Tu sais exactement de quoi je parle. Ça n'est pas drôle.

— Bien, coupa Richard. Je crois qu'il faut que je m'en aille. Merci pour la visite. Ah, une dernière question, Jean-Pierre. En fait, c'est plutôt un service que je te demande. Comme on est copains, si je débarque ici un jour, comme *clown* bien sûr, est-ce que tu me réserveras un traitement particulier ?

— Bien entendu. Je te mettrai un oreiller sous la tête. »

Peu de temps après le départ de Richard Capellan, ce fut au tour de James Harrison de rendre visite à Jean-Pierre.

En entrant dans son bureau, Jean-Pierre ouvrit un tiroir de sa table et mit discrètement en marche son magnétophone à cassettes.

« Que puis-je pour vous ?

— Monsieur Lahary, il semblerait que vous ayez maintenant la preuve que le Dr. Bernard Benjamin a été assassiné. J'aimerais que nous parlions de ces nouveaux éléments, si vous le voulez bien.

— Qui vous a raconté ça ?

— Monsieur Lahary, quelles sont ces preuves ?

— Je n'ai aucune preuve nouvelle. Je ne sais pas qui vous a donné cette information, mais c'est entièrement faux. Et même si j'avais des éléments nouveaux, il vous faudrait une autorisation du procureur.

— Il n'est pas vrai que vous ayez trouvé la seringue dont s'est servi le tueur pour injecter la drogue mortelle dans les veines du docteur ?

— Non, je n'ai rien trouvé de tel. Qu'est-ce qui vous a donné une idée pareille ?

— Okay. Jouons cartes sur table. Mme Benjamin a reçu un coup de téléphone anonyme d'un homme qui disait que vous aviez trouvé cette seringue.

— Vraiment, et quoi encore ?

— Si vous décidez d'ignorer cette découverte et de ne pas prévenir la police, je n'aurai d'autre choix que de vous dénoncer aux autorités.

— Oh, je meurs de peur, monsieur Harrison, ironisa Jean-Pierre.

— Il y a un autre moyen de régler cette affaire.

— J'écoute.

— J'ai déjà parlé à l'avocat de Mme Benjamin. Il semble penser que nous pourrons convaincre le tribunal que Benjamin ne se serait jamais suicidé, et que le tueur a trouvé le moyen d'égarer le médecin légiste avec les coups de feu, le solvant et la seringue, pour qu'il ne s'aperçoive pas qu'il s'agissait d'un crime. Tout ce que vous avez à dire... c'est qu'il est *possible* que ce soit un crime, compte tenu des éléments en votre possession.

— Pourquoi n'en parlez-vous pas au Dr. Davenport ?

— Ce sera plus convaincant venant de vous. Écoutez, si vous révélez vos " preuves " — même si elles n'existent pas — et si vous suivez mes indications, ça pourrait valoir... disons, cent mille dollars pour vous.

— Et bien entendu, Mme Benjamin et vous allez garder le reste.

— Mme Benjamin touchera l'héritage qui lui est dû.

— C'est ça, monsieur Harrison, c'est ça. »

Jean-Pierre avait désormais toutes les preuves dont il avait besoin : Harrison et Claudia Benjamin étaient de connivence pour toucher le million de dollars d'assurance sur la vie. Si seulement il avait eu des éléments aussi tangibles contre les Constantine ! Il lui faudrait agir différemment avec eux.

Jean-Pierre se remit au travail et procéda à l'autopsie d'un quadragénaire qu'on avait retrouvé dans une mare de sang, assassiné par une bande d'adolescents. L'appartement de l'homme avait été mis à sac, les tiroirs vidés et ses affaires jetées dans tous les coins. Jean-Pierre était en train d'extraire la balle de calibre 38 logée dans le crâne du mort, tout près de l'oreille droite, lorsque le lieutenant Dawson entra dans la pièce, suivi de Sutton et d'un autre employé de la morgue portant le corps d'un adolescent.

« Ah Frenchy, ce boulot m'écœure. J'en peux plus, toute cette saloperie. Vous voyez ce gosse. Il a été tué parce qu'il nous a parlé de l'assassinat de cet homme. Des petites ordures de Brooklyn l'ont descendu. Il serait peut-être vivant maintenant s'il l'avait fermée.

— Ça fait drôle d'entendre un flic dire ça.

— Évidemment, je vais pas crier ça sur tous les toits, sinon plus personne ne nous renseignerait, pas vrai, Frenchy ? Le problème, c'est que ce gamin est mort pour rien. Ça me fout par terre : avec le système de justice criminelle le plus perfectionné du monde, nous ne sommes même pas fichus de coincer une bande de petites frappes devenues des assassins.

— Ce n'est pas votre faute, lieutenant.

— Je suis un flic. Que dois-je donc faire avec ces gamins. Okay, la plupart d'entre eux ne savent même pas qui sont leurs parents. Ils sont comme une meute de loups qui écument les rues, volent ce dont ils ont envie, sans pitié pour leurs victimes. Savez-vous qu'ils ne risquent presque rien à assommer des innocents ou cambrioler une maison ? Ils appellent ça casser une baraque, mais ça veut aussi dire massacrer des gens comme cet homme. Et lorsqu'on appréhende ces gosses et qu'on les présente au juge d'instruction, il les relâche en nous reprochant quelque vice de forme.

— Ouais, comme ce Jim Constantine.

— Exact, Frenchy. J'aimerais bien faire quelque chose pour aider le père de cette pauvre gamine. Harold Brown ne m'a pas téléphoné depuis longtemps mais je pense encore à lui. Vous n'auriez pas une idée ?

— Pas encore, mais j'ai quelque chose d'autre pour vous, lieutenant. » Jean-Pierre lui passa la cassette qu'il avait enregistrée quelques heures auparavant.

« C'est très intéressant, Frenchy, mais je ne suis pas sûr que ce soit une preuve juridiquement acceptable.

— Allons, lieutenant. Ne comprenez-vous pas que

Harrison et Claudia ont monté ce truc ensemble depuis le début. Ils se connaissaient avant, et sont probablement amants.

— Comment savez-vous ça ? »

Jean-Pierre ouvrit un tiroir de son bureau et en sortit une petite boîte noire. « C'est une commande à distance pour répondeur automatique. Si vous appuyez sur ce bouton, vous pouvez entendre les messages enregistrés chez vous. Donc, quand vous êtes absent et que vous voulez savoir qui vous a appelé, vous composez votre numéro, enfoncez ce bouton, attendez le signal sonore, et voilà !

— D'accord, Frenchy, j'achète votre gadget. Mais, blague à part, où voulez-vous en venir ?

— Eh bien, s'il ne l'a pas encore effacé, vous allez pouvoir entendre vous-même. » Jean-Pierre forma un numéro, puis tendit l'écouteur à Dawson. La bande se mit en route : « Bonjour. Merci d'avoir appelé James Harrison. Je ne suis pas en mesure de répondre à votre appel dans l'immédiat, mais si... »

Le lieutenant se tourna vers Jean-Pierre :

« Et alors ?

— Quand le message enregistré sera fini, écoutez. »

Jean-Pierre appuya sur le bouton de son appareil, et les messages commencèrent à défiler. Quand ce fut au tour du quatrième, Dawson entendit : « Chéri, rappelle-moi, s'il te plaît. Tony vient de me téléphoner. Il dit que le Français de la morgue lui a raconté qu'il avait trouvé la preuve que mon mari avait été assassiné. Mais Tony ne peut rien faire dans cette histoire parce qu'il a peur d'attirer des ennuis à son petit frère. Je t'en prie, appelle-moi dès ton retour. »

« Frenchy, c'était la voix de Mme Benjamin. On brûle... mais en fait, c'est une atteinte à la vie privée. Nous n'avons pas...

— Épargnez-moi la suite. Je m'en doutais un peu. Mais enfin cela prouve quand même qu'ils sont mouillés tous les deux dans cette affaire.

— Tony, j'imagine, est Tony Constantine.

— Exact, chef. Maintenant vous êtes au parfum.

— Frenchy, j'espère que vous ne dissimulez aucune preuve. De quelle preuve parle-t-elle donc ?

— Je n'en ai pas la moindre idée.

— Vous savez, j'ai l'impression que vous en savez plus sur cette histoire que vous ne me le dites.

— Lieutenant, je promets de vous faire signe dès que j'aurai quelque chose à vous dire.

— Ouais, bien sûr, Frenchy, mais soyez gentil, faites-le tant que vous êtes en vie. Okay ? »

17

« Tu es un homme mort. » C'est tout ce que l'inconnu dit à Jean-Pierre avant de raccrocher. Mais Jean-Pierre avait reconnu la voix, c'était celle de Johnny Conti, il en était certain. Le message ressemblait plus à une mise en garde qu'à une menace, lui semblait-il, plus à un avertissement qu'à une sommation.

Le téléphone sonna de nouveau. Il décida de ne pas répondre. La plupart des employés avaient déjà quitté la morgue, leur journée finie. Mais Jean-Pierre resta assis à son bureau, se demandant ce que signifiait la lettre qu'il avait reçue le matin. Elle aussi le menaçait de mort, mais elle s'en prenait également à Jane et parlait de toutes sortes d'autres innocents. On frappa à sa porte.

« Qui est là ? » demanda-t-il d'un ton revêche.

— Ah, ouf ! répondit une voix de femme. J'avais peur... »

Il ouvrit la porte.

« Jane, que fais-tu ici aussi tard ? Je t'ai pourtant mise dans un taxi il y a deux heures.

— Je suis revenue. Il le fallait. Je n'ai pas eu le temps de te parler avec tous ces événements, mais... c'est à propos de la lettre que tu as reçue. Je l'ai vue sur ton bureau et... eh bien, j'ai pris la liberté de la lire.

— Tu es gonflée. Elle n'était pas *sur* mon bureau, mais dans le tiroir.

— Je t'ai vu l'y ranger, aussi j'ai ouvert le tiroir. Ce

n'est pas un crime. J'étais inquiète, voilà tout. Je crois que tu devrais parler au lieutenant de ces menaces téléphoniques.

— Il se peut que tu aies raison, maintenant. Je devrais probablement lui parler aussi de ce que raconte cette lettre. On dirait que ce dingue fait d'autres victimes. Oui, tu as raison. Je vais parler au lieutenant. » Il décrocha l'appareil.

« Attends. Tu vas lui parler aussi des coups de téléphone anonymes, n'est-ce pas ? »

Il la regarda d'un air soupçonneux. « Bien sûr... de ça aussi.

— Eh bien, ce n'est pas la peine de l'appeler. Je viens de le voir entrer à la morgue. Tu peux lui parler ici maintenant.

— Il est ici ? Lui as-tu...

— Il est arrivé avec le fourgon mortuaire et a dit quelque chose du genre " Quand Frenchy va voir ça ". Il semblait tout excité. »

Jean-Pierre sortit de la pièce en courant et se précipita au pas de course vers la salle d'autopsie, Jane sur ses talons.

« Frenchy, s'écria Dawson, les yeux brillants d'excitation. Je suis content que vous soyez encore ici.

— Que se passe-t-il, lieutenant ? »

Dawson, d'un geste théâtral, rejeta le drap blanc qui recouvrait le cadavre, révélant un quinquagénaire chauve, criblé de balles. Le visage exprimait une certaine cruauté, se dit Jean-Pierre.

« Ils m'ont appelé tout de suite, reprit Dawson. Alors, qu'en pensez-vous ?

— Excusez-moi lieutenant, mais je vois ce genre de truc toute la journée, alors...

— Vous ne le reconnaissez pas, c'est ça ?

— Je devrais ?

— Ah ! je comprends. » Dawson alla chercher un petit sac en plastique noir et en sortit une perruque blanche qu'il posa sur la tête de la victime. « Maintenant, le reconnaissez-vous ? »

Jean-Pierre eut un mouvement de recul.

« Que se passe-t-il ? demanda Jane.

— C'est... Vito... Vito Constantine.

— Quoi ! » Elle mit sa main sur sa bouche. « Alors ça a marché... et trop bien.

— Qu'est-ce qui a marché trop bien ? s'enquit Dawson.

— Mon plan, répondit Jean-Pierre. Enfin, ce n'est pas exactement ce que je prévoyais, mais... j'imagine qu'il faut que je vous explique depuis le début. » Le moment était venu de tout raconter au lieutenant, se dit Jean-Pierre, les menaces téléphoniques, Tony, Jim, Johnny, son plan de mettre la famille Constantine en ébullition, et même les lettres.

Après avoir entendu l'histoire de Jean-Pierre, Dawson hocha la tête, ébloui par le courage qu'il avait fallu au Français pour faire face seul à la situation.

« C'est curieux, reprit Jean-Pierre, je craignais que vous ne vous fâchiez et me reprochiez d'avoir dissimulé des informations, de ne pas avoir demandé la protection de la police, et de ne pas vous avoir tout dit après avoir reçu le premier coup de téléphone.

— Vous auriez dû. Mais d'un autre côté... » Il montra de la tête le corps de Vito Constantine. « Vous ne seriez jamais arrivé à ce résultat.

— Savez-vous qui a fait le coup? demanda Jean-Pierre.

— Comme vous pouvez le constater, il a reçu une bonne vingtaine de balles dans le corps, preuve évidente d'un règlement de comptes inspiré par la vengeance, à mon avis. Après avoir dit à Johnny qu'il avait tué ses parents... Qu'en pensez-vous ? »

Jean-Pierre opina. Tous deux étaient manifestement parvenus à la même conclusion.

« Avez-vous la moindre preuve contre les frères ?

— Nous attendrons les résultats de l'autopsie demain, répondit Dawson, mais ce soir, si vous n'y voyez pas d'inconvénient, je crois que je vais me contenter de fêter ça. » Il réfléchit un instant et ajouta : « Qui l'aurait cru... Johnny Conti, Johnny Consuelo, Johnny Constantine. Vous savez, il a dû écrire ces lettres dont vous me parliez. J'aimerais y jeter un coup d'œil.

— Bien sûr. Venez dans mon bureau. »

Jane intervint.

« Lieutenant, puis-je vous dire un mot ?

— Oh, pardon. Comment allez-vous ? Je suis ravi que Frenchy et vous... Encore une raison de fêter ça, non ? Dites donc, vous avez du champagne dans votre bureau, Frenchy ? plaisanta Dawson.

— Je regrette, chef. »

Les deux hommes entrèrent les premiers ; Jane les suivit avec circonspection. Jean-Pierre ouvrit le tiroir où il avait rangé la lettre. « Elle a disparu ! s'écria-t-il. Cette putain de lettre a disparu.

— C'est Johnny ! pensa Dawson à haute voix. J'en suis convaincu, maintenant. Je prends quelques hommes avec moi et je l'embarque illico.

— Mais lieutenant, vous n'avez aucune preuve.

— Vous avez raison. »

Jean-Pierre se rendait bien compte que seule une partie de son plan avait marché : démasquer Johnny, plonger les frères Constantine dans la confusion et les pousser à agir contre leur oncle. Mais restait encore le problème de Harold Brown. Comment allait-il livrer Jim Constantine à la justice ?

« Lieutenant, avant d'interroger Johnny, pouvez-vous me laisser un petit peu de temps pour que je réfléchisse à la question ? Je trouverai peut-être un moyen de coincer la famille tout entière. En outre, j'ai la première lettre chez moi. Je l'apporterai demain. Comme ça, on pourra la faire analyser par le labo.

— Ça me semble raisonnable, Frenchy, mais cette fois-ci on travaille ensemble. C'est bien compris ?

— Pas de problème, chef. » Il se tourna vers Jane. « Allez, je vais te mettre dans un taxi.

— Non, je veux venir à Greenwich avec toi.

— Il n'en est pas question. »

Il était presque minuit quand Jean-Pierre arriva à Greenwich. Il se hâta de sauter du train et de gravir la colline de Soundview. En entrant dans la maison il vérifia que toutes les portes et les fenêtres étaient bien verrouillées. Puis il alla se verser un verre de chablis à la cuisine avant de s'installer à son bureau. Il alluma la lampe fluorescente, enfila une paire de gants de chirurgien, puis ouvrit un de ses albums de photos où il avait rangé l'enveloppe bleue contenant la lettre anonyme. Il se mit à l'étudier sous la lampe avec une loupe. Immédiatement, il remarqua de légères traces de graisse sur le papier. Il rapprocha encore la lettre de la lampe pour l'examiner en transparence.

« Merde, gronda-t-il. J'aurais dû m'en douter. » Les taches de graisse sur la lettre évoquaient un rouage de moteur ou une petite scie circulaire. Il composa un numéro.

« Jean-Pierre, finit-elle par répondre, d'une voix endormie. Que se passe-t-il ?

— Inutile de venir travailler demain, répliqua-t-il d'un ton furieux. Ni après-demain ni jamais.

— Pourquoi ? Mais que se passe-t-il ?

— Je ne veux plus te voir. Tu comprends ?

— Mais non. Qu'est-ce qui te prend ?

— Jane, dit-il lentement. Je sais qui a écrit ces lettres. »

Jane resta silencieuse un instant. Elle savait bien qu'il finirait par découvrir le pot aux roses.

« Jean-Pierre, je t'en prie...

— Inutile de chercher des excuses. Tu es mise à la porte, et du boulot et de ma vie. » Il raccrocha.

Jane voulait désespérément une explication. A plusieurs reprises, pendant cette interminable nuit blanche, elle décrocha son téléphone et commença à former son numéro. Mais non, il valait mieux lui parler de vive voix. Le lendemain, en fin de matinée, elle irait lui expliquer à la morgue qu'elle n'avait fait ça que par amour, pour lui donner une peur salutaire.

Mardi matin, le trajet entre Greenwich et New York parut à Jean-Pierre une éternité. D'une humeur inhabituellement morose, il songeait à Jane. Peut-être avait-il été trop dur avec elle, la nuit dernière. Après tout, elle voulait seulement l'aider ; elle avait écrit ces lettres parce qu'elle craignait pour sa sécurité. Il le comprenait parfaitement, mais il ne parvenait pas à approuver la méthode choisie. Mais enfin, la fin justifie les moyens, elle essayait simplement de le protéger, tout comme il avait essayé, à sa manière, en cessant de la voir. En tout cas, elle ne serait plus en première ligne. Peut-être, lorsque l'affaire des frères Constantine serait réglée, trouverait-il le courage de lui pardonner. Ce ne devrait pas être trop difficile.

Lorsque Jean-Pierre arriva à la morgue, le lieutenant Dawson l'accueillit en lui annonçant que Johnny Conti, qu'il avait placé sous surveillance, avait disparu de son appartement. De même, les policiers chargés de surveiller la maison des Constantine à Staten Island avaient constaté qu'elle était vide.

« J'attends les résultats de l'autopsie de Vito Constantine, expliqua Dawson, mais je suis également ici au cas où Johnny viendrait travailler ce matin.

— Ça m'étonnerait, si vous voulez mon avis.

— Vous savez, j'ai réfléchi, Frenchy. Vous espérez que Conti va jouer les donneurs, non ?

— Ce serait une bonne chose. Dans ce cas, j'ai mon magnéto tout prêt et je lui donnerai votre numéro de téléphone.

— Je suis content de vous entendre parler comme ça. Maintenant, où est cette lettre que vous deviez m'apporter ?

— Ah oui. Je n'ai pas pu la trouver hier soir. J'ai dû la jeter. Navré lieutenant.

— Ah merde ! grogna Dawson. Cherchez encore, Frenchy. Nous avons besoin de preuves. »

Beaufils entra alors dans le bureau de Jean-Pierre.

« Veuillez m'excuser, messieurs, mais je crois que vous devriez venir avec moi. J'ai quelque chose à vous montrer. »

Les trois hommes se rendirent dans la salle d'autopsie et s'arrêtèrent devant la dalle où gisait le corps de Vito Constantine.

« J'aurais bien aimé que tu m'attendes avant de commencer cette autopsie, regretta Jean-Pierre.

— Bof, il n'y a vraiment rien de particulier, sinon ceci, fit Beaufils en montrant le postérieur de Vito.

— Regardez-moi ça, Frenchy, s'étonna Dawson. Les trous de balle forment la lettre " A ".

— " A " pour Arturo, j'imagine », opina Jean-Pierre.

L'air intrigué, Beaufils ajouta : « Mais la balle qui l'a

tué, à mon avis, est celle qu'on lui a tirée dans la bouche. J'ai l'impression qu'on s'est servi de trois, ou peut-être de quatre armes différentes. Et on dirait que les tueurs savaient exactement où il fallait loger les balles dans les fesses pour qu'il ne meure pas sur le coup. Ils voulaient évidemment le faire souffrir. »

Jean-Pierre se tourna vers Dawson :

« Johnny aurait su ça.

— Il faut qu'on le trouve.

— Puis-je vous demander de qui vous parlez ? » intervint Beaufils.

Jean-Pierre mit la main sur l'épaule de l'Haïtien. « Tu avais raison à propos de Johnny Conti. Vois-tu, cet homme est l'oncle de Johnny. » Et il raconta toute l'histoire à un Beaufils abasourdi.

« J'aurais jamais cru ça, conclut l'Haïtien, bien que j'aie toujours su que Johnny Conti était un drôle d'oiseau. »

Tandis que Dawson continuait à rechercher les frères Constantine, Jean-Pierre attendit que Johnny se manifeste, malgré la menace téléphonique de la veille. Il travailla tard, espérant que son vieil ami profiterait de l'occasion et viendrait le voir pendant que la morgue était relativement calme.

Sutton entra dans la salle d'autopsie pour dire au revoir au Français. Ils aimaient tous deux ces brefs moments d'intimité pendant lesquels ils pouvaient se taquiner et se raconter la bonne blague du jour.

« Alors Sutton, qu'est-ce que t'as dans la bouche ? Du chewing-gum ?

— Non, Frenchy, c'est du chocolat. Qu'est-ce que ça peut bien te foutre d'ailleurs.

— T'as intérêt à faire gaffe.

— Gaffe à quoi ?

— A mon avis, t'aurais intérêt à manger du chocolat *blanc*.

— Du chocolat blanc ?

— Ouais, pour être bien sûr de ne pas te mordre le doigt, ricana Jean-Pierre.

— Berk. Le noir est bien meilleur, Frenchy. Tout ce qui

est blanc a besoin d'être relevé ; le noir est parfait comme il est.

— Ça me rappelle une histoire, Sutton.

— Tout te rappelle une histoire.

— C'est un chasseur qui tombe sur un ours au coin d'un bois. Le chasseur épaule, mais l'ours lève les pattes en l'air et s'écrie : " Attendez ! Une minute. Ne tirez pas !

« — Pourquoi ? lui demande le chasseur.

« — Discutons d'abord, propose l'ours. Négocions.

« — A quel propos ?

« — Eh bien. Qu'est-ce que vous voulez au juste ? demande l'ours.

« — Je veux un manteau de fourrure, réplique le chasseur avant de demander, et vous, qu'est-ce que vous voulez ?

« — Je veux avoir le ventre plein. " Sur ces mots ils se dirigent vers une cabane tout près de là, et deux heures plus tard, l'ours en ressort, le ventre distendu... et le chasseur avait son manteau de fourrure.

— Ha ! ha ! ha ! Frenchy. Elle est pas mauvaise, mais tu sais ce qu'est encore plus marrant ? Si tu me remplis le ventre, je donnerai une peau noire. »

Jean-Pierre éclata de rire à son tour. « Je crois que ce boulot est en train de nous rendre dingues, Sutton.

— Ouais. Bon, il faut que j'y aille. Travaille pas trop dur.

— Bonne nuit, Sutton. Hé, si par hasard tu vois Johnny Conti, préviens-moi tout de suite.

— Entendu. A bientôt. »

Quelques minutes plus tard, la voix douce d'une femme murmurait timidement à la porte :

« Jean-Pierre...

— Ah merde alors, qu'est-ce que tu fous-là ? Je t'ai dit que je ne voulais plus te voir. » Il la regarda tristement pendant qu'elle se faufilait dans le bureau, hésitante, implorant son pardon sans un mot. Elle rompit le silence, d'un ton désespéré.

« Il fallait que je vienne. Écoute-moi, je t'en prie. J'ai fait ça parce que je t'aime. Je sais que ce n'était pas bien, mais je voulais seulement que tu racontes tout au lieutenant. C'est ce que tu as fini par faire. Si mes lettres t'ont aidé à te décider, tant mieux. Ne comprends-tu pas que je t'aime. Je ne voulais pas... »

Jean-Pierre ôta ses gants de caoutchouc, arracha sa blouse d'hôpital, et jeta le tout sur le sol. Il s'avança vers elle avec un air furieux, puis, lentement, un sourire espiègle se dessina sur son visage.

« Oh, Jean-Pierre », soupira-t-elle.

Il l'enlaça et l'embrassa avec une douceur que seuls les vrais amants connaissent. Son cœur battait à se rompre. Jane serait sienne à jamais. Il recula d'un pas pour l'admirer.

« Tu as toutes les chances, le physique, l'allure, la tête, et maintenant... tu m'as, moi.

— Et moi, je suis à toi. » Elle rit.

« Mais, reprit-il sur un ton beaucoup moins serein, tu es dingue. Toute cette histoire n'est pas encore terminée. Il faut que tu partes immédiatement.

— Mais...

— Ne discute pas. » Il lui prit les mains et plongea ses yeux dans les siens. « Ne t'inquiète pas, dit-il avec douceur, lorsque tout cela sera terminé, je t'emmènerai voir la Tour Eiffel.

— Je ne le croirai que lorsque je la verrai. »

Sutton entra en coup de vent et faillit les renverser.

« Excuse-moi, Frenchy, mais tu m'as dit de te prévenir si je voyais Johnny.

— Alors ?

— Eh bien, je l'ai repéré en allant prendre le métro. J' suis sûr que c'est lui, parce que quand il m'a vu, il s'est planqué derrière une bagnole. J'ai failli aller lui causer, puis j' me suis dit que ça serait mieux d' te causer d'abord.

— Merci Sutton. Il se tourna vers Jane. Il faut que tu t'en ailles.

— Je ne veux pas te laisser seul. Au moins appelle le lieutenant Dawson.

— Qu'est-ce qui se passe ? demanda Sutton.

— Rien de bien méchant. Je peux régler ça tout seul, chef, mais pourrais-tu me rendre un service, s'il te plaît. Accompagne Jane dehors et mets-la dans un taxi.

— Pas de problème, Frenchy. »

Avant de sortir, Jane dit à Jean-Pierre : « Fais bien attention. N'oublie pas, je tiens à voir la Tour Eiffel avec toi. »

Après être sortie de la salle d'autopsie, Jane demanda à Sutton : « S'il vous plaît, écoutez-moi. Jean-Pierre a des ennuis.

— Avec Johnny ?

— Enfin, c'est un peu plus compliqué que ça. Tout ce que je vous demande c'est d'attendre avec moi l'arrivée de Johnny. Je veux m'assurer que tout se passera bien. Ensuite, nous partirons. Je vous en prie, Sutton, c'est très important.

— Bien sûr, Jane. Frenchy peut me demander ce qu'il veut.

— Merci. Je vous en suis très reconnaissante. »

Ils attendirent environ un quart d'heure avant de voir Johnny entrer dans la salle d'autopsie.

« Salut Frenchy !

— Johnny, je suis content de te voir. » Conti sentait le produit pour embaumer les cadavres. Drôle d'eau de cologne, se dit Jean-Pierre *in petto.*

— Je voudrais te parler à propos d'hier.

— J'espérais bien te voir. Mais attends une minute, allons plutôt dans mon bureau.

— Non, je préfère parler ici. J' me sens mieux dans c'te pièce.

— Bon. Je vais chercher mes cigarettes et je reviens.

— Tiens, prends une des miennes...

— Non merci, je préfère les miennes. J'en ai pour une minute. » En sortant de la salle d'autopsie, Jean-Pierre aperçut Jane et Sutton dans le couloir. Sans dire un mot, il leur fit signe de partir. Jane refusa d'abord, mais elle finit par céder aux instances de Sutton.

Arrivé dans son bureau, Jean-Pierre prit un paquet neuf, l'ouvrit, enleva toutes les cigarettes et essaya d'y loger son mini magnétophone à cassettes. Il ne parvint qu'à le dissimuler à moitié. Il le mit dans sa poche de pantalon, mais l'engin faisait une bosse vraiment trop suspecte. Il enfila une blouse propre et glissa le magnétophone dans la poche kangourou. Il prit une cigarette sur sa table et l'alluma, avant de revenir d'un pas vif dans la salle d'autopsie.

« Qu'est-ce qui t'a pris tant de temps, Frenchy ?

— Euh, rien. Je voulais seulement mettre une blouse propre, fit-il en riant.

— Tu sembles nerveux.

— Pourquoi le serais-je ?

— Pourquoi es-tu allé chercher un nouveau paquet de clopes. Il y en a déjà un ici.

— Ah bon. C'est vrai. J'avais complètement oublié que j'en avais ouvert un tout à l'heure.

— Qu'est-ce que t'as dans la poche ? Johnny considéra attentivement le Français. Comment se fait-il que t'aies ouvert ton paquet par le haut ? Tu les ouvres normalement par le fond. »

Jean-Pierre se dirigea nerveusement vers une dalle où gisait le corps d'un homme, tailladé à divers endroits par son tueur.

Johnny s'approcha de lui à pas de loup, plongea par surprise la main dans la poche de Jean-Pierre et en sortit le magnétophone. « Alors, tu sais maintenant qui je suis, s'écria-t-il, furieux. Je me doutais bien que tu finirais par le savoir, surtout quand je me suis aperçu que mon dossier avait disparu au service du personnel. C'est toi qui l'avait pris, n'est-ce pas ? »

Jean-Pierre opina de la tête. Johnny jeta le magnétophone à travers la pièce. « Je sais ce que tu voulais faire, Frenchy, mais maintenant c'est trop tard. » Sa voix s'adoucit. « J'espère que tu peux comprendre ça. » Il parcourut la salle d'autopsie du regard et s'arrêta sur les scies électriques aux dents aiguës qui servaient à couper les os humains. Ces engins, en forme de mitraillette, sont utilisés pour découper tous les tissus humains, aussi bien que la cage thoracique, la mâchoire et le crâne des victimes qu'il s'agit d'autopsier. Mais elles avaient été débranchées, la journée terminée. Johnny remarqua que les lames n'avaient pas encore été nettoyées ; la plupart étaient pleines de sang coagulé et de tissus humains. La scène était parfaite.

« Tu avais raison à propos de mes vieux, Frenchy, dit-il, les yeux injectés de sang, sauf que tu connais pas toute l'histoire. Vois-tu, après que tu m'as dit tous ces trucs sur l'oncle Vito, j'ai réfléchi. J'étais à la maison ce jour-là. Je me souviens qu'ils s'engueulaient parce que papa voulait que Vito se dénonce aux flics. Mon oncle a traité papa de conard et maman de putain. C'est marrant, j'avais presque oublié ça. Il a dit qu'elle couchait avec d'autres hommes. Maman était furibarde. » Johnny était plein d'amertume. « On a toujours su que Tony n'était pas comme nous. Je lui ai dit la vérité hier soir, ce que tu m'as raconté. Mais pas seulement parce que tu me l'avais dit. Tu vois, je me suis aussi souvenu que ce jour-là, l'oncle Vito avait dit à papa que Tony n'était pas de lui. Il m'a fallu toutes ces années pour m'en souvenir. Tony était le beau bébé, fit Johnny en imitant ironiquement la voix de Vito, pas un affreux comme ses frangins. Maintenant Tony peut aller se faire foutre. Je lui ai dit qu'il était un bâtard, un sale bâtard.

— Johnny, intervint Jean-Pierre pour tenter de le calmer. Allons voir le lieutenant Dawson. C'est ce qu'il y a de mieux à faire. »

Johnny sortit un calibre 38 de sous sa veste.

« Bouge pas, cria-t-il.

— Ne fais pas l'imbécile, Johnny.

— Tu sais, je crois que ça s'est passé comme ça, ce jour-là ; mon oncle qui braquait mes vieux. J'entends encore ma mère supplier. Pourquoi tu supplies pas, Frenchy ?

— Tu fais une erreur, Johnny.

— Je veux t'entendre chialer. Oh, t'inquiète pas, je vais pas te flinguer. Ce serait trop bon pour toi. Après tout, tu passes ton temps à découper les gens. Voilà ce que je vais te faire, Frenchy. T'es un criminologue célèbre. Tu mérites de finir comme certains de tes *clowns,* hein ? Qu'en dis-tu ? Comme celui sur la table, ici, celui qu'est tout tailladé.

— Johnny, ne compte pas sur moi pour t'implorer. Si tu crois pouvoir appuyer sur la détente, vas-y.

— Tu es dingue, exactement comme ma vieille. Elle aussi elle gueulait à l'oncle Vito de la tuer. » Il se tut un instant pour rassembler ses souvenirs. « J'aimerais savoir exactement ce qui s'est passé après. Il y a eu tant de boucan, les lampes qui tombaient, des objets qui valdinguaient. J'ai rangé l'essentiel avant l'arrivée des flics. Tu savais pas ça, hein ? C'est l'oncle Vito qui me l'avait demandé. J'ai toujours fait tout ce que l'oncle Vito disait. Même quand il est sorti de la pièce après que j'ai entendu ma mère pleurer. Tu sais, j'aurais dû me douter qu'il m'avait menti, surtout après les coups de feu. J'ai entendu deux coups de feu, puis ma mère s'est mise à crier, puis il y a eu un dernier coup de pistolet. Elle aurait jamais pu crier comme ça après avoir reçu un bastos dans la poitrine. Les morts ne crient pas. Merci de m'avoir révélé tout ça, Frenchy. Grâce à toi, j'ai fini par piger.

— Et je peux t'enseigner encore bien des choses, Johnny. Allez, range ce pistolet. Tu t'es vengé de ton oncle. J'ai vu ce que tu lui as tatoué dans le cul à coups de feu. Que veux-tu de plus ? Pourquoi me tuer ?

— Parce que tu en sais trop. » Il rit d'un ton menaçant. « C'est marrant. Mes conards de frangins ne voulaient pas que je te descende. Ils ont d'autres plans. Ils ont déjà fait son affaire à Harrison. Et ils croient pouvoir encore ramasser le fric de l'assurance pour conclure une affaire de came que Vito avait engagée avant sa... disparition. Eh bien, qu'ils aillent se faire foutre !

— Et quels sont leurs plans, Johnny ?

— Je crois que tu le sauras jamais, mon pote. Tu roupilleras avec tes *clowns,* ricana-t-il. Et puis tu sais, j'en ai rien à branler de mes frangins.

— Alors pourquoi fais-tu tout ça, Johnny ? Pourquoi ne pas aller tout raconter aux flics. Je m'arrangerai pour qu'ils se montrent compréhensifs avec toi.

— Ben voyons ! Tu t'arrangerais surtout pour me faire envoyer à côté, chez les dingues de l'hôpital Bellevue.

— Mais enfin, merde, qu'est-ce que ça va te donner de me liquider ?

— Une satisfaction, voilà ce que ça va me donner.

— Je ne comprends pas.

— Je veux ta mort pour d'autres raisons que mes frangins, ou que le truc Benjamin. Tu ne piges pas, hein ? » Il agita le canon de son arme vers la tête de Jean-Pierre. « Je voulais tant être ton assistant, cria-t-il. Et t'as laissé cette salope prendre ma place. Tu l'as même emmenée à Chicago à ma place. La seule chose qui avait de l'importance — mon boulot, la possibilité d'être célèbre un jour, comme toi — tout ça est fichu maintenant. Alors, pourquoi te laisser vivre ? Profiter de la gloire ? Puisque ma vie est foutue, tu vas crever. Il pointa l'arme sur Jean-Pierre. Tu vas crever, Frenchy, et tes organes seront exposés là-haut avec les autres merveilles immondes de ton musée.

— Oh, allons, Johnny. Tu crois pas que t'en fais un peu trop ?

— Crois-moi. J'en fais vraiment pas trop. J'ai eu un rêve comme ça une fois. Y'a des gens qu'appellent ça des cauchemars, mais pour moi un cauchemar est juste un rêve comme un autre. Reste où t'es ! » Johnny alla de table en table, et mit en marche toutes les scies électriques. Les disques tranchants firent résonner la pièce comme un aéroport militaire : on aurait dit qu'une escadrille de chasseurs s'apprêtait à décoller. Johnny braqua l'arme sur Jean-Pierre et le poussa vers une des dalles. Il s'empara d'une scie, les yeux brillants de haine. Il approcha la lame tournoyante à deux centimètres de la gorge de Jean-Pierre. Celui-ci ne bougea pas et toisa Conti avec un air de défi.

Lentement, Johnny abaissa la scie sur l'épaule droite du Français. Dès que la lame lui effleura la peau, Jean-Pierre le repoussa d'un coup de pied rapide dans les génitoires. Le grondement des scies noya le hurlement de douleur de Conti. Jean-Pierre tenta de le désarmer, mais Johnny parvint à presser la détente de son pistolet : la balle érafla la cuisse droite de son adversaire. Pour faire diversion, Jean-Pierre saisit une côte d'une jeune morte et la lança sur Conti qui la reçut en pleine figure. Sous le choc, il lâcha son arme qui tomba sur une dalle. En tâtonnant pour la retrouver, il mit la main dans le cadavre ouvert de l'homme tailladé, s'empara du sac en plastique contenant les organes de la victime. Il le jeta sur le Français. Le sac éclata en touchant sa cible et Jean-Pierre se retrouva le visage, le cou et les bras couverts de sanglants abats humains. Puis Johnny se saisit de la boîte métallique où Jean-Pierre rangeait ses instruments de dissection et la lança sur le Français qui s'affala sur une des dalles. Johnny en profita pour chercher frénétiquement son pistolet.

Jean-Pierre se ressaisit et se rua sur Conti qu'il estourbit d'une série de crochets au visage. Johnny tomba sur le sol souillé de sang et parvint à ramper jusqu'à la porte. Il se releva et sortit de la pièce en titubant.

Jean-Pierre se précipita à sa poursuite. Soudain, Sutton surgit dans le couloir et percuta le frêle Conti. Mais c'est le grand Noir qui tomba. Johnny disparut dans l'escalier.

« Merde ! s'écria Sutton. J'ai jamais vu Johnny courir aussi vite.

— Il faut l'arrêter, expliqua Jean-Pierre en aidant Sutton à se relever.

— Attends, Frenchy. On a d'autres emmerdes. Regarde !

— T'es pas dingue. On va pas le laisser filer comme ça.

— On le retrouvera plus tard, mais pour l'instant, c'est plus important. » Il força Jean-Pierre à prendre une enveloppe sur laquelle on lisait « POUR LE FRANÇAIS ».

« Qui t'a donné ça ? demanda Jean-Pierre en l'ouvrant.

— Le chauffeur de taxi.

— Quel chauffeur de taxi ?

— Celui avec qui Jane est partie.

— A quoi ressemblait-il ?

— J'en sais rien. Un jeune mec avec une moustache. Quand il m'a donné l'enveloppe, j'ai cru que c'était une blague ou je ne sais quoi. J'étais pressé de rentrer chez moi, alors je l'ai fourrée dans ma poche pour te la donner demain. Puis quand je suis arrivé au métro, j' me suis dit qu'il valait p'tête mieux la lire, hein, au cas où. Et je suis revenu dès que j'ai pigé ce que c'était.

— Oh non, non, non ! » s'écria Jean-Pierre en lisant ces mots :

« Nous avons votre amie rousse. Si vous ne faites pas ce que nous demandons, nous la tuerons. Soyez à minuit à la cabine téléphonique au coin de la 3e Avenue et de la 31e Rue. Et ne prévenez pas les flics. Sinon, elle est morte. »

18

S'il prévenait la police, les ravisseurs de Jane la tueraient certainement, pensait Jean-Pierre en arpentant nerveusement son bureau pendant que s'écoulaient lentement les heures qui le séparaient de minuit. Il avait redouté cette éventualité à maintes reprises ; voilà pourquoi il l'avait évitée pendant ces mois d'hiver longs et solitaires, pourquoi il n'avait toujours pas succombé à son envie d'elle, pourquoi il avait surveillé chacun de ses gestes : c'est lui qui hélait ses taxis, notait le nom et le numéro du chauffeur, s'assurait que personne ne la suivait en la prenant parfois lui-même en filature sans qu'elle le sût. Tous ces efforts avaient été inutiles. Si un fou veut votre peau, il finit par l'avoir, un jour ou l'autre. L'histoire en témoignait, mais l'histoire prouvait aussi que les maniaques périssent parfois aussi, victimes de leurs propres machinations.

Sutton interrompit les réflexions de Jean-Pierre.

« Dis, Frenchy. J' m'excuse. Euh... si j'aurais su...

— Ce n'est pas ta faute, Sutton. Au contraire, je suis bien content que tu sois ici ce soir. J'aurai peut-être besoin de ton aide.

— C'est ça, Frenchy. T'aurais dû me prévenir avant de... tous ces trucs avec Johnny ! J' te l'aurais maté, vite fait.

— Peut-être, mais pour l'instant il nous faut trouver une idée pour libérer Jane.

— Comme j'ai dit, appelons les flics.

— Pas encore. Laisse-moi réfléchir. Il nous reste encore à peu près deux heures. » Il se rappela comment les policiers du FBI avaient évité le détournement de l'avion en mentant aux pirates de l'air. Ils avaient fait semblant d'accéder aux exigences des terroristes tout en tâchant d'en venir à bout grâce à des manœuvres de diversion. Il y avait tout de même une différence entre les deux situations : le FBI savait où l'ennemi gardait ses otages.

Pourtant, les mensonges et la diversion étaient les seules armes à sa disposition.

« Frenchy ! s'écria Sutton en se dressant. Ta jambe saigne.

— Oui. Johnny m'a tiré dessus, mais c'est rien. » Soudain une idée lui vint. « Hmm, ses frères ne voulaient pas qu'il me tue. Ils sont convaincus que je peux les aider à ramasser l'argent de l'assurance.

— Quel fric ?

— Un million de dollars. L'assurance sur la vie de Benjamin.

— Merde. Un million de dollars. Mais comment peux-tu les aider dans c'te combine ?

— Comme il est dit dans le rapport que je suis le premier à avoir déterminé que le suicide avait été la cause de la mort, ils sont persuadés que je pourrais convaincre l'assurance de payer.

— Mais Frenchy, t'as rien à voir là-dedans.

— C'est bien ce que j'ai essayé de leur expliquer, mais je crois que c'est la faute de Johnny. Il a dû leur faire croire que j'étais le médecin légiste ou quelque chose comme ça. » Jean-Pierre se tut. Cette histoire avait pris des proportions grotesques ; comment avait-elle pu en arriver à de telles extrémités ? « Je pense que je n'aurais jamais dû parler de la seringue ou de l'emballage du tampon désinfectant. Ça n'a fait que leur donner de nouvelles idées. C'est pour ça qu'ils ont essayé de me tuer, tu sais, dans " la coursive ".

— J'ai toujours trouvé ça bizarre. Pourquoi n'as-tu pas raconté la vérité à tout le monde au lieu de faire comme si tout ce truc n'était qu'une vaste blague.

— Eh oui, Sutton, à ce moment-là je ne croyais pas...

enfin, ça n'a plus d'importance maintenant. Je changerais des tas de choses si je le pouvais : la manière dont j'ai manœuvré Johnny, son frère Tony, et même l'enquêteur des assurances.

« Elle est bien bonne, je veux dire l'histoire de Harrison. Je viens de me rappeler que Johnny a dit qu'ils lui avaient fait son affaire. Je serais pas étonné qu'ils aient eu l'idée d'enlever Jane après avoir discuté avec lui. Harrison a dû leur raconter qu'ils pourraient encore récupérer le fric de l'assurance s'ils pouvaient me convaincre de dire à la compagnie que Benjamin avait pu être assassiné.

— Frenchy, excuse-moi de t'emmerder encore, mais ta jambe continue à saigner. Écoute, je reviens tout de suite. Je vais chercher de quoi faire un pansement.

— Ne dis à personne ce qui se passe.

— Je crois toujours que tu devrais prévenir les flics.

— Je t'en prie, Sutton, laisse-moi régler ça à ma manière.

— D'accord. Attends-moi ici. Ils vont rien faire à Jane tant qu'ils auront une raison de ne pas la descendre. Je reviens. »

Ils ne vont rien lui faire s'ils ont une raison de ne pas la tuer, se répéta-t-il. Il secoua la tête. Pourvu que rien ne lui arrive.

Il s'enfonça dans son fauteuil en se souvenant de la première fois qu'ils s'étaient rencontrés ; du moment où elle l'avait aidé à ouvrir la porte à la gare de Grand Central ; de leur accident en taxi ; de leurs retrouvailles à la morgue ; et du rendez-vous que leurs supérieurs avaient pris pour eux deux. Il se rappela le teint rosé de ses joues, ses innocents yeux bruns, ses lèvres sensuelles, sa chevelure de feu, ses jambes et ses cuisses superbes. Sans le lui dire, il avait commencé un nouvel album avec les photos qu'il avait prises d'elle le premier jour de leur rencontre. Il y mettrait d'autres photos d'elle, sous tous les angles et dans toutes sortes d'endroits — New York, Greenwich, et Paris.

Il fut envahi de tristesse. Tout ce temps gaspillé, toutes ces interruptions — leur première soirée à Greenwich, leur visite du musée, son arrivée chez lui à l'improviste, leur voyage à Chicago, et même leur weed-end d'amour saboté par l'intrusion de Tony. Toutes ces nuits de solitude qu'il aurait pu passer avec elle, dans une douce intimité. Il regrettait maintenant de ne pas avoir profité de l'occasion quand elle s'était offerte, pour la tenir dans ses bras, l'embrasser à perdre haleine et lui faire l'amour. Peut-être, par-dessus tout, aurait-il dû comprendre que la vie, le temps et l'amour doivent être pleinement vécus lorsqu'ils se présentent. Maintenant, se dit-il avec désespoir, il est peut-être trop tard.

La porte de son bureau s'ouvrit.

« Frenchy, annonça Sutton, voici de la gaze et du sparadrap. C'est tout ce que j'ai pu trouver. Peut-être que tu devrais aller à côté, à l'hôpital.

— Non. » Il prit le paquet que lui tendait Sutton. « Mais oui, s'écria Jean-Pierre. Voilà la solution. L'hôpital. Je vais y aller, mais sans y aller.

— Qu'est-ce que c'est que ces conneries que tu racontes ?

— Écoute ! Et si tu allais à la cabine téléphonique à minuit et que tu dises à ces hommes que Johhny m'a tiré dessus, que je suis à l'hôpital ? Voilà, tu leur raconteras que je n'ai pas pu venir, mais que j'allais m'en tirer.

— Pourquoi veux-tu faire ça ?

— D'abord pour gagner du temps, et ensuite pour leur tendre un piège.

— Continue.

— Eh bien, il se peut qu'ils viennent à l'hôpital pour me faire parler, pas vrai ? Faudrait que l'on me donne une chambre à Bellevue. Je me ferai mettre sous perfusion bidon. Et quand ils viendront me voir, je leur dirai que je collaborerai quand ils auront laissé partir Jane. Et après, tu pourrais peut-être les suivre après leur départ.

— Ouais, c'est une bonne idée, à condition qu'ils tombent dans le panneau ; mais si Johnny venait finir son boulot, hein ?

— Je ne crois pas. Ses frères vont être furieux d'apprendre qu'il m'a tiré dessus et qu'il a essayé de bousiller leurs plans. Ils sont même fichus de le descendre. On sait jamais avec des dingues pareils. »

Après avoir réfléchi quelques instants, Jean-Pierre reprit :

« Merde, ça ne tient pas debout. Pourquoi toutes ces complications pour simplement leur dire que je suis prêt à coopérer alors que je peux tout aussi bien le leur expliquer au téléphone ? J'ai beau retourner ça dans tous les sens, je suis obligé d'en passer par leurs volontés.

— Et s'ils tuent Jane quand même ?

— Tu crois peut-être que je n'y ai pas pensé ? C'est pour ça qu'il faut les obliger à la libérer d'abord.

— L'ennui, Frenchy, c'est que tu penses pas comme un truand. D'accord, j' t'ai dit qu'ils la tueront pas tant qu'ils auront une raison, mais crois-tu vraiment que ces mecs vont la laisser filer une fois qu'ils auront ce qu'ils veulent ? Ils sont désespérés, ces mecs-là, mon pote. Tout ce qui les intéresse c'est le fric. Et d'ailleurs, Frenchy, même si tu fais exactement ce qu'ils demandent, y'a peu de chances que la femme à Benjamin leur refile le pognon, de toute manière. Ils sont tellement cons. Ils pigent pas que ce que tu pourras raconter à la compagnie d'assurances changera que dalle. Le seul qui peut faire quelque chose, c'est le médecin légiste.

— Tu sais, Sutton, que t'es bien plus astucieux que le penserait la plupart des gens.

— Pas besoin d'être un génie pour piger qu'ils laisseront pas Jane filer tant qu'ils auront pas l'artiche. Et même s'ils touchent le pognon, ils la descendront probablement quand même. Elle en sait trop.

— Alors, que faut-il faire ?

— Comme je t'ai dit, prévenir les flics.

— Je crois que tu as raison. » Au moment de composer le dernier chiffre du numéro de Dawson, une pensée lui traversa l'esprit « Le produit d'embaumement, dit-il lentement, en reposant le combiné. Johnny puait le produit d'embaumement.

— Et alors ? J'ai toujours trouvé qu'il coinçait, ce mec là.

— Quand même, Sutton, pas autant que ce soir. On aurait dit qu'il venait d'embaumer un cadavre.

— Où veux-tu en venir ?

— Pour commencer, Johnny travaillait chez un croque-mort avant de venir ici.

— Comme nous tous.

— Alors tu comprends aussi bien que moi que pour sentir aussi fort le produit d'embaumement, Johnny devait sortir de chez un croque-mort. C'est peut-être là que Jane est prisonnière.

— Bien raisonné, Frenchy, mais qu'est-ce que tu veux qu'on fasse au juste, fouiller toutes les boutiques de croque-mort de New York ?

— Si seulement je pouvais me souvenir de la boîte où Johnny travaillait. C'était dans l'est de Manhattan, du côté de Harlem. Je me rappelle, c'était un nom italien, du style Rossi, Rizzi... Je vais regarder dans l'annuaire. » Jean-Pierre feuilleta rapidement les pages jaunes de la rubrique « Pompes Funèbres ». « Voilà ! s'écria-t-il. Rizzo. C'est ça.

— Super. Qu'est-ce qu'on fait maintenant ?

— Voyons. Il nous faut une voiture. J'ai une idée. Il y a un type en haut, c'est un bon copain, chauffeur pour une boîte de pompes funèbres. Il attend un corps. Je pense qu'il nous prêtera son corbillard un petit moment, comme ça on pourra entrer facilement chez Rizzo.

— Et si Johnny nous reconnaît ?

— T'as raison. C'est un problème. Mais oui ! Je crois que je connais quelqu'un qui pourrait nous conduire, quelqu'un que Johnny ne connaît pas.

— D'accord, mais encore un truc, Frenchy. Tu crois toujours pas qu'on devrait raconter tout ça aux flics ?

— On va vérifier ce qui se passe chez Rizzo, puis on préviendra la police ensuite. Inutile d'appeler le lieutenant tant qu'on n'est pas sûr.

— Comme tu veux, Frenchy. J'espère seulement que t'as raison.

— Moi aussi. Bon, voilà ce qu'on va faire. Tu leur raconteras quand même que je suis à l'hosto, blessé par balle. Comme ça on va gagner un peu de temps. Dis-leur de rappeler demain, que je serai en mesure de leur parler à ce moment-là. Dis-leur aussi de ne pas faire de mal à Jane. Dis-leur que s'ils y touchent, je...

— Tu casseras la baraque.

— Pire que ça, Sutton. Mais tu peux leur raconter que je vais coopérer, faire ce qu'ils voudront, tant qu'ils ne font pas de mal à Jane et qu'ils demandent à Johnny de me foutre la paix. Qu'en penses-tu ?

— Je préférerais quand même que tu préviennes les flics.

— Pour l'instant, je crois que je vais simplement demander à mon copain de me prêter son corbillard. Peux-tu aller chercher les clefs en haut ?

— Bien sûr, Frenchy. J'espère qu'on pourra éviter de remplir le cercueil. Je reviens tout de suite. »

Après avoir téléphoné à son ami et lui avoir demandé de remettre les clés à Sutton, Jean-Pierre composa un numéro à Staten Island. « Bonsoir monsieur Brown. Ici, Jean-Pierre. Navré de vous déranger à une heure aussi tardive, mais j'ai besoin de votre aide. »

Harold Brown était plus que désireux d'aider le Français. Il se sentait indirectement responsable de l'enlèvement de Jane. Il ferait n'importe quoi pour la sortir de là. Il était même prêt à sacrifier sa vie si cela signifiait la perte des Constantine.

A 23 h 30, peu après l'arrivée de Harold Brown à la morgue, les trois hommes montèrent dans le fourgon mortuaire qui devait les emmener successivement à la cabine téléphonique puis dans l'entreprise de pompes funèbres Rizzo.

Harold gara le corbillard au croisement de la 3e Avenue et de la 31e Rue.

« Je n'arrive pas à y croire, sourit Harold. Vito Constantine mort. Mais comment se fait-il que les médias n'en aient pas parlé ?

— Je crois que le lieutenant a voulu étouffer l'affaire en attendant de trouver Johnny, expliqua Jean-Pierre.

— Je me demande comment il est arrivé à empêcher que les journaux en parlent.

— Vous n'imaginez pas tout ce dont les journaux ne parlent pas, monsieur Brown. Si tout ce qui arrive dans cette ville était rendu public, ce serait la panique.

— On dirait que vous n'aimez pas beaucoup New York, monsieur Lahary ? »

Sutton répondit à la place du Français.

« Ne vous laissez pas bluffer, m'sieur Brown. Frenchy adore New York.

— Tu l'as dit, Sutton. C'est vrai. Voilà pourquoi j'aimerais que l'on fasse quelque chose pour éliminer à jamais toute la vermine qui l'infeste.

— Ouais, renchérit Sutton. P'têt que si on coince ces mecs ce soir, y' aura moins de gosses qui se défonceront dans mon quartier.

— Malheureusement, ajouta Jean-Pierre, il y aura toujours des jeunes drogués tant qu'il y aura du fric à faire sur leur dos, et tant qu'il y aura des parents irresponsables. »

Harold Brown regarda Jean-Pierre d'un air admiratif. Il respirait la sincérité, cet homme qui avait couru tous ces risques pour l'aider. C'était maintenant à son tour de lui rendre service. Il espérait épargner à Jane la terreur qui avait détruit sa fille, à n'importe quel prix. Et pas seulement ça, mais il était plus décidé que jamais à ce que justice soit faite, afin qu'en même temps sa femme et sa fille soient vengées.

« Il est presque minuit, Frenchy. »

Jean-Pierre évitait de regarder sa propre montre.

« Arrange-toi pour parler à Jane. Je veux être sûr qu'elle va bien.

— Reste assis derrière, Frenchy. Te fais pas voir, on est peut-être surveillés. »

Le téléphone se mit enfin à sonner. Sutton ouvrit la porte, se précipita vers la cabine et décrocha l'appareil.

« Allô.

— Qui c'est ? grogna une voix d'homme.

— Frenchy a pas pu venir au téléphone. »

Il y eut un silence.

« Il a prévenu les flics, hein ? Bon, dis-lui que la rousse va mourir.

— Attendez. Je suis pas flic. Il n'a pas pu venir au téléphone parce que Johnny Conti l'a flingué.

— Quoi ?

— Frenchy est à l'hôpital Bellevue avec une balle de 38 dans le ventre, mais le toubib dit qu'il va s'en tirer. Il s'est évanoui dans mes bras, mon pote. On a le calibre à

Conti. Les flics sont à sa recherche, maintenant... pour tentative de meurtre.

— Qu'est-ce que c'est que toutes ces conneries ? Et d'abord, comment tu t'appelles ?

— Sutton. C'est à moi que le taxi a donné la lettre quand il a embarqué Jane. J' connais toute l'histoire, mon pote, mais je vais pas causer aux flics. Frenchy veut que vous soyez sympa avec sa nana. Il m'a dit de vous dire qu'il fera tout ce que vous voudrez, mais pas touche à Jane. Ah ouais, et dites à Conti d'y foutre la paix.

— Restez où vous êtes. Je vais rappeler tout de suite.

— Attendez, j'ai pas fini.

— Dis donc mon pote, si t'es en cheville avec les flics, ils sont en train de chercher d'où je téléphone. J'ai dit que je rappelle tout de suite. Attends ici. »

Tony raccrocha et se précipita dans l'ascenseur de l'hôtel Midtown. Il en sortit au quatrième étage et se rua vers la chambre 409. Il frappa deux coups, puis trois coups rapides.

« Putain ! On est dans la merde, annonça-t-il à Bob et à Jim.

— Comment ça ? demanda Jim.

— Ton conard de frangin, Johnny, a essayé de buter le Français. Mais il a raté son coup et il a les flics au cul maintenant.

— C'est le Français qui t'a raconté ça ? interrogea Bob.

— Non, un mec qui s'appelle Sutton, le nègre à qui j'ai filé le message. C'est lui qu'a répondu au bigo.

— Alors, où est le Français ?

— A l'hôpital Bellevue, avec un bastos de 38 dans le bide.

— Mais Johnny savait ce qu'on essayait de faire, intervint Jim. Pourquoi qu'il voudrait bousiller le coup ?

— Ça veut dire que la rousse nous a pas bluffés, trancha Tony. Johnny est vraiment allé voir le Français. Pourquoi cet enculé...

— Du calme, fit Bob. Je veux lui poser quelques questions. » Ils ouvrirent la porte qui donnait sur la chambre voisine. Jane gisait sur le côté dans un des lits, les mains liées derrière le dos, le corsage arraché, les jambes couvertes de bleus, la jupe déchirée à la taille.

Elle avait le visage tuméfié, du sang coulait de sa lèvre fendue, le long de la joue, jusque sur l'oreille. Bob ôta le chiffon sanglant qui la bâillonnait.

« Si tu veux pas dérouiller davantage, ferme-la et gueule pas. Réponds seulement à mes questions. » Elle hocha la tête, des larmes plein les yeux, terrifiée. « Tout à l'heure, tu nous a raconté que Johnny Conti est allé voir le Français avant que tu montes dans le taxi. D'abord, comment s'appelle le type qui t'a accompagnée jusqu'au taxi ?

— Sutton, répondit-elle lentement. Mais il a rien à voir là-dedans.

— Pas de commentaires ! Réponds seulement à mes questions. Sais-tu qui est Johnny Conti ?

— Oui. C'est votre frère.

— Ton petit ami savait-il que Johnny voulait le descendre ? »

Jane regarda les trois frères. Elle avait refusé de céder tout à l'heure à leur intimidation, ce qui lui avait valu de se faire battre. Si elle continuait à refuser de parler, elle y laisserait probablement sa peau. Elle décida de leur dire tout ce qu'ils voulaient savoir, à condition que cela ne mette pas Jean-Pierre en danger.

« Alors ? cria Bob. On attend. Tu veux qu'on t'arrache les organes, comme Tony a fait à ta copine, là, ricana-t-il en montrant l'autre lit où gisait le corps sanglant, déchiré et moribond de Claudia Benjamin.

— Non, non, je vais parler, répondit Jane d'une voix tremblante. Jean-Pierre savait que quelqu'un voulait le tuer.

— Mais... y croyait que Johnny était allé le voir ce soir pour le buter ?

— Non, pourquoi ?

— Réponds.

— Il... croyait que Johnny irait voir la police pour...

— Nous balancer, le salaud, s'écria Jim. Il faut le descendre.

— Du calme, frangin, du calme, intervint Tony. Les flics l'auront de toute manière. » Il regarda Jane avec mépris. « Ils vont l'avoir pour le meurtre du Français.

— Oh non ! ! » hurla Jane.

Bob l'assomma d'un coup de poing sur le visage.

« Remets lui le bâillon. Faut que je réfléchisse.

— Hé... et si Johnny ramène les flics ici ? s'inquiéta Jim.

— Ils seraient déjà arrivés. Écoute, Johnny est en fuite, si le Noir ne nous a pas raconté des salades. J'ai une idée, donne-moi le bigophone. » Bob demanda à la standardiste de lui passer le service des urgences de l'hôpital Bellevue. « Ouais, vous avez un... » Bob plaça la main sur le micro et demanda à Tony. « Comment s'appelle ce mec, déjà ?

— Larry ou Laraby.

— Vous avez un Français qui s'appelle Larry ou Laraby. Il est entré il y a une heure ou deux.

— Ne quittez pas. » La standardiste de l'hôpital regarda la feuille devant elle. Ce n'était pas exactement ce nom-là ; Doris lui avait dit Lahary. « Voulez-vous dire Lahary, monsieur Jean-Pierre Lahary ?

— Ouais, c'est lui. Pourquoi a-t-il été hospitalisé ?

— Euh, il a reçu une balle dans l'abdomen, mais le rapport dit qu'il pourra recevoir des visites dès demain.

— D'accord. Merci. » Bob raccrocha. « Ça a l'air de coller. Mais enfin, ça pourrait être une de ses entourloupes.

— De quoi que tu causes ?

— Ce que tu peux être con, quand même. Quand le Français t'a dit qu'il avait trouvé la shooteuse, t'as même pas pigé que s'il avait trouvé la shooteuse, il aurait trouvé le flingue avec.

— Ouais, fit Jim. J'ai balancé les deux en même temps.

— Ben oui, j'y ai pas pensé, c'est tout.

— Voilà pourquoi il a dit à Johnny qu'il avait trouvé l'emballage du tampon désinfectant, ajouta Bob. Il savait que Johnny se serait aperçu qu'il mentait à propos de la shooteuse.

— C'est comme ça que t'as su que le Français avait découvert que Johnny était notre frangin, comprit Jim.

— T'as pigé, mon pote.

— Je me demande pourquoi l'oncle Vito disait toujours que t'étais con.

— Je t'ai déjà dit que je voulais jamais plus entendre ce nom, gronda Bob en prenant Jim au collet.

— Ça va, Bob, on a pigé, intervint Tony. C'est toi qui lui a tiré une balle dans la bouche, alors t'as eu ta vengeance. Enfin, on va pas se bagarrer entre nous ? J'ai pas piqué le taxi et enlevé la nana pour tout vous laisser bousiller maintenant. Réfléchissons plutôt à ce qu'on va faire.

— A mon avis, dit Bob, le Français ne sait pas qu'on est en cheville avec le mec des assurances. Je trouve toujours que lui donner un quart de million c'est cher payé, mais maintenant que Harrison est liquidé, on va palper le reste. Faut pas que Claudia calenche avant d'avoir endossé le chèque. Je veux pas te voir tourner autour d'elle, Tony. Finis, tes petits jeux sadiques.

— Merde, cette salope allait me laisser tomber pour Harrison. Mais je lui ai donné une leçon. Harrison flotte dans l'Hudson et elle va pas tarder à faire la planche à côté de lui.

— Ouais, ouais, mais touchons d'abord le pognon. On va terminer l'affaire avec ce foutu gourmand de diplomate colombien, revendre la coke à Kranski, et partager les cinq briques. Ensuite, vous ferez ce que vous voudrez. Moi, j'me tire en Argentine. J'en ai ma claque de ce merdier.

— Ouais. Et qu'est-ce que je vais lui dire à ce Sutton ? Il est probablement encore en train de glander.

— Laisse-le glander. »

Jim se laissa tomber sur un des lits.

« Je vais emmener certaines de nos putes à Miami et ouvrir le plus grand boxon de la ville en plein sur Colline Avenue, mon pote.

— Vends pas la peau de l'ours, lança Bob. Je me rappelle que le vieux voulait aller s'installer en Floride.

— Tu veux dire, *ton* vieux, rectifia Tony.

— Oh, Tony, pour nous tu es autant notre frangin que...

— C'est chouette d'avoir un bâtard dans la famille, hein ? coupa Tony.

— Allons, intervint Jim. T'es plus notre frangin que ce malade de Johnny qui baise les macchabs.

— Ça suffit. Arrêtez ces conneries. Je veux voir Buenos Aires.

— Tu as déjà tout prévu ? demanda Jim.

— Non, mais j'aime y penser.

— Pourquoi tu vas pas à Porto Rico ? proposa Tony. Après tout, *ton* grand-père Consuelo en était originaire. Peut-être que tu pourras trouver tes racines à San Juan pendant que je chercherai les miennes dans le caniveau.

— Tony, ça suffit, intima Bob. Notre mère a payé cette histoire de sa vie. Paix à ses cendres. »

Dans le corbillard, Jean-Pierre frétillait nerveusement sur son siège.

« Mais qu'est-ce qu'ils peuvent bien foutre ?

— Du calme, Franchy, intervint Sutton. Ils vont rappeler. Ils n'ont pas le choix.

— Et s'ils se sont aperçus que c'était du bluff ? Merde, mon plan a peut-être causé la mort de Jane. »

Harold Brown prit Jean-Pierre par les épaules. « C'est un bon plan. Ils discutent, c'est tout. Ils se demandent ce qu'ils doivent faire. Ils vont téléphoner. Comme l'a dit Sutton, tout ce qui les intéresse c'est l'argent.

— Rendez-moi un service, monsieur Brown. S'il vous plaît, appelez Bellevue et demandez à la standardiste si on a téléphoné.

— Tout de suite. »

A ce moment-là, le téléphone se mit à sonner dans la cabine. Sutton alla répondre.

« Ça va, nous savons qui vous êtes, dit l'homme. Maintenant, voilà ce que vous allez faire. D'abord, dites au Français que demain un homme de la compagnie d'assurances viendra le voir à l'hôpital vers midi. Il lui fera signer un papier. Nous avons déjà appelé l'hôpital et ils ont dit qu'il était pas trop amoché. Alors, oubliez pas de le prévenir. Si tout se passe bien, on laissera partir la rousse. Mais s'il nous double... elle est morte. C'est pigé ?

— Ouais, c'est pigé. Mais je voudrais parler à Jane.

— Elle n'est pas ici. Mais vous inquiétez pas, elle est vivante. Ah, un petit détail, pas un mot aux flics. On libérera pas la fille tant que Claudia Benjamin aura pas touché le pognon. Et faites gaffe, on rigole pas.

— Oui, je sais. Je lui dirai tout ça. »

Quand Sutton se rassit dans le corbillard, il avait le sourire.

« Ils ont marché, Frenchy.

— As-tu parlé à Jane.

— Euh, ouais. Ils me l'ont passée une seconde.

— Elle va bien ? »

Sutton hocha la tête.

« Parfait. Monsieur Brown, on y va. »

Harold mit la casquette du chauffeur. Jean-Pierre et Sutton sautèrent à l'arrière du corbillard, à côté du cercueil vide. Ils remontèrent la 3ᵉ Avenue. Les rues étaient relativement calmes. L'habituel cortège de prostituées était allé se poster sur les trottoirs de Lexington Avenue. On ne voyait guère, de temps en temps, qu'un ivrogne qui sortait en titubant des bars encore ouverts.

Jean-Pierre restait silencieux à l'arrière du fourgon, malgré les regards invitants de Sutton. Personne n'appréciait davantage le Français que Sutton. Un lien secret les rapprochait profondément : une amitié, un respect mutuel, un amour commun de l'humanité, qu'ils étaient seuls à pouvoir comprendre. Ils se moquaient l'un de l'autre, et les gens de l'extérieur avaient souvent l'impression que leur relation frôlait la haine. Mais rares sont les hommes aussi intimement liés que l'étaient Jean-Pierre et Sutton ; et, malgré leurs différences d'origines, d'ambitions et de modes de vie, ils partageaient la même philosophie fondamentale de l'existence.

Les trois hommes arrivèrent vers une heure du matin devant l'entreprise de pompes funèbres Rizzo. Le garde en faction à la porte du garage s'avança et Harold Brown lui lança :

« Une livraison de l'agence de location Burnside.

— Burnside ? On m'a pas prévenu.

— Ouais, mais je dois laisser ce corbillard dans le garage pour demain.

— J'aurais préféré être au courant. Bon, allez-y. »

Harold Brown gara le fourgon à côté d'une limousine toute ornée de couronnes de fleurs. Sutton et Jean-Pierre sautèrent de l'arrière. Ils traversèrent discrètement le garage et entrèrent dans le sous-sol de la société. A la porte, ils attendirent un instant, oreille tendue, à l'affût du moindre signe d'activité. Jean-Pierre avait espéré entendre les voix des ravisseurs de Jane, mais ne les accueillit qu'un silence macabre. Sutton braqua sa lampe-torche dans la salle d'embaumement et Jean-Pierre se précipita sur une des deux tables de travail où gisait une jeune morte. Il soupira de soulagement : ce n'était pas Jane.

Harold Brown inspecta la vitrine où s'entassaient les instruments d'embaumement ; au milieu du désordre il remarqua une petite bouteille dont le contenu avait été renversé sur l'étagère. Il le signala à Jean-Pierre. Ce dernier comprit immédiatement que quelqu'un devait s'être trouvé dans la pièce peu de temps avant leur arrivée. Il s'empara d'un des flacons d'acide sulfurique, vérifia qu'il était bien fermé et le glissa dans sa poche.

Sutton, devant les quatre compartiments réfrigérés, pointa sa lampe vers le plafond, pour faire signe qu'il voulait aller jeter un coup d'œil à l'étage. Les trois hommes ressortirent de la pièce et gravirent lentement l'escalier jusqu'au rez-de-chaussée. Ils pénétrèrent dans le magasin où étaient exposés toutes sortes de cercueils en bois, en bronze et autres métaux, ainsi que diverses urnes décoratives destinées à recueillir les cendres après crémation.

Toujours en silence, ils traversèrent la salle et se rendirent dans la chapelle. Ils ne sont pas ici, se dit Jean-Pierre, désespéré. Il ne trouverait jamais Jane. Où pourrait-il donc la chercher ? Pas dans leur maison de Staten Island, il en était convaincu. Le lieutenant Dawson lui avait dit que l'endroit avait été placé sous surveillance, et s'ils étaient rentrés chez eux, ils auraient déjà été appréhendés. Mais il irait quand même vérifier. Que pouvait-il faire d'autre ?

Plongé dans ses réflexions douloureuses, le Français buta sur une petite échelle qui alla percuter un cercueil en métal posé sur le sol. Le bruit fit sursauter Harold qui laissa tomber sa lampe-torche. Soudain, un cercueil de bronze, fermé, s'ouvrit brusquement. Le couvercle cogna avec un bruit sourd contre une bière en bois rangée à côté. Un corps se redressa dans le cercueil, comme si la chute de l'échelle avait ressuscité le mort qui y reposait. Le corps surgi de la boîte matelassée de soie avait manifestement été maquillé : lèvres fardées de rouge pâle, sourcils soulignés au crayon noir, joues rehaussées de rose, cheveux gominés.

Puis, comme si le mort était vraiment revenu à la vie, le visage clownesque de l'homme grimaça de douleur, ses lèvres peintes s'ouvrirent révélant ses gencives rouges ; et en hurlant, le grand échalas se releva et, d'un bond, sortit du cercueil.

Harold Brown sursauta de peur. Jean-Pierre, interloqué, resta figé. Mais Sutton cria : « C'est ce salaud de Conti ! Je vais le choper, cet enfoiré ! »

Johnny se rua vers l'ascenseur. Sutton poussa de côté un cercueil monté sur roulettes et se précipita à sa poursuite. Johnny trébucha et Sutton le plaqua au sol.

« Attends, Sutton, lança Jean-Pierre. Amène-le dans la chapelle.

Sutton força Johnny à se relever, lui tordit le bras dans le dos et le poussa brutalement.

« Lâche-moi ! » hurla Johnny.

Le garde arriva en courant, revolver à la main. « Que personne ne bouge ! » ordonna-t-il. Il reconnut alors Johnny. « Qu'est-ce que vous faites là, Conti ? Que signifie ce maquillage ? Qu'est-ce que c'est que ce bordel ?

— Écoutez, expliqua Sutton. Cette ordure est mouillée dans une sale affaire : drogue, assassinat, enlèvement. Faut qu'on le fasse parler. Rangez cette arme. »

L'autre considéra les trois intrus d'un air soupçonneux. « S'il s'agissait de quelqu'un d'autre que Conti, je vous prendrais pour des dingues, mais, le connaissant, ce que vous me dites me surprend pas trop. » Il rengaina son revolver. « Okay, j'ai rien vu. Foutez-moi le camp, et en vitesse.

— Donnez-nous une minute seulement », plaida Jean-Pierre.

Ils entraînèrent Johnny qui se débattait en hurlant jusqu'au banc de l'orgue. Jean-Pierre alluma les lumières multicolores du plafond, transformant la scène en spectacle à la Broadway. Il sortit de sa poche la bouteille d'acide sulfurique. Tandis que Sutton et Harold maintenaient Johnny sur le banc. Jean-Pierre dévissait le bouchon de verre. « Johnny, tu me connais. Tu sais que je ne suis pas du genre à rigoler dans une affaire aussi grave. Tu as déjà essayé de me tuer, maintenant je vais te montrer comment il faut s'y prendre. » Il approcha la bouteille ouverte du visage de Conti qui cilla. Les vapeurs lui brûlaient les yeux.

« Vous êtes fou ? » s'écria le garde.

A la surprise générale, Harold sortit un pistolet. « Ne bougez pas », ordonna-t-il au vigile.

Jean-Pierre regarda Harold d'un air étonné et reporta son attention sur Johnny. Il inclina le flacon jusqu'à ce qu'une goutte hésite au bord du goulot.

Les yeux injectés de sang de Johnny s'écarquillèrent de peur.

« Ça va, Conti, déclara Sutton. En venant ici, Frenchy a dit qu'il allait te tuer. S'il le fait pas, c'est moi qui te descendrai. Mais tu peux encore t'en tirer. Dis-nous où tes frères cachent Jane.

— Je ne sais pas. »

Jean-Pierre secoua légèrement la bouteille. Une goutte d'acide sulfurique tomba sur la joue de Johnny, formant instantanément une brûlure fumante. Johnny hurla de douleur. Le garde serra les poings, mais n'osa pas intervenir.

« Parle, Johnny, gronda Jean-Pierre. Je n'aurai aucune pitié pour un rat de ton espèce.

— Hé, Frenchy, t'as tort de faire ça, ricana Sutton. Tu vas l'embellir, cet affreux. Laisse-moi plutôt lui arracher les couilles. Ça le calmera une bonne fois pour toutes.

— Attendez ! supplia Johnny. Je crois qu'ils sont à l'hôtel Midtown.

— Comment ça, je crois ? siffla Jean-Pierre. Quel est le numéro de la chambre ? Parle ! » Il fit tomber une deuxième goutte sur l'autre joue. Johnny hurla. Harold Brown, fasciné, regarda la fumée s'élever de la chair torturée.

Le garde en profita pour désarmer Harold et sauter sur Jean-Pierre. L'acide se répandit sur le sol de la chapelle.

Sutton empoigna le garde, lâchant Johnny qui bondit

vers l'ascenseur, dans l'espoir de s'enfuir par le sous-sol. Jean-Pierre se rua à sa poursuite, mais arriva trop tard.

Les trois hommes coururent vers l'escalier, mais lorsqu'ils débouchèrent dans le garage, Johnny avait déjà fait démarrer la limousine fleurie. Il la jeta contre la porte en bois du garage, tordant les pare-chocs avant de percuter une bouche d'incendie. Des morceaux de métal et de verre se répandirent sur le trottoir.

Sutton mit en route le corbillard tandis que Harold et Jean-Pierre se tassaient sur le siège avant à côté de lui. « Faut le rattraper ! » s'écria Jean-Pierre.

Ils pourchassèrent la voiture qui fila vers la 5e Avenue. Ils brûlaient les feux rouges, fonçaient à toute vitesse sans freiner pour quiconque, faisant hurler les pneus dans les virages.

Johnny roulait à tombeau ouvert sur la 5e Avenue. Il ne savait pas pourquoi, mais il lui fallait prévenir ses frères à l'hôtel Midtown. Il devait rendre ce dernier service à la famille avant de rompre avec elle pour toujours. Il le faisait pour sa mère, et pour son père à qui il avait si longtemps reproché la mort de Silvana.

Il jeta un coup d'œil dans le rétroviseur. Le corbillard le pourchassait toujours. Pour lui échapper, il s'engouffra dans Central Park à la hauteur de la 65e Rue.

Une voiture de police qui patrouillait au coin de la 5e Avenue et de la 66e Rue aperçut la limousine folle. Le chauffeur brancha la radio. « On vient de voir une voiture de pompes funèbres qui file à travers le parc, vers l'ouest, sur la 65e. Il nous faut du soutien du côté ouest de Central Park. Une minute ! La voiture est suivie par un corbillard. Envoyez une deuxième bagnole. »

Au commissariat, le lieutenant Dawson, fatigué par la veille, entendit l'appel.

« Dites-moi, Finnegan, qu'est-ce que c'est que ce bordel ? demanda-t-il au policier de garde.

— J'en sais rien lieutenant. On dirait un enterrement à la sauvette.

— Bizarre. Tenez-moi au courant de cette affaire. »

Dans Central Park, le cortège funéraire commençait à s'étoffer. La limousine fleurie précédait à vive allure le corbillard, suivi à son tour par la voiture de police, toutes sirènes hurlantes. Sutton pilotait son fourgon comme un cascadeur de cinéma ; il collait maintenant à la voiture de Johnny et cognait dedans à grands coups de pare-chocs. Mais Johnny enfonça l'accélérateur jusqu'au plancher, sortit du parc à toute vitesse, évita un barrage de trois voitures de police, arrachant au passage le pare-chocs d'une voiture en stationnement. Une des voitures de police le prit en chasse et les deux autres attendirent que le corbillard, en plein dérapage, s'arrête.

« Merde ! s'écria Sutton. Conti s'échappe. »

Les policiers, arme au poing, s'abritèrent derrière leurs véhicules. A l'aide d'un porte-voix, le flic responsable lança : « Vous autres dans le corbillard, sortez lentement, les mains en l'air et bien en vue. »

Jean-Pierre ouvrit la portière. « Attendez ! Vous faites une erreur.

— MAINS EN L'AIR !

— Ça va, ça va. Mais prévenez d'urgence le lieutenant Dawson. Dites-lui que Frenchy de l'Institut médico-légal a retrouvé Johnny. Il comprendra.

— Faites sortir les deux autres, et doucement.

— Hé ! chuchota Sutton à Harold, t'as intérêt à balancer ton flingue et discrètement.

— Je l'ai perdu chez le croque-mort. » Les deux hommes descendirent lentement du fourgon.

« Je vous en prie, appelez le lieutenant, plaida Jean-Pierre. Il recherche l'homme que nous poursuivions. »

Un des policiers remarqua : « Oui, ce type me dit quelque chose. Je crois l'avoir déjà vu à la morgue. Et d'ailleurs, ils étaient dans un corbillard. Il dit peut-être la vérité.

— Appelez le commissariat, dit le responsable. Voyez s'il y a un lieutenant du nom de Dawson. »

Pendant ce temps, la limousine s'arrêtait devant l'hôtel Midtown, sur la 57e Rue ; Johnny était parvenu à semer ses poursuivants. Il courut vers l'ascenseur de service et, hors d'haleine, s'engouffra dans la chambre 409.

« Mais qu'est-ce que tu viens foutre ici ? aboya Tony. T'as vraiment l'air d'un putain de fantôme. On veut pas de toi ici, alors...

— J'ai pas le temps de discuter. Frenchy va arriver d'un moment à l'autre, et il y a des flics avec lui. »

Tony eut un moment de désarroi. « Je croyais qu'il était à l'hôpital.

— Ben voyons, ricana Bob. On dirait qu'il t'a encore baisé... frangin.

— Et tu lui as dit où on était ? » gronda Jim.

Johnny se tourna vers Bob, et d'une voix geignarde : « Il était en train de me verser de l'acide sulfurique dessus, et... »

Tony sortit son revolver de sa ceinture et arma le chien.

« Arrête ! intima Bob. Johnny, si tu leur as dit où on était, comment ça se fait que tu viennes nous prévenir ?

— Comme ça, quoi. Vous êtes mes frangins, pas vrai ? Écoutez, magnez-vous de foutre le camp d'ici.

— J' te crois, fit Bob. Okay, amenez la rousse.

— Et Claudia ? demanda Tony.

— Laisse-la ici. Elle ne nous servira plus à rien. Les carottes sont cuites. La rousse est notre seul passeport maintenant.

— Et le fric ? s'étonna Jim.

— Laisse tomber.

— Je ne pars pas », protesta Tony.

Le hurlement des sirènes de la police le fit changer d'avis.

« Frenchy ? demanda Dawson. Passez-le-moi, et faites vite. » Pendant qu'on allait chercher Jean-Pierre, il se tourna vers Finnegan. « Essayez de savoir qui a pris la limousine en chasse. »

Le Français empoigna le micro du radio-téléphone. « Lieutenant, c'est Jean-Pierre. Je suis content qu'ils vous aient trouvé, mais il faut se grouiller.

— Du calme, Frenchy.

— Une de vos voitures de patrouille suivait Johnny.

— Vous l'avez retrouvé, hein ? J'avais un pressentiment... Ne quittez pas, Frenchy. Alors, Finnegan, vous avez trouvé ces mecs ?

— Ils l'ont perdu, lieutenant.

— Désolé, Frenchy. Johnny a semé notre voiture.

— Merde ! Attendez, il a parlé de l'hôtel Midtown. C'est peut-être là qu'ils gardent Jane prisonnière, et...

— La rousse ? Qu'est-ce que c'est que cette histoire ?

— Lieutenant, je n'ai pas le temps de tout vous expliquer. Demandez seulement à vos hommes d'y aller. Je vous retrouve à l'hôtel.

— D'accord Frenchy. Repassez-moi le policier responsable. »

Quelques minutes plus tard, accompagnés des deux voitures de police, Jean-Pierre, Sutton et Harold Brown fonçaient dans le corbillard vers l'hôtel Midtown.

« Magnez-vous, commanda Bob. Laissez tomber les valoches. »

Bob et Tony se hâtèrent de faire sortir Jane de la chambre voisine. Puis Tony se retourna vers Claudia Benjamin.

Elle va rien sentir, pensa-t-il. Dommage. Il sortit son revolver et lui tira deux balles dans la tête. Le corps sursauta avant de succomber dans une mare de sang.

Tandis que Jim hélait un taxi devant l'hôtel, Tony et Bob poussaient Jane dans l'ascenseur. Lorsqu'ils arrivèrent au rez-de-chaussée, Johnny fit un geste pour s'éloigner. Le revolver de Tony le rappela à l'ordre.

Jim avait donné instruction au chauffeur du taxi de faire le tour de l'immeuble et de les attendre devant l'entrée latérale de l'hôtel. « Venez avec moi, lui demanda-t-il. J'ai besoin d'un coup de main pour charger mes bagages. » Ils entrèrent dans le hall de côté. Le chauffeur s'effondra, assommé d'un coup de crosse.

Tandis que Jim et Bob poussaient Jane à l'arrière du taxi, Tony contraignait Johnny à s'asseoir au volant. « Si les flics nous baisent, fit Tony, ils nous baiseront tous. Et fais pas le con. Arrête-toi aux feux rouges et conduis normalement. »

Johnny s'arrêta au feu rouge à l'intersection de Broadway et de la 57e Rue. « Où va-t-on ? demanda-t-il.

— Et si on allait à Staten Island ? proposa Jim.

— Non, allons plutôt vers le New Jersey, suggéra Tony.

— Bonne idée, approuva Bob. On va se planquer dans un motel là-bas, le temps de décider ce qu'on va faire.

— Écoutez, geignit Johnny. Pourquoi vous me laissez pas filer ? Disons qu'on est quittes. Je pars de mon côté et vous du vôtre.

— Pas question, gronda Tony. Si on tombe, tu tombes avec. »

Jim se pencha en avant. « Sans tes conneries, Johnny, tout ce truc aurait marché super.

— C'est vrai, opina Tony. Tu nous as foutu dans la merde dès le début avec ton plan idiot pour descendre Benjamin. Et maintenant, tu nous amènes les flics. »

Jane faisait semblant de ne pas entendre la conversation, comprenant que lorsqu'ils estimeraient qu'elle en savait trop, ils la tueraient probablement. Mais il est vrai qu'elle avait été témoin du meurtre de Claudia Benjamin. Elle n'avait guère d'illusions à se faire.

Son seul espoir était que Jean-Pierre soit encore en vie, que Johnny ne l'ait pas tué. Elle se mit à pleurer silencieusement, ses larmes se mêlant à son propre sang. Oh, Jean-Pierre, implora-t-elle en silence, si seulement j'avais pu te dire combien je t'aime. Pardon, mon amour. Je sais que j'aurais dû t'écouter. Je serais tranquillement chez moi, maintenant, à attendre de t'enlacer, de t'embrasser, de te toucher. Adieu, mon amour.

Au moment où le feu allait passer au vert, une voiture qui arrivait dans l'autre sens, de Broadway, vira brutalement dans la 57ᵉ Rue. Le lieutenant Dawson aperçut le visage fantomatique du chauffeur de taxi, enfariné, les lèvres peintes, ses cheveux gominés rejetés en arrière. « Appel à toutes les voitures dans les parages de l'hôtel Midtown, lança-t-il dans le radio-téléphone. Je crois avoir repéré notre gars au volant d'un taxi.

— C'est sûrement lui, lieutenant, confirma un policier par radio. On a trouvé la voiture des pompes funèbres abandonnée, ainsi qu'un chauffeur de taxi qui avait été assommé.

— Je les prends en chasse, fit Dawson. Ils se dirigent vers la 8ᵉ Avenue.

— Okay, lieutenant. On arrive. »

Johnny remarqua la conduite intérieure noire dans son

rétroviseur. Elle venait de lui passer devant à toute vitesse, venant de la direction opposée, et maintenant elle faisait demi-tour pour le suivre. Le conducteur avait un visage familier. Mais oui.

« Dawson ! s'écria-t-il. Les flics.

— Magne, tourne ici », lui ordonna Bob.

Johnny tourna dans la 8e Avenue et prit la file de gauche. En arrivant sur la 58e Rue, il hésita entre s'engager dans une rue à sens unique ou poursuivre son chemin vers Central Park par Colombus Circle. Il perdit le contrôle de son véhicule et percuta l'entrée du métro de la 58e Rue. Dans le choc, Tony se cogna la tête contre le pare-brise et s'entailla le front. Avant que Dawson ne parvienne à s'arrêter dans un grand crissement de pneus, Johnny était reparti et s'engouffrait dans l'entrée des livraisons du Coliseum, l'immense centre d'expositions de New York. Dans la large allée, deux camions étaient en train de charger des caisses en bois, à l'issue de la dernière manifestation organisée au Coliseum : les floralies annuelles.

Le taxi évita de justesse de s'écraser contre un des camions. Jim aida Tony à sortir tandis que Bob empoignait Jane, toute pantelante, et la poussait vers un des monte-charge. Johnny, hésitant, les suivit. Les ouvriers du Coliseum, fatigués par leur nuit de travail, ébahis, virent avec stupéfaction quatre hommes — dont l'un les menaçait d'une arme — remorquer une jeune femme rousse dans le plus grand des trois ascenseurs.

L'énorme monte-charge pouvait transporter aussi bien un yacht de treize mètres qu'un petit poids lourd, mais ce matin-là, il n'était pas en service.

Dawson se rua vers la plate-forme de chargement, l'arme au poing. « Couchez-vous ! » ordonna-t-il aux débardeurs.

Un coup de feu, tiré de l'ascenseur, manqua d'un cheveu la tête de Dawson. Et soudain, le Coliseum fut assiégé par une meute de voitures de police dont les projecteurs tournoyaient et les sirènes hurlaient.

Le corbillard s'arrêta à l'entrée du garage et Jean-Pierre en jaillit. Il se précipita vers Dawson. « Lieutenant, est-ce que vous avez vu Jane ?

— Oui Frenchy. Elle est saine et sauve. Abritez-vous. » Un policier tendit à Dawson le porte-voix qu'il avait réclamé.

Les quatre Constantine se mirent à sortir de l'ascenseur, en s'abritant derrière Jane, toujours bâillonnée, les mains liées derrière le dos.

« JANE ! » hurla Jean-Pierre.

Lorsqu'elle l'entendit, son cœur se mit à battre plus vite, de joie. Il était donc vivant. Rien d'autre n'importait désormais.

De l'autre côté du monte-charge, un ouvrier qui ne se doutait de rien, ouvrit la porte du fond. « Mike, fais gaffe ! » cria un de ses copains.

« Bouge pas ! intima Bob à l'opérateur, en le menaçant de son arme. Fais-nous monter. »

Dans le porte-voix, Dawson cria : « Vous n'avez pas une seule chance. Laissez partir la fille. Nos hommes ont découvert le cadavre de Claudia Benjamin. N'aggravez pas votre cas. Rendez-vous. »

Décontenancé et impuissant, Jean-Pierre vit se fermer les portes du vaste monte-charge.

« Ils vont la tuer, lieutenant.

— Je monte, vous restez là, lui ordonna Dawson.

— Pas question, lieutenant. »

Accompagnés de plusieurs policiers, Jean-Pierre et Harold Brown suivirent Dawson dans un des petits ascenseurs. Ils s'arrêtèrent au deuxième. Évoquant l'Arc de Triomphe couché, en forme de fer à cheval, le deuxième étage s'ouvrait sur un vaste balcon intérieur donnant sur le premier étage, où les employés de l'exposition étaient en train de démonter les barrières d'acier pointues séparant les divers jardins floraux.

« Personne ne bouge ! hurla Bob aux hommes qui sortaient de l'ascenseur. N'avancez pas ! Un pas de plus et elle passe par-dessus le balcon.

— C'est fou, répliqua Jean-Pierre. Vous n'avez aucune chance. Libérez-la.

— Compte dessus, Frenchy, lança Johnny. Viens donc la chercher.

— Ta gueule, Johnny, aboya Tony en tombant à

genoux, affaibli qu'il était par sa blessure à la tête. Tu nous as collés dans ce merdier, alors l'ouvre pas.

— Écoutez-moi, réclama Dawson.

— Non, c'est vous qui allez nous écouter, riposta Bob. Je veux que tous ces flics sortent d'ici, MAINTENANT... ou nous la tuons. Je veux qu'on nous amène une bagnole dans cet ascenseur. »

Johnny désigna Jean-Pierre. « Hé, puisque c'est lui, en fait, qu'a foutu le merdier, pourquoi qu'on l'emmène pas avec nous pour le faire payer ? »

Bob s'adressa au lieutenant : « Barrez-vous ! Faites sortir tout le monde d'ici. »

Dawson fit signe de reculer dans l'ascenseur. Jean-Pierre ne bougea pas.

Les yeux pleins de larmes de Jane s'écarquillèrent d'inquiétude. De la tête, elle l'invita à suivre les autres dans le monte-charge.

Bob braqua son arme sur l'ouvrier qui avait fait fonctionner leur ascenseur.

« Ce mec est le seul que je veuille voir faire monter la bagnole. Et n'essayez pas de jouer les marioles, sinon ils vont avoir du boulot à la morgue, j'aime autant vous le dire.

— Et c'est pas toi qui t'occuperas de leur autopsie, Frenchy », ironisa Johnny. Tony leva la tête.

« Tu vas la fermer, conard. Ras le cul de tes salades, Johnny.

— Ta gueule toi-même, beau gosse. Ras le cul de ta tronche de bâtard. »

Tony se mit debout et d'un revers de la main en plein visage, il envoya Johnny culbuter contre la rampe du balcon. Celui-ci se releva et se rua contre son frère.

« Vous êtes pas dingues, les mecs ? cria Bob, son pistolet pointé sur la tête de Jane. Que personne ne bouge. »

Tony se baissa à temps pour éviter un direct de Johnny.

« Petit viceloque. »

Jim ceintura Johnny par-derrière.

Bob tenta d'intervenir. « Arrêtez vos conneries. Vous voyez pas... »

Les yeux de Johnny luisaient de haine. « J' suis p'tête viceloque, mais j'ai connu mon père, moi. »

Tony bondit sur lui et l'accula à la balustrade. Aidé de Jim, il se baissa, souleva Johnny par les jambes et, sans un instant d'hésitation, le poussa dans le vide.

Johnny bascula par-dessus la rampe et vint s'embrocher en pleine poitrine sur une des barrières pointues, tout près de Sutton. Le sang jaillit à flots et arrosa de pourpre un massif de fleurs.

Jean-Pierre en profita pour se ruer sur Bob, qui eut le temps de se faire un rempart de Jane.

Tony et Jim, pris de panique, essayèrent de s'enfuir vers le grand ascenseur mais furent interceptés avant. Dawson tordit le bras de Tony et, d'un geste rapide, lui passa une paire de menottes aux poignets. Harold Brown plaqua Jim contre le sol et lui enfonça dans le cou le canon du pistolet qu'il avait conservé sur lui, contrairement à ce qu'il avait affirmé à Sutton.

« Tu te souviens de moi, petite ordure ? » gronda Harold.

Quand Jim se rendit compte que c'était le père de Stéphanie Brown, il éclata en sanglots. « Non, par pitié, supplia-t-il. Ne tirez pas.

— Monsieur Brown, lança Dawson. Ne faites pas de bêtise. Son compte est bon cette fois-ci. Il a participé à l'assassinat de Claudia Benjamin et nous l'avons tous vu aider son frère à tuer Johnny Conti. Je vous promets que cette fois-ci, il ne s'en tirera pas. Ils vont le coxer à vie. »

Harold Brown regarda Jean-Pierre qui approuva de la tête les paroles du lieutenant. Harold hésita et cracha au visage de Jim. Il jeta son arme par terre et siffla : « Petite ordure, j'espère que tu pourriras en prison. »

Jean-Pierre se tourna vers Bob et, calmement, lui dit : « C'est terminé. Laissez-la partir maintenant. »

Bob regarda à l'étage inférieur le corps de Johnny tout couvert de sang, avec la pointe de la barrière d'acier qui lui ressortait dans le dos. Johnny aurait aimé mourir ainsi, se dit-il. Il s'était même préparé à une fin semblable, avec son maquillage et ses cheveux gominés. Et il n'aurait pas pu rêver fleurs et couronnes plus belles et plus chères.

Du coin de l'œil, Bob vit qu'on emmenait Tony et Jim, menottes aux mains, dans le grand monte-charge. Ils avaient toutes les chances de finir leur vie en prison, se dit-il. Soudain, il songea à son père et à sa mère. Comme Silvana aurait souffert de voir cette tragédie, la destruction complète de ses quatre fils. Peut-être valait-il mieux, après tout, qu'Arturo et Silvana ne puissent pas voir ça. Peut-être, songea-t-il soudain, valait-il mieux qu'ils ne soient pas là pour voir leur fils aîné...

Impulsivement, il jeta Jane au sol, introduisit le canon de son arme dans sa propre bouche et pressa la détente. Tony et Jim se détournèrent.

Jean-Pierre s'agenouilla auprès de Jane. Il s'empressa de défaire son bâillon sanglant et de lui délier les mains. « Tu n'as pas de mal, ma chérie ? »

Elle éclata de rire.

« Tu es complètement dingue, qu'est-ce qui te fait rire ?

— Tu m'as appelée ma chérie, lui répondit-elle en l'étreignant de toutes ses forces.

— Et alors ? » demanda-t-il en la soulevant dans ses bras. Tendrement, il essuya les larmes de ses yeux.

— C'est parce que je croyais que la seule femme que tu appellerais " ma chérie " serait ta femme. »

Il l'aida à se tenir debout, la soutenant de ses bras vigoureux, et posa un doigt sur ses lèvres. « Ne dis plus rien. Nous allons maintenant t'emmener à l'hôpital. » Puis il se plaça lentement face à elle, et avec un sourire espiègle : « Nous aurons tout le temps de bavarder plus tard », dit-il ; avant d'ajouter : « Ma chérie. »

Achevé d'imprimer en mai 1983
sur presse CAMERON
dans les ateliers de la S.E.P.C.
à Saint-Amand-Montrond (Cher)
pour le compte de la librairie Arthème Fayard
75, rue des Saints-Pères - 75006 Paris

35-17-7033-01

ISBN 2-213-01256-3

Dépôt légal : mai 1983.
N° d'Édition : 6599. N° d'Impression : 693/517.

Imprimé en France

35-7033-0